U0919077

望远镜里的视野

伊迪丝·珀尔曼短篇故事集

BINOCULAR VISION

New & Selected Stories

Edith Pearlman

【美国】伊迪丝 · 珀尔曼 著

蒋文惠 译

译林出版社

© *Jonathan Sachs*

致约瑟夫

目　录

新故事

序

人类奥秘的庞大目录里，既包含金字塔的建造结构，也包含（人类）固执地用聚苯乙烯泡沫塑料作为包装材料；对于这个目录，请让我添上这一项：为什么伊迪丝·珀尔曼不为人知？当然，正因为她的作品尚没有得到相应的知名度，她让我们这些热爱她的人得到这样一种满足感，即享受先睹为快的那种自鸣得意。跟某些开明读者提伊迪丝·珀尔曼这几个字，你会立即被公认为一个内行人、一个懂得和欣赏何为美的人。尽管如此，我认为《望远镜里的视野：伊迪丝·珀尔曼短篇故事集》是这样一本书，这本书让伊迪丝·珀尔曼摆脱她沉寂的境遇，收获她实至名归的地位——国宝级作家。请把她的短篇小说与约翰·厄普代克和爱丽丝·门罗的作品搁在一起。那是它们应当在的地方。

我第一次读伊迪丝·珀尔曼，是我担任2006年度《最佳美国短篇小说集》特邀编委之时。不知何故，在给我的一百多篇小说里，我最喜欢其中两篇——《朱尼厄斯桥上》和《靠自己》——出自同一位作家，一位我从没听说过的作家。这怎么可能呢？当时的丛书编辑卡特里纳·肯尼森告诉我，年复一年，挖掘伊迪丝·珀尔曼小说新作是她工作中最愉悦的一件事。经过一段可笑的再三考虑，我决定将《靠自己》选入小说集，仅仅只是因为不能同时选入同一位作家的两篇小说。从那时起，我开始径直查看她的书目：《怎么摔》《爱在大人物之间》《加湾鼠海豚》。我对伊迪丝·珀尔曼超乎寻常的热爱是印戳密封式的绝对。

不过，即便当热爱被密封确认，这份热爱仍会生长。《最佳美国短篇小说集（2006）》出版时，我们在马萨诸塞州坎布里奇市为书的出版举办一场聚会。为了聚会，我们聘请三位男演员朗读书中三篇小说。我的工作是负责做介绍，没想到聚会前两天，其中一名演员无法参加。我得知将由我来朗读《靠自己》。

一方面，我对公众朗读并不陌生，另一方面，朗读自己作品和与其他两位专业演员一起朗读他人作品之间还是存在巨大差别。因此，我将自己锁在酒店客房里，坐在床中央，反复练习。小说并不是很长，轻松地高声朗读二十遍后，我确定自己拿下它了。我在这里想告诉你们：在我高声朗读二十遍时，很少有地方是卡壳读不下去的，每次读后，需要改进的地方也非常非常少，不过，我越是反复朗读《靠自己》，这篇小说越是绽放。我感觉自己就像一名初级钟表匠在剖析一块江诗丹顿名表。第一次阅读这篇小说时，我就知道它很不错；不过，当我读它二十遍后，我领会到它堪称完美。每一句中的每一个词都不可或缺，每一处观察既含蓄微妙又错综复杂。语言韵律与情节起伏一起推进着读者的阅读。每次，我以为我掌握了全部精微玄妙之处时，小说的另一面呈现于我，某种悄然无声且无甚要求的东西一直站在字面之下，等待我去发现。这并不是说这本书里的小说需要反复阅读才能完全理解。我想说的是，这些小说蕴藏的东西如此丰厚，精神如此深奥，具有让人任意遨游的能量。

我真的不带一丝虚荣地告诉你，那晚我赢得满堂喝彩。伊迪丝·珀尔曼自己也在听众席中，这让我感觉自己在某个契诃夫到场的晚上领衔主演万尼亚舅舅。我唯一的挑战是不让自己在朗读时被打断。所以，我总是想停下来，对听众说："你们听见了吗？你们领会到这小说多好了吗？"

一年之后，在纳什维尔，我的公共图书馆里，我受邀为成年人小说时间（成年人午餐时间聚集在一起，听成人小说的活动）进行朗读，于是，我有机会再次朗读小说《靠自己》。一次重演！相当多的人狂热了。他们想知道他们之前怎么就从没听说过伊迪丝·珀尔曼。我告诉他们我理解他们。我只用了给我的一个小时里不到半个小时的时间，于是，我提议对小说进行讨论。

"不好。"有人大声叫道，"我们想再听一篇珀尔曼的小说。"

"再读一篇小说吧。"听众乞求道。

于是，我拿了一本她的书（毕竟，在图书馆），然后开始大声朗读起来。尽管我没有准备，光彩照人的作品依旧让我顺利完成朗读。结果，这次是我做过的差不多最棒的一次朗读。

我受邀写这篇序言，这是一份我欣然接受的邀请；我坐下来，阅读手稿，手中拿着一支钢笔。我认为选出一些佳句画下来应该是不错的主意，这样我可以一路上引用它们，但是，我很快就意识到这主意有多搞笑。我竟然在画下整本书。我想，好吧，就对自己中意的小说打一个钩好了，以便一定提到它们，但是，阅读完整本书后，我发现自己给每篇小说都打上了钩。每一篇小说！

你此刻手中捧着的是一笔财富，一本你可以带着去荒岛度日的书，知道每当你看到最后一页，你只需再翻到封面，再从头开始。这并非一本充斥撞车、贩毒和绝望故事的小说集。人的绝望比人的独立自主好写得多。这些小说是想象力和同情心的操练，是一次世界游历，是才华遭遇戒律时的事件案例，是让人惊诧的聪明才智。这本小说集让我们领略到一位艺术家的高超本领。一旦你翻阅过它，我希望你愿意传播和分享这则消息。不为人知的伊迪丝·珀尔曼已沉寂太久了。

安·帕切特

《奔跑》《美声唱法》作者

选编故事

入站口

地铁里，苏菲把地铁站台名录当首诗一样背着。接着，她又倒着念。倒着念东西容易记住，也记得牢。

到了哈佛广场站，一家人下了车，苏菲对着站台的一处标牌纳闷着。

“出站？”她问妈妈。

乔安娜正弯腰忙着弄丽莉坐的儿童推车，整理着小宝贝的背带。于是，肯回答苏菲。“在这儿，出站意思是说出了市中心，”他说，“两条车道，并行延伸。”他打住了。并行延伸？苏菲已经学到阅读三级了；她的词汇量达到了七级，海量了；不过……“并行延伸就是，”肯试着解释，“一条车道让列车出站，另一条车道让列车……”

“入站。”苏菲接过话，“那就是说我们回酒店的话，就是入站。不过，为什么这些车道旁没有入站车道呢？昨天，水族馆底下……”

肯深呼着气;这时,苏菲后悔挑起爸爸的话头。“哈佛车站以前是终点站,”他说给她听,“就是最后一站。扩建工程时,没想到遇上下水道,工程师们不得不将出入站车道分成上下两层。”他凭空解释一番,或是说,他从什么地方听来的版本。“入站在我们下一层。”这点他很确定。

一家人沿着浅斜坡走向宽敞的广场地带。苏菲走在前面。直溜的金发半掩着她的新背包隆起的迷彩包面。新背包是爸妈送她的生日礼物。有孩子之前,这两口子常背着探索者牌子的帆布背包在偏远地域云游。苏菲出生后,他们只去过一趟法国,带上了年幼的女儿。这次出游,计划横贯半个美国,从北部平原出发,是小女儿丽莉出生两年后的第一次全家远足。“远足就是一个环形圈。”乔安娜对苏菲轻松说过,“始于家,止于家。”

肯呢,一路推着沉重的推车,车里是安静的小宝贝丽莉。他和苏菲并行走着。乔安娜紧跟在肯后面,她的棉麻包和破了边角的棕色钱袋挎在肩头,荡着。到了广场,苏菲停下脚步。“台阶在左。”肯说。苏菲朝台阶走去,爸妈就像友善的两只熊跟在后面。出站的人流从不同的十字转门推门而出;因为推车,肯、乔安娜、苏菲和丽莉不得不从售币亭附近的大门出站。通向路面街道的台阶够宽,一家人能一起爬上去。肯和乔安娜两人左右两边抬起推车。一眨眼,四个人一同到了明亮的哈佛广场。丽莉一脸惊奇,打量着沿街小商贩,不时发出她让人熟悉的咯咯声。

“妈妈。”她朝肯叫道。

“叫爸爸,宝贝。”肯纠正道。

“爸爸。”

“叫苏菲,苏菲,苏菲。”苏菲说,在推车前跳跃着。

“妈妈。”丽莉叫道。

她还是叫不出姐姐的名字，虽说有时在家里客厅地板上，要是苏菲帮她拿玩具，丽莉会抬起好奇的眼睛，饶有兴趣地盯着姐姐看上一小会儿。

小丽莉患有唐氏综合征。两岁，小小的，可爱乖巧，肯和乔安娜心里清楚——很明白唐氏综合征是怎么回事——难让人省心。小丽莉刚刚开始爬了，筋骨也结实了些；医生感到欣慰。她坐在带衬垫的推车里，时不时坐立起来。

“丽莉让生活清晰起来。”苏菲听爸爸对他的一位朋友这么说过。苏菲不这么认为。戴上眼镜，人能看清晰；或者说，轻抹掉热奶油上的沫——妈妈示范过给她看——留下一层黄色薄奶油汁，连薄脆饼干都粘不起来的那种奶油汁，够清晰。小丽莉可没有让什么清晰起来，而是柔和了什么，让他们一家人团结在一起。小丽莉没出生前，苏菲和爸爸，还有妈妈，各人是各人。现在四个人全黏合在一起，就像家里窗台上留着的那块橡皮糖一样。

今天也是，他们穿过哈佛大学的大门，这门很像爸爸妈妈教书的学院，不过颜色更红、更有年头、更厚重；他们落在哈佛广场上购物人流的后面；感受得到脚下入站或离站列车带来的地面震动；四周都是建筑，其中一个庭院小径纵横，他们挑了一条走着……今天也是，校园人不多，一家人一起走着。

“马萨诸塞厅，”肯指着说，“哈佛最古老的建筑。那座就是约翰·哈佛塑像。再就是我们那时建的新宿舍楼——你想有一天在这里生活吗，苏菲？”

“我不知道。”

拥着推车，他们走进另一处四方庭院。庭院有一边是一座教堂，教堂对面是石砌台阶，宽宽的，足有三座建筑那么宽。台阶向上通向一处石柱廊。“那是世界第五大的图书馆。”爸爸告诉苏菲。

“那……第六大呢？”

肯笑了。“巴黎的国立图书馆。你去过。”

巴黎？苏菲记起彩绘玻璃。他们得爬又窄又弯的楼梯上二楼。当时她妈妈快生了，呼吸都困难起来。蓝色光线透过窗户洒在他们身上——照着她高高瘦瘦的爸爸肯，也照着高个子的妈妈，她挺着肚子，还有妈妈肚里的妹妹，再加上她自己。她还想起巴黎地铁，散发着和宿营地[①]一样难闻的气味。

“巴黎国立图书馆？”爸爸又说道，“记得吗？”

“不记得。”

“肯。”乔安娜喊道。

他们朝第五大图书馆踱去。乔安娜和肯一起将推车抬上石台阶。苏菲，有些着急，先跑上台阶顶，又跑下来，再又跑上去。她躲在一处石柱后面。爸妈都没注意。苏菲在入口处迎接他们三人。

图书馆入口，有位老人坐在一张桌旁，检查着入内的背包。一家人穿过一处大理石门庭，爬上通向计算机终端中心的大理石楼梯。终于，小丽莉呀呀呜咽起来。他们推着推车进到图书索引处。乔安娜抱起小丽莉。“我们去一间大阅览室。”她对着没有耳垂的小耳朵轻语着，“我们看窗外。”

苏菲看着她们走开——妈妈穿着那件熟悉的黑外套，特别消瘦。“书在哪？”她问爸爸。

---

① 宿营地：北美中小学展开学生户外野营体验和生活的活动场所。

“我的小学者。”爸爸说着,拉住她的手。

去书籍中心的入口就设了一道门。一个男孩,貌不惊人,长着雀斑,挺像她上高中的表哥,临时守着门。她爸爸掏着口袋找图书证以便能进去。

“小孩呢——”男孩开口说道。

“就十分钟。”肯保证。苏菲听爸爸用过这种口吻。有次,他们家门前雪地上滑倒了一位女士,他就是用这口吻安抚那位女士的;爸爸还用这种口吻抚慰过家里那只猫咪,当时,猫咪患癌症快死了。“我们从明尼苏达州小镇来。我想让她看看这里的藏书。就五分钟。”男孩耸了耸肩。

苏菲跟着爸爸过了那扇门。她的心本就低沉着,现在更低沉了,就像哪个捣蛋鬼推搡了她。立着的书籍一本一本紧靠着立在高高的金属格里,密得毫无喘息的缝隙,一层叠一层,一格接一格,书架间只窄窄的过道。书太多!虽说出版量大,也太多了。**四楼东区**,墙上的文字标识指示说。

他们在过道间来回走着,直至走到四楼东区的尽头。而后他们转了个方向;四楼东区变成四楼南区。一格栅后面是去往各办公小间的通道,所有办公间的门都关着。苏菲在想妈妈这会儿在做什么。接下来是四楼西区。西区和四楼东区一样,书,书,书;其间凸出的是一座升降小电梯。“它通到哪里?”她喃喃自语。

“上到五楼和六楼,”肯轻声答她,“下到三楼,二楼,一楼,还有地下A层,B层——”

“五分钟到了吗?”

“——还有C层和D层。”

这回是苏菲领路——比她想得要容易：只要紧靠着边缘一带走。而且，还有**出口**标识。门外的雀斑男孩朝他们点头示意。

她妈妈站在推车旁等着。小丽莉又坐在车里了，吸着奶瓶。苏菲吻了小丽莉七下。

“她喜欢吗？”她听见妈妈问。

“很震撼。”爸爸说。

她推着小丽莉玩开了，在木头腿立着的查阅卡抽屉柜间穿梭着。肯和乔安娜看着两孩子忽隐忽现。

“那些无声的书架。”肯说，“电梯，我第一次吻你的地方——我都忘了。”他又吻她，轻轻地，吻在她优雅的颧骨上，两个女儿都没能继承她这一点。

她仍扬着脸，像是在寻找阳光。而后，她说：“我们去博物馆吧。”

“苏菲会喜欢雷诺阿的作品。”肯回应道。

不过，在博物馆，苏菲却觉得《坐着的浴女》[1]很古怪。爸爸把她的目光引到芭蕾舞演员即兴起舞的画作上。这作品是什么意思？引起她兴趣的唯一一幅画作：沙地映衬下一群羽翼丰满、裸着足的天使们。“原来你喜欢伯恩-琼斯[2]。”肯低声说。

不久，他们又回到街上，商量午餐的事。肯和乔安娜决定去他们很中意的一家餐馆。希望餐馆仍在吧。沿着建筑物后面紧邻的人行道，他们朝餐馆的方向走去。“图书馆的后门。”肯说，指了指。苏菲转过头看过去。绿灯一亮，他们穿过马路。

其实，其中三人过了马路。苏菲呢，仍转着头呆呆看着，灯亮时，

---

① 《坐着的浴女》为毕加索的画作。

② 伯恩-琼斯（Edward Coley Burne-Jones）：英国艺术家和设计师，他的创作后期与拉斐尔派运动密切相关。

她又对车道线纳闷起来，没挪步。爸妈带着丽莉走远了。其他行人拥向她，挡住了她的视线。熙熙攘攘的人群蜂拥而过，街上的车辆又开始跑起来，苏菲只能原地不动。

就这样。一旦她跟爸妈中的一个走散了，她要做的就是站着不动。妈妈对她说过："要是我们两人都跑来跑去互相找，你要知道，我们根本不可能相互碰上。"

"就像原子那样。"苏菲说。

"我觉得是这样……要是我们其中一人原地不动，找的那个人最终能沿原路找到对方。"

有道理。苏菲想过，要是遇上这样的情形，她要镇静，做树叶下的蜥蜴。

恰恰相反，苏菲开始着急，甚至发热起来。她低声唱着《去告诉罗德姨》[①] 这首歌。路灯转为人行绿灯。她把歌倒着唱。妈妈过一会儿会原路折回来找她的。不过，妈妈应该不会离开推车。路灯又转为**车辆通行**。要不，会是爸爸吧。他会大步穿过街，两个大跨步回来，就能找回她，一把把她扛上肩膀，尽管她已大了，不太适合这种举动。她会跨在爸爸脖子上穿街走巷；那家餐馆应该有尖屋顶，窗户带很多窗玻璃；他们总爱选择这类餐馆。

乔安娜调整推车向右行，走了一两步，转过身找苏菲，没见人，瞅了两回右边，再瞅左边，朝人行道一路望回去，尤其是在围着看哑剧的一群孩子中间找女儿的金色直发和迷你背包。她的心膨胀起来，就像吹起来的气球。

"苏菲呢？"肯在她旁边说。

---

① 《去告诉罗德姨》：美国本土乡村童谣。

她沉着地指了指一家面包店倾斜了的窗户，把推车推了过去。她抱起小丽莉，这样，他们三人能很好地看到哑剧——哑剧演员熟练地演着爬隐形台阶的样子——还有一群兴奋着的孩子，特别是要找到苏菲，找到她背着的新背包，找到她那件旧的绿松石色夹克。只有那个孩子的夹克是绿色的，但她比苏菲高，头发也比苏菲黄，黄很多。只有疯了的爸妈才分不清谁是谁，以致看谁都像自家女儿。

苏菲心里想着，站在原地不动，而后，有什么东西从后面推她。她转身想抗议一下，不过推她的人已没了踪影。交通灯又转为**行人通行**。她没怎么想，虽说不是不想事先想好，她走上了马路。

她走到对面马路车道线旁，出了汗，口也干。可她没看见家人。街上时不时有推车出现，可没有一辆是丽莉的；都是那种一般孩子常用的折叠推车。她看见有一辆轮椅。哪有关联呢，她自责起来，用手背擦了擦鼻子。丽莉哪天就会走路啦？有个小丑脸涂得白白的，好像在招手。她没理他。她朝广场中心走去。之前，她留意到有一处报刊亭……一间报刊亭，爸爸说过。

报刊亭在那，是一间明亮的小屋，里面摆放着杂志，报纸和地图。有一个人，戴着防寒耳罩，坐在收银台旁。亭子每几分钟就轻轻晃一晃：地铁就在它的地底下。

苏菲在那等着，就自己一人，没人注意，也没人管。

估计爸妈应该从原路寻过来。他们已经找过落下她的那条路。

在报刊亭里面边墙的附近，她待得很舒服。外国报纸叠在一起。有法国报纸。巴黎之行后，她就认得《世界报》[①]了。《世界报》；要是爸爸在这，爸爸会叫她翻译一下。还有欧洲其他国家的报纸——她

① 《世界报》（*Le Monde*）：法国第二大全国性日报，在法语国家与地区极具影响力。

能看出哪些是西班牙语，哪些是意大利语，虽然她不知道具体意思。有些报纸呢，就是字母都很神秘。字弯得就像阿拉丁神灯，有的字母下方带点或短横线，就像一套其他的编码。中国字，她在中国餐馆见过，笔直地竖着，一个一个小房子，每个房子带着它的一家子。丽莉得学识字，妈妈说过。不是说马上学，而是将来某天。到了那一天，所有的报纸都像这些字，让丽莉困惑，让丽莉感觉更落单。过几年，她能走了。她会靠着苏菲站着。可能会靠得太近。这意味着什么？她会低声耳语。那又意味着什么？丽莉会哼唧了，还会扯扯苏菲的衣袖。

戴耳罩的人投来询问的目光。苏菲转而读起一张报纸来。每个词都很长，字母很多，每个字母由粗细不一的线条组成。她马上明白是德语。爸爸在他的古键琴上弹奏巴赫的曲目，用的是一份古老手稿的摹本，曲名和说明都是德文。要是苏菲以后的日子都在这间小房子里，她很可能会学一到两门语言，它们的字母在她看起来熟悉易学。她会这么学：先通读英文报纸，然后，记住新闻内容，进而理解其他报纸里对应的词汇。

乔安娜和肯行事理智。乔安娜在哑剧演员附近等着。演员正在模拟表演走钢丝。他停住了，化了妆的脸显出恐慌。他在假装失去平衡。他那僵直的身体慢慢倾斜，侧面朝上，不连贯地好几次紧绷动作，就像分针指针那样，直到分针摆到时钟的十刻钟，他整个人倒下去，一眨眼，变成了悬挂在钢丝上的人，左胳膊向上伸着，异常的长，右胳膊绝望地摇晃着，两条腿歪歪斜斜地张开着。

肯去找苏菲了。他应该循着原路往博物馆去，然后进了博物馆，从伯恩-琼斯的宿营天使作品到德加，再到雷诺阿。如果可能，他会回图书馆去找；乔安娜脑子里在想他焦急询问那位守门人时的情景。

围看哑剧表演的人越来越多，乔安娜要伸长脖子才看得见那位演员。要是肯找到了苏菲，苏菲会喜欢看这场街头表演，但愿她没被抓进什么车，也没像牛奶箱上登着的寻人照片里的失踪者那样把命丢了。乔安娜不应该这么想，不，不，不；她应该像通常做妈妈的人那样，去想想一般有可能的结果，要像一般孩子妈妈那样去想。女儿走散了，是因为好奇心重，他们说她有超直觉，我说她是欠考虑，让今天的出行不顺。她就不能让人省心些，少操心些吗？难道这里摆着需要人照看的小可怜还不够我们操心吗？天啊，丽莉宝贝，苏菲宝贝，我心爱的两个女儿呀；看着丽莉打盹，我会想起苏菲，想起苏菲还是婴儿时，也是睡在她身旁的摇篮里，伸着小胳膊小腿；长得就像洞穴里的野牛一样。我记得，我记得……她多半记得，具备天才智商的苏菲可以倒着唱歌。肯喜欢炫耀女儿惊人的记忆力和异乎常人的天赋，他的骄傲嘛。哑剧演员安稳地走着钢丝，赢得了喝彩。我要往他帽子里投些钱币吗？可我不能离开推车，我们不能分开，谁都不能离开谁。当然，苏菲一旦意识到自己走丢了，就会待在原地。她会去哪呢？她不了解这座城镇。只是参观了博物馆，她不喜欢，还有图书馆，她讨厌图书馆；肯因此受打击。苏菲喜欢地铁。孩子都喜欢地下世界：什么排水管道啦，没被挖出的宝藏啦，僵尸啦。孩子都喜欢火车。他/她们喜欢被领引着去往某个地方，入境，出境……

肯脸上一层油腻。

“图书馆呢？”她明知没用，可还是问。

“不在那。”肯喘着气。

“好了，”乔安娜说，“我知道她会去哪。”

苏菲,把一个胳膊弯出背包,准备读法语报纸。明年,她怎么都要学法语,和尖子班的其他同学一起学。不过,这门课她不会学得很快,她很明白。她忙着学她的母语呢,她和丽莉的第一语言。还有,她要学语言规则。她得听,有时得说。现在,盯着《世界报》,装作戴耳罩的人已经回家去了,她略微对了对眼睛,本不该有这举动的。接着,她沉浸到报刊段落中的字里行间,之后,她进到一间非报刊间,用镶板嵌出的一个小隔间,隔间里点着蜡烛,墙壁是皮革装饰,就是她之前想象的世界第五大图书馆应该有的样子。虽然书多得她没法读完——看到四层东区时,她就意识到这点——她希望在一间金色小书斋里,就像她现在看到的这间一样,读这些书。她想和爸爸妈妈读过的书一样多。她想跟爸爸妈妈一样长成大高个。像他们一样,学习、结婚、欢笑、品酒和拥抱人们。

这样的愿景坚定着她,让她看得更远。她的生活在这个世界里,不是在这间纸房子里。她预知到这一点。她也看到,当她日渐长大成人,爸爸妈妈则日渐衰弱。他们也可能会用力扯她的衣服,虽然无心要让人心烦。

丽莉会一直和她在一起。“她会一直都不同于常人,宝贝。”妈妈说过。当时,苏菲想的是妈妈说的意思是我们会一直很特别。现在她新添了一层注释:我会一直很特别。

她感到她的脸颊刺痛,就像被猫咪伤感、干燥的舌头舔了一下。等丽莉长大了,丽莉的头几乎会和苏菲的肩膀差不多高。丽莉得靠着什么东西。她很可能会靠着苏菲。她俩会默契到如何同进同退。她们会肩并肩一齐奔跑就像地铁车道那样,入站,出站。平行延伸。

她得回到家人身边,得完成这次出游。她把那只胳膊伸回背带里，整好肩上的背包。她走过戴耳罩的人面前，没说再见。

肯和乔安娜在地铁台阶上碰碰撞撞地把推车放下去。通常，他们会在投币售票员所在的亭子前排队等着。这次，乔安娜塞进投币，就匆忙穿过入站口处的十字转门。肯把他们的小女儿从转门上方递过去给她，他把他自己的投币投入币槽，转过身，把推车举过头，先来一个猛冲，过了台阶口。他们把丽莉放回推车，朝坡道冲去。

"出站口？"肯问。

"她明白的。"

坡道上，他们绕过一位老妇人；老妇人正走到半道歇腿，左边放着她破旧的袋子，右边是她要散架的推车。"没事。"老妇人说。

入境列车刚开出去。站台上有五个没赶上这趟车的乘客：三个学生，一个胡须男，还有一个高个子黑人女性——是一位岛民，乔安娜会这么称呼；黑人女性的穿戴表明她的出身，胳膊下夹的杂志很可能是法语杂志。苏菲在他们后面离得不远。她一离开那间小房子就找到了地铁站入口。爸爸扛着推车从后面通过转门时，苏菲正从街道下来。在她妈妈选择入口时，苏菲在想，要不要排队买投币，承诺检票员之后再付钱。她决定不冒险去和售票亭里的那个人谈这事。就在爸爸妈妈到了入境站台时，她正从转门下面拱过身来。她开始下坡了。

还没到坡道尽头，她就看见了他们。妈妈坐在一张长椅上，抱住她膝盖上的丽莉。爸爸呢，站着，向妈妈和妹妹那边弯着腰。他们就像普普通通的其他人一样。但苏菲知道——妈妈的双膝在她的大衣下相互碰撞着。她的双脚分得很开，脚关节朝里面弯着，累得关节骨头几乎触到地面。就在苏菲出现的那一瞬间，那位女士说："现在，可以团圆了。”一种攀谈的口吻，虽然声音挺大。

肯转过身，直起身来：就像篮球比赛回放的慢镜头。

乔安娜轻松下来，仿佛打了一针似的，疼痛止住了，感觉也平复了。她看出这孩子经历了一段焦虑不安的过程，不过，她此刻没法安抚她。也许因为这对苏菲而言，未尝不是一种因祸得福。

也确实是，苏菲轻快地往前迈进一步，仿佛迈进一幅画卷似的，这是一幅她有待亲眼看见的未来生活的画卷。

丽莉松弛了一会儿。而后，她举起戴着手套的小手。

“呼！”

赎罪日

他是这鬼地方最后一个犹太人。

一个废墟国度，一个充斥着骗子的国家。富饶的庄园掩映在绵延起伏的群山间。枪支躺在装芭蕉的条筐下。就连绿羽毛鹦鹉也在玩诓骗伎俩。它们栖身在树丛中，毫无动静；忽然，一起同时窜起，飞掠而去，抛下观鸟者孤单一人。

唯一的犹太人！

其实，还有一个犹太人：他儿子，莱克斯。他们面对面坐在厨房餐桌上。莱克斯仿佛同情父亲的境况：赎罪日[①]之夜，这城市就没一处角落让一个犹太人能与其他九人一同祈求宽恕。

“革命之后，他们全逃往迈阿密了，”莱克斯说，“带着他们的钱。”

---

① 犹太人赎罪日：是希伯来历提斯利月第十天，是犹太人每年最神圣的日子。

罗伯特心寒了。

莱克斯说："鲍勃，我们给你找个祈祷班。"他同情地看着父亲。

可这真算同情吗？或者，也就是一名专业社会工作者习以为常的一种理解而已吧？就像他已适应儿子直呼其名一样，罗伯特将就地认可了莱克斯所从事的这份女性化职业。不过，他还没适应用点头或是喃喃低语来表达赞同。他自己从事的是投资咨询。

"我们翻了一遍这些指南，没有。"莱克斯说，"要不我们查电话簿找找夏皮罗这个名字看看？或者找找卡茨这个名字？"

当爸的和做儿子的大笑起来。他们的本姓就是卡茨。

小男孩呢，来回瞅着这父子两人。

尽管看起来胃口很好，他仍然是个单薄的孩子。他的名字，詹姆，莱克斯手心上印着，彩色蜡笔画上也签着，贴在冰箱门上呢。

在这个没有犹太人的国度的首都，在一条泥泞路上的小屋的带斑痕的厨房里，他们静静地坐着。罗伯特还穿着睡衣。远在贝弗利地区，罗伯特的孙女，也就是莱克斯的侄女，也装饰着贴在冰箱门上的画。墨林·缪罗伊，画上签着这个名字。墨林·缪罗伊自己把自家洗衣女工的名字印上去的。缪罗伊家的墨西哥裔管家把画挂起来。还能有谁呢？——墨林爸妈每天工作十二小时，处理法律事务。

詹姆。名字发成了"海米"。罗伯特从盛着早餐的餐盘里叉了一片番木瓜。

莱克斯翻着电话簿。"没有夏皮罗，鲍勃，也没有卡茨。我居然也没列上去——我的电话是机构电话。"

罗伯特吃了片菠萝。

"我打电话给大使馆。"莱克斯说。

“呃，”詹姆说，拍拍莱克斯的胳膊，“我饿了。”

“吃什么？”罗伯特试着问，“我是说，**想吃什么**……”莱克斯已经站起身。他和詹姆各站一边，两人不紧不慢地扫视着冰箱里的东西，一个是瘦瘦的年轻男子，一个是非常瘦弱的孩子。**“吃什么呢，”**罗伯特又问了一遍，很柔和。他说的西班牙语断断续续，在小男孩那没有一点反应。花了一个月听那些费劲的语音磁带，有什么用？为什么他非得来这里？

五天前，他从飞机铝板台阶下来，步上沥青碎石马路，当时已是下午两点，酷热的天。他很熟机场那一套。不过，还没习惯没有倒时差的感觉，毕竟——他很少从北往南飞。他的感觉是，太阳依然在那呢。不需要打盹，也不需要吃点什么，虽然从机场出来的路上，詹姆闹着要停车去吃墨西哥式玉米面团包馅卷。“呃，呃！”他嚷道，指着小吃摊。莱克斯径直开过去。罗伯特对着莱克斯笑了，做父母舔犊之情嘛。莱克斯却没理会父亲的笑。对这个他即将领养的儿子，他在意的是领养申请能获批准，而不是迎合什么。

男孩子说话时不发辅音，让罗伯特挺困惑。当天下午，罗伯特和他一起看一本绘画书。“Vaca”，西班牙语中的“牛”，读成了“aca”；“caballo”，“马”字，读成“callo”。小墨林，怕要被他念成“Een”，他猜想，要是堂兄弟姐妹们——他能叫出他们的名字吗？——彼此见面，他们很可能得很长时间才会见面。这一家人散居各地：罗伯特和贝斯住马萨诸塞州，他们的女儿缪洛尼·卡茨搬到加州去了，莱克斯在中美洲这儿住了两年了，真不知道还要住多久。

“领养手续办完我才走。”莱克斯这么说来着，那天晚上，等到詹姆终于去睡觉之后。“再等六个月吧，再就……”他耸耸削瘦的肩膀。

“我不会去芝加哥，一定不会去。萝恩在的城市，我不想待。”萝恩是他的前女友。“也许詹姆和我会回波士顿。”

罗伯特点点头。“那里的学校有双语课程。”

“饶了我们吧。”莱克斯转动着眼珠，“在家里，我们会继续说西班牙语。”他说，“在学校啦，玩的地方啦，詹姆会用英语——就像移民过来的几代人的孩子那样。”

他自己的母语还说不好，罗伯特嘴上没说。**他不会数数，也不认识颜色**。“他多大了？七岁，你写的？他……小呢。”

“我们凭骨骼和牙齿判断，”莱克斯说，“中美洲人比北美人个头小，再就是那些带印第安血统的人，像詹姆，最矮。给他申请护照的时候，我会拟个生日日期给他。我准备说他五岁。他情感上也就大约三岁——缺少爱的三岁儿童。没有人送他上过学。一年前，我在当地孤儿院第一次见到他，他都不会说话。自从跟了我，他相对长大了。”

罗伯特倦了，好像倒时差终于来袭。

于是他上床睡了，在厨房外面的那间窄房间里。他的窗户对着里面的院子，不大，也就撑着一根晾衣线，带个水槽，还有一棵已开始结果的柑橘树。树上鹦鹉隐匿其中。

周日过后，罗伯特自己一人待了几天。莱克斯在工作，詹姆送日托了。每天早上，罗伯特在他们两人早餐时的声响中醒来。他清楚他们大多在说什么。詹姆重复说早餐的餐单，琐碎的家事，以及日托中心的日常活动。而后，他重复一遍，又一遍。重复之间，罗伯特听见翻阅报纸的沙沙声和塑料地板上橡胶滑轮滑动的摩擦声。詹姆在玩他的小玩具车。他用他自己的喉咙呼应着滑轮的声音。“呼！”

二十五年前，罗伯特和贝斯一起读《环球时报》，在他们脚边，两个蹒跚学步的宝贝在一大堆乐高玩具里折腾。詹姆还不能玩乐高玩具，莱克斯说过。连罗伯特带给他的礼物——乐高初级套装玩具也没法玩。詹姆根本不知道怎么拼凑东西。在孤儿院发现他之前，詹姆很可能从没见过玩具——也许他玩过一两把勺子，或是给旧鞋子里灌沙子一类。墨林，罗伯特欣慰又内疚地记得，已经可以搭很要技巧的乐高大楼了。

要出门上班之前，莱克斯总会敲一下罗伯特半开着的房门。

“进啊！”罗伯特答道。

莱克斯会跟他说前一天发生过的一些事。罗伯特想参观大学吗？莱克斯可以给他张图书卡。要是他去露天集市逛，他高兴带个菠萝回家吗？詹姆呢，仍蹲在地上玩他那辆低声作响的玩具车，一会儿小脑袋钻进莱克斯的膝盖间，抬起来，夹在两条瘦腿之间，他那张小黄脸蛋一脸严肃，也许只是不太明事理的年龄。

他们走后，罗伯特从床上起身。烧开水，沏茶，再吃上三片薄脆饼干。尽管很节制，他仍要拉几次稀，排尿很多。“只要不带血，就不严重。”莱克斯就这么对他说的，当时是他来的第二个晚上，罗伯特第一次出现这类情况。莱克斯的话是很安慰人，不过用词谨慎着呢；罗伯特站在浴室外，皮带还没扣上，抬起下巴，带着些挑衅的意味，神情就像尿了裤子的孩子那样。

不过每早拉这么一次，让他感觉好很多，就像在平淡无奇的环境中爆发了一把，证明了自己似的。之后，他翻看报纸头版，得借助字典来读才行。然后，他冲个冷水澡，用冷水刮面，穿戴好。他把地图、字典、钞票，还有烧瓶一并揣进屁股兜里。布袋包挎在胸前，太阳眼镜架上，帆布帽戴上，随即出门。

他周六到的，到周三为止，也就是前一天，他已经徒步把这座城市逛了个遍。他逛进了贫民区。街上商贩兜售着芝兰牌口香糖和安定药片，他没搭理他们。在一些热情妇女的帮引下，他误打误撞去了一家小考古博物馆。在那，他了解到原来这地方把巨嘴犀鸟视为魔鬼的化身。

之后，他盯着没有窗户的大厦看了好一会儿，在这，据最新热议的言论调侃，国民议会的成员彼此大放阙词，意见相左。他搭公车去了周边两个小镇，都很热，尘土飞扬的。镇上都有殉难烈士纪念馆。周三下午晚些时候，他回到首都，泡在露天大集市里。听说这一带小偷常光顾，他就一直把手轻轻搭在他的帆布包上。

他给贝斯买了一串黑珊瑚。虽说他爱她且钦佩她，却没怎么想她。这一趟她没有同行，倒不是有什么不和——他们之间没什么意见不和。她这次没来，不过事出有因罢了：莱克斯刚回过家一趟；他这儿的房子只有一张单人客床；这次呢，情况也特殊——一个年轻男人即将成为一个小男孩的父亲——似乎需要的是一个单身老男人到场就好，这么一个老男人，爷爷嘛。

爷爷！对于一个还在发育的孩子而言——罗伯特眼神温和，甚至亲切；嘴呢，牙齿已经相当稀疏，嘴角也松弛了；身子紧绷着，时不时抽搐。怎么说，这孩子将成为这家人的一分子，姓卡茨，詹姆·卡茨。要是罗伯特的爷爷，自己肤色也是蜡黄色，会怎么看这么一种家庭变化？他想到扎伊德·柴姆，赎罪日里系着丝质围巾的扎伊德·柴姆……也就是此时，他站在集市里，手放在帆布包上，想起那天来了。过两天就是赎罪日了。二十六小时后，就该唱《晚祷》了。

现在，周四早上，使馆回复了莱克斯的询问：就他们所知，这座城市没有犹太人社群，整个国家都没有。莱克斯挂了电话。“他们有一个犹太裔女工作人员。不过回得克萨斯度假去了。”

“我们没辙了。”

“抱歉，”莱克斯说，站起身，“我得上班去了。今晚的话……我都忘了赎罪日……单位不少人要来吃晚饭。”

“来好了，”罗伯特说，“我也不是那么教条的人，你知道的。我不斋禁。你成年礼时，我不得不重新组织我的希伯来文来着，就是那时，也不是那么时兴了。”

“詹姆？”莱克斯朝卧室喊，“**快点啦，请你。**”又转向父亲，“你雕琢那些音节就像雕琢钻石一般。贝斯用的是转译法。”

“她从来就没学过希伯来文。”

“不过你真棒。为了我嘛。”他点点头。

“要是我也这样应对我的高中西班牙语就好了。”罗伯特说，有些激动，又有些窘。

莱克斯仰起头。“为了他。”他说，用一边削肩努向还在卧室里的孩子。在罗伯特看来，他努肩的动作偏女性化。罗伯特肠胃里面翻江倒海起来；还好，没事。真是的，他就是没忍住，还是吃了那水果。詹姆正兴奋地背上他的背包。一团糟的国度里，一个最贫贱的小孩有了个自己的背包。“**走！**”莱克斯最后说。

詹姆开始跑起来。莱克斯走到外面，发动吉普车。詹姆在门道转身，对罗伯特挥挥手，示意再见—— 还叫了他的名字。告别在这儿用的是招手的手势。这手势每次都让罗伯特发怵；这会儿又怵到他了。他往前走了一步，就像这孩子真的在召唤他。而后，他收住脚，嘘了一声。这地方！招呼人的手势也正相反：垂下手腕，用手背对着想招呼的人摆动，像是示意他走开。

詹姆在笑他吗？没有，只是一种暧昧的笑。罗伯特适时地模仿詹姆做的手势，觉得像交警在指挥交通一样。他也觉得自己像个糟老头。詹姆咧嘴笑起来，蹦出去了。罗伯特闩上了浴室门。

他和一群异教徒们度过了赎罪夜。他们人都还好，这些是莱克斯的同事。一对正经老夫妻，六十开外，肚子都耷拉着，头发灰白，将自己最后的几年献给正义事业。一位漂亮的年轻护士。另一位护士，年纪大些，雀斑脸，粗糙硬朗。还有些其他人。他们吃米饭和豆类，莱克斯巧妙地调拌出来的。詹姆在地上玩，偶尔哀号一声，想要莱克斯关注他。莱克斯会收住正在说的话，用眼睛瞅着詹姆，听着高声重复的简短而且急促的话语，然后，回道“好”或“不行”，要不，就压低声音解释一下。

大人们谈论着这个国家的困境，数个世纪的暴政，一代人对后一代人的暴虐相待。“教堂有很多问题有待解决，”一位颇强硬的加拿大妇女说，“那些最早的学校，传教士办的——教我们如何承受痛苦。”罗伯特不太明白她所说的“我们”指的是什么；随后，他记起来她是土著美洲人，是原著民一员。这个星期早些时候，她顺道来拜访，他遇见过她。她的头发和眼镜都不干净，嘴很絮叨，让他想起他那位从纽约布朗区来的堂兄。也是早些时候，他和那对虔诚的夫妇也见过；那天晚上，莱克斯带他去听一场有关互助的讲座，这对夫妻也在。这次呢，是罗伯特所参加的第一次社交聚会，再有呢，到了就快结束时，他才醒悟，这次聚会是为他办的。

第二天一大早，他们打点好行李，装上吉普车。这个周末，准备去山区拜访孤儿院——罗伯特、莱克斯、詹姆，还有珍妮，那个雀斑脸护士，不是漂亮的那位。

珍妮开车。她开吉普车很在行。在双车道高速路上，她开得飞快，只要有把握，她就超车。他们被两个很年轻的小伙子拦住，这两年轻人很疲倦，各持一把冲锋枪。珍妮很有架势地回答他们的提问，那派头让罗伯特甚至认为那两年轻士兵会吐出舌头让她检查。不过相反，他们招呼吉普车继续往前开。罗伯特坐在前座颠簸了一路。后座呢，莱克斯演示给詹姆看如何把大块的乐高积木对接起来。詹姆无动于衷地瞅着，十个手指头扣着他的玩具车。

早上晚些时候，到了一座郁郁葱葱的小镇，他们停了下来。附近是几处咖啡种植园，珍妮说道。一家餐馆的后院，鹦鹉从棕榈叶缝中望着外面。詹姆跑向一只猫咪，他认识的，然后，他在院子一角蹲下。女业主，也是主厨，先是给他拿了一盘通心粉，然后，她用标准的英语欢迎其他几位。她的鼻子弯弯的，大大的，笑得很开心。“她是西琳，”珍妮介绍说，当房主转身回厨房时，“她做的玉米千层面好棒。她投身了革命活动，很积极。”罗伯特明白：走私军火。

两位女服务员，举止文雅，天使面孔，为他们提供服务。罗伯特明白不能真把她们看作雌雄同体。“外在柔弱女儿身，内里坚毅男儿心。”莱克斯也这么说过类似的人。“不是同性恋。”罗伯特没问莱克斯是不是在当地有恋人。前些年，他就确定了他儿子讲求安全性爱；他和贝斯也就想知道这点，也就够了。

玉米千层面真的很美味。詹姆和猫咪一起分吃意大利面。罗伯特挺想来杯咖啡消磨一下时间，在这个小镇转一转，参观一下它的烈士纪念馆；在鸡尾酒时段回来，和这位南美女冒险家一起品尝品尝开胃酒，而那时鹦鹉在打盹。不过，事实是，他付了账，和她握了握手，然后，朝那些鹦鹉适当地招了招手，就此再见。

一个小时后，他们离开了高速路，开始爬坡。农场都绕开树木，砾石和灌木丛。珍妮很老道地绕着路上的火山口开了一圈。罗伯特努力把持好自己的坐姿，以便不受吉普车的上下颠簸之苦，却弄得自己很累——要不，可能是西琳的午餐酒闹的。他靠着头枕，闭上眼睛……后来，脖子上有什么东西在爬，他被弄醒了。他朝那东西拍过去。是只小手。

“对不起，詹姆。**抱歉**。嗨！”因为小孩也在拍他。

“詹姆。”莱克斯的口吻和珍妮的一样，很威严。接着，一阵低沉、快速的西班牙语。然后，他的肩膀上被拍了一下，什么东西越过被拍的肩膀落在他面前，是三块乐高积木，胡乱拼凑成一块。

“Asa。”詹姆说。

是“Casa”。房子。“布伊诺镇。”罗伯特说，试图激发热情。他转头去瞅詹姆漂亮的眼睛和那张怪嘴。莱克斯一本正经地笑着。

刚过两点，他们到了他们准备过夜的小镇。罗伯特小心翼翼地下了车。

“你要挠挠背吧。”珍妮留意到。

这镇的广场是个秃秃的小土墩。一座教堂面朝广场。灰泥墙壁，似乎没被处理过。平房小客栈朝自家庭院倾斜。罗伯特被带到后面的一间卧室。从卧室窗户看出去，他能看见牛群。

珍妮和莱克斯邀他和他们一道去孤儿院。“谢了，不了。”他说，“我想待在院子里，看看书啦。”再给小墨林写张明信片。

不过，他们刚拔腿离开，他就感到一阵凄凉。他应该一同去。他应该跟着儿子。

他们告诉过他，孤儿院在小镇两公里以外，沿着径直往西的路走。起先，他走得很快。五分钟不到，他就看见他们了，很快他也走过了他们刚走过去的一处低矮的石屋群；矮石屋群每间屋都敞着门，里面的陈设看得见，都一样——两把竹摇椅，一张桌。

每个门道里都站着一样面无表情的妇女。孩子们在玩泥巴。詹姆就出生在这样的屋子里的吗？很可能他是从某个窝棚里蹦出来的，就像罗伯特这会儿路过的地方——锡铁皮和阁楼混搭着，后面的茅厕用面帘子遮着就是了。

莱克斯和珍妮一起走在路中间。詹姆冲在前面，一会儿走这边，一会儿到那边。珍妮比莱克斯高。她淡褐色的头发拢在她的双肩包上，散着。

路尽头，一群小男孩等在一扇大门后面——也就是两根横放着的圆木柱——很形式地防止附近动物进入。詹姆爬上两根圆木之间。莱克斯和珍妮跳了过去。

罗伯特爬上上面的那根圆木，骨头开始嘎吱起来。他听见，似乎响在深远处，是哭泣声。也许它就是他自己的垂暮之哀叹。

他身处这些男孩之中。男孩，都是男孩。这些男孩：黑刘海下三角形脸蛋，脏兮兮的。这些男孩：穿着二十年前另一端大陆流行过的衣服——橄榄球T恤，宽短裤。这些男孩：没有一个看起来超过十岁，虽然他明白远不止这样。也许有些十二岁了。这些男孩：等待着的是枪械和霍乱。

“鲍勃！”珍妮喊道。莱克斯展现一种欢迎的笑。

他们马上把他派上了用场，让他去听听孤儿院负责人的不满之词。负责人是位年轻人，蓄着稀薄的胡须。罗伯特坐下来，周围围着那些男孩，每说几个词，就要翻翻他的字典，弄明白了问题的症结就是钱，现金和信用两方面。供给很少。最近用的厨子还把院里的收音机偷走了。罗伯特记下负责人所说的一切，然后被孩子们催促着当了回一场垒球赛裁判，三局出局式。这些男孩不太会玩。后来，莱克斯组织了一场障碍跑。让罗伯特拿着一只充了气的小丑的手放在胸前。这只小丑的手是从珍妮的双肩包里取出来的；她三口气就把它吹起来；吹气时，她腮帮上的雀斑也跟着撑大起来，而后又小下去。每个障碍赛跑手必须拍到小丑的手；有些孩子呢，拍错了，拍到罗伯特身上去了。他们的牙齿跟芝兰牌口香糖一样白。

之后，他们被赶进一个很脏的食堂。“靠近我！”有人开口道。他坐在一个小子旁边，这小子个头挺小，棕褐色肤色，浅红色头发。

每个男孩都拿到一些彩色蜡笔和纸张。这些东西原来都是钱。他们画了半个小时，氛围安静、欢愉。与此同时，珍妮替一些孩子检查了他们发炎的耳朵——她背包里还带有一把耳镜呢。负责人简陋的办公室里，莱克斯与一个满脸不快的孩子谈着话。谈着谈着，男孩怒气渐消。

罗伯特夸着孩子们的画作。他帮着这些画家们印上他们的签名。那个浅红头发的小子叫米吉尔·奥·雷利。米吉尔特别在意他名字的寓意。

这些弃儿——他们知道自己怎么被抛弃的吗？莱克斯告诉过罗伯特有关他们的境况：有些还是婴儿时就被遗弃在孤儿院门前，有些被收容时才刚学步，已经历经挨饿与虐待的遭遇，有些从妓女那里解救出来，或者至少是暂时带了出来。詹姆之前就被当作一个街头黑帮组织的吉祥物。

对于这些男孩而言，罗伯特俨然是一位族长。他们敬重他的西班牙语——很有限的词汇量，远道而来的征服者所体现的表达，虽然含糊不清。他们也敬重他灰白的头发。在他们国家，他这个年纪的人早就已经入土了。

日光渐渐变红，光影也越来越长，鹦鹉此刻应该会悄无声息地从树林中飞出来。这个下午很快就过去了。有些地方，其他什么地方，也许在迈阿密，一群教堂会众聚在一起，祈祷着，体会着团结、非凡、近乎安全的感觉。

一个有胎记的孩子开口要看他的手表，很庄重地看了好一会儿，而后笑着还给他。其他两个孩子执意要他参观他们的寝室。他仔细看了看铁架儿童床的床下；他该找些笑点来开怀一把，虽然他所能看到的尽是灰尘。也许有一只老鼠刚仓皇而过。

他重重地坐在一张儿童床上，唬着这两个孩子。他把他们拉拢过来，一边一个靠着他的膝盖。他们等着他的教诲。“**我们的主啊！**”他低语道。

铃声响起：晚餐时间到。他们僵在那。他让他们去吃晚饭。

噢，他们单薄、艰辛、充满渴望的男童岁月，发育不全的流浪儿，注定在看不到尽头的某处一隅漂泊了数年。院里有牛粪。特别日子里，晚饭有些豆类吃。

詹姆玩停当了。玩得很痛快。

暮色里，他们走回小旅店。有些棚屋是小店铺，罗伯特现在才注意到。昏暗的电灯照着罐头食品和药品。电视在偏僻的里屋里闪烁着，照着吊床。怎么误导称这世界是第三世界？这世界是地狱。

莱克斯早上就带上了一个冷藏袋,装着三明治和可乐。“詹姆一天内不能下两次馆子。”他这会儿向父亲解释。

“那第一次下馆子是什么时候来着?”罗伯特不太记得。而后,他想起来,就好像很久前看到的一张富丽织锦里,那位智利妇女微笑着,她那些灰色鹦鹉心照不宣地监视着。

“东西够我们所有人吃的。”莱克斯说。

珍妮摇头:“我带你爸爸去咖啡店。”

咖啡店在旅馆后面,有一个开放式厨房和三张桌。有两个男人在其中一张桌旁用餐。没有菜单:今天提供鸡肉香辣汤。罗伯特希望他的胃受得了。他买了一瓶劣质酒。

“干杯。”珍妮说。

他扬起眉毛。

“我祖父叫艾萨克·芬克。”她说,“他是个小贩,误打误撞闯进米尼苏达州,就待了下来。一家骨子里是路德教会教友。仍然……”

“仍然,那你也有些犹太渊源。”他委婉地说,“干杯。”

他们聊莱克斯的才干,詹姆的热忱。他们聊这个下午遇见的那些孩子,也聊珍妮的工作。她计划在这里再干一年。“之后拿到公共健康方面的硕士学位,我想。”她的脸开始红起来,“给你挠挠背?我是说真的。”

也许这半个犹太人也想检查一下他的舌头,揉揉他疲惫的肠胃。他原来琢磨她是女同性恋。她很有可能是同性恋。在这,人什么都可能是。“谢谢,不用了。”他说,“今天是赎罪夜。”

“噢,明白了。”她有些困惑地说。

一个人在床上时，他发现自己竟然在想，那个好看的智利厨子，她会不会也可能有那么些犹太渊源呢。还有，昨天晚上聚会上，那个加拿大土著妇女——这么个发牢骚的神人。他和莱克斯应该更努力找找，以便找到其他八个犹太人。某个小镇，一家裁缝铺后面的一间屋子里，住着一个虔诚的老人，穷得没办法逃往迈阿密。一处邋遢的贫民窟，一位半犹太身份的半个医生，买卖着坠胎草药。一头驴背上，一顶犹太圆顶小帽扣在一顶墨西哥宽边帽下，一个浪荡者在卖锡锅。所有人都可能是犹太人，包括詹姆：害怕巨嘴犀鸟的印第安人后裔——除了是一种大鼻子的鸟类，巨嘴犀鸟还是什么？——还有，从高傲的马拉诺人[1]一脉相承下来，在数层地下室深处的地下室里向耶稣祈祷的马拉诺人们。

第二天早上，他打理好了他的肠胃。收拾好晚上过夜的行囊，穿过广场走到岩壁破碎的教堂。教堂里，虽然木十字架上的耶稣赤裸着，灰泥塑的圣人们披着天鹅绒长袍。镇上的人们，也似乎盛装到场。他看见昨天晚上咖啡店遇见的其中一个男人也在。今天，这个男人炫耀地穿着南美人常穿的黄色夹克。

罗伯特靠后坐着，听着弥撒。布道开始了。他不想弄懂它，虽然牧师说的西班牙语简洁，缓慢，而且讲的是misericordia[2]，怜悯。Rachamim[3]。他在想莱克斯，这会儿正在打点行李装上吉普车，准备今天启程去更多的孤儿院。莱克斯也正在结账。“这次出行费算我的。”他说了，不要罗伯特的钱。这么一个家伙，令人敬佩，又让人扫兴。**希望你也是，和我一样有个自己的儿子，罗伯特想着**——古老的

① 马拉诺人（Marranos）：指1391年后为避免处死或迫害而信奉基督教的犹太人。
② 拉丁语：意为怜悯。
③ 犹太语：意为怜悯、慈悲。

咒语,古老的祝福。

一只小手落在他的肩膀上。他扭过头,看见詹姆。小家伙又跳开了,在开阔的双开门道处转身站住。他身后,没有树木的广场;广场后面是旅馆,其他屋舍,起伏的山丘。

"噢,"詹姆嘘声叫着,"噢!"然后,轻拍他的手像是要避开什么讨厌的东西。迷路啦,他似乎在说。到这来,他好像在说。罗伯特现在知道其中的不同了。

噢。Ab. Abba,父啊,亚伯尔罕[①]。**众民族之父,我尊从你**。是吧?借助谁呢?借助墨林·缪罗伊,半个爱尔兰人。借助詹姆·卡茨,一个土著人?

众民族:多么自负的想法。难怪我们一直身处不幸。一些美好之地呢?他静静地对牧师说,对耶稣说,对在他耳边喃喃有声的上帝说。这么一个民族会怎样?这么一个照看其孩子,甚至那些平庸种族的孩子的民族会怎样?

"奥伯[②]!"

罗伯特站起身。他跟着他孙子走出昏暗、宽大的教堂,走进强烈的日光中。

---

① 希伯来语人名,含义是"众民族之父"。昵称Abe,Aby等。

② 詹姆将罗伯特名字的昵称Bob发音发成了"Ob"。

安居乐业

星期天大清早，彼得·罗伊站着，等着去市中心的公交车。已是十月天，风很大，扰动着街角边零落的废弃物，也吹动着彼得穿的大衣，大衣衣角拍打着他的膝盖，一开一合，一合一开。就算这风把整件大衣吹跑了，就像某个内心不快的洗衣工干的事，他也不会怎么难过。这件长大衣穿错了，带小披肩的苏格兰格纹，要是穿在戏剧学生身上倒很合适，穿在他这位六十开外的退休教师身上，真不太合适。穿上它时，他想的是，配上他瘦高的身材，再加上有些长的头发，这衣服会让他整个人看上去神似夏洛克·福尔摩斯。没想到，适得其反，这大衣穿在身上，反让他看上去像一位公爵遗孀。

其实，无关紧要；这里也不是一个很排斥奇装异服的地方。他这会儿所站的街道，布莱顿大街，很破旧。康敦街呢，他住的那条街，栖居着各色人等，学生、外国人和老人一类居多。这一带房屋陈旧得很，最近，一对用情侣公文包的年轻夫妇买下了其中一间，巴望着这条街有朝一日改头换面呢；平时没事时，这两人一准在起劲地剥除室内的漆层和壁纸。每周工作日早上，白发苍苍的老妇人们穿着浴袍，透过住所窗户凝望着，凝望她们业已中年的女儿们散漫地出门上班，而后，这些老人仍隔着窗户呆望好一会儿。这些待在家的老妈妈没什么走动的声响，想必是她们的女儿把她们反锁在家中的缘故，不过，到了中午，彼得经常看见其中一位朝街边角落走去。她走近布莱顿大街时，脚步就会轻快起来。这就是生活！鲜鱼，炸鱼加薯条，菲什伯格眼镜店……康敦街还有一栋三层架构的建筑，梁柱巨大，门廊下凹——颇有南方特色。建筑里面呢，整一个柬埔寨村落。

三年前，彼得搬到波士顿这处破旧区住。当时，他刚从他教英语的私立男校退休。住在他简朴的公寓里，远比住在他姨妈坐落于百客湾的联排别墅里要愉快很多。他在那栋联排别墅里蹭住了几十年了，先是他姨妈的座上客，而后成了她的遗产受益人。他以不错的价格把它卖给了隔壁的格罗尼姆·巴隆，一个年轻有为、白手起家的百万富翁。房子卖了后，也没人催着他搬，虽然他很想搬；他搬走后，不到一个月，巴隆就把两套房子的墙壁给打通了，所有楼层全捣腾了一遍，还装了太阳电池板和天窗。整饰一新的房子非常夺目，《建筑文摘》和《纽约时报》都做了专栏介绍。还好，他自己卧室里原来那个宜人的瓷砖壁炉还保留在那，没改动；彼得注意到时特感自豪。

车来了。车上乘客不多，看上去都很疲劳。彼得呢，裹在他傻气的大衣里。他的那颗心挺轻松的，每周一趟的旅程开始啦。

“你的那项研究怎么样了？”几个小时后，梅格·雷恩问他。

房子后面的空地上，杰克和三个孩子在玩足球。这块空地缓缓地向林区那端倾斜。一英里开外，是萨德伯里河[1]。这会儿，彼得从厨房望出去，望不见那条河，不过，他每次过夜的那间客房，在三楼，从那可以瞥见河景。

"我正犯难怎么来评价杰莉柏太太。"彼得说。

"杰莉柏太太？"梅格回答道，长眉毛皱了起来。

彼得等着。她蔚蓝的眼眸露着聪颖，不过，他不太明确她读得怎样。梅格生在威斯康星，也长在那，大学后搬到东部，大概十五年前的事了。而后，她很快就和他之前的一个学生结婚了。他们是在教堂认识的。"《荒凉山庄》[2]吗？"梅格说。

"《荒凉山庄》。"彼得应道，"杰莉柏太太是个怪人，毕生都在为土著人筹钱。她自己的孩子衣衫褴褛，下楼梯时总是摔跤。她们的屋子肮脏不堪，都要散架了。'别当作自己的天职。'她可怜的丈夫告诫她说。当下我们称赞她很无私。我也很高兴了解到她心系非洲——有趣的是怎么就有些事亘古不变的呢。"

"'说的是总是与穷人为伍'？"

"对，再就是，总是同一帮穷人。杰莉柏投放的热情远超过她身边的需求，忽略最近在咫尺的需要。不是纯粹的基督徒式慈善。"

彼得停顿了一会儿。他给梅格上起课了，因为做女儿的她在听他说。经年和那些妄自尊大的高中老师，还有唠叨的老妇人待在一起，他习惯了做听众的角色。这会儿，他发现有人像他一样专注地在听。似乎是她继承了他的这种特质——或者，不是遗传的话，也是他

---

① 萨德伯里河（Sudbury River）：位于美国马萨诸塞州米德尔塞克斯镇。

② 《荒凉山庄》：狄更斯最长的作品之一，它以错综复杂的情节揭露英国法律制度和司法机构的黑暗。

言传身教的结果。她的这房子呢——很老了，也很清爽——似乎也想听他要说的东西。“杰莉柏的博爱也不是很犹太式的。”他继续说，“你可以说她的慈善算是迈蒙尼德[①]所定义的第七等级——她不知道她解救的人的名字，他们也绝对没听人说过她。不过，狄更斯认为她是一个有趣的人物，一直跟我辩着呢。他说迈蒙尼德在说接近家庭范围的慈善，而杰莉柏一点都不符合……我真的有些扯远了，是不？”

梅格没作声。他感受过的人不作声的情形中，梅格的不作声是最让他舒坦的。她的不出声并不含失望的意味，像他妈妈那种；也不是吐露出不厌烦的那种，像他追求的某些女人那样；也不是不自在的缘故，像校遴选委员会没给他校长头衔时的那种尴尬情景；不是昏昏欲睡的那种，像傍晚上反省课的学生那样；当然也不是让人害怕的那种，像他姨妈中风后哑巴了的那样。

“我想你很享受这活。”之后她说。

“削胡萝卜吗？”他回道，笑着。他们——一边说着话，他一边替她削着胡萝卜。

“想想狄更斯和迈蒙尼德，”她说，“查查狄更斯小说中迈蒙尼德的慈善八等级，”她认真地补充着，“听上去确实……不错。我知道你对狄更斯有兴趣，不过，我不知道你对犹太教也有兴趣。”

“不是对犹太教感兴趣，只是对犹太人感兴趣。他们真的不简单……”

“嗯。”她应道，不置可否。

---

① 迈蒙尼德（Maimonides，1135—1204）：中世纪犹太教首屈一指的犹太神学家、哲学家。

“一直不简单。”战后不久，哈佛求学时，他留意到，班上最聪明的学生都是犹太男生。他们熟悉斯威夫特笔下的怪物，也吃透了简·奥斯丁笔下的天真无邪。希伯来文之外，中世纪英语也是手到擒来，不在话下。莎士比亚的故事也只是另一套《米德拉什》[①]。每次与其中一位这样的学生聊天，都让彼得羡慕、嫉妒、恨，五味杂陈。他不知道梅格迄今有过什么样的邂逅——晚餐聚会辩论？对新、奇、特，有过心动吗？……而这会儿，她丈夫走了进来，一张坦率的面孔，身为初中校长的他，沉稳持重。他咧着嘴笑着走进来，臂膀张开着。

三个孩子跟在杰克后面，也蹦了进来：两男孩和一小女孩。小一点的男孩的头发和窗台上的南瓜很搭。梅格说他的发色遗传了她娘家这边，虽然她自己滑溜的头发是棕褐色。孩子们愉快地向彼得问好，就好像上周见他后还没过一周的样子；就好像他并不是坐公车，电车，还有小火车，坐了一个多小时才来的；就好像他一直就住在他们家里。有一天，他一定会真的住过来，梅格说了好几次了。三楼的屋子，自他退休起，就准备好给他住了。

午饭后，在一棵苹果树下，三个大人在喝热苹果汁，聊着孩子的事。

“他们懒。”杰克说，“有天，我想教尼德下棋来着。太难了，他说。跳棋就适合他玩。”

梅格说：“下跳棋，很多人都适合。”

“噢，梅格。我们送他们上私校。我们替他们供着这老房子。”他不是在抱怨，彼得注意到；他很自豪。

“一天上下班，你来回两个小时呢。”梅格插了一句。

---

① 《米德拉什》：犹太教对希伯来文的音译，意思是解释、阐释，即《圣经注释》。

“是呀。所以，他们就得嘛。”杰克道。

“就得什么？”梅格接话，大笑起来。

“下棋。”杰克也大笑起来，“你认为呢，彼得？”

“我就什么认为什么呢？”彼得避开话头。

“就是我们三个小家伙。就是上私校值不值。就是这种田园生活。”杰克深呼吸起来。历代的农民和牧师就是用这种宜人的呼吸来表达自己的。这房子一直在他家族名下；先辈建了它。要是在一个世纪前，他、他儿子和一些雇工，说不定就在这地上耕种劳作。他们说不定把它经营得相当一流。男孩子，铁定都得上哈佛。现在呢，作为一校之长，他不得不每日疲于奔命，他的孩子必须跟码头工人和纤夫们的孙子辈一起竞争大学名额。为了让他们不会输，每天清早，梅格开车送他们去他们这里的剑桥学校，下午晚些时候，再接回来。接送之间，梅格还承担着她的程序设计工作，也在这所剑桥学校。

彼得说：“我想这房子自有所值。”

下午，阳光照射下，花园里的石墙有些泛红。厨房窗户洒落的光线，如水一般。玫瑰绽放，带着一抹柔柔的火红色——还有一两朵仍在盛开，生机勃勃，开到感恩节时，彼得记得——还有百日菊和紫菀花，绚烂地伸到屋门口小径两旁。这就是有家感觉的房子。里屋，看电视的三个调皮鬼也不是没得救，只是让人难过。梅格的温和和杰克的忙碌可能不怎么有利于教育他们的下一代。

“孩子都容易平庸。”彼得提到。

“平庸且捣蛋。”杰克说。

“在杰克和我之间玩心眼吗？”梅格说，将信将疑。

“他们一代人的顽劣。”彼得说，微笑着。

“没法避免吗？”梅格没有笑。

他不喜欢开车，也没有车。不过，如果他住在这，他可以开车接送孩子，梅格则可以在家工作。她是很有分量的程序设计员；她的公司会给她这种特权。现在，怎么安排都可以。而且最终，他姨妈的遗产，没用完的部分，自然要传给这三个孩子。

早上，康敦街的年轻人都去上学了，大一点的带着小一点的。就是最小的也背着朝圣背包。几位妈妈跟在后面，也不干涉，只是看护着。彼得在想是不是做妈妈的轮流负责监控这些孩子。白天的隐患在交通。彼得呢，也透过窗户注视着这些孩子。有时，清早出去买份报纸，他发现自己置身在这些孩子之中；为了给他让路，亚裔和中美洲的小孩会很快分开一会儿，而后，在他身后又合成一群。他觉得自己像根五月柱。孩子们穿着各色灯芯绒衣服。在这机遇之地，他们怎样生存的？他想。纳·戈顿，这栋柬埔寨建筑的负责经理，因为房屋维护不利被传上了法庭。房屋维护不利，不是他的错，他的律师这样反驳的。这地方拥挤不堪；这些人不断地相互转让承租。

每天，彼得都出门。现在，他认识了一些行动缓慢的白发老妇人，也会笑着跟她们打招呼。他去市中心的图书馆，翻阅有关狄更斯和守安息日者的一本书，还有一本有关狄更斯和犹太人的书。有时，他会和以前的同事或学生一起吃午饭。他去看下午场电影，坐在最后一排，把长腿搭在前一排的椅架上。他会去朋友家吃晚饭，要不就自己在家做一顿营养饭菜。

游戏结束后，三个调皮鬼周日举办一个周年下午聚会。梅格一个人全包了，家里人和彼得帮了帮手。梅格烤了切达干酪雪芙。她把意大利蒜味辣肠拧进了香槟杯里，在一碗酸奶周围放上蔬菜沙拉。彼得记得，他姨妈精心制作的多层蛋糕，越往下一层，味道越难吃。梅格的烤面包至少很可口。

那个早上，彼得站在厨台边，一边给小裸麦粉粗面包块抹上鱼酱，一边欣赏着窗外的风景。一排云杉让他想到圣诞节。在他一旁，梅格切着黄瓜条。他们两人都穿着牛仔服；两人都是桦树型的那种柔韧身形。他像是她的哥哥。

参加聚会的人群，同往常一样，什么人都有——当地人，老朋友，同时，杰克家那边一对年迈的堂姐妹。还有孩子同学的爸妈，包括两位名人，都是犹太人：一位心理学家，同时也是电视台评论员，还有吉洛尼姆斯·巴隆，彼得之前的邻居。他们的太太不止是特别迷人，实在是没得话说的漂亮。上一代时，彼得回想到，犹太人的太太都穿戴整齐，很有涵养且悠闲得很。现在她们都从医。你是没法跟得上他们这类人的。

聚会中，他很受欢迎。人们都记得他。梅格的一位朋友，她的丈夫要离开她，有一回，在食品储存室里，这位朋友就靠在彼得肩头上哭过。这对夫妻好像已经和好了，他注意到。沃仁斯家的牙医自称自己是狄更斯迷，虽然彼得对他的印象是，他也就只读过《雾都孤儿》。那对堂姐妹很理解他。“太难得见你一回了，真喜欢和你多聊聊。”

“哪里，哪里。”他答道。

“我们得让佩吉安排一下。”

“幸福的家庭各有各的幸福。”有人说道。

“更多是得到同情而不是受限。她窥探着要征服。”这位爱说俏皮话的是谁？噢，电视台心理学家……还有，怎么？吉洛尼姆斯·巴隆在他旁边。他站那多久了？

“再见到你，真高兴，罗伊先生。”

“叫我彼得。”彼得纠正道，“我没察觉到你过来了，吉洛尼姆斯。你真是不动声色的一个人。”

“就是一家公司收购别家公司给人的那种感觉吗？”其中一位堂姐问。

“我不知道。”吉洛尼姆斯说。他习惯别人问什么都给确定回答。让人觉得他人挺随和。“我可没想要接管你的意思，罗伊先生——彼得——不过我倒希望你是我的成员之一。玛格丽特说你可是最后一位清醒的思想家。”

玛格丽特？吉洛尼姆斯，手插在口袋里，微笑着婉拒一位少年递过来的酒盘。那对堂姐妹，好像想要弥补客人太过节制的举动，每个人都取了两杯。这位沉静的巨富的年纪？彼得寻思着。四十了吗？你就是把他裸着置于荒芜的岛上，让他两手空空，不出五年，他也会成为当地土著国王的头等大臣。迈蒙尼德打破纪录，一度晋升为宫廷医生……“玛格丽特还说了什么？”

“佩吉从来话不多。”一位堂姐说。

“静水深流嘛。”另一位答道。

“她和我同是奖学金评审会成员。”吉洛尼姆斯说，而后，话题转到录取少数族群的事上。彼得刚收到最新一期学校公报，他曾经上过的寄宿学校寄给他的。学校最近收了来自南布朗克斯区的两位男孩读书，之前，高质量的光洁硬皮纸上从未留存过这么苦大仇深的两张脸。偷天陷阱，在彼得看来。吉洛尼姆斯听着。

第二天早上，梅格说她得先送孩子到学校，再送彼得到哈佛广场。成为这个家庭生活程式的一部分，彼得很高兴。弯弯曲曲的车辆排成长龙，缓慢地往前挪动着。每次，只一辆轿车可以卸载。从车里下来的学生，都是那种富裕人家的邋遢样。穿了件滑雪毛衣，梅格看上去不富裕，但有朝气。“想想杰克每天开的车，很长啊，”他们离开校区时，她说，“他博士没读完，情有可原——整个时间都花在高速公路上了。有时，我想我们应该破费些，雇个司机好了。这样，杰克每天能写两个小时的论文。坐在后座上，他可以用手提电脑。这想法荒唐吧？”

“正相反。好点子嘛。很吉洛尼姆斯·巴隆式的解决方案。”“是吗？杰克听不进去。”“给他些时间。”他瞅着她的侧面，显得焦虑。“杰克听得进意见。”他说。不过，这么说，却并非那么回事。杰克人很固执。他呢，彼得，是那种有弹性的人。他的通融灵活是后来学会的，几经痛楚和失望后学会的，他为此感到骄傲。延后的收获也许是最好的。迈蒙尼德年过半百才第一次结婚，还有了个儿子……梅格转过脸，给了他一个温暖，甚至是夫妻间才有的微笑，“要是能送你回你住的公寓就好了，可是，我有个晨会。”

“我还得去看怀德纳。”他又瞒她。她把车停在一个院门附近。彼得开了车门。“爱你。”他说。“爱你。”她说，很妩媚的样子。等他下车，关上车门，而后，她开车离开。

十二月的一天晚上，柬埔寨大楼着火了。有位妇女，可能因为炉灶坏了，或是煤气关了，临时起意在自家厨房地板上烧烤。所幸，损失不大，也没人需要重新安置。不过，街道上，整栋楼房的居民站了一个小时，就像一小群难民一样。消防员通知说楼房安全了，人可以重新进入，居民们又都鱼贯而进。彼得呢，从窗户望下去，很想请几位上来饮个茶，但是，请谁好呢？要是梅格此刻穿着她的木棉长袍站在他身边就好了。

这天是圣诞节前的周五晚上。透过窗户，几束微弱的电子烛光闪动着；那对用情侣公文包的、好憧憬的年轻夫妇早就在自家客厅摆上了一棵圣诞树，不过，他们人去了斯托地区，一处山林度假村。圣诞树的彩灯一直亮着。街道其他地方还没有节日气氛。彼得的公寓呢，例外，洋溢着温暖热情——他爱极了周五晚上；即便不再工作，他仍然感到周末给人的懈意——只是杰克·沃仁的到来，那颤惊惊的神情掠去了他住所的温馨感。就像正儿八经的校长那样，杰克在学校工作到很晚，确保放假前校内一切事务都安排妥当为止。然后，伴着周五晚上的路上拥堵，他开车直赴波士顿，径直开到彼得住处。他七点到的。现在八点过了。彼得傻傻地一个劲给他东西吃。杰克一个劲地谢绝。他等会儿就回家，他不停地这么说。他和梅格还没分居。他们没告诉孩子。他们依旧是丈夫和妻子。梅格这么要求他的。“真是难以置信。”他说。

不用提什么不得体，彼得想。还有什么靠得住。再有吉洛尼姆斯·巴隆这会儿怎么安置他自己的妻子呢？不过，他知道答案。巴隆太太——正确地说，巴隆博士——是一位知名的免疫学者；很多科学家都热望与她相伴。吉洛尼姆斯呢，也不例外，好像喜欢她。他们这些年的婚姻挺不错的，彼得觉得。他们应该是友好分手。

可沃仁家三个孩子怎么办？他问自己，心烦躁起来。必须一起度假时，他们得一起住别墅或划游艇——或是，更有可能的是，住帐篷和用公共厕所——和巴隆那些成绩优秀的孩子一块，这些费用，他们怎么分摊？也许，巴隆的孩子难不成也淘着呢。犹太人和其他人一样，孟德尔定律[①]同样适用，彼得琢磨着。犹太人就是……

杰克说："他们拿走我们的工作，我们的钱，我们在学校的岗位。他们接管我们的城镇。现在，他们拿走我们的女人。"

"没抢我们的房子，"彼得喃喃低语道，"没全把我们的房子拿走。"

"梅格从来就没喜欢过我们的房子。"

"不是这样，杰克。也许，她是现在这么说，不过——"

"她一直这么说来着，"杰克把鼻子压着窗户，像他一个儿子那样，"她更愿意住在郊区的越层式房子里，送孩子上公立学校。现在，我真希望我们这么做了。她也就不会在乌有村落俱乐部里遇上吉洛尼姆斯·巴隆了。"

彼得不得不同意。他想，这证明梅格和吉洛尼姆斯的缘分是之前命中注定的。她有次告诉他，她无意做什么上等人；她不高贵，只是简简单单的；还有，尽管计算机方面很在行，但并不是特别聪明。也不是很有抱负的人。有次，苹果树下，小女儿熟睡在一旁，只有他们父女两人。做父亲的开口谈起这件让人意外，明显是不对劲的事，做女儿的则把手指放在父亲的唇上。"只是个普普通通的大草原女孩而已。"她低声说。他至今记得她那份夺目的美，苍白的面容略带点雀斑，还有，那双湛蓝的眼眸。他也明白她对吉洛尼姆斯的爱也是

① 孟德尔定律（Mendelian Laws）：1865年，格雷戈尔·孟德尔发表并催生了遗传学诞生的著名定律。他揭示出两项基本定律：分离定律，自由组合定律。

一份大草原般的爱,就像草原上的风,挡也挡不住。

他挪到杰克身旁,用一只胳膊揽住这个还年轻的男人。得到这么一个同情的拥抱,杰克腰板挺直了些。

“你永远没法对她忘怀,”彼得说,“不过,愤怒会过去,悲伤也会过去。”

“是。”杰克说。彼得掠过一个想法,不知谁会嫁给杰克。某个好女人。某个欣赏杰克那栋房子外观,但不知房子里还包括一位退休教师。这位退休教师戴无边呢帽,满脑想的是狄更斯和迈蒙尼德。大概每年,彼得都受邀造访一次。至于吉洛尼姆斯和梅格,他们会住在一阁楼里,面朝焕然一新的海湾景致。有服务生端上他们的餐前糕点。他希望他们会把他列在他们的聚会名单里。

楼下人行道上,一个大个子男人和一个放荡举止的女人走着,都行色匆匆。街道另一边,两位年轻小伙子走着,争论着什么。尽管他们的书包丢在家里,他们的胡须和身上的派克大衣表明他们是法律专业学生,应该是他们的毕业典礼结束了,他们要离开了,彼得判断;他们可能要去往查尔斯顿或是南端。揣着期许的那对年轻夫妇呢,发现要有宝宝了,应该会卖掉他们装饰、整修了的房子,跑到西边郊区去住。学生的住所,这对夫妇的房子,都会住上别的什么人。所谓家嘛,就是让来来往往的人征用租住的。不像猫;猫一贯冷漠孤傲。不像狗;狗一贯从一而终。像女人,他自个儿这么想,愿意让厌女症侵入他,驻扎下来,这样,几年以后,所有人都会臆断他一直受厌女症摆布和操纵。

非战人士

“要是他们打完仗，我永远做不了护士。”他家大女儿说。

“为什么做不了呢？”理查德问。

“就不再打仗了。”她说，站在他床脚边，对他皱着眉头。他记得她正在读弗洛伦斯·南丁格尔[①]传记的儿童读本：在克里米亚，尘土飞扬中，她一定想象自己一个帐篷接一个帐篷地穿梭着，给勇敢的英国青年士兵带去安慰。

“你可以在和平时期做护士呀，”他说，“就像我动手术时照看我的那些护士一样。”其实，他觉得她们没多大帮助，这些臂膀红红的女人让人可怜。他患有转移性癌病变。四十九岁了。

---

① 弗洛伦斯·南丁格尔（Florence Nightingale，1820—1910）：英国著名的社会改革家和统计学家，现代护理的创始人。克里米亚战争期间，她担任护士，看护受伤士兵，曾被公众媒体宣传为英雄人物，战时杰出女性，被称为“克里米亚的天使”，又称“提灯天使”。1860年，南丁格尔奠定了基础护理与护理学的学科地位，大幅提高了护士的职业地位。

“这所医院里的护士，都是丑八怪，”八岁大的她没被说服，说道，“仗会打完吗？”

“会。”欧洲战区的战争业已结束。当下是一九四五年七月初，亚洲区域的战争也正硝烟渐去。理查德听出电台评论员声调中的释怀意味。他看到服务生脸上的轻松。三天前，他一家人抵达这座科德角镇。当天下午，他把车停好，凯瑟琳下车，跑进食品商店买些牛奶和面包。他从挡风栏后面望过去，见两个年轻的士兵因为休战了自得地吹起口哨，就像两名学生。

尽管他不再和他们一样忍饥挨饿，他明白个中滋味。凯瑟琳穿着她小小的棉装，真的很漂亮。她双眉之间吐露着忧郁，让她大大的棕色双眸更显温柔。她从小就被调教成一名贵格会[①]教徒，一直有着她儿时学会的坚忍。她比他小十五岁。

他们的两个小女儿长得很像凯瑟琳。老大呢，要强，希望这仗继续打下去，长得像他。她遗传了他青灰色的窄眼睛和白皙皮肤。“如果我做不了军队护士，我就去做医生，像你一样。”她说。

“备选打算不错。”他赞扬道。他发觉，到了夏天，她的脸蛋已变得红润起来；而他自己呢，他知道，依然苍白如沙。

不过，到了七月份的第二个星期，他开始渐见起色，好起来了。似乎他体内激战暂息。自从来到这里，他渐渐减少服用止痛片。这让他越发警觉。人醒过来，挺无趣；不过，早上十点之前，在他们租的屋子里，那带遮篷的门廊上，他会坐着，多少感到舒适地坐着。他看

① 贵格会（Quaker）：又称公谊会或者教友派，是基督教新教的一个派别。该派反对任何形式的战争和暴力，主张任何人之间要像兄弟一样，主张和平主义和宗教自由。该教会坚决反对奴隶制，在美国南北战争前后的废奴运动中起过重要作用。

着自家孩子在盘根错节的低矮树下玩耍。他一边处理最近住院期间收到的邮件，一边听着凯瑟琳絮絮叨叨。在他坐的门廊边，凯瑟琳在收拾洗的衣物，要不就在削土豆，或是俯身拼着拼图。

到了下午，凯瑟琳带着三个女儿去海滩。他一直目送她们走出他的视线，然后回到他的病房，是从原来的餐厅改造过来的。他的床在这，因为卧室在这层——挺近，虽然有时也不觉得近。到了家人回家的点，他一准会坐在门廊上等她们。凯瑟琳有时背着三岁小女儿回来。她会叫两个大女儿去屋后面，用水龙头冲冲脚。“对了，别太大声。别忘了黑泽尔顿太太！”

绝大多数时日，黑泽尔顿太太不在家，不必顾及。两女孩知道，要是房屋边没单车，黑泽尔顿太太一准不在家。房子出租后，她就把自家房屋扩了一倍，自己住。只要单车不在（她们告诉爸妈），她们就可以隔着黑泽尔顿太太的窗户朝她屋里瞅，彼此相告——而后，说给愿意听她们说的人——房屋里面的各种稀奇。理查德记得第一天她们汇报的情形：八岁老大和六岁老二，相互急切地抢着对方的话头。

“忒小的水池子，还有……”

“有张床。有张蓬松松的毯子？”

“是羊毛围巾。”细心的凯瑟琳说。

“有个水壶。金的？”

“铜的吧，我想。”凯瑟琳说，笑了。

“有把摇椅。梳妆台。小地毯，像条蛇？”

“……啊，是织毯。”

“黑色，像炉子的东西，很大的。”

“是用来煮小孩的吧。”理查德逗她们。

“哦,爸爸。”老大说。“她不是个巫婆。”老二说。最小的哭了。她早就要哭了,因为什么事来着。“黑泽尔顿太太是个好巫婆。”理查德说。

不过,她也有可能是最邪恶的巫婆,就理查德和凯瑟琳所了解到的。他们只知道他们的房东守寡不久,在图书馆工作。个子高高的,细长身材;他们揣摩她和理查德年龄差不多。一头灰色的直发有些狂乱,仿佛人站在一座桥上,一直受暴风吹打着。她穿公务人员穿的裤子和男式开领衬衫。

“她梳妆台上有些图片。”女儿告诉他。

“什么图片?”他不经意地问。

“你知道的,爸爸。人的脸啦。”

“照片吗?”

“是啊,”老二说,“都是男的。戴着有边护的帽子。”

过了一会儿,他问道:“边护?”

“是遮护。”老大说。

单间房,只一扇窗,就是黑泽尔顿太太退休待的地方,家后院东北角的房子则拿来出租,中间隔着个战时菜园[①],种着西红柿、豆类和生菜。“我们回家后,就会结小南瓜,最后就该结大南瓜。”凯瑟琳说,咧着嘴,想着到时的收成。黑泽尔顿太太会用篮子装些青菜,然后搁在后边台阶上,是给他们的。偶尔,他们看见她手脚并用地在地上拔杂草,戴着顶超大的军官帽。有时,他们看见她一早出门,傍晚才回来。不过,经常晚上九点,自行车仍不见回来,这时,小女儿睡着

① 战时菜园(victory garden):尤指第二次世界大战期间的战时菜园,以解决一时的食物之需。

了，两个大女儿还在床上翻书。有时，理查德待在楼下看书，时至午夜，要用药时，他会听见车轮碾过硬邦邦的地面。他从看的那页书中抬起头，等着接下来的声响。你听：小屋的门，砰的一声关上了。

七月份第三周，他感觉挺好，能上大街走走，每天晚餐前回来。开始时，他走在两个大些的女儿中间。而后，有一天，他把最小的也带上，放在老式的儿童推车上。坐在这种推车上，小孩可以面朝着爸妈，这样，做爸爸的可以注视着孩子可爱的眼眸，暗棕色，以及蔓花纹式的嘴唇。他再也没有把酷似妈妈的小女儿忘在身后。

到了七月末，他每天走两回了——晚饭前，和三个女儿一起走。晚饭后，自个走，走在仍有探照灯打来打去的苍穹下。走在镇上的头一天晚上，他在一家粉色冰激凌店停了停。店里的女生坐在小圆桌边。好几群妇女和孩子来吃超大杯圣代。他体内的疼痛，一直挥之不去，撕裂起来。想是这店内阴气太盛。

第二天晚上，他去了一家酒吧。虽然不是嗜酒之人，他立马觉得舒坦。酒吧里，墙壁没有什么特别的色调，暗暗的卡座里坐着军人或市民顾客。收音机播放着来自太平洋战区的新闻。他坐在吧台边，点了杯啤酒，待上很长时间，检验体内疼痛能怎样。疼痛没加剧，像在表示这疼痛也通人情似的。他出来往回走时，大街上仍很繁忙，不过，他自己的那条道很暗。回家半路上，他找了一处低矮松树丛以掩藏自己撒尿。

闻到他呼出的啤酒味，凯瑟琳笑出声。“你呀，酒鬼一个。”

“庆祝，庆祝嘛。”

“你呀！”她说，声音甜蜜悦耳之外，还带着一丝异样的腔调：我们究竟要庆祝什么？

有来访者。班尼斯·巴斯来过，他最近刚从海军退役。（理查德原想去陆军。要不，现在他也是陆军少校了。但是军方不想要一位病恹恹的超龄医生，更何况是一位处于病情缓解期的医生，当然，也不想要一位医生带着还怀着孕的妻子。）

迈科切尼斯夫妇带着他们的四个孩子风尘仆仆地从普罗维登斯开车过来，把汽油优惠券全用完了。这类战时配给的事很快会叫停，他们都这么认为。在屋里，凯瑟琳一直用一个罐子攒着一滴滴省下的油，不过，怕不再有必要这么做了。“这仗会打完，我自个的仗则要开战了。”他在门廊上对迈克说。

“钴。”迈克马上说。

“是的，我们会试试用钴。”理查德说，叹着气。他将志愿申请一项试验协议，希望自己不会被安排进安慰剂组。

下着雨。两个妻子带着所有女孩去看一部电影，贝蒂·赫顿[①]演的。迈克的两个儿子呢，悄悄嘀咕着，在争论那幅拼图的拼法。在雨的侵袭下，树枝来回摇晃，树叶沙沙作响。远处，传来雷声和船只的鸣响。不声不响，一个人影，骑行在路上，她自己的路上，而后，骑上街。她没穿防雨外套，没戴帽子。她抬起湿漉漉的头，急切地迎着暴风雨骑去，仿佛暴风雨热恋她似的，至少是这样。

调酒的小伙子挺友善。三到四个常客，也都体面人。他们一直谈论这场仗要打完的事——上帝啊，还要等多久（才完呀）？还得死

---

① 贝蒂·赫顿（Betty Huton，1921—2007）：美国著名舞台、电影和电视演员、喜剧演员和歌手。

掉多少人（才算完）？一对夫妇，年近古稀，很羸弱，经常坐在中间一间卡座里。一群兴致勃勃的中年女士，经常包下酒吧靠后的一张桌。这群女士中间，有一位一头黑色假卷发，还有一位一身红色装扮，再有一位散发着撩人的魅力；大可以在电影中扮演丽塔·海华斯[①]的姑姑。一天晚上，她们带来了一位新人。这位女士，头发不整，着装偏男性……酒吧间里，他远远地朝她点了点头。黑泽尔顿太太也点头回应。

随后，彼此点头示意，不过，并非连着几个晚上。有时，她会在那，有时，则不在。

理查德的哥哥来了。他们彼此挺亲近的。哥哥的孩子都大了，懂得自家叔叔病情挺严重。发生了一件不幸的事：中午饭后，二女儿从树上掉了下来，还昏过去一会儿。理查德的哥哥，也是一名医生，仔细给她做检查——理查德和凯瑟琳紧张地握住彼此的手——还好，哥哥说老二没事。所有人还是吓到了。后来，吃晚饭前，他们发现冰箱下有水坑。所幸，东西没有坏，还能吃，但冰箱里变暖了。凯瑟琳去敲黑泽尔顿太太的门。没人应。于是，嫂子做好晚饭。黑泽尔顿太太骑车路过时，九个人正聚在门廊上，吃着沙拉、热狗和玉米。（“黄油要化了。”老二说。）“我们要找她。”他两个女儿说，在门廊一带攀爬着。

她的确是个巫婆，如果从怎样应付固执家仆的精明劲来看。他从厨房门口望过去。凯瑟琳坐在桌边。黑泽尔顿太太打开下面的冰

---

① 丽塔·海华斯（Rita Hayworth，1918—1987）：生于美国纽约，父亲是一位西班牙演员。著名影片《吉尔达》（*Gilda*）就是最好的诠释，是她的代表作。

箱门，冰箱内里展现在眼前。然后，她蹲在冰箱前，身体探进去，扭了扭什么东西，又拉了拉哪儿。当下，嗡的一声，冰箱重新工作起来。她叫来凯瑟琳。两人都蹲着，一起检查冰箱。她为什么叫凯瑟琳呢？他心里犯嘀咕。难道他不是这里的长官吗？两女人站起身——优雅年轻的穿着点点图案的衣服，瘦削年长的穿着已故丈夫的外套——她们先是彼此相视，而后，转向他。一时间，她们隐约显得比现实高大起来：墓穴验收人和她冷酷的姐妹抗争者。而后，又再次变成原来的两个人：可人的凯瑟琳和后院的遗孀，那双眼睛，蓝如燃气火焰，对他闪烁着。

到了八月。他不那么疼了。真是这样，于是，他因势利导。一天晚上，他们雇了一位保姆看孩子，而后，两人去看了一场电影。再一个晚上，他们出外吃饭。凯瑟琳的魅力，让他几乎心神不定。有她，有孩子，有自己的一份工作，他曾如此幸运——然而，他竟会乐意用这种生活的幸福换取生命本身。他想藏身在洞穴里，想隐躲在小巷里，想给自己套上犁头——任何生存下去的招数。

八月六日，酒吧电台响亮地播出了广岛传来的新闻。众多客人欢呼不已。人们站起来彼此敬酒庆贺。黑泽尔顿太太从女伴中间抽身出来，用眼睛盯着理查德。她的双手平放靠着大腿，好像绑在那里一样。

八月九日，宣布的是拿下长崎的新闻。黑泽尔顿太太没来。理查德早早离开了。家里，他看见凯瑟琳在收音机旁打毛衣。她的一双大眼睛转向他。“太恐怖了。”她说。

“战争都恐怖。”他在她双脚放的附近，低下身，“炸弹可能结束战争，拯救生命。杀戮为了拯救，亲爱的。”他们一起听着收音机持续且充满欣喜劲的新闻。

接下来的几天，镇上开始满是市民和军人，相互打听来自日本战区的新闻。长崎原子弹爆炸后的第二天，主干道上人满满的，理查德和女儿几乎无法穿行。有一位妇女，他们不认识，穿着件绿松石色褶边太阳裙，在推车边弯下腰，深情地吻了他家老小。这一切发生得太快，小女孩没哭，反而只是用眼睛盯着看。

凯瑟琳说海滩挤满了人。八月十一日，一艘噪声很大的飞艇盘旋在水上，迷住了一群孩子，又吓着了另外一群孩子。最后，飞艇慢慢向西驶去，消失不见了。与此同时，另一件新鲜事出现了，卖棉花糖的从一个大桶里旋转出棉花糖来。女儿从来没有见过。回家时，她们脸颊都粘着浅粉色的糖丝，就像酒鬼的脸。

八月十三日，酒吧人满满的，理查德找不到空位。站着喝要好些。他又疼得厉害。那对羸弱的老夫妇让出他们的卡间与陌生人一起坐。调酒师很忙。调酒师儿子也干着活……少年瘦长结实，站在吧台后，不怎么合规矩，却也让人心情愉悦。

八月十四日下午，理查德烦躁起来。家人去海滩后，他走上大街。酒吧开着，所有常客都在。天花板中央，调酒师和他儿子装饰了茶色和桃色绉纸彩带。他们将饰带扭转起来，并把彩带一端粘在酒吧墙面的高处。这些女用内衣色调搞坏了嘉年华效应。“红的、白的和蓝的都卖完了。”酒保解释说。一些彩带脱落了，像捕蝇纸吊挂着。酒吧变得越来越拥挤。每个卡座都拥着七八个客人。那群活泼的女人帮，早就占稳了酒吧间后面的区域。她们认识了一些男人——几位军官和一位戴着狗项圈的家伙。黑泽尔顿太太不在其中。

酒吧里的空气令人窒息。理查德拿着酒杯走到门口，频繁来往的人推搡着他，他就拿着酒走上了街——也不合规矩。有位水手当众抚摸着一个女人的双乳。他的三个同伴，则在一长凳上喝着同一瓶酒。斜对面的街上，从理查德这边看去，这帮人在公共图书馆门前做着破规矩的事。伍尔沃斯大楼三楼——这个镇上只这栋楼有三层——三楼的窗户里人影浮动，掷着五彩纸屑。卡片店里，满是喧闹的顾客。烟店也是，药店也是……

某人，某个地方，在放鞭炮，而后，一连串跟着。与此同时，他后面的酒吧间，喧哗变成了一种沉稳的吼声。“胜了！”他听见。“败了！”他听见。“降了！”欢声迭起。教堂钟声开始响起——从镇一端的圣公会教堂传出，也从另一端的公理会教堂传出。尽管街上没有在跑的汽车，汽车喇叭却在鸣响。街上全是人——高，矮，胖，瘦，男，女，老，少，衣着和头发五颜六色；人们唱着，喊着，叫着，抱着，哭着，跳着，舞着；有一个人的；也有三三两两的；还有一群一群的。有人弹着手风琴。有人吹响小号。一辆军用卡车从旁边一条街冲上大街，簇拥着驶着，开走了。然后，一小队士兵开来了，不是带来狂欢，而是加入狂欢人群，因为，战争结束之时，胜利属于所有人。有个小男孩，独自走着，哭着，进入理查德的视线；然后，有人把小男孩一把抓去，大概是孩子的妈妈。警察打开监狱了吗？刚刚响起的警笛声，是这层意思吗？他靠在酒吧窗边，注意到自己仍把玩着半杯酒。他解开衬衣较低的纽扣，而后，他将啤酒倒进他的外套里。酒渗到他的肚子。从他松散的腰带下，有些酒滴滴下来，浸着他的腹部，却没能浇灭他内心那团火，但至少降了下火焰。他把酒杯扔进垃圾桶里。

街那边的食品杂货店，传出欢呼雀跃声。理发店和牙医诊所，也是。有一个人，正沿着图书馆路一路跑过来，跑过三个水手坐的长凳——这会儿，长凳上坐着二十个人，不，是三十个人！她前倾着，向他跑来，穿过马路，视而不见街上如痴如醉的欢腾！她头发披散着，向后扬着，就像一名头人领袖那样的发型。

他看到她没在笑，没在哭，没在叫，没在喊，没有兴奋得发狂。她愤恼着。她的愤恼终于释放出来。她就要跑过去时，他抓住她。她喘着气，神情紧张，举起双拳。而后，她认出了他，一头扎进他怀里，呻吟着。他们站着，就像他们举国上下，成千上万的庆贺者一样，沉浸在胜利里。他觉得她的愤恼、她不屈服的激情止住了他垂死的进程。仿佛她是一剂新的蛮药，未经试用过，也未经证实过：一次置之死地而后生的最后机会。她弯下身，盯着他看了一会儿，眼眸中的蓝色火焰似乎舔着他的额，他的鼻，他的下巴，然后，又是他的额——尽管她也许只是要避开看别的地方，比如，往下看他浸湿了的裤子，那份湿，她从自己裤子里也确定感觉到了。而后，她急急地左右晃着头，用拒绝的意志让头发摆动着。他放了她。她飞快进了他们的酒吧。他朝家跋涉着，湿透了，但没被打败，还没败，还没呢。

加湾鼠海豚

“找一天，”卫生部长对她的副助理说，“你务必安排我飞到一湖边度假镇上。给我支一顶条纹帐篷。把需要注射加强针的孩子送进来。市长和我会开一瓶冰镇西班牙葡萄酒庆贺；而后派发掉最后一个仓库里的罐装牛奶。”

部长停顿了一下。部长的副助理卡罗琳，看着人挺累。“莉娜，我明天得去访问什么鬼地方？”部长问。

“坎德尔诺特。”回道，“供水充足，排污可以，没霍乱，常有痢疾……”

卫生部长桑拉·玛尔塔·佩雷拉·德·莱夫科维茨听着，然后记下来。她下巴略微抬着，眼睑半掩着苍白的眼眸。正是这副神态被各家报纸常用漫画来讥讽她。亲政府的报纸，或多或少乐于这么做——在他们的漫画里，部长被形容成一头好管闲事的母牛。反对派的报纸呢，专门强化她眼角的皱纹，让她唇边叼上一支烟，而且，一定不会少了那枚著名的钻石胸花，别在她西装翻领上的那枚。

“发生了不消停的事。”卡罗琳接着说。

桑拉·佩雷拉抽出一支香烟——这是第四支，她每天要抽五支。她通常会在下午的这个时间抽一支，此刻，卡罗琳在场，带着宽慰人的神情。部长办公室很大，白色调，雕饰的墙壁很漂亮。灰色的椭圆形画框，意味着画是新近挂上去的。帷幔像是缎带堆积在一处。

“怎么个不消停？”桑拉问。

“有家人被流放了。”

“因为什么蠢事？”

副助手看了眼笔记，“他们提供信息给澳大利亚方面，揭露拉丁美洲走私的事。”

“真吓人。很快有人会说纽约方面替我们洗钱。请继续。”

“其他方面，照旧。营养不足问题，营养不良问题，作物歉收问题，过度生育问题。”

桑拉·佩雷拉一直低垂着眼帘。生育决定收成已好几个世纪了，一直以来，生育维持人口数量的稳定。仅一代人，程式化工业改变了一切；现在，每年每个可怜的家庭就添一个新生儿。她睁开眼。“电视呢？”

“没有。几台收音机而已。有个小镇，离当地七十公里外，带电影院。”

黄金梦啊。“医务所呢——医务所需要什么？”

又是翻动纸张的声音。“针，手套，去湿工具包，破伤风疫苗，香烟——”

一阵枪声打断了汇报。

部长和她的副手交换了下眼神，彼此一分钟沉默。没再有枪声。

“他们很快会赶走我。”佩雷拉说。

“你可以自己离开。”卡罗琳轻声说。

“什么臭狗屎的想法。”桑拉·佩雷拉说，不过，说的是波兰语。卡罗琳没吱声。“我可不是干完了瞎糊弄。”桑拉补上一句，几种语言掺和着说，没人听得懂。“他们会把我赶到迈阿密。”她继续说，语调一如寻常，这会儿只说西班牙语了。“政府其他人员已经在那了，除了佩雷斯。我想他人死了。他们也会想要我住的公寓。你会养吉达尔亚吧？”吉达尔亚是部长的鹦鹉。“而且，除了养他，你还得救这个部门，莉娜。无论他们叫哪个混蛋做部长，他们都会让你负责卫生服务这摊事。他们清楚只有你能做这些事——依原则做，不是靠政治。所以，接手做好了。”

“接手我的鹦鹉，接手我的办公桌，接手我的工作……”卡罗琳叹了口气。

“这么就确定下来了。”

她们接着谈论部门事务——西部城市医学院学生的暴乱；在寮屋聚集营里发现的生来就无手的女孩，被尊为圣人。而后，两人站起身。

卡洛琳说：“明天早上，路易斯五点电话联系你。”

“路易斯？迭戈呢？”

“迭戈叛逃了。”

“这流氓。可这路易斯，那股子蒜味——真要命。”

“带随身陪同是惯例。”卡罗琳提醒她。

“这位陪同可能带着手铐。”

两个女人礼节式地相互亲吻；差不多同时，又互相拥抱了一下。然后，各自从不同的门离开了冷冷的，几乎空荡荡的部门办公室。卡罗琳一路走到后门；她的小车停在后面。佩雷拉走的是大台阶，一路蜿蜒进贴满地砖的接待大厅。她的脚步声回响着。守卫用力拉动巨大的橡木门直到打开。守卫将铁门推到后面，鞠了一躬，说：“晚上好，桑拉部长。”

公共汽车站，她在等车—— 这么一位瘦小的，上了年纪的女人，染着一头红发。她穿着笔直的黑色裙装，无论是何年，仍是上一季流行的服饰。钻石胸花在衣领上。

她搭乘公车上下班，被认为是在作秀。事实上，这却是她的一种享受。坐在官方豪华轿车后座，她觉得像行尸走肉。而在公共汽车上，她又成了布拉格的一名年轻的医科生，扎着一根红色辫子。六十年前，她曾搭乘有轨电车，去往不同的地点——咖啡馆，她情人住的公寓，她捷克语老师住的地方，这位老师后来成了她第二个情人。在自己住的房间，她养了一只可爱的夜莺。在歌剧院，她为斯美塔纳的作品洒泪。在克拉科夫[①]，每当捉襟见肘时，她就给爸妈去信。所有这一切，都发生在纳粹时期之前，第二次世界大战之前，游击战争之前；在她藏身农家谷仓那年之前，那年她藏身农家谷仓时，她唯一的伙伴是头母牛；也发生在她从集中营被释放之前，在她搭船西行去往新世

① 克拉科夫（Kraków）：小波兰省的首府，波兰的旧都。在历史上曾有克拉科夫自由市。

界之前。

有心的人自然能获知她的历史。至少，每年一次电台或电视台的人对她进行采访。不过，民众对她与母牛一起生活的片段感兴趣。“在农舍谷仓的那几个月里——你想了些什么？”人们总问她这个问题。“什么都想。”她有时说。“什么都没想。”她说，有时。“母乳喂哺。”因为置身抗议那些程式化公司的运动，她这么回答，不带笑容地高声回答。运动最终失败了。他们叫她 La Vaca——母牛。

今天，公交车来晚了，不过还不是很晚，想到再一次推进中的革命。自从她来到这首都高地，爆发了相当多场的革命，她妈妈对她这边很吃惊。先是“咖啡之战”，而后是“陆军上校之乱”，之后又是……公交车来了，车上乘客坐满了一半。她抓住车门框，哼一声，自己登上车。公交司机呢，眼睛瞅见钻石胸针，朝她摆摆手；不用她亮车票来验啦。

空气中充满热流。车窗都关着以防流弹。佩雷拉推开她自己的窗口。其他乘客也没意见。于是，回家的车上，部长用手托着腮帮看着窗外，自在地闻着市中心的柴油味，公园的桉树味，河流的腥味，当天自由市场收工结业后的浓柑橘味，到最后，满山丘的芙蓉花味。一路上没遇枪声。她关上窗，下车，还朝车上剩下的五个人点点头。

公寓里，吉达尔亚在生闷气。生人总是对非常纯色的宠物感到诧异——吉达尔亚近纯棕色。“我被他那种机灵的、拉比式的凝视打动了。”她说。吉达尔亚还不太会说通常的脏话，他只是叫，表达着轻微的愤怒。“你好。”现在，佩雷拉对着他说。他愤怒地看了她一眼。她打开笼子，但他仍待在栖木上，啄着胸前的羽毛。

她烤了两片面包，切了几块木瓜，倒上一杯红酒，把所有准备的东西放在一个托盘里。她拿着托盘，走上露台，吃着东西，抽着烟，俯瞰着很快要宵禁的城市。她能望到那条河些许的踪影，还有河上架着的第二帝国桥和桥上带装饰的桥柱。往北半英里是广场，坐落着白火山岩石砌的大教堂，在防洪灯照射下显得更加苍白；透过周围绿叶，黯淡的灯光嘶嘶地闪着。钟声微弱响起。十点了。

佩雷拉拿着空盘子，回到厨房。她关了客厅的灯，用一条围巾遮住吉达尔亚待的笼子。“晚安，也许最后一次了。”她说，先用西班牙语说，再用波兰语说。卧室里，她从翻领上摘下钻石胸针，把它别在明天早上会穿的夹克上。她准备睡了，上了床，倒下就睡着了。

这位知名寡妇的传记有一小部分并不为采访人所知。这里，她可能回忆起自己的早年光阴——怎样重修医科专业以及为新小左派政党效力——但，绝口不提她曾有过堕胎，为了她那位富有的、已婚的情人，花费不少。她谈到年轻的费德里科·佩雷拉，他们之间的婚约，他在法律界日渐显赫的境况，她的政党实力日增以及与不同社团的联盟。她没有提费德里科的不忠，尽管她知道那些政敌拿费德里科和她开涮取笑，他们知道，费德里科每有了新情妇，就会赠送她珠宝。除了这些钻石胸针，全都是假货。

五十多岁时，她出任文化部长；在她的关注下，国家交响乐团和国家剧院都繁荣起来。引以为豪，她对采访人说。与女高音奥利维亚·瓦尔迪兹的友谊也同样让她引以为豪。奥利维亚·瓦尔迪兹是轻歌剧明星，现在已退休，住在耶路撒冷；不过，她从不提奥利维亚。她转而谈自己丈夫那些快乐的北美侄女，这些侄女时常从得克萨斯州飞来。她没说自己有介绍犹太裔西班牙年轻绅士给这些女孩，因为这些年轻绅士觉得这几个女孩缺少教养。她没提自己没孩子。她很少对她接纳的国家发表什么评论；有名的一句妙语：一直让她难堪的是这个国家的消遣就是暴乱。和牛待在一起的那个年头？我什么都想了。我什么都没想。

是头什么牛？

暗褐色，满是虱子，我自己也是。

你称呼她什么？

我的小母牛，用两到三种不同的语言。

保护你的那家人呢？

正直的非犹太人。

你爸妈呢？

在集中营。父亲去世了。母亲活了下来。我带她来到这个国家。

……这个国家的空气，她可能从没呼吸过。这个国家油嘴滑舌的话，她不想学。我自己不需要学当地语言；在从西班牙被驱逐之前，我老早就记得怎么说了。没有让妈妈心情轻松的事；她每晚都在流泪，直到去世。

自己最近这些阴郁的过往，佩雷拉没有告诉采访人。“这儿的人民—— 就像一家人。”她偶尔说。“固执得像猪。”她补了一句，用沙哑的声音喃喃道，应该没有人会听见她这么说。不过，带着麦克风的女人捕捉住了这么一句类似小猫在逃的话。

“你钟爱这种阴沟污渠。”奥利维亚在她愤然离开时曾嚷道，“你没有孩子去爱，你有一个不值得爱的丈夫，你也不再爱我，因为我的声音变沙哑，肚子还下垂。所以你爱我的国家，我至少因此生恨。你喜欢油腔滑调的将军。自寻烦恼者，有之。妄自菲薄的知识分子，有之。敢怒不敢言的革命者，有之。甚至鹦鹉学舌者，有之！你受人愚弄！”

这是与奥利维亚才华登对的告别方式。她们后续的信函往来情意绵绵。在以色列，奥利维亚的公寓很可能成为佩雷拉最后的家；她可以从迈阿密直飞耶路撒冷。那些钻石足以维持几年的简单生活。但会有较长一段时间，她想继续留在杂味纷呈的世界里，皮卡车上传来的说唱声，舞厅，福音派的粉红教堂，蓝色校服，高速公路的尘土，河流的污迹。留在这满是人性的地方，谷仓里没的，这都有。

破晓，路易斯在等她，站在豪华轿车旁。他穿着一件斑驳的连身衣。

“昨晚很糟？”她问，盯着他的墨镜，但看不到；同时，试图避开他呼出的腐臭蒜味。

“还好。”他打了个嗝，没有称呼她的头衔，更是省去了敬语。这种不敬反让她像他伙伴似的上了车前座。

在机场，他们爬上有些歪了的小型飞机阶梯。路易斯把他的乌兹冲锋枪放在机尾的医疗用品旁边。他坐上副驾驶的座位。佩雷拉和一名护士——一名荷兰志愿者，西班牙语还凑合——坐在其他两个座位上。佩雷拉想看到飞机离地升空的情景，不过，绕过飞行员肩上望去，她只能望见天空、云层，偶尔瞥见一眼高速公路，然后是山坡。她在记忆中再塑这座城市的样貌：群山坳里，居住的人家马赛克似的依山傍水，有些高层建筑在市中心隆起突呈，像脓肿一样。那条河，那座笨拙的巴黎风尚桥，那处集市广场。此刻，人们正聚集在那，她猜，准备听今天的公众演说。

荷兰护士个头很大，是女神。她得耸着肩，两只大手摆放在大腿间，下巴长着些柔和的绒须。要是这轻型玩意真有闪失坠落了，虽然没有理由你必须永远和你碰巧死在一起的笨蛋粘在一起，你想和怎样一个人共眠永恒呢？天际枕上，佩雷拉打算自己与奥利维亚共枕长眠。每千年左右，费德里科也许和她们会一会，好一个老野兽，还有吉达尔亚也是，从他鸟语库中解脱出来的拉比王子，他的抱怨声终有意义……她递给护士她的旅行酒瓶。“(来些) 荷兰人的勇气？”她用英语说。女孩笑了笑，没听懂，不过，她真的豪饮一口。

一个小时内，他们绕山飞了一圈，然后，在一破碎的柏油地上着陆。一架直升机停着待飞。佩雷拉和护士上了厕所。钉子上挂着一卷卫生纸，供他们使用。

然后，现在呢，人在直升机上，正在升空。他们飞行在密密丛林中，穿梭着。她望下去，看见炫目的橙色花林木，看见泛染的白色花林木。自己的眼际，刹那清空，又立刻卷入低矮的阔叶树木。橙绿色鹦鹉群起振翅——好多吉达尔亚的兄弟姐妹。

他们着陆在小镇广场中央，停在一处褴褛破旧的表演台旁。一位肌肉型公务员与她们握手。这位是雷伊部长，她想起莉娜提到过。记忆仍是她的朋友；她仍然能背诵颅神经的各种术语。几十年前，夜复一夜，她曾对着那头母牛低语这些词语。她还解释不同的分子结构。**我的小母牛**……她教给母牛四大问题。

雷伊部长领她们走向水泥石板上搭建的一处营房，她曾经检查过的医务所。所中人员——护士长和两位助手——僵硬地站在营房外，像就擒似的。之前，很可能没有任何政府人员到访过这里——一直以来只有走私的人。

护士长，口红涂得像妖妇似的，带着她们绕了一圈擦洗一净的医务所，絮叨个不停。对每份病史，她都了如指掌；每次，她总会将医治无效归结为用药不足，用药有误或无药可用等原因。荷兰女孩好像明白（护士长）说得像机关枪扫射般快的西班牙语。

手术手套才洗过，晾成一行。储藏室架子上，放着氨苄青霉素注射瓶和安定药罐——时下的民间疗法。补液室，一些人躺在那。药房一角，一个垂死老人自己蜷缩在那。屏风后面，佩雷拉部长发现一位腺体肿胀的萎靡孩子和几张苍白的医护床。她给他做了检查。一年前，她就应该征得孩子爸妈同意，将他送去市内医院做必要的检查和治疗。市内医院眼下忙于处理伤员和急诊，顾不上一般疾病的治疗。再说，孩子爸妈应该是拒绝了。除了夺人生命外，癌细胞还起什么作用呢？她低着头，站了一会儿，拇指压住孩子腹股沟。而后，让他穿上衣服。

她从屏风后出来，朝窗外望去，看见两名护士。她们正朝医务所公共厨房走去，要去检查一下奇特的黄豆蛋糕。路易斯只是懒洋洋栖身在窗外。

她趴在窗棂上，对他耳语道：“跟着那两位，怎样？我想一个人去看看雷伊部长的住处。”

路易斯不高兴地走开了。雷伊部长则沉闷不快地领着她去往他的住处。他是不是真以为她想查看他有没有私藏枪支或可卡因吗？她也就想甩开路易斯一阵子罢了。不过，她得让这个乡下莽汉听命于她含威不露的命令，为的是获得她自己一个小时的自在。

而后，她又有了一个更好的妙计。她看见一辆轻型摩托车，在雷伊屋里半掩着。

她曾经坐在一辆类似的摩托车上，在费德里科身后飞驶了一把，那是一个海边夏日。她记得她用臂弯抱住了他厚实的身体。第二年夏天，她自己驾驶那玩意，当时，奥利维亚抱着她的腰。

“我可以试试吗？”

雷伊部长只好点头同意。她递过去她的出诊袋给他，撩起裙子，跨上车。低跟鞋的脚钩钩住了脚板。

这可不是飞行了。这车上坡很勉强，靠两个凹槽中的一个撑住，他们把凹槽叫作车辙。车辙之间的峰背长着杂草，甚至开了花——小红花。她稍稍加速，驶出了村庄，驶过贫瘠的农场，还有茂密的林木。一路起起伏伏。上了一个坡，她瞥见一棕色湖泊。她的两臂疼了起来。

车终于停下来，她下了车，裙子嘶的一声开裂了。她把这扫人兴的车靠在灌丛松旁，步入林中，朝湖边走去。树丛轻雾萦绕。粗大的树根绊住了她的鞋。前面，是一片空地，只有一些衰败的须蔓，垂挂在枝梢上。是个抽烟的好地方。她拨开藤蔓，走进去，却见有个女人在那。

一个女孩，真的。顶多十八岁。她坐在一张编织地毯上，斜靠着一棵糙皮树。低垂的脸很平静，就像她坐在一张绸蒲团上一直休息着。她吃着奶的婴儿包裹在粗条纹襁褓中。小手搭在女孩的棕色乳房上。表面看，妈妈和婴儿都一动不动；不过，佩雷拉部长感到鞋底涌动着一股持续的脉冲，就好像这大地本身就是一个巨大的奶头。

她没弄出太大的声响，只是她作为老妇人的喘息声。不过，回应似的，女孩抬起头，一张麻子脸，瘦骨嶙峋的。如果征服者的血液已经在她祖先的静脉中流淌，那么，这血迄今已经被征服；她绝对是印第安人。她扁平的棕色眼睛里没有畏惧。

“别起身，没关系……”不过，女孩弯起右腿，起身站起来，没惊动孩子。

她往前走。走到离佩雷拉部长还有几步之遥的地方，她瞅见了钻石。她饶有兴趣地看了看钻石，而后，目光收回来，盯着眼前这位陌生人。

隔着低矮的枯树丛，她们对望着。凭借作为临床医师的冷静，佩雷拉部长在印第安女孩的眼中看到了自己。不是奶奶，奶奶没有红头发。不是士兵，士兵不穿裙子。不是走私者，走私者举止殷勤撩人。不是牧师，牧师一副战斗疲劳的神情，而且，不抽烟；不是记者，记者点头很虔诚。她不可能是神；神放出光芒。那么，她一定是一名女巫。

女巫带有威严。“你在给孩子喂奶呀。”佩雷拉部长说。

“是。一直喂到他牙齿长出来。”

“牙齿长出来后，姑娘。他可以学会不去咬。”她张开嘴，伸出舌头，把食指放到舌尖，“看见没？教他用舌头掩住牙齿。”

女孩很慢地点点头。佩雷拉部长也一样很慢地点点头。犹太人和印第安人：伊莎贝拉女王最中意的受害者。五个世纪后，犹太人是一个伟大的民族，越来越富有。印第安人呢，人口层级增加，越来越穷。她解下胸针，从矮树丛上面递过去，只是片刻工夫的一件事。不过，女孩会怎样保住这些钻石呢？雷伊部长应该会坚持要最大份额，而且，一个农民真会将钱怎样，无论怎样——变成荒废的资本吗？佩雷拉部长伸出一只手，爱抚着婴儿不更事的头。做妈妈的笑了，绽露出一口纯白的牙齿。

“他会是个伟人。”部长肯定地说。

女孩稀疏的睫毛抬起来。女巫成了女先知。从女先知变成女士，需要点意味，神圣又近乎荒唐的意味。“他会是一位伟人。”佩雷拉部长又说了一遍，用的是波兰语，顿了好一阵子。而后，她再用西班牙语，独特嗓音带有嘶哑，“吸乳奶！”她说道。她解下胸针，将钻石胸针按在女孩空着的一只手里，用的是奥利维亚轻歌剧里一个常用的手势。“保管好它，等他长大。”她说道，而后，她侧转身，沿着小路大步而去，希望瞬间消失在飘浮的薄雾中，像真的先知那样。**身无分文的流亡者爬进耶路撒冷**，她想着，自己很窝火。

到了摩托车跟前，她点燃一直没抽的烟，而后，越发平静下来。怎么说，她总还能教人学西班牙语吧。

屋前，雷伊部长等着她。对她开了裂的裙子，他吃惊不小。直升机旁，路易斯也在候着，正和飞行员攀谈着。他狠狠地盯了一眼她的翻领，胸针没了。荷兰护士要待到下周六，递送邮件的吉普车到时会过来。所以只有他们三人，路易斯说。在直升机上，或是在他们到达机场跑道上，或是在轻型飞机上，或是他们在美国国会大厦着陆时，或是一直到他们到达她的公寓时，她不知道他会不会逮捕她。这些都不要紧；借很明了的命令方式，她这份爱管闲事者的职业生涯值得人尊重地收尾了。吸乳奶。让这个短语传开去——让这个国家里的所有牛奶变酸，该死的每一小瓶牛奶都变味。

那么现在呢——放逐？称为退休。这些暴徒脑子里是不是装着更龌龊的惩招，她不太知道。其实，也真无所谓；从跟母牛做伴之时起，她就一直听天由命地活着。

阿洛哥

这栋房子在德隆达街上，里面有五间公寓。房门廊上，五个邮箱：小小的邮箱木门颇尴尬地凑到一块，就像利害关系人之间那般情景。

没有人想被人看到自己站在那——中年鳏夫不想，摩洛哥一家子不想，三个老太也不想。

鳏夫信件少得很。

摩洛哥一家信件太多，尽是账单。

女高音收到一些信，时而正好，时而蛮多，时而太多，时而太少；数量重要什么呢。耶路撒冷每次音乐会都列有她的名字。各类公益协会不会让她消停。不过，她热盼的信则少有收到，收到时，也只是薄薄的信封，蓝色正方形，整封信就像先熨后冻过似的。她展开手心，信函在手上漂浮着。数十年前，每次热烈掌声之后，她曾用这一模一样的手势优雅地示意她的伴奏者，大家可以此刻向观众鞠躬致谢。

这封信重量不到一个比塞塔[①]；信里混杂着波兰语和西班牙语，写着四句没有啥信息的句子。她本该不拆信就直接烧掉它。她下巴高高抬起。眼睛干涩，于是上楼去了。

他玛放学回家时取信；他玛和她奶奶住，住在隔着客厅女高音住处的对面。她不像其他人，不在乎谁看了她的信。她十七岁。她爸妈，在美国休长假，每周给她写一次信。很多老维也纳人栖息在其他海岸，写信给她奶奶。不过，她奶奶不喜欢去邮箱，或去其他地方取信。他玛奶奶要真出门的话——一定是去看展览、听讲座、逛街——她这么做，是因为作为有教养的女人，她不得不克服她对社交的不喜欢，尽管不是要隐藏这种不喜欢。

古德凡戈太太，住在一楼，热衷社交。她呢，蹑手蹑脚地从她的公寓走到邮箱处，如做贼一样。她想单独一个人也好，当她拿不准信封上的希伯来语时，她想要确定她邮箱里所有信件收信人的落款真的是古德凡戈先生或太太，或者古德凡戈夫妇或一家人，而不是落款基尔波夫妇。十年前，基尔波夫妇把他们的公寓卖给了古德凡戈夫妇，当时，古德凡戈夫妇刚从开普敦搬过来。基尔波夫妇仍然收到制革沙龙寄来的广告，古德凡戈太太觉得应该可以把它们扔掉。但是，有一天早上，古德凡戈邮箱里寄来一份遗赠信函，可能是寄给基尔波夫妇的。这种事情曾发生过。而后，该怎么办呢？她应该会去追赶邮递员，希望他仍穿行在这条街上，走着穿鞋带那样的线路。如果他已经走完了这条街，她就会带着误投的信函去邮局，还会顺道排在熟食店等购的人群中；而且（在邮局），她总得用她磕磕绊绊的希伯来语解释说，基尔波先生一收到来自巴黎一家银行的这类信就走了，离开

① 比塞塔（peseta）：西班牙基本货币单位。

了，远离了，也没有留下转递邮件的新地址。

因此，古德凡戈太太与她邮箱是一种焦虑不安的关系，和她处理很多事情一样。于是，很奇怪，八月的一个早上，她弄懂了第一封信和它的退信地址，还没看其他信，她就把其他信全部收拢一处——让基尔波夫妇为他们的绿宝石再等上一天吧。她飞上楼梯，漂亮脸蛋带着微笑。

古德凡戈太太八十五岁。她的医生说她有一颗三十岁女人的心脏，虽然她不相信这种离谱的恭维，但这种恭维还是强化了她的肉体勇气①，这份勇气已经相当大了。她不怕照顾她丈夫的辛苦——她可以把他从床上抬到轮椅上，从轮椅抬到床上；如果他想的话，她可以辅助他行走。不过，她内心的悲伤日渐深沉。给他换尿布似乎尤其不适当，听他莫名其妙的喋喋不休有时几近要伤了她那颗三十岁的心脏。她雇佣的护理人员通常冷冰冰的；倘若他(她)们能亲切些，这些护理人员本可以很快就得到一份更好的工作。

可这会儿……她敲着自家楼上邻居的门。他玛奶奶打开门，日常穿着，长裤和衬衫。没人见过穿着浴袍的她。

古德凡戈太太像羚羊般跃进寓所。“信来了！”

他玛奶奶仔细检查这封官方信封，然后，把信递给从阳台踱过来的他玛。他玛穿着轻薄的睡衣，正在阳台用早餐。

他玛呢，也仔细看了看信封。“祭牲剖肝占卜师②已经登陆了。”她说。

---

① 肉体勇气（physical courage）：不怕客观环境与条件给肉体所带来的困难、痛苦、危险，尤其是不怕死亡的勇气。

② 祭牲剖肝占卜师（Hepatoscopist）：起源于伊特鲁里亚和罗马的宗教活动，指接受专门训练，对作为宗教牺牲供品的羊和家禽的内脏进行剖取、检查和占卜的人。

一年前，以色列与东南亚一贫困国达成一项协议。根据协议，以色列公民可以购买东南亚人的服务，即专门从事住家老人护理工作。这些外国人不允许受聘做保姆、清洁工或日托人员——健全的以色列公民可以从事的这类工作，并不是以色列公民愿意从事这类工作。这些亚洲人的任务就是照顾那些已愚钝的圣贤。

雇主们承担机票费用—— 往返程机票：当他们照看的雇主去世了，护理人员不能闲在那。入籍条款不在雇佣合同内。这些人不已经是其他地方的公民了吗？返回原地的法律条款对天主教徒不适用，他们中的大多数名义上都是天主教徒；对祭牲剖肝占卜师也不适用，有些人据说是祭牲剖肝占卜师。

负责机构一成立，古德凡戈太太就申请要一个亚洲护理。

“什么是祭牲剖肝占卜师？”现在她问他玛奶奶。

他玛奶奶说：“祭牲剖肝占卜术是通过检验内脏来预测未来的一种占卜术，具体是用肝脏，哺乳动物的肝脏。用羊就对了，啮齿目动物更常用。”

“哦。”

“那些流浪猫，”他玛低声道，“最后都能用。”

自古德凡戈太太提出申请，接下来的几个星期里，他玛奶奶陪她一起进行了一系列的官方拜见。年轻一点的老妇人帮助年长的老妇人填写所需的表格。每次一袋子的文件寄到，古德凡戈就带着这些文件上楼去到他玛奶奶的住所。她自己坐到餐厅的桌子边。之后，他玛提及，当阳光透过百叶窗，照着她稀疏的头发时，它们更显稀疏了——越发不自然。“指甲花，是天然染料物质。”奶奶提示她。

而现在,这亚洲人就到了。或是要三周时间才到这。古德凡戈太太计划九月的某天早上十点钟去办事处,去见这位新来的人,签署最后一些必要的文件。

“要我跟你去吗?”他玛奶奶说,叹着气。

“哦,这一次不用了。”古德凡戈太太停顿了一下,“应该都明白了。”她慌乱地说,“不过,很感谢你,这一切。我只是想来告诉你。”

于是,三周后,古德凡戈太太独自一人去到那间昏暗的办公室,她现在已很熟悉了。在那,她自己一个人用手握住了这个庄重男人的手。她自己一个人对他说欢迎他的到来,用的是英语。他说的英语听起来很欢快,就像他岛国四周响起的海浪声。没人协助下,古德凡戈太太对办事处官员说,她明白雇主和雇员每四个月要来办事处一趟(后来,她忽然想,是不是要求每个月来四次来着)。她用笑示意那个男人跟着。

他的包很小。他穿着棕色裤子,一件编织衬衫,外加一件衬衫,格子呢的,类似一件夹克。她希望附近出租车停靠站有很多出租车:她想让他马上看到这个国家的富裕。上帝笑迎她的心意:三辆出租车在等候,第一辆迅速启动引擎。不过,没等两人上车,窜出一乞丐。古德凡戈太太给了乞丐一枚硬币。乔在掏自己的口袋。哦,老天。“我已经为我们两人付了。”她说。

到古德凡戈夫妇家第一天下午,乔在阳台上修轮椅,花了好几个小时。他手和膝盖都着地,整个人趴着,铁栏杆以上看不见他,杆上常春藤绕着:不过,玻璃桌上一目了然,摊着一个开着的工具箱和一个截肢轮。放学回家,他玛在桉树下停下脚步,老练地眯起眼,透过长青藤瞅过去，她看见轮椅躺在一边，一个人跪着在捣腾。他正在做着，非常小心严谨，或者说，至少相当精细；这活不需要他做什么很明显的动作。好几分钟，他都保持着恭敬的姿态。桉树下，他玛呢，一直站着。最后，他露着的光胳膊朝上伸——似乎很无故地向上伸，但实际上是有缘故的——然后那手，没犹豫就抓住一把螺丝起子。女孩走进楼房。

随后几天，古德凡戈家都有不少动作。锤子的轻敲声，混着灰泥钻孔声。那个女高音注意到，在公共客厅新来的这位住家护理站在古德凡戈家保险盒前面，弯着手指托着自己的下巴。很快，音响设备从它的墓穴里显出了身；重新灌录了强节奏交响乐曲，都是古德凡戈太太好几个月来都没听的曲目，乐声从阳台打开的门传出来，融到这一季秋天的暖意中。

“乔非同凡响，”古德凡戈太太对他玛和他玛奶奶说，“他是天使派下来的。”

他玛奶奶眯着眼。被雇佣的人通常勤劳肯干。温带出生的人天生性情好；温和气候让人滋生同情心；炎热气候则让同情心枯萎；而且，在这个国家，五百万上紧发条的灵魂当中，同情心如莲花一般相当罕见。早在一个世纪以前，这里的人就已遗失了礼仪文明。

古德凡戈太太滔滔不绝地说着乔；他玛奶奶并不发表自己对人性的见解。“我家先生很幸运。”古德凡戈太太说。

古德凡戈先生每况愈下，虽然他玛和她奶奶记得他曾经颤巍巍地走动过。古德凡戈夫妇家对面一楼公寓住的孩子只知道古德凡戈先生是个哑巴小鬼头。那双尖耳朵很好笑，头发正好冒在耳朵外，还有，他总是看起来想要说话似的，但是，他从来没说过话，一个字都没有。大人警告过他们,不得取笑他。

这家人,楼里的人称他们摩洛哥人,都出生在以色列——当爸的,当妈的,三个孩子都是。绰号来自上一代,无疑已传承了好几百年。每逢过节和晚上出门,当妈的摩洛哥人就精力旺盛地打扮起来,其他时候,她就穿着一件脏脏的缎袍闲荡着。她有一头杏色头发,一张雀斑脸,笑得很顽皮。她的几个孩子一直都怕人——怕她;也怕其他所有人。她老公做瓷砖生意,挺成功;里恰维城里最受赞誉的厨房,其中一些的光鲜亮丽都有他的功劳。

他具艺术范——或是,至少他具有艺术鉴赏眼光——不过,他不敏捷。整个一家人,事实上都笨拙。耳朵和眼睛也都不灵光;他(她)们忍不住注意到古德凡戈家新来护理的聪明劲。那些手指了得呀!于是,每十天左右,家里一有器具坏了:"乔!乔!"他们一定会叫,"那该死的烤面包机!"然后乔呢,把古德凡戈家的门开着,万一病人需要他,就穿过客厅,诊断一下,也许出手修理一番,而后,静静返回去。

"我们要注意不要让乔吃亏。"当妈的说,有天早晨。当爸的愉悦地看了她一眼。她的说法触动了他,她的慵懒模样,也和那些买他瓷砖的精力旺盛的女人不同。她懒洋洋的,健忘,不过,她并不渴望太多;从他们蜜月起,她就一直披着那块破红布。她很爱孩子,用一种随性的方式——有时,她错把大儿子叫成小儿子;有时,把女儿叫成她姐姐。"让乔吃亏?"他说,"你是什么意思?"

不过,就像往常一样,她不会或不愿说她是什么意思,只是隔着狼藉的餐桌坐着,对他笑笑。他呢,站起来,给她一个吻别,就出了家门。他穿过客厅,能听见乔平静的声音。我们要这些人做什么?瞬间,一阵痉挛感绕过他脑际。这个国家的麻烦还不够吗?下次,他要把烤面包机送到保加利亚裔修理员那里。而后，情绪过去了，他又想，也许乔可以穿他那件斑点夹克，他好几年没穿了——就自己的肤色，那件夹克有些太鲜艳了；黄种人穿很适合。

在西班牙人的社区和音乐圈，女高音有些朋友和熟人，她还去了很多朗诵会。尽管如此，大部分时间，她花在写信和校订信上，这些信是寄往她已离开的那个家的。

除你之外，卡拉，我最想念的是那些农民。每当我巡回演出，他们是怎样欢迎我的，你还记得吗？——蜂拥在火车四周，用鲜花撒满我的路径？我想念他们棕色的扁平眼睛。

事实上，她的巡回演出失败了。在拉丁美洲，省际列车只是一连串布满尘土的小汽车。车窗卡住了，或开着，或关着。女高音和她的伴奏者一起出行——一位年轻的普通女人，透过眼镜瞪眼看人的女人——并没有什么受人爱戴，或者甚至什么知名度，给她们带来麻烦。不过，女高音常常沉浸在成群结队的歌迷的想象中，以致她心目中竟呈现出些清晰的记忆片断。她看到挂着花环的一头驴。她的手被一位滑头的市长吻过，这位市长所在的城镇拥有一座电影院，有两个音乐厅那么大。市长的妻子在家准备一个宴会。很多人参加音乐会，还有更多的人赴宴。市长大厦摇摇晃晃的，大厦地面则脚踏轰鸣，大厦里欢声雷动的。

在这个雄心勃勃的国家，没有农民，没有人热爱土地。集体雇人务农；乡村现在是采邑制。沙漠巨人都消失了。我在引用我家隔着客厅的那位邻居的话，一位颇有见地的女人。

女高音坐在阳台上，手写着信。她每封信花一个星期来撰写构思。这些辛勤文思为谁呢？他玛奶奶问。啊，为了让她家乡最好的朋友开心，女高音说，摆弄了下自己软软的披肩。这披肩样式，她有好几种不同颜色——灰灰的黎明色、紫罗兰般的暮色、瘀伤式的薰衣草色。

没人在意唱歌。我们已经变成了一个弦乐演奏者的国家，尽是俄罗斯人，尽是天才。对了，有个家伙站在一大百货商店外面，一把小提琴，一个杯子。他也在谋生。

“当然，我不再登台表演了。”她告诉乔。

“你说话的声音很悦耳。”他则说，或类似的话。

乔生长在小河畔一座村庄里。房子都用柱子撑着。他是被培训成药师的。

她想象他混拌着那些取自根茎的碎粉末。他告诉她，在他们国家的有些村庄里，药师得当医生。“在美国警卫队的协助下。”他说。

“维和部队，一定是。”拜访古德凡戈家的那些下午，她和乔谈论着有关高尚美国人的事。而后，她略微低垂了一下，示意拜访结束，他就送她上楼，直到她家门口。

来我这吧，卡丽斯玛。带上你该死的鹦鹉。来吧。

鳏夫住了整个顶层。他阴郁，也机警。其他人都得到好处时，他也不会落下。

“这整个该死的城市，没一位出租车司机，我能信的。”鳏夫对乔说，他们一起拿着他的杂货爬楼梯，“这些阿拉伯人？别让我笑出来。俄国人都是骗子。对你而言，说这些不算太沉重，对吧？用些力！继续，你可以把一袋放在地上，然后回头拿另一袋。我拿卷心菜。”从一个袋子的上方，他抓住一白色菜头，还有宣传册，也就是他当天收到的邮件了。

鳏夫现在吃素。蔬菜比鸡轻些。乔通常一次扛起鳏夫每周买的东西，一个手臂一个袋子，就像双胞胎。他还摆弄新电视。

“我想你不下棋。”有一天，鳏夫说。

“我下棋。”

很快，每周两三个晚上，他们下棋。如果古德凡戈太太在家，乔把古德凡戈先生放上床后，他们就在床后面下棋。鳏夫的公寓一团糟，尽是办公家具，而且，他文具店的储备物资也是乱得很。在堆满纸箱的一张金属桌边一角有直靠背椅，两个男人各坐一把。

如果古德凡戈太太去听音乐会，或者去打桥牌，他们就在古德凡戈家下棋。鳏夫把棋盘和棋子拿下来，外加一瓶酒和蔬菜派。乔准备橘子和茶。鳏夫在客厅咖啡桌上摆好棋局。鳏夫吃完蔬菜派，喝完酒后，拽上一厚垫到桌边。整个晚上，他都坐在厚垫上，弯腰驼背地下着棋。乔坐在花纹沙发上。古德凡戈先生呢，坐在乔旁边，一声不吭，经常靠在他看护的肩头睡着了。这时，乔呢，不想挪动他的身体，就会叫鳏夫替他走棋子。

周六早晨，古德凡戈太太去参加各种服务活动，他玛奶奶在阅读德国哲学，女高音在死海与其他侨民畅游，鳏夫在女儿家和孙子孙女玩，摩洛哥一家人盛装打扮，器宇轩昂去出席一些庆祝活动了，最小的穿着滚轮冰鞋——周六早晨，他玛在敲乔的门。

“我们去散步吧？”

作为回应，乔也同样问古德凡戈先生。

古德凡戈先生温和地看着乔。

“好的。”乔说。他的希伯来语已经比古德凡戈太太说得好了，不过，他太害羞，也就只跟摩洛哥家的孩子说。他跟成年人说英语。

乔推着空轮椅出了公寓，再推出了楼。他把车放在桉树下，锁了车轮。他再回到屋里。然后，他又走了出来，倒着走出来，手伸着，手掌向上。古德凡戈先生的手掌搭在乔的手掌上，摇摇欲坠地向前移着步子。他先是只盯着自己的运动鞋，而后，逐渐抬起眼，直到遇到乔的眼睛。两人继续朝等着的椅子挪着。他们做了四十五度角的转身，乔点点头，古德凡戈坐下来，乔帮他坐好，又再安置了一回，然后，他自己转到椅子后面，打开车锁。

“我来了。”他玛从她家阳台上喊道。她跑到楼上去取一件毛衣，她说；要拿本书，她说；真的想从阳台上往下看双人舞，就像她盒子里的公主一样。

有时，他们去植物园；有时，他们去自由钟公园；最常去的，是高德曼步行大道，在那，他们隔着林木茂密的山谷眺望古城城墙。

他们用英语，带些希伯来腔，谈论着他玛未来的工作，在电视播音或影视制作方面。

“当然我会住在特拉维夫[①]。”

“我听说过特拉维夫。表演在那。”

他们谈乔的过往——他的岛国。

“小小的岛屿群,真的。新月状。”

“岛屿相互连着吗?”她想知道。

“有桥梁。有时,需要坐船。”

“很多水吧。你一定觉得我们这儿水少。”

“嗯……我听说过加利利[②]。”他说,恭敬的口吻。

“你们那,有爬行动物吗?”

“哦,很多蜥蜴。”

“也有热带丛林吗?”

“也有热带丛林。”

“我从没见过热带丛林。”

“来之前,我从没见过沙漠。”

如果古德凡戈先生在轮椅上睡着了,他们就可能会谈他。在乔看来,古德凡戈先生比绝大多数人知道得多,尽管,或者,因为,他说不出话来。“植被的秘密。地下水的位置。”

“相关部门应该为这些信息付费。”

“他就像我们的一位阿洛哥,年纪太大,不适合担当理事会责任,但仍然值得受人尊敬。”

---

① 特拉维夫–雅法(Tel Aviv-Yafo):通常简称为特拉维夫,以色列第二大城市,是以色列最大的都会区,也是人口最稠密的地带,重要的经济枢纽。

② 加利利(Galilee):以色列北部的一个地区。1948年被以色列占领。由于有一些高大的山,有无数《圣经》中提到的古镇,是以色列主要的旅游区之一。

“阿洛哥？”

乔想了一会儿。“就是酋长一类的意思。”

“阿洛哥，all'gim，”他玛说，把它希伯来语化。而后，她把它变成动词，被动语态，主动语态，然后反身动词。乔耐心听着。

“阿洛哥老者，即智者，”他玛说，“人们就重大问题咨询他们。”

“阿洛哥名誉退休人士。”他玛说。

乔又沉默了。接着说：“我认为，是的，你很聪明。”

他玛羞涩地嘶了一声。“还有年轻的阿洛哥——仍在职的阿洛哥？”

“他为这群人做决定。解决难题的老手。还是被迫害的教徒，因为教会不再很有帮助意义了。”

“真的吗，你检验内脏？”她语速很快地问。

“传教士来了后，这种占卜术就灭亡了。”

“当时是什么时候？”

“十六世纪。”

“乔受教于耶稣会[①]，”女高音对他玛奶奶说，“再来杯酒？”

他玛奶奶点点头。“而后，他受训成为一名护理。”她说。

“是药剂师。”女高音更正道。

一阵别扭的沉默，逐渐又缓和为一种友好氛围。在乔的小岛上，医护人员也好，药剂师也好，没什么工作机会；对话继续时，两个女人都认同这一点。乔的妻子，一位老师，在家乡也找不到工作。她在

① 耶稣会（Jesuits）：天主教的主要男修会之一，耶稣会最主要的任务是教育与传教，在欧洲兴办许多大学，培养出的学生除了是耶稣会人才外，也活跃于政界与知识分子阶层，著名者有笛卡儿。

多伦多做家政。彼此希望能通信，也能写信给留守在爷爷奶奶身边的八岁女儿，女儿很不高兴这样的安排，以致不愿意上学。“她在罢工。”乔说过。

“课堂，”他玛奶奶评论说，“是反动分子的炉缸。”

如果他玛真罢工的话，奶奶会满腔热情地在家教育她，着重学习十八世纪的德国哲学。这番前景使得他玛一直留在学校，绝大多数时间都在学校学习。

不过，有时她同学的想法，贪婪且固执己见，让她厌恶……有这么一天，她敲古德凡戈家的门。

“吃惊吧！”

“今天不用上学？”乔平静地问。

“不用上学，”她撒了谎，“一起出去散散步？”

古德凡戈先生挺愿意的。他们出发了。他玛建议道，因为是工作日，所有地方都开门营业，去市中心一家可以上网浏览的咖啡馆吧。乔说，古德凡戈先生可能不喜欢。他玛不知道他有没有去过那儿。他们边走，边争论着。最后，他们只是沿着一条繁华的街道推着轮椅走着。

进了一处干燥的庭院里，他们停下来，吃乔准备好的午餐。院子里，有一家检修商店，一家尘土飞扬的杂货店，都在营业，还有一家销售五金的商铺。

“橘子好吃。”他玛说，“他们是什么时候施行肝脏检验占卜术的？有关未来，他们发现了什么？”乔打开一份三明治，递给她一半。“所发现的是有关过去的——有关已经发生的轮回。只一口，亲爱的先生。”

“轮回？什么样的轮回？”

“人变成鱼。树变成斗士。”

男人变成保姆吗？她在等，但他没这么说。而后，看顾变成监护。

“女孩变成学者。”乔笑着说，“真够厚的一本书。”

这本厚书叫《大使》[①]。她试图提高她的英语阅读能力。第一段就跟整本《塔纳赫》[②]一样长。

古德凡戈先生开始闻起来。他玛拾起午餐剩菜，带着它往院子一角走，那儿有一个大垃圾桶。她这么走着，让一些骨瘦如柴的猫兴奋起来。

她从垃圾桶转身过来，从院子这头看过去，两男人身边又多了一个人。这第三个人是个乞丐，那种有故事的乞丐。她不必在其中听那些很耳熟的求乞行话。什么妻子最近死了。什么没妈的孩子，没鞋子，也没课本；这位外国先生，你知道报道说一个买不起课本的孩子自杀了吗？直到听到这么直接的夸张说辞，他玛走过来。在这个把所有资源都给了埃塞俄比亚人的国家，人根本不可能找到工作，这些埃塞俄比亚人和你一样不是犹太人，先生。先生！

这会儿，乔正站着，一只手放在古德凡戈先生头上。自己的头稍微倾着，在听乞丐说。那家伙无边便帽上还戴着顶破烂软呢帽。他伸出手，摆着经典的手势。

乔从自己口袋里挖出些舍客勒[③]。乞丐把舍客勒放入他长大衣

---

① 《大使》（*The Ambassadors*）：亨利·詹姆斯（Henry James）1903年的黑色喜剧小说。

② 《塔纳赫》：犹太教的第一部经典为《圣经·旧约》，希伯来文称作塔纳赫。

③ 舍客勒：古代重量单位或货币。

的深处。而后，他向古德凡戈先生伸出手掌。古德凡戈先生很信任地将他的手放在他新伙伴的手上。

“就那么多了。”乔对乞丐说，他的希伯来语说得完全不羞涩了。

“先生，谢谢。”乞丐说，鞠了一躬，而后轻快地走开了。

他们走回家，一路沉默着但气氛融洽。德隆达街的街角，他们碰见摩洛哥家的女人，过了些楼宇后，鳏夫也赶上他们。在门厅，他们各自取邮件。乔收到女儿寄来的一封信。

冬天来了，下着雨。乔把伞放在古德凡戈先生的轮椅上。有雾或是阴雨天，伞都能用，要是下大雨，他们不得不待在室内。他们就听音乐，乔一边还做着清洗和缝补的活。女高音借给他们两段咏叹调，她自己录制的——都是密纹唱片，不是重新灌录的版本。

乔为鳏夫修补了一处裂缝。他还加固了楼房一处楼梯中心柱。他接受了客厅对面公寓那家人给的备用钥匙，放在他的针线盒里。摩洛哥家的孩子，若忘了带自己的钥匙，至少每周一次要敲乔的门。这边古德凡戈先生在打盹，乔则在烘烤小甜饼。于是，那家孩子更是常忘带自家钥匙了。

一天下午，女高音参加完一次弦乐三重唱独奏会，停在古德凡戈家门口。古德凡戈太太正在玩单人纸牌，古德凡戈先生看着她。女高音喝了一小口白兰地，和古德凡戈太太聊了一会儿，两人声音相互作响，像玻璃滴一般。乔呢，走进来，带了一盘曲奇饼，提了一句，说女高音的面色苍白。今年夏天会好的，她告诉他。她谢绝了他送她上楼的好意，他往常都会提的。

到了自家门口，要插钥匙时，女高音往前倒；而后，一阵强烈的痉挛，她双手推靠着门，人横着就倒下，斜斜地躺在那，弯着的双膝靠着。上半身落在往顶楼的楼梯上。她的头突显在那，轮廓很庄重。

戏剧彩排结束后，他玛自个儿信步往楼上自己家走时，看见了女高音的脚。她没有失声大叫，而是转身跑下楼，到了乔住的地方，敲门。乔开了门。乔一见她嘴张着、手指着的方向，马上跳上台阶，边跑边脱夹克。古德凡戈太太，虽然说也白说，仍对古德凡戈先生说声不要动，就跟在乔后面。他玛则跟在古德凡戈太太后面。摩洛哥家的女人，听见这一溜小部队的脚步声，也开了门，往楼上走，她的孩子跟着她。他玛奶奶，头伤了风，已经在床上躺了一整天，也开了门。她穿着一件很老式的浴衣，带有腰带。鳏夫出了住所，也下楼来了。

摩洛哥家男人下班回来，急步走过门厅。他先看到两扇公寓的门开着，自家的和古德凡戈家的。古德凡戈先生坐在花饰沙发上，喝完了一杯白兰地，虽然绝大部分洒了出来。摩洛哥家男人看见他太太，上到楼梯一半，立在自家孩子堆里。而后，他看见他玛用手臂搂着古德凡戈太太。他掠过他们所有人。他玛奶奶站在她家门口，穿得像哈西德派教徒[①]似的。这会儿，他看到地板上堆成一堆的，是他那件旧的斑点夹克；此刻，他看到女高音，被乔拖拉到地上，而后平放好。女高音的裙子撩了起来，一只鞋掉了。警报声响起。

他们都习惯死亡这事。最近一次小武装冲突中，摩洛哥家孩子失去了他们心爱的堂哥。电视让他们熟知了公路屠杀。摩洛哥家男人参加过一场战争，鳏夫参加过数次，他玛的爸妈也曾参加过。从军队中退役时，摩洛哥家女人已提升为助理情报官员，这是一份让她看

① 哈西德派教徒（Chasid）：犹太教正统派的一支，受到犹太神秘主义的影响，由十八世纪拉比巴尔·谢姆·托夫创立。

似在偷懒却得心应手的工作。高中毕业后，他玛会应征入伍，除非她要去美国和爸妈团聚，他们一直敦促她过去。三年前，她最羡慕的朋友在一家咖啡店被炸死了。两位老太太曾经在很多临终者床前坐过。

乔跪在尸体旁，口对口做人工呼吸，试图让她复活。后来，他说她走了，哭了起来。

乔和他的家人没有改动女高音的公寓陈设。他们甚至保留着那些披肩。小女孩用它们来罩她的娃娃。她在当地学校上学。穿着修女学院格子裙，她看上去就像特权者的女儿，之前，她不想上学。她和摩洛哥家的女儿一起玩。她很快就说起希伯来语来了。

鳏夫继续和乔下棋。乔在工作时——他继续细心照看着古德凡戈先生——他们仍和之前一样在古德凡戈家下棋。乔要是在家，他们就在乔家里下。乔太太煮了辣汤。过了一阵子，鳏夫要加些原料——肉，于是，有了肉，红薯，还有坚果。又过了一阵子，鳏夫要了做辣汤的菜谱。他自己做，也真做得挺不赖。

他们在低柚木桌子上下，这桌子雕刻精细。像其他的家具一样，它是拉丁美洲原产，一直伴着女高音流亡。墙上仍挂着死者生前职业生涯不同阶段的照片。孩子坐在桌子边的地板上，像是第三位棋手，跟着棋子一起动。

古德凡戈太太担心，乔运气的改变会改变他们的关系。当然，她为他高兴，虽然她真的担心……她真的担心……怎么说，这公寓就不能留给家中一位成员吗？

“没有家人。”他玛奶奶说。

“而且，她心智健全，我想。”古德凡戈太太说，叹了一口气。

“绝对。”

事实上，这栋楼房几乎什么都没改变。虽然乔住在遗赠给他妻子的公寓里，他总是担当起晚上的职责。有时，他晚上做饭，虽然更多时候他妻子做饭；摩洛哥家的孩子不时来串门，鳏夫也是，有时，他玛也来，甚至他玛奶奶也来；当古德凡戈太太回家时，在她的住所就好像在举办一个小型聚会。古德凡戈先生一向喜欢人多。只是，每当乔短暂离开房间时，他就变得焦躁不安；乔回来，两人目光相遇，他就又恢复以往的平静。

因为租用服务协议更新且扩充了内容，加入了入籍条款，乔更多的同胞来了，从事更多不同种类的工作。据说，有人成了老练的乞丐。名词“阿洛哥”也进入有关住宿的词汇中。这个词不再与酋长/首领的含义关联；不过，至少在耶路撒冷，它意指必不可少的居民。在漫不经心的特拉维夫，这个词有时指看门人。

机会

我们的犹太教堂，最后被选作安放一部《律法》[1] 的场所，《律法》来自捷克斯洛伐克——这部《律法》原来所在的老村庄已没了——文献卷宗委员会发表了一份声明，绿色文字刻在象牙白上，非常庄重。邀请卡上写着，要求我们参加一九七五年十一月十六日星期日下午两点举行的接收仪式。

邀请卡片上只字未提文献卷宗委员会的内部摩擦，在委员会主席，即指挥家妻子的独裁下起的摩擦。不过，从我们邻居山姆，委员会成员那里，我爸妈和我完全听说了这事。山姆说，指挥家的妻子想选一个周五晚上或周六早上进行接收仪式——而不是非犹太人过的平常安息日。这个团体联合起来反对她。要知道在美国中心地带，

① 《律法》：希伯来文意为“教谕”，狭义专指《旧约全书》前五卷的律法，相传是上帝援手摩西的。

星期天常用来进行特别的仪式活动，他们说。而且，人也会来得比较多——大学教员，感兴趣的非犹太人，甚至市长都可能会出席。后来，这部《律法》将在仪式日的前三周进入教堂，教堂司事对此表示失望。

它会躺在地下室——僵尸一具！他哭了——因为《律法》到后的第一个星期天，安排了雷波维奇·萨顿少将的婚礼，第二个星期天是莱尔曼-格罗斯曼家的婚礼。

但是，谁又能做什么呢？——婚礼决不能延期推迟。山姆和教堂司事清理出来一间小房间，位于至圣所正下方社交活动厅旁边；而后，这位犹太教士给这间房祈福祝愿；他们给房门安了一把锁。会众们继续着他们忙碌的生活。

我们教会每周都有许多活动。犹太法典研读班，周一晚上开班。成人希伯来语班，周二上课。周三，委员会开会。周四，从六点到八点，一位大学教授主持哈西德教义研讨会。周五晚上和周六早上，全都做礼拜。周六，孩子们被遣散在让人憎恶的旧学校楼房里，就在至圣所隔壁。爸妈得为周日学校的学习付费（有些还付孩子的学费）；其他课程免费，向所有人开放。

某个周一早晨，这部《捷克律法》[①] 航空运抵。指挥家，拉比，教堂司事和山姆，一起虔诚地把它放进清理好的小房间。他们锁了房间，《律法》就落脚在那。犹太法典研读班、希伯来语班学生、哈西德教派的学者，还有委员会成员，都确认它就放在那。有时候，教堂司

① 《捷克律法》：收藏1564年捷克卷轴的故事，记录了第二次世界大战期间纳粹德国屠杀欧洲犹太人的苦难悲剧。1942年，布拉格地区一群犹太社区成员，设计了一种方法把宗教的财宝从废弃的省级社区转移到相对安全的布拉格。他们说服纳粹接受这个计划，分批将100 000多件物品送到博物馆，其中大约有1800个《律法》卷轴。这些精心分类的卷轴在1956—1959年转移到布拉格郊区犹太教堂，而后又再分发到散居欧美地区的犹太教会社群。《捷克律法》对犹太教信众而言象征着希望和悲痛，对其教会活动具有重要意义。

事可能巡查一下。《律法》研究小组整个就不碰它。

《托拉(律法)》研究小组并非对所有人开放。小组周日晚上碰头，在私人家中，通常在我家房子里，有时也在指挥家寓所。他家寓所有一个正规餐厅，我爸爸告诉我：镶板组合，暗壁纸，还有光线微弱的一盏水晶吊灯。小组成员聚集在指挥家的红木长桌边，没人坐桌首或桌尾。男人挤在桌中心附近，三人一边。指挥家的妻子坚持铺上一块花边布保护桌子。这块布复杂的几何图案让人分神，比起小组在我家时我妈妈一贯单调的声音还让人分心。

“指挥家的妻子为什么这么严厉？”我问我爸妈。

“她是布鲁塞尔人。”我爸爸回道。

“他们没有孩子。”我妈妈解释说。

“或者可能是安特卫普人。”我爸爸说，叹着气，“讨厌的花边上卡着薯条。”

我家厨房早餐区域摆放的富美家圆形胶木桌不需要桌布。桌子是一张八人桌。我十四岁生日聚会时，在九月，十二个左右的女孩挤在桌四周吃比萨饼，还在阿辛塔的监督下做巫毒教[①]葫芦，阿辛塔是一名大二学生，我们之后住在了一起。

对于《律法》研究小组，我家的桌子常搭着一碗椒盐脆饼。不过，莱尔曼-格罗斯曼家婚礼后的周日傍晚，桌中间摆放着波斯百合和香雪兰。我爸妈都参加了婚礼和午餐，我妈妈在她的餐盘下发现了一朵纸雏菊，意味着她赢得了这些鲜花。

---

① 巫毒教（Woodoo）：又译为伏都教。西印度群岛人，尤其是海地人信奉的一种涉及巫术的宗教。

我摆弄着这些花朵。“汇集智者之言[①]!”我唱着。虽然阿辛塔已走了,我仍然偏爱巫毒教的东西。

“噢,别唱了。”母亲说,虽然说得挺亲切,“帮我弄一下这吃的。”

我走到隔开厨房和早餐区的台柜边,加入到她那边。万圣节已过了。窗外,我家后院落满树叶。窗台上,有个南瓜静静衰颓着。

妈妈把牛肉切片,预备提供给小组吃。还有奶酪、西红柿和黑麦,也都切成片。我把这些吃的平放在一个长餐盘上。然后,在盘子这里或那里放些泡菜,立着放,像音符似的。妈妈把长餐盘推进冰箱。

我打开桌上面的吊灯。明亮的锥灯不仅照亮着莱尔曼-格罗斯曼家的鲜花,也照亮着七杯啤酒或苹果汁。(指挥家的妻子只提供姜汁啤酒。)后来,晚上,灯光打在要吃的三明治上。(指挥家的妻子在餐具柜上放的是一盘硬硬的糕点。)活动时,灯照在六位博学的男人和唯一一位女人的脸上。

七点半了。我爸爸从他书房里出现,伸展着身子。门铃响了。

指挥家和拉比(犹太教教士)走了进来,两人前后脚。这两人出双入对很长时间了。两人聚在一起不但一起主事,为年满十三岁的犹太女孩准备入教仪式,还要向官员汇报事务;还一起在冬天滑冰,在春天骑单车去农场。我见过他们骑在各自的单车上。指挥家的臀部像邮袋一样缀在他的座位上,教士的卷发压在帽子两边,像山羊犄角似的。有时,指挥家的妻子也骑单车。就是骑着一辆十速的单车,她也拿捏着她一本正经的姿态。

“你好,你好。”指挥家朝我们全家打招呼,记起不能捏我脸颊这事。

---

① 此处为巫毒语“Dede O Sāvalou”。

“嗨。”教士对我爸爸和我招呼道。

接着我朋友玛吉的爸爸到了，和她爷爷一起来的。玛吉的爸爸是犹太教堂的财务主管。他还从事金融业务，挺成功的。玛吉称他“高利贷者”。妻子死后，他把他父亲接过来，同他和玛吉一起住。玛吉称她爷爷“族长”。族长湿润的嘴从层层叠叠的胡须里向前凸着。他儿子一直给他穿纯白饰花的白底衬衣，还有披肩领类的毛衣。

高利贷者走路姿势有着舞蹈家的优雅。他向我们打招呼，友好地拥抱我妈妈，吻了吻我，但不算真的亲吻，嘴唇都没碰到我的皮肤。族长举起手向大家道洪福。

山姆呢，得从隔壁一路小跑过来，他是最后到的。我让他进来。其他人已经坐在厨房里的圆桌边了。我妈妈把莱尔曼-格罗斯曼家的花移到台柜上去了。

山姆只到我肩膀。五十多岁，很疲惫。“你好，亲爱的。”他郁闷地招呼道。

我跟着他进了厨房，他在我妈妈旁边的空位上坐下。我把我自己的椅子稍挪了一点，在我妈妈右肩的后面。不过，我没打算就坐着。我不一会儿就会站起来，开始在这群人四周转，这个人身上趴趴，那个人身上靠靠，仔细看他们各自手上扇形展开的牌。只要不出声，安安静静的，我可以这么自由自在地转着。我爸爸警告说，就是一个微小的鼻孔闪动，都可能把我瞥见到的人的底牌泄露给其他人。所以我一直保持一种木然的面部表情。最后，我会坐在台柜边大高凳子上，将握着的双手插在我穿着牛仔裤的大腿之间。这么缩成一团，看着余下的牌局。

这会儿，我坐在妈妈绸缎披肩的后面。她穿着她参加婚礼时穿的同一套红宝石套装。我只能看见她粗大鼻子的鼻尖。我妈妈是一位忠诚的皈依者，不过，她无法改变她超凡的面部轮廓。即使在刺目的灯光下，她，用我讨厌的姑姥姥汉娜的话说，永远美丽的一个非犹太人。

其中两男人—— 板头的指挥家和年轻的教士——也够帅，经得起聚光灯的照射。族长则老得让人肃然起敬。

高利贷者是公认的英俊。玛吉告诉我他颇有女人缘，还不都是单身女性。桌边，他热诚地接受发给他的牌，就好像他对每张牌都爱无穷尽。当他折起——牌翻向下，退出一局—— 他的举动带着一种父爱般的歉意。头顶的吊灯润亮着他的头发，还加深了他的嘴唇。

我家邻居山姆不怎么帅。略弯的鼻子点饰着些丑陋的毛发。上嘴唇常常翘起在黄牙齿上面，有时则待在那，沿着牙龈边，不停搐动着。他上半身也常常抽搐。“也许他恶鬼一个，”九月的一天，阿辛塔说，那天，从我家宽敞的厨房窗望去，山姆正在隔壁后院耙树叶，“没法安稳地躺在坟墓里。总要折腾替自己复仇。”

阿辛塔——受洗礼名叫安妮——是两位底特律牙医的女儿，这两位牙医对女儿说岛语极其光火。十月份，阿辛塔离开我们，去和艾维斯·尼尔森过日子，这事让父母两人更加愤怒；艾维斯是一家天然食品店老板，这家店呢，多少有些名声，叫作红胡子。我妈妈花了很长的一个晚上和阿辛塔妈妈通着电话，想让她安心。我在我卧室的分机里无意中听到她们的对话。

“阶段而已，我肯定是啦，”我妈妈说，“阿辛塔——安妮呢，我是说——不太喜欢哲学系。”

“她大可以转去医学预科呀，而不是跑到那瑞典人那里。”

“只是短时间的叛逆啦。”我妈妈预判道。

“就像你们家的孩子那样？”牙医说。

不管是不是恶鬼，山姆今晚抽搐个没停。双肩一会儿上，一会儿下，垂头丧气地耸着肩。

我爸爸也不帅。我最近突然意识到他缺样貌，就像一条蛇在我耳际私语这个秘密。这觉悟让我不好受。他的秃头亮闪闪地反射着灯光。带痘的大鼻子还闪着微光。雪茄燃着。只有他的声音展露他的灵魂——一位学者天鹅绒般的声音。他是一位教政治理论的教授。他笑得很开，两门牙间漏着缝隙。今年夏天，在湖畔，他充分利用了这牙缝。他仰卧在水上，居然能像一条鲸鱼似的喷出水柱。

打牌的所有门道，我都是从观摩研究小组打牌中学来的。我知道最好的一手牌是一手皇家同花顺。这意义重大——国王、女王和后裔，外带一个当作管家的十，全在一个幺点罩着下，还有什么能大过这么一手牌呢？其次的好牌是四张同花色的牌，很有可能赢下这一注；再其次的好牌，是三张同号数字牌加两张其他同号数字牌——称作满堂彩；接下来，五张花牌，获洗牌一次；依次下去，是对牌。有时，没人手中有一对，这时，最大的牌赢所有的钱。

我学会了谁发牌谁选择牌局。发牌按顺时针顺次发给每个玩家。出牌也是按同样的顺时针依次轮着出。有些玩法叫抽牌法（Draw）；这种打法时，每个玩家手持自己的牌，不得露给任何人看。他得从其他玩家的举止和出牌中猜测他们手中的牌是什么，还要揣测他们抽了多少牌。还有一种，叫栓牌法（Stud）；每个玩家的牌叠放在桌上，对着中心扭转的轮辐散开，有些牌面朝上，有些朝下。朝向下的牌叫作“穴”。玩家可以看自己的穴牌但不能看其他玩家的穴牌。

二十几岁时，我和一个小子有过短暂的相处，这小子每周都玩大钱；从他那，我发现我爸妈的消遣只是名义上玩扑克而已。“有两个赢家？”他笑着说。（我爸妈玩的栓牌玩法中，最好的玩家通常把钱分给最差的玩家。）“芝加哥是什么？”他想知道。穴牌中最底层的黑桃跟高手分赌注，我犹犹豫豫地告诉他。“种族主义的命名法，你说是不是？”他评说道。

“哦，是呀。”

“我想这类聚会挺愉快的。”他很快加了一句。

白筹码代表五美分，红筹码代表十美分，蓝筹码代表二十五美分。我妈妈被禁止玩她无聊的玩法，比如痛经法，就是让最烂的玩家赢牌；还有劳役法，就是，如果你想折牌，你必须得匹配下的注。底注在抽牌玩法中是十美分。在栓牌玩法中是五美分。在栓牌玩法中，你不能赌十美分，除非有人亮了一对牌，而且，加码的数额不能大过初始的赌注，每轮只能加码三次。简而言之：在这些玩友中，反复倒手的数额很小。就是在这其中，我爸妈也极少赢回三明治的钱。

不过呢，每个人——或是说，至少每个男人——都热衷其中，就好像有什么极有价值的东西正危在旦夕似的：财富啦，名声啦，国王的女儿啦。

那晚，族长先发牌。“五张式抽牌玩法，”他宣布，“底注十美分。”

他给每个人发五张牌。我坐在椅子上，只能看见山姆和我妈妈的牌。山姆有张杰克/十，我知道他会乐于抽牌。我妈妈手里有对小牌,我知道她也会想抽牌。

族长转向他左边。“你请。”

“十美分。”指挥家回道,掷出一个红筹码。

“加码。”教士说。两注红筹码。他坐在指挥家左边,山姆的右边。我看不到山姆的脸,只看见他寒酸的牌。至于教士嘛,我只能看见他一些鬈发。

“叫牌。”山姆说,对应教士的筹码数。他放上两个红色筹码。

“加码。”妈妈说,赌的是她五张中那对小牌。

高利贷者笑了笑,选择叫牌。我爸一只手额头上一过,也叫牌。族长过牌。其他人叫牌。

开始抽牌。指挥家抽了一张,教士抽两张,山姆抽三张。我妈妈抽两张。她拿到五张梅花和一张皇后。高利贷者抽了一张,表情像在欢迎这位新来的。我爸爸抽了一张,皱着眉,不过,这副表情很可能是骗人的。

第二轮下注,从我妈妈这开始。她赌十美分。高利贷者过牌。爸爸过牌。指挥家过牌。教士掷出一个红筹码。山姆过牌,肩膀抖着。

教士和我妈妈把他们的牌摊在桌上。他有三张九对她三张五。

真是这样?一副牌有五十二阶乘的排列——五十二阶乘乘以二,如果你用上两张王。(《律法》研究小组的玩法是剔除两张王,尽管我妈妈请求过他们把王包含在内。)五十二阶乘是一个巨大的数字。大致来说,众多天使在针尖上起舞。再者,那晚,这个每周碰头的研究小组第一盘牌局,教士的三张九(少张黑桃)赢了我妈妈的三张五(少张红桃),到现在已经二十年光阴荏苒。我得质疑我的记忆才对。

不过，我宛若看见当时情景，仿佛就在此刻发生着。他们两人检查着彼此的牌。我妈妈而后对着教士笑了，看着他的眼睛。教士对着我妈妈笑了，低头看着这一堆筹码。

“我得了两对牌，”我爸用他颤抖的声音说道，“但我没换牌。”

“我得了一对牌。”我妈说。

“你得了一对？”我父亲说，“上帝帮着我呢。”

“我换了！”

“换得不够本。”高利贷者说，笑着。

教士往前一靠，把那堆筹码拢向他。有个白筹码滚落到地板上。我捡起它，悠闲地装进我牛仔裤前口袋里。

和《律法》研究小组在一起，我学会了发牌的礼数，至少这套礼数在他们中间执行着。栓牌玩法中，虽然每个玩家都能看到朝上翻着的牌，规矩是由发牌的人在牌出现时指定它们。而且，发牌的人对正在给牌的玩家点评。“再一张红桃，则洗牌。”第二盘牌局中，指挥家可能说过，当时发到教士的牌。“可能一手顺子牌。”他说，当山姆面前一张九跟着一张八时。“小得好。”当我妈妈摊的牌里有张四跟着一张六。“明处没救了。”他表示同情，当高利贷者用一张方块杰克替换像笔坏账的一张黑桃八时，“谁知道呢？”他会耸耸肩；然后，重新回到他先祖的意第绪语，“**谁知道？**”谁知道？是对一些不成对、未成顺、未被洗且起中值作用的大杂烩的一种标准诠释。如果再接到无用的牌，这混乱后面的玩家不过牌的话，发牌人的“**谁知道？**”成为不祥预兆，提醒我们有些牌我们看不到，有些事情我们无法知道。

周日晚上，我负责加饮料，跟电话上的人说我爸妈出去了。这工作挺让人忙的。总有个电话是玛吉打来的。

“他穿着什么？”她问道。

“教士服。”

“可别穿了！拷问者……”

“灰裤子，灰条纹衬衫，黑毛衣。”

“谢了。下周时间，我绝对会在水井边吞噬丽贝卡。你会参加《捷克律法》接受仪式吗？”没等我回答，“你穿什么？”又没等我回答，“我穿一件很有《圣经》风格的服装。你猜猜丽贝卡给陌生人的骆驼喂水时她多大？”

“三十。”

“十三！”

我回到牌局中。已轮了一回，又轮到指挥家发牌，或是我想我记得是这样。七张式栓牌玩法。这会儿，我站在族长后面。我妈妈用手帕擦着眼镜。我爸爸曾告诉我，她在自己韦奇伍德[①]瓷器般眼睛上戴眼镜，用以转移他人的爱慕。他的曾祖母曾经用戴女用假发来达到同一目的。

“一对皇后押注。”指挥家说，向族长点点头。

“十美分。”族长说。

“我叫牌。”指挥家说，这调调听起来像开启一份爱的宣言。三十多年前，刚高中毕业，他在意大利安齐奥的各个沙滩上打架。我估摸他在往北的行军中开始了他丰富的男高音生涯。他在巴黎遇见他妻子，是解放以后的事了。

山姆不掩饰自己对发到他手中的牌的失望。但失望不同于痛苦。

---

① 韦奇伍德（Wedgwood）：英国瓷器品牌。

当牌局结束,他得回家时,他明显变得很痛苦。山姆有两个儿子,但都逃离了他昏暗阴郁的房子。一个在纽约做理疗师,另一个是西海岸说不得的一个人物,山姆不愿提他。

就我关心的,山姆的妻子和玛吉可怜的妈妈一样死了。她只是在厨房窗户前短暂见过的一张苍白的脸,或是,垂落在二楼遮板上的一只胳膊而已。一个下雨的早上,我患着感冒从学校回家,她沿着她前面的路跑着,追在邮差后面,要交给邮差一封信——也许她忘记寄了,也许是误投的信。邮差接过信。山姆太太转过身,慢慢沿路走回来。风更大了,吹动着她稀疏的红头发,她粉色围巾几乎松开了,雨抽打在她松鼠似的尖脸上。

“山姆太太为什么这么奇怪?”我问我妈妈。

“她喝酒。”我妈妈对饮酒在行。她在一家家庭服务机构工作。

十点半,大小通吃,族长收了所有的赌注,妈妈把她的椅子往后一推。“不算我。”

“完了?”山姆抱怨道。

男人们继续玩。我妈妈从冰箱里取出餐盘,插上咖啡机,我收了桌上的空啤酒杯,把解冻的胡萝卜蛋糕切成八块。我妈妈把酒杯放入洗碗机,我重新坐回高凳上,最后自己观察着教士。我是在玛吉的要求下这么做的。我自己爱上的是我们化学老师。

教士约三十岁。他拥有一个社会学博士学位,拥有神职授任证书,还懂弹吉他。他是一位语速慢的辩才。自他两年前来到这里,参加周六早上活动的人多了起来。每个周五的晚上,玛吉用洗发水洗头发,然后用廉价肥皂,给自己加分。周六早上,她穿上天鹅绒裙子和一件浪漫的长袖衬衫。她走到教众当中。教会活动之后,她去交际活动大厅，喝甜葡萄酒，吃果仁曲奇饼，都是姐妹会提供的。时不时，她就往教士那头靠。糕点后面站着的女人们僵在那。可怜的没妈的荡妇！玛吉谈一些有关《律法》部分的事。解释说明总是借用赫兹[①]评论，不过，这份快乐都是她自己的。教士给了她一个和善的回答。她走开了。

这会儿发牌玩的是七张式栓牌玩法。教士无惧地偷瞥了两次他的穴牌。眼睛黑得像书法家的墨汁。下面有些许烟熏斑点。他的头发让我手指感到刺痛。突然，我变得无法在脑海中重塑出我们化学老师的脸。早些时候拾起的白色筹码烧着我的腹股沟。我不再是为了玛吉瞅着教士了；这会儿我看着他，目的是为了饱自己的眼福。我留意到他不再查看他的牌。透过中间愈发漆黑的厨房窗户，他正看着我妈妈，饱他的眼福呢。

镜子里映着厨房冷冷的，像一张照片一样，也就是有一天我的儿子也许会看到的一张照片；他会谨慎地叫出我和我爸妈的名字，而后迷惑其他五个人是谁——一头灰发的富有戏剧性的人，长胡子的老家伙，拉丁情人，虾米，以及内心燃烧着的年轻人。我想到我好奇的后代，虽还没出生，又想到《捷克律法》，孤零零地锁在那间小房子里等待重生。我自己哆嗦且摇晃了一下—— 不是像狗那样，我希望。然后我又盯着教士看。也许像一只水上蜻蜓？

教士输给了族长，我还记得。现在是最后一盘了。爸爸宣布赌注限额，本晚不设限的一局。赌注限额是五张式抽牌玩法：允许任意加码，而且可以赌桌面上已有的数额。

---

① 赫兹（Hetz）：全名约瑟夫·赫尔曼·赫兹(1872年9月25日—1946年1月14日)，是一个犹太拉比和《圣经》学者。

我爸爸发牌。筹码一下堆在桌上。我唯一能看到的就只是爸爸的手。到他时，他明智地过了一张杰克／十，不过其他人为加码三次仍继续打着。抽牌时，每个玩家都抽了两张，除了教士，他一张没抽。在这节骨眼上，传来嘶哑低沉的抱怨声。

“验牌。”族长说。

“验牌。”指挥家应和。

教士赌这一注。此时赌注合计到了五美元左右。

“对我，太多了。”山姆说，然后过牌。

但高利贷者，展开他宽容的笑颜，又加码。族长和指挥家都过牌。

接着，教士继续加码。我从高凳上下来，脚着地，而后滑到族长背后。我听到嘎吱一声：窗棂上的南瓜崩了。我走过指挥家，停在教士后面。他拿到四张黑桃加国王，还有梅花九。

他被这手四同花惊到了，我们这位上帝的人不顾一切地加着码。虽然如此，我还是做到我爸爸的要求，我没偷笑，没吸气，没喜色，没皱眉，没前倾，或改变肩膀的角度，或更紧地抓住教士的椅子。但我前额感到仿佛有团火放得很近，而且，即便知道我头发着火了，我也不应该惊讶。

高利贷者往上瞥了一眼，想琢磨教士的表情。他也不太可能会避开看我的表情。要是他曲解了我严实不露的兴奋的话，谁能责怪他呢？——我一定在俯看一手皇家同花顺，他可能会这么想；或者，至少一手四同花的牌。

“赌注是你的。”高利贷者和蔼地对教士说。他摊开他的一路顺，其实不必这么做。教士用一只手收住自己的牌，另一只手收打出去的牌，将他的小牌同其他人的小牌合起来。他没义务要亮出他手里的牌。我知道好的玩牌策略是，有时，人要让自己在失败的虚张声势中就擒。而成功的虚张声势，则最好是不张扬，尤其是，你猜想这是一份身后有好事者相助的成功。我爸爸之后告诉我，我的脸当时就像个西红柿。

虽然接受《捷克律法》的仪式安排在两点，两点还差一刻时，整个教会会众和其他许多人就聚集在一起了。

我们拥上至圣所的教堂长椅——八角形镶着浅色橡木的空间，宽敞的窗户全是彩色玻璃装饰。整间教堂在明媚的下午绚丽夺目。

我爸妈和我一点半到了。我夹在他们中间步入教堂，好像他们是跟我结婚似的，不过，他们让我坐在过道的座位上。我看着人们进来。山姆太太明显靠着她的丈夫。他的身体配合地倾斜着，似乎他在为他们两人行走。玛吉搭着她爷爷的手臂，款款走下通道。她穿着一件套装，想必是阿辛塔帮她搭配的——橙色长袖衣服，橙色的头巾，银质耳环，祈福式杯的大小。市长向几个熟人点头示意。大学教务长朝谁都没点头。其他基督徒看上去很生硬的感激表情，仿佛他们在参加一场音乐会似的。阿辛塔和她的维京爱人牵着手。她穿了一件拓荒者穿的棕色高领套装，正好配她的肤色。我想知道，她现在说话是不是带有斯堪的纳维亚口音。

整两点，指挥家太太穿过诵经台，跨步走上讲台。她用一种男人的声音，向我们致欢迎辞。“这是一个重要时刻。”她大声说，“它是许多人共同努力的凝聚点。”她的演讲简短。也许并不意味着简短，不过，她说到第五或第六句时，我们的注意力转移到了至圣所的后面。

指挥家站在开着的双层门户里。他身穿赎罪日的白色长袍。双臂绕着那部《捷克律法》,不怎么自信,就像他捧着我们安息日法典一样,不过,挺笨拙,好像他手持着什么脆弱的东西。这部经卷,用泛黄的丝绸束着,可能一度是一个病恹恹的孩童。

指挥家往前走着。他的脚步在厚厚的通道地毯上没有声响。没有风琴声,没有唱诗班合唱。整个鸦雀无声。指挥家后面走着教士,也是一身教袍。他的两眼直视在《律法》的主轴上,主轴戳在指挥家的白色肩头上。教士后面教堂的神职人员跨步走着,长方形祈祷披巾套在他们的商务套装上。高利贷者克制住自己的探戈步。

这群长方形祈祷披巾跟着两个白色长袍,沿中间通道走过来,走过前面的过道,上了三个台阶到了诵经台,而后穿过诵经台,走向讲台。指挥家在没讲台的地方停住,虽然如此,他转过身,面对会众。教士也转过身。长老们,事前没准备,竟撞上了他们的牧师,台上出现一些混乱,有位老者几乎跌倒。很快大家站定。指挥家的妻子不见了。不过,我看见她的绿肩膀突显在前排位。而后,会众没有征兆地站起来,我就看不见她的绿肩膀了。

"哦,庇佑我们先祖的上帝啊。"指挥家开始了。他饱满的声音破了。"上帝,"他又开始一遍了,这一次他说个不停,虽然他的脸像玻璃似的闪动着,"我们,贝丝·沙龙会众,接受这神圣的《律法》卷宗,斯拉维克夫村虔诚信徒唯一的留存物,这个村的所有居民在迈加丹尼克村遭杀害。每当我们读这部《律法》时,我们会想到我们逝去的兄弟姐妹以及他们亲爱的孩子。上帝啊,保佑我们担负起这份继承之责。"

他开始一段希伯来语祷告，这段我还能跟着念，不过，我当时在想我课上所了解到的有关斯拉维克夫村的内容。那儿的犹太人是工匠、小贩和贷款人。他们中的一些人整天在研习所读圣书。而后，我想我只不过是猜测的事情：他们中的一些人喝得太多，有些人贪图邻居的银子，而且他们当中一或两人和农家女人睡在一起。几个小男孩密谋要放火烧他们的犹太儿童宗教学校。每个周日晚上，一群男人聚集在一家店里，抛开烦恼数小时，切磋着一副扑克牌里的数理智慧。

指挥家结束了他的祷告。他把卷宗交到教士手中。教士垂直地把它抱在怀中。他转身朝向壁龛。会众主席打开壁龛。教士把《捷克律法》放在我们日常《律法》的旁边。

会众们抽泣着。我也抽泣着，为一系列不关联的事物引起的困惑抽泣着，**谁知道**：没了妈妈的玛吉，以及孑然一人的教士；没有孩子的指挥家太太和被遗忘的山姆太太；斯拉维克夫村犹太人的儿女们，一度憧憬着爱而现已化为灰烬的他们。我的脸颊热辣辣的。我握着我面前的长椅，看着我的膝关节，抬头一看，正遇见高利贷者悲伤的凝望。

玩具人

镇上广场，费格斯尝试着他刚入门的捷克语。“商店在地上两层。”他说道，“人住上面。”

“我只说英语。”报刊商贩突然说，用的是德语。他左手搭在他独轮推车的遮阳棚上。食指和中指都没了——没了的两指头鬼魂直指费格斯喉咙。

“这些鹅卵石曾经是浅灰色。现在是暗灰色。”费格斯坚持用捷克语说。

“我有些其他杂志在推车底呢。”报刊商贩说，用的是法语。

费格斯摇摇头，但也没有责难。一座古老的教堂矗立在广场中央，有些倾斜。时钟的分针每六十秒抽动一次。永远听着这钟声，人会发疯吗？人会需要它，就像需要亲吻吗？一行顾客一个接一个地走进面包店，还有菜贩子在路两旁左右走动着，给他的卷心菜洒上水。十月阳光下，整个小镇的生机——教堂，各个商店，带遮篷的外墙——闪着光，就好像涂了天然树脂。

“再见。”费格斯冲报刊商贩说。

“再会，做玩具的。”

费格斯走开了，带着笑。

他是玩具人旗下的部门负责人。一个地方选好后，他就会去一个新的地方，他还负责厂房建造和工人的雇佣，以及管理这个实体一段时间——十年，通常是；嗯，好像从来没有那么长。

针织店——纱线金字塔，真够有心。一只兴奋的猫要是冲向中间的线球，就会让整个金字塔翻滚倒塌。药剂师橱窗摆放着各种老式的铜质天平秤。接着是地产经纪人的店面。一位中年妇女镇静地坐在一台打字机旁；一位年轻女士凝视着电脑屏幕，一脸沮丧。

然后，这接下来的地方吗？也许橱窗想要展露一番，但是橱窗的小窗格太多。里面有商品——女用饰品？他想到芭芭拉，他的女儿和儿媳；于是，他走进去。

“哦！”女人的声音。

“啊。”男人的声音。

费格斯捡起小丑，保持着蹲姿，细看着木质微型按钮，这些按钮在裸体躯干雕像上一路排下来。每个按钮都是用手雕刻的。他把这玩具轻轻握在自己手里，两指头撑住玩具的头。最后，他站起来，吱吱作响几声，环顾着四周。

各种娃娃。各种娃娃像装上船的奴隶似的挤在货架上。各种并拥在一辆婴儿车里的娃娃。叠在一起立着的大大小小的娃娃，摇椅上放着最大的那个，疲惫地衬托着其余的娃娃。

诺亚方舟，各种动物聚集在甲板上，在等待和平鸽。

玩偶盒。潘趣和朱迪[①]，在两侧，胳膊锁在一块。一台短小的印刷机。

泰迪熊……他的眼睛没有刺痛，真的；他的双眼仍记得刺痛感。它们记得他的孩子们睡着了，心爱的玩具躬身在孩子的臂弯里。它们记得他自家熊的长毛绒。

说“啊”的男人和说“哦”的女人站在一箱玩具前。两人都四十五岁开外。芭芭拉算是已达到最消瘦状态了——过去抚育儿女付出的艰辛，催老了年华提前了。这个女人，这会儿相当自信地盯着他，美一定是过去的习态。她苍白的脸颊四周散着曾经金黄但现已稀薄的头发。她的下巴很优美，像凿工师傅凿出来的似的。她眼睛，青铜色，瞳孔是更暗的色调。她穿着一条花短裙，一件花色不同的花衬衫，披肩绣得又是一种花色。

男人的眼睛是一种温和的蓝调。他长着侍臣的小胡须，但又一身黑，农民装扮——松垮垮的裤子，一件宽背心套着一件T恤。

费格斯往摆放发条玩具的货架走过去。他落脚在旁边。一个箱子里，微型芭蕾舞演员在一面镜子前立着，透过镜子，他看见一扇拱门，挂着帘子，通到一个仓库。

他再挪过去，现在，镜子让他看见这对俊男靓女，都穿得很糟。

“这是家店铺吗？”他问，转过身向着他／她们，“展览馆？”

“我们是一家二手玩具店。”男人答道。带法国口音，“这让我们类似一个展览馆。绝大多数游客进来只看看而已。不过，偶尔遇到收藏的人。”

① 潘趣和朱迪（Punch and Judy）：英国傀儡戏《潘趣和朱迪》中的人物。

“我们一开始是自己收藏，”女人说，口音也是高卢人，“我们也是一间工作坊。”

男人耸耸肩，“我做些木制品。”

“伯纳德替这儿所有人修电器。”

“安娜言过了。”

“我叫费格斯。”

伯纳德点点头。“美国人。玩具人公司总裁。”

“这城镇没秘密。”安娜解释说。

费格斯笑了。“不是总裁。部门主管。”

“玩具人会带来繁荣，”安娜说，“每个人都这么说。喝茶吗？”

每次新阵地都带来一些特殊的当地朋友。在勃艮第[①]，他和芭芭拉跟一位养羊的漫画家一见如故。在兰开夏郡[②]，每周日他们都和当地牙医以及牙医太太一起度过，他们闲散幽默，三个孩子与他和芭芭拉自己的孩子一般大。在加那利群岛[③]，当地市长，一位单身汉，热情且紧张地黏着他们。现在是这对夫妇，像是最后一次旅程。玩具圈的人。够带劲。

“我们一直促进繁荣。”费格斯坐在他们展开的椅子上说，他朝他的东道主微笑着。安娜坐在单脚凳上；伯纳德说他想站着。“当我们推陈出新时，事情好过从前——总之，似乎是这样。很好喝的茶——黑莓茶？”

“是的。那你家人呢？”安娜问。

“孩子都结婚了，住在不同的国家。芭芭拉下星期过来；她现在

---

① 勃艮第（Burgundy）：法国中东部地区。
② 兰开夏郡（Lancashire）：英格兰西北部的州郡。
③ 加那利岛（Canary Islands）：位于西班牙，为该国的十七个自治区之一。

在明尼阿波利斯看孙子。”

“我喜欢你们的活动玩偶,”伯纳德突然说,“让我想起我的铅质士兵。只是不用注铅,你们厂是塑料成型—— 是吧?”

“是的。四肢,躯干和头。”费格斯清了清嗓子,“研究表明,随着动作玩具市场的增长,老式玩具的市场也在增长。所以,你和我是……合作者。”

“当然!玩具不是我们的营生。我们靠修理营生。”

“你养我。”安娜喃喃道。而后,她抬起下巴,仿佛低头盯着敌人看。她拿起一个音乐盒,放在她膝盖上,给它上发条。穿着正装的两个身形旋转起来,开始“脸贴脸”,时不时失调。

“我打算修好它的圆柱,”伯纳德说,又耸耸肩,“可搞不定。再过来吃晚饭吗?”

“今晚有约,”费格斯说,“客栈老板请我去喝杜松子酒。”

“那好,明天啦。”安娜说,音乐盒的歌难听地传出来。

他来了,一只手拿着花,另一只手拿着葡萄酒。店铺上面是这对夫妇舒适的生活间,都是玩具。娃娃玩具都一屁股地坐在不同椅子的各个角落,瞅着高橱顶。樱桃色拨浪鼓点缀着一个锡杯。

“挺危险的,那些旧拨浪鼓,”伯纳德正儿八经地说,“想想在一件玩具上给苦着一张脸的孩子上色。有些旧玩具笨笨的。”

“现在有些也很愚蠢,”费格斯说,“这有张单子,每年圣诞节,在法国,英国,等等,你都听见这类单子的广播。”

“这里,也是,”伯纳德说,“还有什么比弹弓更要命的?”

“受到《圣经》认可,”安娜说,“弹珠,尽管……到喉咙呢……”

她一哆嗦，然后做出那种英勇的一笑，再就是忙着舀炖汤。

照片从厨房到浴室沿通道一路排列下来。快照类，真的，不过，都是用象牙底衬的银质相框装着，像是要挂在画廊里的照片似的。照片都是同一个孩子——金发，碧眼。两岁时，她挺静穆，在一间织物装饰的屋子里，与一个布娃娃共用一把椅子。四岁时，她静穆地面朝大海；这时的娃娃是一个裸体的橡胶婴儿。六岁时，她在微笑，抓着衣衫褴褛的安娜。八岁时，女孩拿着她的芭比娃娃直挺挺地站在一个人工池塘前，像一根柱子一样——会是卢森堡花园吗？各式各样的条椅，抽着烟的退休老人，还有一艘玩具船向右航行着。

照片没了。

他发现自己无法下咽。

他喝过咖啡后，穿过明晃晃的广场，走回旅馆——最近，镇长让人在教堂边装了灯。咖啡馆外的桌上，一些游客俯身相向，假模假势地交谈着。廊口那边，几对人一动不动地站着。烟雾从他们的烟斗里飘出来。报刊商贩站在他的推车边。教堂的钟滴答摆着。

费格斯抬头望向那些瓦屋顶，远处的群山。来玩的孙辈们可能会认为眼前这一幕是传说发生的地方，他想着，带着一份瞬间的喜悦。教堂的钟滴答着。那个女孩子。

芭芭拉那边还是下午。女儿出差，她照看孩子。“你好！”她听到费格斯说，兴奋中带着热切的爱意。“你好吗？”

她挺好，孩子们也挺好的。昨天，她打了几轮电话。像往常一样，他不愿笼统而过，开始一个个问，还问到各对夫妇。“小家伙呢？”

“是个天才，我真的认为。”她说。他们的孙子六个月大。

“当然。皮疹好了吗？”

“是痱子，完全消了。”她不想让小块皮疹令他焦虑。而后，他们聊了聊在法国、英格兰和群岛上的朋友们——芭芭拉和他们都保持着联系——接着，费格斯问她是不是认为他们的儿子真的很喜欢法学院的学习。芭芭拉其实知道他讨厌这事，就说法学院本就不是让人愉快的地方，对吧？也许儿子他想体会一把。“不是每个人都能干上一份像你那么幸运的工作。”话一出口，她就后悔了；他可不想自己比自家孩子幸运。

“孩子就曾是我的工作。”他说。

“好吧，不要对玩具人公司这么说；他们很可能会对你那份不错的退休金不认账。”她想到这些年，在那些客厅地板上，这些操持一家五口，还有木质积木、玩具娃娃屋和活动玩具上所度过的岁月。学校大大小小的会议。大女儿不把厌食症当回事，小女儿一度恋上一个骑摩托的恶少。他们家三儿女都有股军人孩子的硬茬……“亲爱的。他们最终都自食其力了。”

她听到两个声响，先是听天由命的叹息声，再是呼吸了一口，仿佛他在构建他的一次灾难。

“我很想见你。”她说。

“噢，对了，这有对夫妇……”

楼上哭声。“宝贝醒了。”

“再见。”他柔声说道。

过了两晚，吃过晚饭后，费格斯去拜访安娜和伯纳德。客厅里，安娜在修补一个穿和服的日本玩偶的头饰。和服配有芦苇和溪水的图案，很精致。这个玩偶的脸死白死白的：忠实于生活，日本艺伎涂抹的那种颜色。“头发是真的？”费格斯问。

“一些而已。”安娜说。

“博物馆会给——”

“她是非卖品。”

餐桌上，伯纳德和药剂师的一个儿子下着棋。伯纳德先向男孩介绍费格斯，然后示意他去坐一把椅子；伯纳德没中断他们的棋局，也没打断他透着感情的评说。他透露给男孩他的想法，提供对策的建议，忍受男孩对他提示的误读，让小可怜一步步温吞地走向输棋的结局。男孩呢，脸颊红红的，说：“明天再来？”

“明天再来。”伯纳德的手短暂地放在男孩格子布的肩膀。之后，米里可跑过客厅，停住，向安娜一鞠躬。

“没棋技呢，”伯纳德总结道，“很可爱的小子。”

芭芭拉到来的前一天晚上，费格斯又过来尝安娜的炖汤。他带了白兰地，外加鲜花和葡萄酒。餐后，安娜说她的口感和法兰绒一样挑剔，所以她就不让自己浪费美味的法国白兰地了。

费格斯对伯纳德说：“我想看看你们的工作间。”

“把这酒拿到那去。”

他们从楼下仓库再往下，旋着楼梯，来到一间石砌的地下室。“这里原是酒窖。”伯纳德说。天花板上超亮的荧光灯照得费格斯眼泪都流出来了。伯纳德拉了拉一根绳子，顿时，教会那头照过来的泛光灯的灯光从高处的一个小窗口微微投进来。两男人坐在工作台旁，周遭围着烤面包架、真空吸尘器和收音机，或是他们自己影子的鬼魅；还有没了头的娃娃和脱了线的牵线木偶。

“你哪里学的玩具制作？”费格斯问。

“啊，自学的。我喜欢雕刻，天生喜欢机械，也是个学成的工程师。我在巴黎一家公司做过。”

“我也学工程专业，在乔治亚理工学院。但，这不是我的爱好。管理更合我胃口些。”

“天生的组织力、亲和力、语言天赋。你应该是位外交官……”

“我谨慎不足，而且人太多虑。”

伯纳德点燃烟斗。“这一定让你对玩具人公司而言很有用。”

“是，确实。我从没见过你抽烟。”费格斯说。

“安娜咳嗽。”

照片中的孩子发生过什么？导弹炸到眼睛，一颗弹珠进了食道吗？火车失事，中间车厢隆起，发动机倾倒在一边？溺水了吗？要不，肺部寄生了释放毒素的抗药微生物；不久，生病的人死了。他陪伴过孩子的童年，这让他列出一系列可怕事件的清单，为的是防患于未然。

他从工作台看着这个抽烟的男人，而后，转过头。他的目光落在桌尾的一个木质长方形盒子上。盒子有一面是玻璃。他伸手去拿盒子。侧面凸出着一个曲柄。“一个老式自动装置？”

“新的。”

费格斯转动曲柄。盒子里的一盏灯亮了起来。靠后的墙上画着一座城堡。雕刻的三个士兵穿着马裤和带肩章的夹克，手持来福枪，正对着一个农民装束，蒙着眼的人。一个士兵长着金黄色络腮胡子，另一个额头突出，还有一个糟鼻子。费格斯继续转动曲柄。三个士兵一同倾向一边。一声细微的爆破声。蒙眼的人向前倒下。灯灭了。费格斯仍转动着曲柄。灯又亮了:场景照旧——枪手对准人,农民站起身,等着。

费格斯摆弄着这个玩具,摆弄了好一会儿。之后他说:“你会用它做什么?”

“哦……我们中意地产经纪人的孩子,而且圣诞节时……”

“你有奇才呢。”

“哦,奇才,不是啦……打发时间罢了。”

费格斯又转动起曲柄。“是的,”他说,“什么不是打发时间呢?管理工厂、学外语、养家……”他已经说得太多了,“再来些白兰地?”他问,没等对方答,就倒上酒,就像整瓶酒仍是他的。

伯纳德醉了。“你们的活动玩偶……脸都一个样,是吧?”

“脸都一样,”费格斯点头,“首饰不同,衣着也不一样……小孩,少年,区分不同的衣服、配件、颜色。”

“特点太……细微了吧?”

“唔,有研究说……”

伯纳德说:“怎么说,这类玩具不是做给地产经纪人的孩子的,”他顿了一下,“我想把它给你。”

“哦,我——”

“因为你看重它。”

“可不能收这么一件礼物。”不过,他收下了。

芭芭拉坐上一辆小火车,小火车咔嚓咔嚓地行驶在群山中。透过车窗,她抬头望见松树林,火车向南到了一座小镇。她觉得小镇挺迷人:是她那位多愁善感的男人理想的最后亮相。

火车停稳,她轻快地下了车,带着一个小箱子和一些平装小说。新买的花斑眼镜架着,为的是好让她的骨感脸颊显得柔和些。

她雀跃着奔向费格斯,他也向她雀跃过来。

接着,费格斯肩头扛上芭芭拉那袋书,提起她的箱子。“到旅馆只有几个街区,”他说,“无论我们住哪,我们哪都能步行走到。两个月,我们就能认识这儿所有人。你吃了吗?”

“有个不错的自助小餐车。我敢打赌你已经认识这里的一半人了。让我拿书好了。”

“我已经见了那些官员,”他说,没放下书袋,“见了律师,地产经纪,”他列举着,两人走下山坡,走过柔和的老建筑,“也见了一位医生;承包商举办的一个聚会上我遇到他。他们都相当呆板,除了一个疯疯的报刊商贩,他说好几种语言,差不多吧。”

旅馆里,她见到旅馆老板。之后:“好一间样板房!”费格斯带她到楼上时,她说。“好厚的被子。高脚抽橱的模板。这是什么?”她看见了那个自动装置。

她听着有关一对夫妻如何致力经营玩具的故事。而后,她拿起盒子,转动曲柄,看了几回枪决的过程。“蒙眼人的下巴,”她最后说,“很反抗的样子。我想见见做这个的那人。”

“好的。累了吧,亲爱的?”她丈夫问道。

“还好,亲爱的。”

过了五天,费格斯和芭芭拉见了伯纳德和安娜——接连五天,彼此都碰面,一起找房子,聘请私人教师。

“虽然吃不准我自己有兴趣学新语言，”芭芭拉说，“但我会自我比画着试试。”

最后，周六晚上，四个人聚在旅馆餐厅。伯纳德穿着背心，里面是件带扣的圆领，而不是T恤。看上去像一个樵夫。安娜穿着短裙——费格斯想起他妈妈曾经有过一件类似的：蓝色塔夫绸，搭一条宽大的裙子。

旅馆老板送过来一瓶葡萄酒。他们又买了一瓶。旅馆的客人和镇上的人成双或成群地走进这间大餐厅。

“周六晚上，”安娜说，“总这样。”

十点钟，店老板拿出他收藏的大型爵士乐队唱片，餐厅玻璃围起的露台上有人在跳舞，露台俯瞰着广场。费格斯先跟芭芭拉跳，然后跟安娜跳。

“我喜欢你妻子。”她说。

“我喜欢你们村子。我想我们在这会很开心。”

“我猜你们到哪都开心。”

“够开心，”他说，警惕着，“我们爱好小事物。”

“在这，你们可以从细微处挖掘出不少东西。过去的悲剧，比如报刊商贩所经历的悲剧。他十二岁时，他父亲一次雷霆发作，以致砍掉了他的手指。”

“老天。”音乐停了。

“他说六种语言，清醒时，说得更多。生活对他是场游戏。”

音乐又响起：大型爵士乐队唱片又重新响起。夫妇和情侣们又舞起来。费格斯对他已经见过的人微笑示意着，在想谁能成为他们的密友，谁又只能当一般朋友。

“还有什么故事你能告诉我的？”他问道。

“伯纳德和我也是有故事的……没结婚，你知道。”

“还不知道。这个时代，这算不了什么丑闻。”他轻描淡写地说。

她恼怒地瞪了他一眼。虽然地面上人拥挤起来，他带着她往旁边跳，往后跳，往前跳，没和任何人撞上。他一直是个跳舞高手。

“我结过婚，”她终于说，“伯纳德没有结过。我注意到你在看那些照片。她漂亮不？”

“她就是你的模子。”

“我们以前住在巴黎。我丈夫拥有数家珠宝店。我设计胸针，项链。十年前，伯纳德劝我与他同居。我想过离婚。”

离婚并非他无法容忍的事项；只是绝对不能想象的。“抚养权呢？”他问道。

“我们可以均摊的。”

“你女儿喜欢娃娃。”

“她不在乎古董。”

“是的，不过……”

“那混蛋用一辆出租车载着所有的收藏品驶过整个镇子，”她说着，这会儿人挺激昂，“好像它们是杂货似的。他卖掉了自己的业务，和我们的女儿一起失踪了。我追到纽约，就没有往更远的地方去找了。”

“这是绑架，”费格斯说，“怎么能这么做？”

“不能？就这么发生了。”

“她有……十八岁了？”

“她十八岁。”安娜轻声责备道。

曲还没完，但他们不跳了。他并着双脚站着，僵硬地像个宫廷护卫。她手指抚摸着她的绸缎裙子。他把她的右手放在他左边，自己的右手放在她后背的细处，轻轻向前移动，跳得呆板。“你和伯纳德当时够年轻，可以一起要孩子。”

“哦，够年轻，”她说，点点头，这次她没有恼，“但是，第一个孩子没找回来，我不会再要孩子。忠诚。就是我。”

她绽放出那种小勇敢的微笑。她的怨恨像一条纸蛇缓缓展开；费格斯察觉到它的抽搐。他想象伯纳德怎样被自己的渴望困扰着：举起来福枪，抬到他肩高，瞄准她脖子凹处……因为音乐最后渐至结束，安娜过时的穿着应该来个让人懂得欣赏的炫耀，费格斯带着她旋转了一次，再把她向后急拉过他左臂。他没有按习俗向她弯腰致谢，而是狠狠地看着芭芭拉和那个玩具匠面对面站在那，泛白灯光笼罩的广场衬着他们两人的轮廓。

芭芭拉察觉到他投过来的目光，转身迎着它。他搂着安娜的姿态很怪，像搂着一件外衣似的。安娜呢，一只手扣住他上胳膊，调整好自己，表情悲愤。芭芭拉巧妙地将自己的目光移向广场，烟雾从站着的男人的烟斗里升腾起来；有个咖啡馆服务生堆叠着椅子，一把叠一把，再叠一把；还有报刊商贩，休息的时辰快到了，她抬起手推车的手把，然后，推着车走在鹅卵石街面上，脚步声和教堂钟声同步应和；摇摇晃晃十步……咔嗒一下；十步……咔嗒；十步……

“明天是星期天，”她听到费格斯大声说，他的肩碰着她的肩，“我们得很早给美国打电话，时差的缘故。”他说。不知何故，这么些年过后，他还弄不清楚时差，或者假装弄不清楚；不管怎样，他只很敷衍的一声再见，就匆匆带着她离开了他们的新朋友。

费格斯穿着睡衣，坐在鼓鼓的被子上，剪着脚指甲，剪下的指甲落进废纸篓。芭芭拉穿着她的睡衣，梳着短发。

“我以为他们失去了她。”他说。

“他们见不到她了。”

“伯纳德，一位失去亲人的父亲，我这样以为。唉，也是一种失去亲人。他的孩子从来就不得出生。”他站起身，把废纸篓放回房间角落，把剪子放在高橱上。

“他视别人的孩子为自己的孩子，”芭芭拉说。费格斯想着，把手肘搁在高橱上，“免去为人父母担心受怕之苦的一种方式。这也合理，有些人会说。”她补充道。

他不喜欢地看了她一眼。

她更大胆地回敬道：“也许甚至挺可取。”

“有些人会说，”他匆忙加上一句，免得她想要重复刚才的话。她，这么一个体验过为人母喜悦的人，在相当安心的环境下——只是在听准确无误的钟声。“嗯，我们更了解了。”他说。

然后，等着她认同。

接着呢，等待着。

苔丝

无论医院顾问多早去上班——今天,五月份的这个周二,他也很早——主治医生都已在那儿了,他们不起眼的汽车泊在车库各自指定的车位上。护士也都到了,这位顾问知道;不过,绝大多数护士坐公车往返。小丑表演组的紫色车子停在一条恼人的对角线上,占了两边。医院维护应该出面说说。住院医师的自行车则都紧紧用铁链锁在自行车停靠杆上。

顾问锁上车,敏捷地走在车库里。车库昏暗的灯光照着他淡黄的头发,好像灰尘似的。他今天的头等任务就是起草一份申述初稿,得花上几个小时。医院最终准备为苔丝的赔偿事项起诉政府——可怜的苔丝,顾问想到;漂亮的苔丝。

周二我休息。那天周二,赶火车的路上,我进了那家小吃店。

我一直是个不错的女招待。按照有关产假之类的法律，临产前一个月，我必须离开海景餐厅。离开时，贝莉说不用担心。只要我愿意，我随时可以回来。她加了我的薪水，为的是我能雇得起我看好的那位老太太，让她照看我的孩子。后来情况有变，我不需要雇那位老太太，不过只要我返岗，贝莉都给我加薪。

贝莉看到我，一定吃惊了，不过她只是问我要不要来杯咖啡。

苔丝漂亮。喂食管从中线附近进入她身体，输入给她两岁婴儿通常所需的营养，尽管苔丝真的伸着她摆动的头，仍是个不能说话，不能行走，或试图想说想走的两岁宝宝，会不时握住人们伸到她面前的手指。还有根管子穿过胸腔插进她的上腔静脉；通过一个漂亮的塑料装置，明亮的浅绿色那种，体外这根管连着其他四根，那四根管分别从半透明塑料袋中汲取各类主要矿物质。一番充沛的营养护理，苔丝四肢丰满了，脸颊圆润了。好漂亮。

她漂亮还因为她淡褐色的眼睛，尤其是她的睫毛：长长的，棕褐色，翘翘的。这睫毛可以扮皇室风范。医院人员有时称她“公主”。她漂亮因为她近乎透明的白皙皮肤，虽然白得令人担忧。输血后，她的漂亮是派对女孩的那种漂亮，像化了淡妆的模样。

我不想喝咖啡，只是想见见大个子老贝莉。于是我站在那里。她说没人相信穿着牛仔裤和皮夹克的我有三十六岁，为什么我不给自己买张学生月票坐火车，再过把学生瘾或什么的。

我俩大笑起来。

也就是这两年光景，我才明白两年何其长。

护士轮流每天替苔丝清洗她稀疏柔滑的头发，还经常修剪；头发和睫毛一样的棕色。鼻子只是钝钝小小的楔形鼻。但嘴长得很美，上嘴唇两唇尖像座微型吊桥。是设计师笔下的那种嘴唇，实习护士这么想，她今天为苔丝选衣服穿（上身淡玫瑰色，下面深些的玫瑰色，柠檬绿的袜子；这位实习护士对着装有天分）。苔丝皱眉时，下唇皱成两瓣小枕头；笑的时候，则伸成一弯新月。

这笑……挺怪的，那笑好像挺敏感似的，好像在模仿朝她笑的某个旁人的笑，任何旁人，任何朝她笑时伴有爱意举动的人，他/她们在她轮式垫椅边弯腰或蹲下。陌生人不知道苔丝听不见，像跟正常孩子那样对她说话。“让人心疼的人儿，”他/她们哄着，“你这个迷人的小女孩。”他/她们咬着字说。（苔丝的性别不会错的；她所有衣物都带荷叶花边。）“你岂止超可爱的。”一位医药代表说，当他在医院大厅见到苔丝时，当时苔丝正朝大厅里的热带鱼鱼缸走去。苔丝笑了。她的朋友们——自出生，这家海滨医院挽救了她之后，这家医院即是她的家，她有无数的朋友——她的朋友知道她听不见，但仍对她说着话，因为大家知道变化面部表情，嚅动嘴唇，都对苔丝有益，这是神经听觉矫治专家给的意见。苔丝也对这些努力展露微笑。看到放在特殊推车托盘上的玩具，她也会笑——黄色长毛绒兔子有一对黑黝黝的眼睛；塑料木马一按按钮就会旋转。不过，就是不对着任何人和物，她也笑：无忧无虑地，甚至没头没脑地笑，让人害怕的那种笑；她的头靠在头颅支撑架上，歪着像一只山雀，或像一只知更鸟，或是——一位到处旅游过的住院医师私下想——像那种挑逗者，像鸵鸟。

这位住院医师具有乐观主义但又没经验的危险特质。她是苔丝身边在考虑这个孩子未来的几个人中的一个——或者，更准确地说，想重新设计她的未来，因为每个看护人都在想象她的未来。不过，这位医师呢——她有一项计划。她知道苔丝的神经功能障碍是多重且交杂的，这位果敢的小医生先阅读病例，而后翻阅医史。她想着她所读的东西。这会儿，监护室午休时段，本应该抓紧时间必要地休息一下，但她在思考着。她的肘放在桌上，修长的棕色手指梳理着浓密的头发，她在想怎样用智能神经元取代失效的神经元。

我喜欢那列慢车。它从一座城镇到另一座城镇地行进着，头三站你仍然可以看到大海。然后火车慢行在松树林后面，很像缅因州的那些松树。我出生在缅因州。它行过工厂。它停在了这座城市。

我下了车，在这座城市里。

我感到害怕，但我没有回头。

这位住院医师想着神经突触的自我创生的方面；她记得苔丝受损大脑尚未完全扫描的区域；然后她心里想，得等苔丝情况达到某种稳定高度——她还没达到呢，仍在攀爬上升——就是了，没什么能阻碍住她的进程。

老一些的医生都不太乐观。神经缺陷再加上肠道缺陷使得病情预判不乐观。这些医生很敬业地工作。神经科主治医师跟踪苔丝的病案。他可能会写篇论文;尚没有术语专指苔丝这种特殊的疑难杂症。外科主治医师在需要时更换喂食管。她做得有速度,也有风度。喂食管是苔丝的生命线:她永远不会用她的上消化道,永远无法用嘴吃或喝,永远无法咬或嚼。尽管如此——牙科医师提醒护理人员,他暗淡的双眼很犀利——苔丝已经冒出来的十二颗牙齿,必须经常刷刷,用顶头套着泡沫胶的小棍,因为尽管这些小牙齿没使用,它们也会衰变。(还有,这些牙更会让她发笑。)传染病主治医师——此刻正对着打印机打出来的另一个孩子的检验报告,愁眉不展——为预防苔丝频繁感染给出了规定。他是孟加拉人,先在家乡学医,而后在这里深造。甚至,在他与入侵苔丝的细菌开战的同时,他不太知道,似乎源头遥远,哪一种病菌会劫走苔丝。已经有抗生素,对她来说,也可能是大麦水。“她是我们网中的一只飞虫。”他有次对一个护士说出来,让护士吃惊的不仅是这种想法,还有他这么吐词清晰地说。他一贯悄然无声的。

医院员工定期讨论苔丝的病例,至少有一位主治医师到场。大家表达了对苔丝眼前情况的担忧——“她颅骨渐渐滞长。”住院医生昨天说;“嗯。”神经科主治医师说——话题转到苔丝的近期发展,而后,谈她的状况,病房转移事宜,从单婴儿病房转出去。这间单人病房放着苔丝专用的玩具、手机、坐垫式推车;也配备所有患者病房常有的设备:壁缘上欢腾的长颈鹿;远眺其他医院的一扇窗口;电视、水槽、废纸篓、脏亚麻筐;危险废物箱;还有,有盒橡胶手套,缚在婴儿床上面的墙壁上。有一个供父母和宾客用的浴室。每天早上,清洁人员和苔丝的妈妈进入苔丝的浴室,苔丝妈妈这些天每月探访一到两次,虽然刚开始时,她来得更频繁些。

城里，我在等地铁。我点上烟，有位穿制服的黑人女孩告诉我不能抽。不过，她人很好，让我掐了烟头。地铁来了。过了高峰时段，但仍拥挤，所以我抓住一个吊手，站在一位妇女和她两孩子前面。孩子很可爱，可能是墨西哥人，眼睛好大，我向他们做鬼脸，引得他们要笑出声。做妈妈的板起脸来，于是我打住了。我看着后面窗里的自己。圆脑袋，圆框眼镜，寸头。可能贝莉认为我看起来像个仍在校的女生，但我认为我看起来像个生来就已经八十岁的男生。有种这样的疾病。我有读到过。

我一直喜欢冲小孩子扮鬼脸。

除了清洁人员和苔丝的妈妈，没人用那间光洁的浴室。苔丝的爸爸，在苔丝被怀上时就没有固定住址，苔丝出生前他整个人就出国去了。孩子这儿住院的开销，护理费用，以及生活费用——目前由这家医院承担着。费用是众报刊引用的其中一项巨大数目，用以惊吓大众的。对于财务部，苔丝意味着一笔惊人的统计数目。对于医院顾问，苔丝一直是一份担心。今天，她是一项任务。

我还能做什么呢？顾问大声问道，起草了一半文书。他独自在办公室里，问题直指苔丝，七层楼之上。优化资源委员会正在挑我毛病。两年了。那些挑的刺能用上。

人们一直试图把苔丝搬进一个设备里。一个设备确定作为她的目的地，如果她继续活着。伊万格丽斯塔姐妹会想收养她，愿意要她，很愿意给她爱；但是，她们不是一家医院，她们的医疗服务也满足不了这小孩的身体需要。苔丝杆上挂的袋必须不断更换；缚在喂食管上的营养圆筒之类的装置也是。还有她穿孔的部位必须保持无毒无菌；以及必要的物理治疗；还有视觉刺激……苔丝需要专业侍从。要不是在姐妹会的爱护下，苔丝不过一个星期就会死去。

苔丝真是很幸运，一位护士这么想，她今天担苔丝的班，她正在轻轻擦苔丝喂食管的周围区域……苔丝真是幸运，在这间病房里安家，配备训练有素的医护人员。这里，她看到数十张笑脸。(苔丝现在正对着值班护士微笑。)这儿，这些训练有素的护理员照料她，毫无怨恨地照看她，他们不仅照看苔丝，还照看其他患者，那些号哭的，那些攥着小拳头的，那些紧巴着吸着奶瓶和奶嘴的；那些兔唇缝合的，那些疝气修复的，那些细菌感染用药救护的，那些病毒侵蚀只是时间问题的；那些经常转好的；那些才离院，有可能会回来的。(苔丝阴沉着脸。)

我上了地铁自动扶梯。墙是由某所艺校孩子装饰的。他们采用的是他们找来的瓶盖和其他垃圾废物。我总是摸摸这墙。这墙，我的朋友。

我才下自动扶梯，开往医院的公车就启动起来。

之后，我也没往回转。

贝莉说人们总是信得过我。

每个周二和周五，滑稽演员们敏捷地走进病房。每天，志愿者推苔丝进活动室，这样她能见到其他孩子。其他的孩子看着她。在她不声不响中，在她分享玩具的意愿里，那些小朋友找到安慰——苔丝的分享就是，从苔丝托盘里抢过一个玩具，再换另一个。第二好的一件事是，这个小女孩从来不争抢；这个小女孩从来不吸东西；以后也永远不会——那位有时尚感的实习生想到，突然忌妒地想到——忌妒；这个小女孩永远不会——精疲力竭的住院医生可能不得不得出结论——区别苔丝和非苔丝之间的差别。

今天的志愿者，知道苔丝的局限，尽管如此，她伸出自己的食指，指甲削尖了，涂着桃红指甲油，仍希望缠住她食指的苔丝那柔软的手指能被诱导着去抓玩物，“一起做饭菜吧”[①]系列玩具里的一个空心塑料鸡腿。鸡腿这会儿在专用推车的托盘上。苔丝，坐在挂着塑料袋的支杖下的推车里，接过了代替食指的鸡腿。她猛然塌下去。志愿者怀疑支撑架没有安好，不过，想到要抱起苔丝，重新安顿苔丝，还有喂食管，她的心一沉。苔丝没把鸡腿推到托盘边，相反，苔丝四个手指仍绕着它（她的拇指并不反对，或至少目前还没有）。鸡腿，可怕的黄东西，志愿者削尖的指甲轻轻向上辅助了一下，触碰到了苔丝迷人的嘴巴。鸡腿的亲吻让苔丝的两片唇张开了。

想要呀，志愿者默默乞求着。**想要**。

随后来了一位护理助理，弯身吹着苔丝的头发，就像她头发是根蜡烛似的。苔丝在温暖微风的吹拂下笑了……下周，志愿者向自己承诺着；下周我们试试大拇指。

事实上，就是不借助她的拇指，苔丝柔软的手指在碰到喂食管时，有时也在管上弱弱地努力拉扯着。后来，值班护士和懂时尚的实习生准备好让苔丝小睡一会儿时，他们谈论起这事。他们无望地期许，有可能一到两个月里，苔丝这么漫无目的的拉扯就足以引起不适，甚至造成破坏。现在，还好，管子周围的衣物啪啦啪啦作响，让这

① 美国一儿童玩具系列品牌。

只弱弱的手转向一边去了。

有时，她睡不着。她低声呻吟，哭上一会儿：轻声呜咽着，就连她自己也听不见。实习生想和苔丝待着——想抱起她，爱抚她，这种介入的举动一天好几次，不仅对苔丝，而且对所有小病人，爱闹的、沉闷的、发热的和失眠的，志愿者、实习生、护理助理和护士都会这么做，有时，他们累得做不了时，住院医生会这么做，甚至各位主治医师。那位传染疾病主治医师，戴着黄金圈镶的眼镜，长着黑色矩形胡子，有时被人看见在椅子上摇着一个发烧的婴儿，好像是他的这种努力而不是 IV 解热药会帮助孩子体温下降似的。

这位实习生，对值班护士扬起眉毛，手伸向苔丝。值班护士摇摇头，用一张薄毯给苔丝盖上。“公主会自己安静下来。”两女人走了出去。

清洗人员进入时，推着他的拖把和桶，推着他的供应车，发现苔丝仍醒着，尽管没再呜咽。

我进了医院。那些疯狂的鱼，整天在鱼池里折腾。我上了上楼的扶梯。然后坐下。她出生时，我说不出她有什么不对的地方，虽然医生知道，马上就知道。“我有些担忧，洛雷塔。”医生说。他们把她推进大厅。而后，他们准备在那儿动手术，不过他们决定用直升机送她到这里。

苔丝侧着身躺着（一张婴儿毯撑着她往回滚）。从这个位置，她能看到挂在她婴儿床翼上的一面睡觉镜子，镜子照着她脸庞。据说三天大的婴儿就能意识到眼睛的存在。苔丝的心理状态远在三天大的婴儿之上——若有人提出异议，医务人员会像战士一样声援。事实上，每当她看见镜子里的那个东西，她脸上就会掠过一种深情的表情——一种情感更丰富的表情，就是，她的眼睛和嘴巴一直吐露着心灵，这让医务人员感到欣慰。尽管如此，她的睫毛，有时让看护她的人感到不安。与这间病房联系在一起的女人，从医生到志愿者，无不对赋予这位年轻小姐的这对睫毛感到惊诧：《主事人》[①] 中挥霍或粗心那样。没有一个不过呢，所有女人，所有男人也是，有时私下赞美这对睫毛，因为虽然医务人员也关注丑孩子——他们确实也在关心丑孩子，对于那些孩子，他们的面部特点虽然以某种方式被狠抽过，仿佛被一勃然大怒的巴掌抽过似的——但依然清秀可人，激发人心的搏动，带着温柔感激的颤抖，柔化着苔丝所受监禁的枷锁，也缓解着看护她的狱吏的疲劳。

我从床上看到直升机。我已经签署许可文件。两天后，我进城时，我坐在贝莉的小轿车里，贝莉戴着她的棒球帽，开着车，我的孩子和大约100台机器连着。“是个婴儿？”贝莉问，“还是冒芽洋葱？”也许你会以为她这话会让我生气，但没有，这话安慰了我。贝莉总是能把握事态本质。

几个月后，只有两根管了，喂食管在下面，还有一根插入她心脏的管子。

所有袋装药物都进入看上去像一个衣夹的浅绿装置，输进心脏连管。所以我可以坐下来，握住她。有一天，我握着她太紧，有东西拖住了，十分钟后，我发现插入她心脏的管子从衣夹装置

① 美国一部电影。

上落下来，不是液体流入，而是血液流出，慢慢流着，我裙子上刚溅了些斑点，不过，护士说，他们必须冲洗管线。一位护士去冲洗着，另一位看着。

清洁人员尽职地擦洗极少用的浴室。他拖着房间地板。把废纸篓的垃圾倒干净，倒到他的推车里。然后，离开之前，他停了下来。

苔丝仍然自顾自地凝视着。

清洁人员和那位传染科主治医生一样，是亚洲人；不过，医生出生在印度次大陆，清洁人员来自太平洋沿岸。他有五个孩子。他们都健康，每天去学校——除了老大，他准点离开家，但眼里闪着一丝隐秘的目光。尽管如此，没坏事传到做父亲的耳朵里。清洁人员心存感激，因为他的孩子都健康，因为他的工作，为美利坚合众国这么一个需要救助的患儿，修复畸形儿，有时（他听说）在婴儿出生前——进行干预什么的，他对此不太懂。

他知道苔丝这两年里的生活，而且，认为她的美丽宛若天使。天使，他知道，存在不需要理由。（他不像传染科主治医生，其信仰中没有天堂等级观念，清洁人员是个虔诚的基督徒。）不过，苔丝不是天使，尽管她的外表像；她是一个人，尽管她有缺陷；他听到过（他的英语理解能力不错），这些缺陷会导致她死亡。在他的国家，如果苔丝出生在家里，她早就等死去了。如果出生在一家医院，会有人帮助她死去。为什么你在这里？他困惑。痛苦，死亡和悲伤，他知道是上帝设计的一部分——但是像这样的生命呢？

睫毛低垂着。清洁人员脱下他厚厚的黄手套，戴上从墙上盒子里取出的薄橡胶手套，用戴着手套的手指在苔丝圆润的脸颊上抚摸着，一下，两下，三下，慌乱地，因为这样的动作是违规的，这么做会被训斥。其实很难知道是谁，在为苔丝劳累的一群人中，医生、护士、护理、志愿者；更不用说部门负责人、优化管理委员会成员、会计师，以及搬运危险废物的那个人——谁会费神惩罚他呢。话说回来，清洁人员抚摸苔丝的脸颊，没受到任何人责骂，而后，他脱去橡胶手套放进废纸篓，慢吞吞地走到走廊那里去了。

就在这个中国男人离开我女儿后，我还坐在扶梯附近的椅子上。

我不再害怕了。我很高兴我什么都没告诉贝莉。你不能让她戴的棒球帽骗了你。她什么事都拿得起。

苔丝倒数第二个访客是那位顾问，比清洁工高很多，他苍白的头发上戴着一个移动装置。他已经起好了递交法庭的陈述报告初稿，他静静地通知这会儿睡着的孩子。他没碰她，他的立场不像清洁工那样虔诚，但经过了深思。他的思想不是疑问语气，但是温和的、带威胁意味的条件句：如果我们继续拯救你，那么，为什么就必须有人负责呢。财政意义上的负责，当然是他所指。

高个子反复按电梯按钮，一遍又一遍，最后电梯来了。

我走进房间。她看起来挺好，侧身睡着，虽然我拉起毯子，解开她几件衣服，我看到她仍有尿布湿疹。她的皮肤就自个儿烧着，因为她也不爬，也不滚，就穿着她的东西躺在那。某天，她可能会翻一下身，其中一位说。她从来不吃不喝，还是个聋子，她残缺不全，但真的她一直认识我。

我把毛毯盖回来。我看着她的耳朵好一会儿。所有这些耳圈和曲线。我小女孩的小耳朵。

我从窗棂上拿起她最喜欢的玩具。红软毛狗。他们总是忘记它。我把它放在婴儿床的一角。然后，我拧开浅绿色衣夹装置处的心脏插管断口，把它塞入毯子下，好让血液静悄悄地、没人察觉地流淌成池，就像一个月之前那样，直至流尽。

忠诚

年迈的维克多·卡伦，足不出户，视力模糊得很快，在床上整理着一份报道，用拟定的日本魔幻城作为新闻电头；另一边，他那位《多彩世界》的杂志编辑，人很老了，但身心健康，很是全情投入，却不知道要做什么。于是，他照往常那样做着：校订这篇文章（除了那些讨厌的省略号外，从来不需要费太多工夫），拟好排版毛条，检查蓝色部分。美编在协助他——美编也是维克多·卡伦的朋友兼同事——捣腾着松岛、青和野和青森三地的照片，然后，提出很有说服力的复合设计案。一位平庸的年轻艺术家，碰巧是日本人，恶作剧地被收纳进来。她画了一张虚构的神道教寺庙，是幅精美的淡水彩画。编辑把这些资料往北寄到戈多尔芬，维克多和诺拉·卡伦二十年前搬到的城镇，不对，是二十一年前；告别纽约，不对，是放弃纽约。戈多尔芬就在波士顿外围。他们的女儿在那行医。

诺拉立即打电话。

“乔治，”她轻声说，“这个魔幻城……它没有——”

“我知道，”他说，打断了她；她的声音依然有融化他的力量，“没问题。维克多迷们喜欢他写的任何东西。”

那可是千真万确———这杂志的读者永无厌倦地对杂志敏锐的见闻，富丽的辞藻和深度的挖掘大加赞赏。维克多·卡伦发表在《多彩世界》杂志上的每篇文章都激发（不少）读者热情洋溢地给编辑写信——普通手写的，破旧打字机上敲出来的，文本处理软件上输出的，还有当下时兴的电子邮件寄来的。《Ataraku：非主流的宁静》一同以往地获得丰收。

之前是场恶作剧，乔治认为：一位愤怒、年迈国王的恶作剧，忠诚侍从帮衬下的恶作剧。维克多国王。他大可以现在歇歇吧。

几乎紧接着，是斯迪兹，威尔士地区，整个族群名叫呸。

斯迪兹之后，是莫司凡坦，南非：奢侈如斯的庭院。

乔治，在他三楼办公室，编辑着斯迪兹和莫司凡坦的两篇文章，准备连续几刊里都放在显眼的位置。十二楼的出版商负责出版。那间套间里，真有人读这破烂？《多彩世界》赚钱；大财团仅想知道这点足已。《多彩世界》一直赚着钱，尽管它不刊登来自酒店、航空公司、游轮、包价旅游项目的广告。取而代之，威士忌酿酒商、雪茄制造商、花呢和羊绒品牌供应商愿意购买版面，还有旧书和地毯经销商，以及越来越多的是退休团体和提供老年护理器械的公司。

维克多接下发给报社的，是一座名叫阿卡梅底的尼罗河村庄的故事，虽然信封上盖着眼熟的戈多尔芬邮戳。年轻的津子，那位艺术家，利用彩绘大师软件精准绘制了阿卡梅底村外面的废墟。艺术总监，臀部手术后刚返岗，在办公室把以往几期刊登过的埃及人照片铺开在乔治办公桌上。“他们不都是埃及人，”他承认，“有的是约旦人。这个人是阿富汗人。”那些饱经风霜的面孔真睿智啊，乔治想——页面上的他们熠熠生辉。艺术总监清了清喉咙：“我们仍付给维克多同样的价钱？”

“不，更多。”

“好。我不爱去想诺拉的吝啬，”他说，没去看乔治的眼，“女儿现今离了婚，也帮不上太多。”

“生机盎然的卢巴茨城堡[1]，”维克多最新的一篇开笔流畅，“是我们的临时居所；离布达佩斯二十公里远。我们卧室里有一个超大的雕饰衣橱……”

乔治和艺术总监研究着这篇新作。他们安排和拍摄室内陈设的照片，用以配合维克多的描写。乔治自家大衣橱雕刻着带胡须的智使，于是立马派上用场。维克多报道过智使的外阴部跟他们的胡须一样长。人们会认为他见过这件淫荡的家具。不过，维克多从没见过这东西，从没；卡伦夫妇离开城镇后，乔治在第三大道发现了它。

诺拉一定描绘过那个大型衣橱。乔治斜眼瞅着排版毛条，而后，透过去看；他看见维克多在一张床上支着身子，努力想象着匈牙利工匠做的活。“对了，光天化日之下，乔治有这样的衣橱。”诺拉很可能毫无顾忌地说了出口。她现在八十岁了，说漏嘴也在意料之中。

“真的吗，”维克多很可能慢吞吞地搭腔，而后，厉声道，“你怎么这么巧知道的呢？”

① 卢巴茨（Lubasz）：波兰中西部的一个村庄。

二十年前，九月的一天清晨——那个秋天，乔治仍心如刀绞地清楚记得——波士顿到曼哈顿一早的火车把她送抵。她的提包塞满了织物设计稿。她和纺织公司副总会谈了一个小时。谈好了后，她的脸激动得红着，匆忙往南去麦迪逊，到了餐厅，脸更红了，双眸闪亮着。“他们买下三个，乔治。他们还想要更笨的野兽图案做儿童窗帘——袋鼠啦、袋熊啦。这事真就随手谈成了。你好吗？”

那时，两人都近六十的人啦。一直以来，他都扮演着邻居兼朋友的角色，宴席上的客人，文章的编辑。而且，极少时候，维克多一个人带任务出行，乔治偶尔陪诺拉，要么去这个音乐会，要么去那个聚会，只不过期许着能吻吻她柔润光滑的颧骨，而后，回到他狭窄的公寓，那儿有着无价的天空景致。而现在，他们生活在不同的城市：新的约定达成了。

“我能怎样，诺拉？我渴望着你的爱。”

“一个骑士的恭维，”她说，拿起菜谱，“红点鲑到底是什么？”

“不是恭维。我说真的。”

她那惊讶的目光，从菜谱上抬起来，顿了顿，而后才迎向他的眼。她看着他的领结，要不就是看着他的山羊胡子尖，他或者应该剃了它。

“看着我，诺拉。”

她仍然没有看他的眼睛。不过，受惊的神情缓缓从她脸颊退去，取而代之的是一份接受的温柔。他的心也像她笔下的一只袋鼠似的欢跳起来。

“看着我。”他恳求。

“我不敢。”

这三个字是他能听到的最接近承认爱的表达。这三个字，足矣。在接下来的五年里，直到维克多疾病来袭，她每个季节来一次，就像季度分红似的。在他不是很宽的床上，两人共度一个下午。天际苍穹示意他们何时得离开去赶她的火车——无情的五点钟的天空，十二月的皇家蓝，三月的板岩蓝，六月的绿宝石蓝，九月的矢车菊蓝。

大衣橱，雕着小天使，一直在乔治洒着阳光的房间里伴着他们。这衣橱其实不是匈牙利造。它是阿尔巴尼亚造的。校订《卢巴茨城堡》时，乔治担心这一出入，就好像透过这么一处小谎言，有人窥视出更大的欺骗来了。不过，倘若有入迷的读者真看出这破绽来，又会怎样呢？他们也就笑笑，继续购买着威士忌，羊绒套衫，头版刊物，签名蚀刻画，以及退休托管公寓，让广告商欢喜高兴；他们还是继续写感谢信给编辑。他们不会跑，对吧？——因为，如果他们真的因旅游热而激动起来，其他任何旅行杂志，满是加拉帕戈斯群岛的秘诀，巴黎隐蔽处和中东探索方面的资讯，对他们更有用。《多彩世界》杂志的理想读者满足于坐在一张波斯地毯上的皮椅上，抽上一支雪茄，而后捧读着《多彩世界》。

乔治不再担心了。

这最后一个信封，相当平，放在他桌上。那天，卡伦的女儿从戈多尔芬打来电话。“他们人走了，”她说，顿在那儿，“二老。”她说。

冰冷的钳子夹紧了他的声带。好一会儿，“两人？”他控制住自己。

“他们相隔 12 个小时去的。她很可能吞了什么东西，乔治伯伯。”这才缓过来，吸了口气，“尽管我在，孩子也在……”

他们又谈了一会儿才挂断。乔治打开信封。

亚苏拉[1]

亚苏拉王国形似一个圆，不是很正的圆，因为它的火山向西且向上凸起，不过，怎么说，是个带凸起物的圆。亚苏拉整个被一条河围绕着。这条河原以为是个湖，直到发现了一处水流，反时针流动着。河水映照着天空——我们的天空，一种忠诚且稳靠的蓝色。

亚苏拉建于1678年，是鲁道夫五世赠送给一位流氓音乐家的。这个王国在这位音乐家的统治下繁衍生息。如今，它几近荒废。不过，皇室豪宅地板上的马赛克自极盛年代就几乎没有褪色。一直爬行的甲壳虫更增添了这些瓷砖错综复杂的神秘……在我们布满蜘蛛网的套间里，浅褐色的织物萎靡地低垂着，好像老胳膊肘坠下的肉……房间没有屋顶。附近，为不治之症者开的医院相当衰败了——二楼的走廊不应再通行了，诺拉看到的，几乎要了她的命。两个治愈的麻风病人住在这里。

事实上，亚苏拉是伴侣的安乐窝：乌鸦，终身为伴，以喧闹的两两一组方式栖居在我们被毁的梁椽上；合法结婚的一男一女侍候着我们；一对食火鸡占据了庭院。它们不能飞的架式，就像羽毛撑破套子的巨大枕头。脖子诱惑地弯曲着，脸炙热地求爱着。

配套设施？一块木板做马桶，一个水桶做淋浴，吃的是恒久不变的鱼和根茎蔬菜，破烂的虾网作床单。而且，什么针头、谈话、托盘、期刊、孙子辈，以及灌肠，很庆幸，一概没有。

---

① 亚苏拉：维克多虚拟的火山烈焰王国。

这儿，我们等着，下面的甲壳虫，上面的乌鸦，不在边上的食火鸡。麻风病人打理着花园。女佣煮饭烧菜，男佣打渔。诺拉和我游泳，就餐，拥抱，啊哈，我的可人；我皱纹满面的爱人……让那位聪明的艺术家画下这位作者美丽的伴侣；忘了我有磨损的杯子。

不久，火山将喷发，或是地面裂开；或是，也许某个炎热的下午，我们干脆淹没在河里起不来，沉入那种永不改变的蓝色里，不像你和她望着的那片不规矩的纽约天空。乔治，你这杂种。

不，不，乔治无声尖叫着。我是游侠。我让她快乐着。你，维克多，你，蠢货。

他的铅笔在他指间快速转动着，仿佛它自己要这样转的。

维克多，你这个蠢货，他脑子里不断重复着，也好像不受他控制地重复着。诺拉，我最心爱的。他无助地悲叹着。

他手指收紧；铅笔停止转动。“鲁道夫”不行：歌剧和圣诞节小调里的名字。叫国王“戈多尔夫”。还有那条河——真能河首即河尾，或者……他察觉，而不是看到，艺术总监蹒跚着走了进来。

至于参与者那一页上，乔治给了津子一张诺拉的工作室照片，要她进行处理。艺术总监加了放在他自己钱包里的一张诺拉的快照。交来最终画稿时，津子用她那种直接的方式表示她希望知道主题。乔治看着画，奶油纸上，棕色笔墨中的就是诺拉：顽皮的嘴，晶亮的瞳孔，还有微微起皱的眼睑。一边眉头扬着，双唇开着。噢，乔治，有时我不得不逃避他的炙热，我被烧焦了。你真酷，亲爱的，像张裹尸布。

为了图解《亚苏拉》，合作者们不理会《多彩世界》大量的文稿。

相反，他们做着一件少有做的荒唐事：他们盗用开支账户。他们飞到凯恩斯[①]去拍食火鸡。他们到伊斯坦布尔去追踪马赛克。他们在耶路撒冷找到了一家麻风医院。

然后，两个精疲力竭的老男人乘巨型喷气式飞机，飞回纽约。他们一早抵达。乔治的公寓，在客厅，他们放下他们的小背包，把领带挂在天使身上，然后，穿着套装和鞋子，一边一个，躺在又短又挤的床上。定定地，他们仰望着天空，此刻的天空夹着灰纹，叠着小云朵。正午过后，灰纹和叠云都消失了。在他们眼前，一大块锦缎伸展开来，就像骑士条幅一般。“真蓝。”乔治说。艺术总监从床上站起来，对准镜头，咔嚓，咔嚓。

---

① 凯恩斯（Cairns）：一座滨海城市，位于南半球的澳大利亚昆士兰省。

如果爱是一切

I

“来这之前——你做什么？”莱温格夫人问，桑娅刚来伦敦一个月。

“关于书的方面。”

“创作？”

“保管书。”

“哦，这样啊。把这事想成一张资产负债表好了。总的来说，孩子们都很好。你没手帕，桑娅？拿我的吧。”

引发这番话是因为这么一件事——有个孩子要被医护人员带离他所在的班级——也常发生的事，不过，桑娅还真是第一次亲眼看见：医护人员表情和蔼；其他孩子平静无声，藏着几分掩饰不住的诚惶诚恐。“你的肺有点毛病。”医生对孩子说，用德语说的。

“我们会替你治好。”护士说，用的是法语。

小男孩只说波兰语和意第绪语。被领出去时，他分别对医生和护士说了些什么。而后，他朝他们尖叫起来，先是医生，而后是护士，腿撑直了，不愿走。他被提起来时，他叫“妈妈”，尽管他妈妈人已不在世。他被扛起来走时，他哭叫“姐姐”，尽管他姐姐，一个八岁女孩，早已经跌倒在地板上。

“你会习惯的，”莱温格夫人对桑娅说，“唉。”

桑娅是为了这场战争来到这镇上的一个美国人。之前那些年的夏天，她都在罗得岛[①]海岸，过着吉卜赛式生活——在海滩上起舞，和一位年迈的男高音共处一居室的房子。这位男高音乐得她和自己一起消遣。对莱温格夫人和其他被围困的伦敦人而言，桑娅个人这些事无甚所谓……或是，就算桑娅对外说起自己这些来历，她这些事也不算什么事儿。不过，她几乎不谈自己。去年时，有一次，在普罗维登斯[②](之前三年来，除夏天外，她落脚的地方)，那里的朋友巴望知道她为什么抛下手边几份活（在主日学校教希伯来语，为数家小企业做账）要出国……人们问起这些时，桑娅答：“因为飓风。”

她临海的房子四堵墙都斜了，房顶也不牢靠。没电，没水。一九三八年的飓风把这片地抬升起来，离了水泥地基。桑娅的所有家当都还没重新收拾——烧柴火的壁炉，洁厕剂，茶壶，挂在衣钩上的外衣外套，飓风过后怎样仍是怎样。飓风过后的几周里，在普罗维登斯，她坐在山腰处自己公寓里，凝望着市中心，市中心也受到了破

① 罗得岛（Rhode Island）：美国最小的州，拥有长达400英里的海岸线，阳光、沙滩是特色，自然景观优美，历史建筑物雅致。

② 普罗维登斯（Providence）：美国罗得岛州的首府。

坏，不过，已在逐步自我恢复中。但是，她自己的生活已回不到从前；她渐已进入让人不得轻松，得有取舍的人生境地。总有一天，某个人会向她求婚——尽管人已中年，尽管没有美貌，有人真向她求婚了。男高音就求过。她担心，要是自己到了不再享有这么一种每年夏天无拘无束的提振之时，她或者会弱弱地对他说："好吧。"

于是，她自荐加入美国联合分配委员会，人们昵称之为联合会。她赴纽约参加面试。面试官是个胖子，这胖子卷着袖子，穿着一件凌乱的背心，说："好，你说希伯来语。"

"我不说希伯来语，其实，"桑娅告诉他，"我只会《圣经》中的希伯来语，可以应付教识字班。"

"如果派你去巴勒斯坦，你的希伯来语会提高。"他说，与此同时，他往下瞥了一眼她的卷宗，"你说法语。"

"高中时学的，指的是这个。有一次在魁北克，点过一杯酒来着。还有，意第绪语——有数十年没说了。"

他们四目相遇。"欧洲形势很糟，"他说，"数千计波兰德裔犹太人被德国人驱逐，又不被波兰接纳，在波德两国交界的难民地带，这些人忍饥挨饿，患了痢疾，等死呢。很多都是孩子。几个救援机构正合力提供帮助——而合力并不到位，哦，你还学过拉丁语，我们通常行事作风，两犹太，三想法，我肯定你懂的。"他明显想确定他语流得当。他的嘴一张一合好几次，还好他把持住了，没往下说。

"我什么工作都可以，"趁这个空当，她说，"只是，不想你倚重的是我会多门语言。"

"你唱歌吗？我们发现唱歌的人在我们这工作挺安心的。"

"我乐感一般。"非常一般。她想到了男高音。她仍有机会答应他的求婚。不过，她不想做照看人的人。胖子的目光最后柔和下来。他朝窗外看去。“所有代理机构正合力把这些人从兹邦申[①]转移到英格兰。因为这点，因为我们致力做的这点，我们需要做事高效的、坚强的人。语言能力还在其次。联合会信任我的判断。”

她签了份合同。而后，她说：“你得知道，我时而也多愁善感。”

一丝微笑，或是类似微笑的表情，掠过胖子宽大的脸，转瞬而过。她心生疑惑，像许多胖子一样，这位胖子跳舞的话，应该不错。

桑娅乘火车返回普罗维登斯。数月后，她得知她被派往伦敦，从那，她会被借调到另一个机构，专门帮助难民儿童。她将她客户的书面资料依次放好。又过了几个月，寄来了一张轮船票。她存放好家具，在搬空了的公寓里，她给自己举办了一场告别会。之后，她又搭上火车，从纽约上船奔赴南安普敦。那位胖子——人叫罗兰德，她记得——来送行，捧着一大束康乃馨。

“真有心。”她说。

“此次不同往常。”他坦言。

她到达伦敦时，无家可归的波兰裔德国人业已得救或失散了。战争亦已打响。她被派往赫尔[②]一年，帮助安置已经抵达那儿的本地德裔犹太妇女。而后，她又被派回伦敦。

在伦敦，联合会给她在卡姆登镇[③]找了一处起卧两用室。女房东和她一家人住一楼；其他方面，这儿安置着单身人士。每间房有煤气暖炉和壁炉。桑娅花了一段时间才适应这里的气味。她还得适应脚步声——地面没铺地毯，住楼上几层的人都得经过桑娅门前出

① 兹邦申（Zbążyń）：波兰城镇。
② 赫尔（Hull）：英国东部亨伯赛德郡首府。
③ 卡姆登镇（Camden Town）：北伦敦重镇，沿运河发展成市集。

楼。有位老夫人脚步轻盈。“亲爱的。”每次见到桑娅，她都这么招呼。一大块头男人看她的眼神色眯眯的，脚步缓慢，听起来向从高处掉落下来的薄烤饼。一年长的男人轻轻走过，举止给人印象深刻，长着白色八字胡，像位大使，其实，他是这片社区报刊亭的主人。每天早上，两位秘书用钳子烫卷头发，然后一起出门。(头一次闻到烧毛味时，桑娅还以为房子着火了。)

还有一跛脚男人，四十开外，他们中唯一的外国人。桑娅不把自己算作外国人；她是这里人的美国表亲。但这位跛脚男人说话带德国腔。皮肤黝黑，牙齿不好。眉毛遮着一双火辣辣的棕色眼睛——就只是扫一眼大厅桌上的信件时，这双眼睛也似乎映着火焰。两条腿长短不齐——所以跛行。每次他上下楼梯时，桑娅都判断得出他跛行到哪：两步一停，两步一停；而且，每次经过她门前时：停一步走两步，一二，一二。

孩子们来了，一批又一批。波兰孩子、奥地利孩子、匈牙利孩子、德国孩子。有的像从各国政府那领取的包裹，这些政府从孩子父母那扣留了孩子的护照。这些孩子穿着大衣，每人带着一个书包。有的孩子，一度像山中松鼠或河里老鼠那样挣扎活着，来时，没有规矩，乱作一团。有的，来时有社会工作者护送，这些社会工作者巴不得尽快撂下他们。少有孩子懂英语。有些只懂意第绪语。有的，患有传染病。有的，似乎低能弱智，后来发现，只是因为饱经苦难，这些孩子暂时变得脆弱。

滑铁卢车站附近，一家破旧酒店里，这些孩子睡上一到两个晚上。桑娅和莱温格夫人，这个机构的负责人也待在酒店，一样很想睡——她们一直很疲惫，轰炸已经开始。不过，两女人睡不着，因为这些孩子——没哭;少有哭的——在酒店大厅里溜达,或躲进衣柜抽烟,或乘电梯来回上下。第二天,或隔一天,桑娅和莱温格夫人领着他们来到乡下她们的营房,而后,维也纳来的孩子被寄放到憨厚农家中,维也纳孩子从没见过母牛;柏林来的孩子留在各个孤儿院里,这些孤儿院都是匆忙搭建的,由一些上年纪的教师负责,这些柏林孩子之前只知道女护理温柔的双手;波兰来的儿童,被藏匿在一座主教殿里,波兰孩子视基督徒为魔鬼。维也纳孩子也许会觉得主教殿好;要是匈牙利孩子留在孤儿院,他们会组建一支精力充沛的童子军;波兰孩子呢,知道鸡什么的,在农场的话,可能会舒服自在。但是,各个安置点几乎不从孩子角度出发。这个机构也如此。尽管不轻松,孩子安顿好后,桑娅和莱温格夫人就乘火车返回伦敦,莱温格夫人回到她先生身边,桑娅呢,回归自己的独处。

几个月来,她朝那位黑黑的男人点头致敬,他也朝她点头致敬。

他们互道:“晚上好。”

有天,他们同时离开住所,一同走到地下通道。

他住在她上两层,他说。从她对脚步声的判断,她早就知道。

他房间有一架立式钢琴,是以前租客留下的。他把它调好了音。“钢琴真少见,在配家具的……租间里。”他说,似在品味这个英式词汇——租间。

他这是去给人上钢琴课。他的学生是伦敦本地孩子,这些孩子的父母执意不肯撤离。她则是去她办公室的路上。他先下地铁。“希望再遇上你,小姐……”

“索芙兰科维奇。”她说。她没告诉他正确敬语是“夫人”。她的婚姻,没有孩子,很早就结束了。

从那以后，就好像之前把控他们生活的闹钟彼此交换了一下，他们常遇上。狭窄蜿蜒的大街上，他们遇见。那位绅士楼友名下的报刊亭，他们买报纸遇见。水果蔬菜店，他们排队遇见，各自买了些半烂的苹果离开。鱼贩那，他们也遇见。两人都偏好熏鱼，愿意用额外配给的优惠券来品尝这类奢侈鱼食。

经常到了晚上，工作后，他回了家，她也回了家，两人坐在她的煤气暖炉边。

“普罗维登斯，”他沉思地说，“可是飓风之地？”

“纳拉干塞特[①]。”

“纳拉干塞特。”他展舌跟着说，元音发得华丽而长，辅音带着脱不掉的喉音。

“是像这样。”她说，而后笑容渐阴郁。

尤金从没去过美国，虽然年轻时在巴黎学过钢琴。“是，我听说过布朗格。”三年前，他先是一直待在德国，过着陶醉的日子，而后，某家难民救助站帮他移居到伦敦。人不到四十岁，父母都不在了，妹妹呢，在上海平安地嫁了人，嫁的那人具备过安稳日子的能力——他呢，是那类容易被遣送回国的人，她在想。

他父亲，他告诉她，为恺撒帝国而战过。

那场战争时，她还是个年轻女子。对，她知道德国一度对它的犹太族不错，它的犹太族也忠诚于他们的统治者。

他将那双不对称的长腿朝微弱的蓝色火苗伸过去，“真高兴遇见你。”

一天中午——**说也奇怪**，纽约的那位胖子会说——在离住处挺

---

① 纳拉干塞特（Narragansett）：美国罗得岛州南部城镇。

远的地方，肯辛顿花园[1]那，两人邂逅了。

“我来听场音乐会，”尤金说，“我们一起吧。”

“我午餐休息时间……很短。”

“表演者也正午歇呢，”他说，“你不会晚的。不会很晚的。”他改说道，带着平时有些卖弄的那劲儿。

他们匆匆沿街而行，往那条河方向去，途经好些砖砌的、水泥砌的、波状钢架的弹坑和庇护处。她所在的庇护处，在卡姆登镇，是一处地下碉堡，土窖一个，比这些庇护处安全些。不过，土窖有时抖动，一抖动，孩子们就跟着哭起来，女人们脸色煞白，男人也是。桑娅安抚着爬上她大腿的某家孩子，孩子刚学步，而后，桑娅对孩子他妈投以鼓励的微笑。人呼吸困难。要是这东西塌了——他们全会闷在里面。宁愿在地面上被击中，被打中，像她海边房子那样被扯成千万碎片，也好过窒息而死吧……有些时候，她不去庇护处，而是在她黑灯瞎火的房间里坐着，地板上，双臂环抱着小腿。身后窗棂上，一株天竺葵饱满盛开着，日光里透着红色，在这种几乎漆黑的空间里，天竺葵呈紫色。要是这房子真会被击中了，在支离破碎的物品，成堆玻璃和砖渣中，要是她真会被人发现，她的头一定歪得离奇，烧焦的头发就像她年轻时的头发一般黑……在碎石堆里，她真被人发现的话，人们会认为，如果他们真想到什么，大概她是因为在警报声中睡过了头。她很可能喝得有些多了，酒馆看管人可能会对自家太太说——他真的会这么猜测，他这位客人有时为了喝威士忌而不吃东西。她工作特别卖力，莱温格夫人会这么说。

尤金领着她去一座教堂。桑娅抬头望着上面的风琴阁楼。一些

① 肯辛顿花园：伦敦西区高级住宅区。

教友正在午歇，坐在空空的教堂靠背长椅上。其中一位慢慢低下头，把额头枕在他前面长椅的靠背上，而后，抬起头，再而后，又低下头。

楼下，一间小礼拜堂里，十二个人坐在椅子上等，两个表演者在台上等。站着的青年男子握着一把中提琴的琴把。青年女子坐在一架钢琴旁，低着头好像临刑待斩似的。油印的节目单上有一则介绍，提到这对双胞胎，二十岁，刚从捷克过来。表演开始了。女孩演奏很精准。尤金指尖跟着曲子弹着，在他的大腿上。那男孩钟爱他的乐器。在曲目交替的间隙，细心的听众听见楼上风琴微弱的琴声。不到一个小时，音乐会就结束了。双胞胎和他们的客人在楼上攀谈着，桑娅目光搜寻那位额头枕在长椅后背的教友，但那人已走了。

就如尤金所言，桑娅回去工作时并不太晚。尽管如此，莱温格夫人早就吃完午饭回岗了。她在打电话。她漫不经心地朝桑娅点了下头，而后，挂了电话。

“新一批到了，”她说，“法国孩子。”

通常的摆设：一间大房子一端，志愿者站在折叠桥牌桌边；另一端，一张支架桌上，放着几个面包，一些饼干，几盘香肠，还有几壶牛奶。

四十个孩子，六个月来自己找食。此时，他们挤在房子中间，神情就好像要是他们靠近那些吃的，就会被射杀似的。

有个女孩头发是灯光黄色。

莱温格夫人自己站在一把折叠椅上，臀部紧张到会翻下来时，她抓住椅子后背好一会儿。而后，她站直了。一站住，她就不抖不晃了。

桑娅留意到不同细节——也是她工作的一部分。有个面色苍白的男孩，小个子，好像病了，不过医生们没留下他。饥饿加疲惫，大概是吧。两个小女孩紧紧握着彼此的手。很多孩子背上背着更小些的孩子。

金发女孩带着一个乐器箱。

莱温格夫人用法语欢迎他们。计划将他们送往科茨沃尔德地区各个村庄里，她说。有山，她细说道。他们可以带着自己的东西。兄弟姐妹不会分开。寄住人家不是犹太人。不过，都是好心人。

"我也不是犹太人。"一个黝黑的男孩说。

"啊，皮埃尔，"一个大点的男孩责备道，"在这里，这个没关系啦。"

孩子们走到搁板桌边，静静地、慢慢地。

很快，所有孩子都吃起来——所有孩子，除了带乐器的高个子金发女孩。她好像朝莱温格夫人走去。不过，其实不是。她突然转向桑娅，"女士……"

"是，"桑娅说，"你想——"

"我说英语。"她一双灰眼睛。鼻子挺直，嘴弯弯的，下巴小小的，"我不想去乡下。"

"你叫什么名字？"

"乐蒂，"她耸耸肩说，好像叫什么名字无所谓，"我是巴黎人。我想留在伦敦。"

"你的乐器……"

"小提琴，"乐蒂说，"在马赛，我没东西吃的时候，我想卖了它，可是没人买。我挺专业，女士。我可以在交响乐队里演奏。或是在咖啡店——拉吉卜赛音乐。"

"但愿，"桑娅开口道，"但我帮不了，"她又道，"我们不安排难民儿童留在伦敦，”她终于说出来了，“只安排到村庄里。”

“我不是儿童。我十七岁。”

桑娅摇摇头。

女孩眼睑垂下来，“十六岁。真的，女士。”

“叫我桑娅。”

“谢谢。桑娅女士，我下个月十六，要是我有证件的话，我就能证明给你看，不过，我的证件丢了，就是我爸爸的照片也丢了，只有这把小提琴……”乐蒂哽咽道，“再过三周我就十六了。请相信我。”

“我相信。”莱温格夫人正瞅着那帮孩子；其他孩子需要人留意。“你现在必须去科茨沃尔德，”桑娅说，“我会设法安排得好一些。”

“套话罢了。”乐蒂说，转身离开了。

“并非！”要是她一直都不动情的话，她真的只是高效能干吗？她也有一些音乐细胞。“我酷爱吉卜赛曲风。我的地址，”她说，在一张牛皮纸上草草写着，“我会设法帮你找家咖啡馆，或是……”

乐蒂接过那张纸。桑娅最后看到她是在火车上，不是桑娅搭乘的同一列火车。乐蒂站在过道上，将小提琴紧抱在她单薄的胸前。

“我想给你一枚戒指。”尤金说。

“哦！”

“我可能会被软禁。”

“不会的。”她说，很热切。不过，这事每天都在发生。被怀疑是间谍的外国人——他们中的犹太人——被关在黄色监狱里。

尤金说：“我另外一套西装，我的钢琴谱——能自得安所。但是我母亲的戒指——我得特别待它。它逃过了德国海关，也逃开了我自己的良心愧意。”

她看了他一眼。在煤气暖炉火光的映照下，他肤色黑得像那株天竺葵。

“我本该卖了它，来回报救助我的人，”他解释说，“不过它只是颗小钻石。这戒指对我母亲意义也重大。”

“唔……你父亲给她的。”

“她情人给她的。我母亲出生在里昂；在柏林，她依旧保持她对婚姻的法式态度。而后呢，当然啦，我父亲年纪大很多。”

“年纪大？”桑娅和尤金相差十二岁——她最近刚满五十二，不过没提。

“大二十岁。”尤金在口袋里搜着。什么东西闪闪的，他把它放进她手心。

两周后，他被带走了。

II

待在伦敦第二年，年初，桑娅已结识了不少女性朋友，男性朋友，一处中意的茶馆，两处心仪的酒吧，还有几次舒心的散步。她已接纳她周围女性的着装风格——棉衣，低跟鞋——不过，她很不屑戴什么华丽小帽。她把她灰色头发从额头往后梳，在耳际后别上发夹。发夹下，她的头发弯曲得像不舒畅的羽毛。

她知道哪有黑市，可以买到必需品。偶尔，为她的小客户们，她用上这类黑市门道。有时，她为自己所需也上黑市——一瓶违禁白兰地，就存在她大衣橱下面，专等尤金回来。

她去通风良好的大厅听讲座。她去向那些刚从维希[①]、萨洛尼卡[②]和海法[③]回来的人们介绍情况。她去听拼凑起来的音乐会歌剧，观看令人震惊的戏剧表演——有次，在一家剧院里，她听见劳伦斯·奥利维尔[④]的声音在炸弹声中响起。

她参加新水彩画展。好几次，夏天，她在布莱顿[⑤]洗浴。"你应该演！"莱温格夫人道。她收到不少信，分别来自罗得岛的朋友，人在芝加哥的姨妈，纽约那位胖子，男高音，还有尤金。她一直留意第一个患结核的那个男孩，去他所在的海边疗养所探望他。早几次的探访过程中，她童年学的意第绪语苏醒起来，很应急，不过，几个月后，她发现他正在学的新词像毛刺似的黏着他。很快他们只用英语说话。他们一起看灰蓝色调的大海。他靠在小马车旁坐着，半透明的手放在她双手中，她说给他听把她的生活一掰为二的飓风。"高高的风浪掀腾起来，冲打着我们的山谷凹。"

"一水山丘，"他试着说，"是了，是了！高山。"

她也和那对波兰龙凤胎中的女孩保持着书信联系。男孩被带走后，过了一年，桑娅和莱温格夫人负责这对孩子的团聚，女孩面色红润，男孩面色苍白但没病。养母也同意领养男孩。"因为很想，所以她这么做。"好一颗养母的善心。

"当然，你记得罗兰德·洛森博格。"莱温格夫人说。

"当然。"他们握握手。他略微瘦了些，但是，要这么说出口难免

---

① 维希（Vichey）：法国中部城市。
② 萨洛尼卡（Solanika）：希腊中北部港口城市。
③ 海法（Haifa）：以色列西北部港口城市。
④ 劳伦斯·奥利维尔（Laurence Olivier）：英国著名电影演员。代表作品：《蝴蝶梦》《王子复仇记》《呼啸山庄》《傲慢与偏见》《亨利五世》。
⑤ 布莱顿（Brighton）：英国南部城市。

冒失。他们无甚必要地说了说工作上的事——就好像她记得装在他不成形公文包里的那些文件似的，就好像他能从她脸上每一道皱纹中追溯之所以成纹的当时境况似的。不过，一家昏暗餐馆里，他们真有的谈，有些事谈。他吃饭的样子吓人。他的手帕不成样子。那种怪异的笑，时不时浮现上来——嘴唇上翻，一脸惊奇。马克·吐温，他告诉她，是他着迷的。将来某天，他想去追逐马克·吐温的足迹环游世界。

"那你喜欢的作曲家呢？"她漫不经心地问。

"弗朗兹·莱哈尔[1]，我最爱。"

莱哈尔：希特勒钟爱的。"老天。"桑娅说。

"可耻，是吧。联合会应该开了我。"

没有出租车。何时搭乘过一辆出租车？他走着送她回家。"我会再来的。"他说。

"好。"好吗？他们在对尤金做什么呢？

"要份《纽约时报》，谢谢。"一天傍晚，她说，然后，从那位高贵绅士手中拿过报纸。她站在报刊亭旁，看着首页。战事占了绝大版面，尽管也有些都市丑闻。达科塔人[2]正遭受旱灾。她折上报纸夹在臂下——她会在台灯下读它，在家里；现今，没空袭了。

绅士从休息中醒过来，低沉地说："你好吗，索芙兰科维奇小姐？"

她转过身。"……挺好，谢谢。"

"今天，来了份贝尔格莱德的报纸，有个奇闻。"

---

① 弗朗兹·莱哈尔（Franz Lehár）：奥匈帝国作曲家。
② 达科塔人（Dakotas）：主要居住在北达科他州和南达科他州。

“哦，我读不了南斯拉夫语。”

“读不了？你读法语，是吧。我有——”

“也读不了。还有德语，也读不了，”她抢先说了，“我能读入门的希伯来语，你是……”

“史密斯。”

“史密斯。”她注视着他，也注视着他身后的一片漆黑，“我自己父母卖过报纸，”她吐露道。

“是吧？”

“是的，在一家店里。他们也卖香烟。糖果，Notions ——美国用语——你或许不熟悉。”

“没听说过 Notions。”他注意力转向新来的顾客。生意第一，自然；不过，此刻桑娅真很急于想描绘给他听，那对小个子胖夫妻的事，也就是她父母，率真的小两口，原本都放弃成家念头很久了，直到有了她，搅在他们中间。自此，那店就是他们的全部——温馨的巢穴。在这巢穴里，她长成高个女孩；高中毕业，接着师范院校毕业；之后，她嫁了一个英俊但不靠谱的男孩。她让这段婚姻维持着，还有小店也是，直到两人的双亲都安详离世。

史密斯先生处理好他的顾客。桑娅背靠在报纸架上。报刊亭里，只要两人相安，足够两个人容身，墙壁上装饰着剪贴在空印刷板上的杂志，还有啤酒广告。这地方，有着她儿时相伴的烟草味。她记得尤金牙齿不好，抽烟习惯使得他褐色牙齿更黄了。她吸了口气。“大萧条时，我把店卖了。”她告诉史密斯先生。他呢，也倚在一展板旁：祸从口出。她从报刊亭里抽回上身，再次站直身，继续说着她的由来：我还卖了几处住所，租了间公寓，也买了间……房子，一间海滨房子。

房子被飓风吹毁了，不过，可能你们这里没听说那场飓风吧。”

“噢，我们知道。我们看到照片了。**当然可以！**”他说着，转而去招呼他一定很熟悉的一位顾客，一个法国绅士，小个子，穿着一件巡视员穿的男士双排扣礼服大衣，还有一双锃亮的鞋子。

桑娅转身离开了，走上主大街，往家走去。

家？糊着墙纸的屋子，带个煤气暖炉。一张圆桌子和一张翻起的床，还有书桌、扶手椅、收音机、台灯和破旧大衣橱。一个锁着的小首饰盒，装着她母亲的婚戒；男高音送的一块丝帕，也是男高音从一位知名女中音那得来的；尤金的钻戒。是啊，家。她的家就是她在的地方。“你天生没守巢的天性，”她丈夫离开时指责道，“亏得我们没有孩子。你甚至会把孩子塞在办公抽屉里。”

没有寄给她的信。而后，上楼。在炉上煮两个鸡蛋，把一片面包放在烤叉上。没黄油，没果酱了，不过，昨天那瓶里，还有一杯半的酒，于是，她感激地拔下酒塞。她这么吃着，读起报纸，讣告放最后，不错的中篇小说，这页中，她不可能认识谁，直到读到罗里-波里·洛森博格血管破裂；不可能，真不可能，他不是那种中风类型，而且，他开始瘦下来了，不管怎样……她得知了男高音的死讯。

他在美国帝文斯堡[①]为大批士兵观众演唱时，倒下了。终年七十三岁。他的事业跨越六十个春秋。他演唱过所有重要角色，虽然三十多岁时也没在《遇见·他》这档电台节目里走红。那节目的招牌歌曲是《星夜故事》[②]。他留下三个女儿和八个孙子辈。

她离开时，还只有七个孙子辈；不然的话，她或许会亲笔为他撰

---

① 帝文斯堡（Fort Devens）：美国陆军基地。
② 《星夜故事》（“The Story of a Starry Night”）：当时美国的一首流行歌曲。

写份讣告了。

是夜，她为他而泣。当然，她很明智，没让自己的命运加入到他的命运中。她就不是为了稳定生活而活的人——不是，她，桑娅，不是，她这片生命之叶不是，这片叶在一家过热的小商品店意外出现，于是，被骄傲且困惑的店主突然取去，似乎如此，然后放进了一个冷冻玻璃杯里。他们疼爱她，妈妈和爸爸；她也很爱他们；她也爱过她丈夫一阵子，他之后，也还爱过其他几个；还有，她也爱过男高音。只是她的爱轻盈飘忽，非世俗之爱，因而，像一捧繁缕一样，她会被罗兰德·洛森博格搅起，扔到伦敦石丛上，从那发送浅爬虫们到城镇，公寓，以及河边废弃的地下室。她睡不着，数着他们。有的，现在在这城里。有两小男孩和一位母亲住着。因为自家老大在边境被枪打死了，这位母亲已精神错乱了；两个孩子照看着她。有一家人，本就弱智的女儿又生下个弱智的女儿。“这不该发生；后代退化到一般水准！”桑娅反对，就好像遗传规律知道这个错误且修正这小女孩的智力似的。莱温格夫人不理会她的爆发。从慕尼黑来的几个少女在做服务生，不愿意对桑娅讲真话，虽然她们让她请她们吃晚饭。还有……

门上的抓挠声好像什么小动物发出的。这抓挠声怎会在脚步声之前呢？桑娅立刻下了床，她左手在门闩上，右手在门钮上。香烟味？她打开了门。

乐蒂迈过门槛。她眼睛环顾各个角落。见到圆桌，她把她的小提琴很小心地放到桌下。而后，她转过身，人就投进了桑娅的臂弯里。

早上，他们美美地吃了顿熏肉。乐蒂从农场带来的。桑娅用囤积的番茄把肉煎炸了，烤好她最后的两片面包。他们把面包浸在油脂里。

“现在我们谈谈。”桑娅说，当她们在她唯一一块餐巾上擦好自己的手指时。乐蒂的手指，与其说精细，不如说娴熟——更像是尤金弹奏钢琴上的手指。

“那家人，”乐蒂说了起来，“都很好。教堂人员待我朋友一样。还有个上学的男孩：一个英格兰男孩，我是说。”桑娅明白她所指——本地男孩对她的在意，可以弥补但替代不了那些移民男孩跟她已滋生的初恋情愫。她的睫毛好妩媚。

“那家人。”桑娅提到。

“我留下一封信。别送我回去。让我留在你这里。”

这是违反机构条例的。不过，机构条例经常无人理会。河流南边，五个少年，布加勒斯特来的，同住一间屋，虽然人们怀疑他们扒窃，但谁知道他们究竟怎么自己养活自己。有时，莱温格夫人拽住他们。“对犹太人影响不好，你们在做的事。”男孩们则盯着自己的脚。

“他们危害到我们的事业。”莱温格夫人之后对桑娅说。

“他们中有几个确实在做水泥工。”

“这样，我们真的需要水泥工，”莱温格夫人说，转了语气，“有传言说，他们只偷有钱的醉汉。”

“谣言罢了！谣言说温斯顿正计划进行入侵攻击呢。要果真发生了，我才会信。我们很有可能会被入侵。”桑娅想象着，倘若那些德国人笨得想撞进她办公室，莱温格夫人说不定会操起壁炉铲，朝他们头上挥去。

由此同时，这些年轻的罗马尼亚人在梅菲尔区扒钱包。还有一对波兰医生，没执照，在克莱芬花园继续开地下诊所。在黑市，来伦敦时衣服里藏着钻石的比利时人把那些钻石卖了，然后逃亡南美洲，一个先令也没留给帮他们来到伦敦的组织，虽然不是同一个组织，但都如此。“也不违反规矩，”莱温格夫人谈及，“虽然并非必须这么做。”桑娅于是想到尤金母亲的小钻石。

“我睡地上，”乐蒂这会儿说，“我会找到份工作。我会付我那部分。你看着吧。”

“有关一个法国女孩，这是怎么回事？”几天后莱温格夫人说，“我收到一个家庭写来的信……”

“她和我在一起。”

她们很镇定地互相交换了一下眼神。“我们可以启用一小笔津贴。”莱温格夫人说。

“到时如需要，”桑娅说——相当冷冰冰的声音，因为她几乎噙着眼泪——“我会对你说。”

还不需要。周六，乐蒂向桑娅要了些先令；她还问，桑娅能不能向楼里住的什么人借一下螺丝钻？于是，桑娅去借了。史密斯先生在报刊亭。呢喃的老太太去和她女儿住了。色迷迷的男人出去了。尤金当然也不在。桑娅最后去敲女秘书们的门，没抱希望。不过，秘书们居然有一整套工具箱；自己给她们的窗户安了个架子；养着好几窝兔子。“真……是好。”桑娅说。

“现金，”其中一位年轻女士说，“市侩仍爱它们的兔毛。”

桑娅带着螺丝钻下楼，看见乐蒂刚从大街上回来，带回一把黄铜锁和两把钥匙。不到一个小时，她就把锁安在了大衣橱门上。然后，她把她的小提琴收在白兰地的旁边。她锁上大衣橱。一会儿，她整个人坐在椅子上。“安全了。”她说，叹了口气。桑娅按住不提轰炸；很可能不会再开炸了。

还螺丝钻时，桑娅遇上了女房东。“我有位……客人。”“我注意到了，亲爱的。我得加收一些房租。”

每天，乐蒂出去找工作。而后，失望而归。

晚上，她们去音乐会。就好像尤金回来了似的。“在圣艾丹——今晚有场唱诗班演唱。”乐蒂会说。或是“在马里波恩[①]，有位男低音——才到这儿”。散落的音乐人临时凑成班子。

“你怎么打听到的？”她们离开三重奏现场，走在回家路上，桑娅问。

“我去一家乐器店找工作……遇上其他一些弦乐演奏者……”

乐蒂开始在各个街角演奏。桑娅提醒她留意警察。起先，她在外伦敦演奏。虽然聚了几小群爱慕者（她有一说一地汇报给桑娅听），少有硬币落到她脚边的开口盒里。她转到市中心。在皮卡迪利大街演奏；在斯特兰德大街演奏；在白厅附近演奏。“我看到丘吉尔了。”她惊呼道。所有人知道，丘吉尔正在地下办公室指挥着这场战争，但是，很多似是而非的谣言，成百条这样的谣言，有意愚弄着敌人，也或许愚弄着大众。

乐蒂演奏的新地点让她收到足够的钱，可以支付房东所涨的租金部分，还可以买奶酪，熏鱼和桃子，她一直让桑娅承担大部分的开销。“你是我的赞助人，恩人，天使。”

“我拒绝充当这些角色。这桃子，国色天香啊。”

“我妈妈，怎样……不对，不对，你太年轻了。”

---

① 马里波恩（Marylebone）：伦敦的一个区。

“不太年轻了。”

“大姐！”

联合会仍把桑娅借调在莱温格夫人这儿，不过，莱温格夫人着手的工作有所调整。现在，很少难民需要安置进来，不过，要为已经在这的难民做大量的工作。很多家庭在挨饿。桑娅轮流处理着购货证，钱，有时是从工厂过来的计件活——她大可以是个领班，敦促工人挥汗工作。乐蒂拉琴挣着钱。

春天，一个傍晚，桑娅决定过河回家。很久没空袭了，只是有些飞机时常频繁地飞，又被高射枪吓跑掉了。在堤岸，她看见一个小丑……不，不是个小丑，是个女孩。是的，是个小丑：是乐蒂。

她在一处开始重建的被炸地段附近。那些泥水工——他们中间，有那些罗马尼亚男孩吗？乐蒂穿着宽宽的格子裤，配着上身平时常穿的短紧夹克。她找了一顶霍姆堡毡帽——她抓着它，应该是吧——她把她上门齿的地方涂黑了，还加深了她的一些雀斑部位。苍白的头发蓬在帽子下。她在演奏她在家练习的街头曲目——克莱斯勒，斯美塔纳，德沃夏克——琴声带着夸张的感伤，还夹杂着欢快。“要让他们眼睛湿润。”她说过，“给他们一个有冲击力的收尾曲调。”

有冲击力的终曲结束，她站在闲散人中间，她帽子倒过来放在手上。当来到桑娅面前时，她鞠了一躬，带嘲笑意味地晃动着帽子。桑娅伸向自己风衣里的口袋，可是乐蒂走过去了。

听众散去。笑盈盈的乐蒂回到桑娅身边。“我们去大餐一顿！”

“这身行头！”桑娅也笑着回应道。

霍姆堡毡帽变成了一顶杂耍帽，可缩折。乐蒂扭了下她灵敏的臀部，把宽裤子脱了下来，露出一条褶皱的裙子，她两条裙子中的一条。她一只手拿着裤子和帽子,另一只手拿着小提琴,领着桑娅往一家酒吧走。

她们坐在一角落包厢里,她们两人——三人,算上乐器的话。通过彩色玻璃窗,灯光透过来,照着这个喧哗之地。

"我今天做得不错,"乐蒂说,把钱递给桑娅,桑娅明白她最好接住,"不过,我更喜欢稳定些的收入。"

"你应该上学的。"桑娅抱怨道。

"很快我会在交响乐团找到位子。或是夜总会。"

桑娅又点了一杯威士忌。

第二周,罗兰德·洛森博格来了,待了四十八小时。虽然仍胖,但人瘦了,也疲惫。但是:"你瘦了,桑娅·索芙兰科维奇,"他竟然大胆到这样说话,"保重。"

后来,乐蒂的狂想成真了。一位开餐馆的听了她的演奏,雇了她,给她提供绉绸裤和一件亮片夹克。波希米亚咖啡店,凳子,壁饰,镀金和废物混杂一处的这么一个地方。每周,桑娅要去一两个晚上。

没再有离谱的音调俯冲,没再有闪闪的滑音。乐蒂演奏巴赫、李斯特、门德尔松。看上去,乐蒂比她实际年龄大两倍,桑娅想。也许,桑娅自己也可能看上去是自己实际年龄的两倍。

乐蒂找到一个三重奏组合——两位老绅士和一位老妇人——还想多找一位小提琴手。"他们演奏得很棒,"乐蒂赞道,"虽然他们都不是犹太人。"演奏会属于免费义演,不过表演者有报酬,有时,一家加拿大的基金会付钱。乐蒂不得不掠光她和桑娅联名户头上的钱,买了一件带领口的蓝色连衣裙——亮片外套不合适演奏会的场合。

她完全有权掠光这户头。现在,她贡献的比桑娅多。她买了一张折叠简易床，不再睡地上了。她还买了一盆天竺葵，还有威士忌，尽管她自己只偶尔一杯酒就会醉。还有，桑娅五十三岁时，乐蒂买了两张火车票。她们去彭赞斯过了一个周末，住在酒店里，在海滩散步，两人手拉着手，形同姐妹。

停一步走一步。停一步走一步。

一个星期天下午。乐蒂出去表演四重奏去了。

一二。一二。

桑娅打开房门。这一次是他。

战争过去很久了，看似和平了，桑娅写信给她姨妈。日复一日。没有新的恐怖，只是原来那些。她想知道这信是否会被审查。

尤金很忙。也许为了弥补他所受的不公正拘留，有人正在幕后操作。很多人正在做很多不会轻易被人觉察的努力。桑娅和莱温格夫人继续着她们机构的平静工作，越来越多的违规操作。楼上的黄眼男士一连数周待在布莱切利花园，即密码破解中心。下午，一有空，乐蒂就在不同的角落拉琴。史密斯先生，如此善长让人坦露私密的人，被发现是个间谍，遭逮捕了。

尤金替报纸写评论。桑娅偶尔帮着审阅句子结构。各个新家庭都希望请到他教他们的孩子，这些孩子在之前大社区练弹车尔尼，现在则和着古典曲目弹奏。他也进行表演，时不时参加乐蒂的四重奏，跟乐蒂和大提琴手表演三重奏，跟乐蒂表演二重奏。两人有空的话，就在那家教堂练琴，就是尤金和桑娅当年听过车臣孪生兄妹表演的那家教堂。"真是一架好钢琴。"尤金说。

桑娅带她负责的社区家庭前来听演奏会——那对夫妇和他们的

弱智女儿，听了一次；半疯的母亲和她年幼的儿子们，听了好几次；年轻的女服务生；扒窃泥水工，也都来听过。

当然啦——她心里想——一起活动有助于所有夫妇更加亲密。有的人自出生起就很亲密——比如车臣孪生兄妹，比如梅纽因夫妇。尤金和乐蒂不是兄妹，尽管他们可以是父女关系。两人差了二十岁。她再算了算。差二十四岁！她想到男高音……尤金棕色剪影俯向琴键。他的嘴抽搐着，吸着。乐蒂把下巴枕在她的手帕上。她左手的指头舞着。蓝连衣裙手臂下有几块暗斑。夜里，在她简易的床上，她有时哭喊起来，用的是法语。

一天傍晚，桑娅回到有烟味的空房间。她把她带的牛奶放在窗棂上的天竺葵旁边。一个街区开外有座小教堂——一个异议者的小场所，挺难看的。她走到那，坐在后面一靠背长凳上，将前额搭在她前面长椅的后背上，然后抬起头，再低下来靠在椅背上，又抬起来，再低下来。

III

诺曼底之役后，起先的短程往返火车停开了一周。它们停了又停。它们不像早起闪电战的炸弹那样。没有时间找安全的地方；也没有安全的地方。人们只能自个儿垂头丧气，等着被抛起来，被刺穿，被支离破碎，被炸成灰飞烟灭，被活埋。如果他们离开这个地带够远，他们也许能幸免。

“就要结束了，就要结束了。”女房东告诉桑娅，“就要结束了。”有弱智女儿的那对夫妻叹着气。“希特勒最后的喘息。”莱温格夫人断言道。桑娅想到这位上司似乎得了肺风肿，但是，她所说的只是必须把那位错乱的母亲和她的儿子弄出伦敦。“也许赫尔的那座房子。”她们用了半个小时商量要不要模拟如何在混乱中转移这些孩子，彼此补充着看法和意见，就像他们早已是朋友那样。她们选定了一处更像农舍的撤退场所，桑娅负责安排。

工作继续着，重建继续着；就是音乐会也继续着。

一天，正午过后半小时，桑娅在海德公园一长椅上正吃着苹果，突然听见熟悉的嗡嗡声。她继续嚼苹果。她看见了飞弹，只有一枚飞弹，它就只是一枚炸弹。实打实的炸弹。有的，有人告诉她，没爆炸。这枚爆炸了，在公园南边。她仍在嚼苹果。

烟雾升腾，深灰色的浓烟，这时，她听到汽笛声，接着又是爆炸声，建筑物的撞击声、尖叫声、脚步声，她自己在他们当中，因为她在跑着，她穿过公园，苹果还在手里，直奔炸弹炸到的那边，要知道炸的地方就是那座教堂所在地。他们今天正午彩排来着，是吧？她跑过国王路；现在，她是暴徒中的一分子，有的和她一起冲着，有的阻挡着她。许多房屋的一侧或多侧已炸飞不见。人的脸是黑的。她绊到了一个女人，停住；但，女人已死了。她继续跑。一只胳膊从一堆石头里伸出来。她又停下来，这次，她帮一位消防员挖开石头，救出一名妇女，仍活着，感谢上帝，还有，那名妇女的另一只胳膊护着一个婴儿，这婴儿也还活着，感谢上帝。感谢上帝。烟雾令呼吸困难。建筑物继续倒塌着。有股血肉烧焦的气味。桑娅到了教堂所在的街道。教堂被炸中了。已经设了警戒线；市政的工作真是快；十分钟还不到；这些勇敢的人们；但是，她只想着要穿过警戒线。她的苹果不在了。她弯腰。“小姐！”有个强壮的人从她屁股后面拉住她。她旋进了一个戴着头盔的，红面孔的男人臂弯，越过肩膀看见了尤金，他额头黑黑的，事实上擦伤了，还有乐蒂，脏兮兮的。他们握着手。乐蒂另一只手里拿着乐器箱。他们没在教堂里，当她找到他们时，他们解释说。他们待在家里。

密集炮火持续了数月。只有暴风雨能驱走飞机。桑娅祈祷来场飓风。丘吉尔承认伦敦遭到空袭。飞弹一直都有，直至胜利前的三个星期才停止。

不过，还是来早了些——胜利前五周——乐蒂和尤金出发前往曼切斯特。那里的新国乐团指挥，听说了乐蒂与四重奏的演奏，给她提供了一份工作。那里也许也有尤金可以教的学生。

乐蒂已和尤金同居了，自从飞弹炸了教堂那日起。不过，离开的那天晚上，她叩响桑娅的门。她穿上旧衣服——那顶帽子，格子裤。她拉了两首曲子《有天我会找到你》和《后会有期》。

早上，三个人一起搭地铁去往车站。即使挨着尤金和乐蒂，桑娅看他俩就好像来自远方——这两个有天赋的逃亡者，衣衫褴褛，配成了对。父亲和女儿？继亲关系？不关任何人的事。他们一上火车，就找到一窗窗户，通过窗户凝望着，他们爱恋的脸显得她无情。她不知道乐蒂在尤金孵化般的保护下会盛开多久，多快她就会转向别处。她是法国人，是了，况且，法国女人不长情……他母亲的钻戒！她将她左手戴着的破旧手套举起，用右手食指指向戴着戒指的地方。

窗户的另一边，尤金摇着头。你的，他用口型说。

于是，桑娅卖掉了戒指。它换来的，比她期望的少——那颗钻石有瑕疵。她买了一件用降落伞材质做的宽松雨衣。还买了一双新手套和稍微引人注目的裤子。她存放好剩下的钱。

Ⅳ

“已经好长时间了。”桑娅说，有次，莱温格太太让他们两人单独待着。

“哦，我想过来看看，”罗兰德说，“我人在里斯本时，或是在阿姆斯特丹时……不过，每次，总有什么事派我到别处。”他在他不合体的夹克里转动着身体。他体重又减了。莱温格夫人暗示过，他是一个英雄人物。

他们离开办公室，步入风中、雨中。桑娅的新外套时不时打着旋；虽然说是防水，却湿透了；它拽着她往后去。最后，她举起外套边，这样比较容易让自己顺着风，可以跟着他人去哪是哪了。

一家酒吧。他们坐下。桑娅知道他不会提他做过的工作性质，他真没提——第一杯啤酒时，没提，第二杯啤酒时，也没提。所以：“现在在哪？”她问，把她磨破了的手放在磨破了的桌子上。

他告诉她有关为流离失所人员运作的营地情况。他要去地处奥伯阿默高[①]的一个营地。“我希望你能加入我们。你的坚韧，才智，你随和的天性……”她用右手试图打断他的话，他却在空中握住它。“我会打住不说了，尽管不是在恭维。我真在邀请你前往奥伯阿默高。”

“我不会说德语。”

“但你懂音乐。”他提醒她。他抓住她另一只手，虽然，她的手不能说是在飞，只是放在桌子那儿。“桑娅·索芙兰科维奇，你会参

① 奥伯阿默高（Oberaninergau）：德国慕尼黑一座村镇。

加吗？”

她沉默了好久。他古怪的笑容——她是不是都已经习惯了这笑，习惯了他？——在告诉她他有多想听到“会”的回答。

“会。”她说。

普珥之夜

格瑞尼瓦塞营地正在准备过普珥节，这节日的庆贺方式就是让人非喝得国王歹徒不分，王后村妓混淆不清。

“普珥节？”卢维格问道。

他十二岁——苍白单薄，和其他所有人一样。不过，之前，卢维格就苍白单薄，当时在汉堡，幼年的他有吃有喝。和叔叔东躲西藏的日子里，他没能红润起来，没胖起来。

“普珥节是一节庆。”桑娅说。她五十六岁，生来也是苍白单薄。她在伦敦度过这场战争；现在，战争结束了，她在这个收容营地做主任，安置流离失所者。真是一种委婉说法：摆脱酷刑的逃亡者，他们这些人；无家可归，他们这些人；被人瞧不起。“普珥节庆祝犹太人的释放。摆脱了邪恶的人。”

“释放。被联军释放？”

“不是，不是。这是很久之前在 Shu，Shu，Shushan[①]……”她用英语来说“很久以前”。之后的谈话——他们所有的谈话都在临时搭建的拥挤办公室里进行，卢维格通常下午都在那——用的是德语——卢维格用的是一个早熟孩子说的卖弄式德语。桑娅呢，用的是一个没有语言天赋的美国人说的蹩脚德语。虽然如此，在格瑞尼瓦塞营地工作，她的意第绪语一直在提高。意第绪语是这个营地的通用语，香烟则是营地稳定的流通货币。

“Shu，Shu，Shushan，”卢维格重复道，“带四个音节的地方？”

桑娅迅速闭上眼睛。“我在重复一首老歌，一首老歌中的一句，”然后，她又睁开眼睛，迎着他在凝视的红棕色眼睛，“哈曼是那个邪恶者的名字。女主人公是一位皇后，伊瑟贴。说到皇后……”

“我们没有过。”

“我们没有过什么？”

“我们没有说过皇后。”

“虽然没说过，”桑娅说，“昨天来的配给里，有一副国际象棋棋子。只是少了一个卒。找颗石子——你可以用一颗石子代替吗？”

“好啊。我叔叔还把他的玉米粒装在盒子里呢，也是为了这缘故。”

桑娅拽了一把快散架的椅子，放在墙边货架下，而后，她爬上椅子，找到那盒棋子，然后把棋盒递给卢维格。

艾达说“等等”时，卢维格已逃开了。艾达是这儿的秘书，之前是位女帽专营商。“我会讲讲普珥节，你应该知道，有个犹太男孩喜欢你。”

---

① Shu，Shu，Shushan：意第绪语，传说中的古老村庄，具体地域不详。

卢维格跑到中途，停下来，背靠着墙，眼睛睁得大大的，仿佛在一盏探照灯下。“很久之前在 Shu，Shu，Shushan，”艾达用英语说，朝桑娅点了点头，而后，继续用德语，“有一位国王，亚哈随鲁；一位将军，哈曼；还有，末底改，一位聪明的犹太人，常在王宫各个宫门旁打发时间。亚哈随鲁国王的皇后激怒了他，所以，他召来一位新皇后。末底改……”而且，她用了一个生僻词。

桑娅迅速翻动她的德英字典。“促成？我不太肯定……”

“……**促成**了他的侄女，伊瑟。”艾达说，她的黑眼睛很坚定，“末底改拒绝向哈曼屈服。哈曼布置谋杀犹太人。伊瑟呢，当上了新王后，敦促亚哈随鲁停止谋杀。犹太人得救了。”

“**促成**了……”桑娅仍在纠结，而卢维格仍然背靠着墙，说，“是个奇迹。”

“奇迹呀。”艾达说，点点头。

“我不相信奇迹，尤其是伴着那类**他妈的丑事**促成的奇迹。”她的用语中，将词中所含的盎格鲁–撒克逊式的粗俗味融入德语的多音节词里。孩子们的词汇量借助美国军人得到了扩充。但是，美军用语尚不对应卢维格撞见的性爱场面，仓促暴虐的那种，在森林小木屋里，在路边谷仓里，在潮湿的马赛地下室里。

“一个女孩，模样不错，戴顶漂亮帽子，就会创造奇迹，”艾达说，“收回**他妈的丑事**那个词。那词，卢维格，不恰当。”她转身对着她的打字员。卢维格跑开了。

今天桑娅手头要做的，比三个人花整个星期完成的工作还多；她踱到窄窄的窗户边。今天是星期二，这会儿下午三点左右。长长的木营房围着一个庭院，庭院里，阴影渐渐加深，纳粹国防军很仓促地遗弃这些营房，以致营地人员仍找见枪支部件、纽扣、勋章、信函碎片……庭院此刻仍洒着阳光，三角形形状，衣衫褴褛的孩子正在院中玩耍，倘若卢维格不是一个特别的孩子，他喜欢成人陪伴的话，他应该在这群孩子中间。

按《圣经》计算，今年是五七〇七年，按基督教日历，则是一九四七年。普珥节联欢会在晚餐后开始。会有糕点 hamantaschen[①]：哈曼的帽子。没有那些糕点，这节日大可以忽略掉；没有这些糕点，这长篇大论——由来故事，写在书卷上的——大可以塞进水箱里。今晚必需的 hamantaschen——它们会是个笑话。之前，做过厨师的男人知道怎样烘烤撒赫蛋糕、林茨蛋糕，所有类型的甜点；但是，哪有糖，哪有坚果呀？今天，只有粗面、奶油替代品和薄黑莓蜜饯涂片可用，他们烘烤人造 hamantaschen，每个人能吃到一到两块。桑娅不知道务实的面包师有没有把婴儿算在内，那些小小孩，虽然红十字会和美国军方配给将小小孩算在内——每个小小孩都分到自己那份含维他命的巧克力棒、自己那份斯帕姆牌午餐肉和自己那份香烟。桑娅没能买到足够的罐装牛奶……至于聚会之前的用餐，应该是些通常吃的垃圾食物：淡水的菠菜汤、土豆和黑面包。艾森豪威尔已下令，难民安置营地每天每人配给二千卡路里的食品；他不错，但这位将军没法知道新来者的数量，这些难民涌入得很快。

“在我工作室，我为大都会最美丽的女士服务，”艾达沉沉地说，双手放在打字机键盘上歇着，“我让头巾和钟形女帽，还有无边女帽，都时尚了起来。”

“Cartwheel 的鞋子和女用小披风。”桑娅鼓励道，她之前听过这

---

① hamantaschen：普珥节必备的犹太面点。

类旧时物件。

“我说过五种语言。我做过——”

“桑娅！”是罗兰德的声音，罗兰德·鲁森博格，桑娅的主任，“桑娅？”还真是声到人到，他进了办公室，双眼往美丽的艾达那边稍作流连，而后移到桑娅的窄脸上，定睛下来。他仍有着胖人的魅力，甚至是他的胖子体态，尽管和所有人员一样，他日渐消瘦。“桑娅，北边楼犹太教不想分享他们的经文。他们抗拒综合服务。”

“启蒙社也抗拒，”艾达道，“他们举办了一场探讨斯宾诺塞的研讨会。”

“黑莓酱——真的寥寥无几了。天啊！”桑娅说。这些天，她常常突发暴躁。是更年期反应，艾达机警地提醒她，虽然艾达自己还只有三十五岁。

“罂粟籽——他们为什么就不能送来罂粟籽，”罗兰德说，“我要过罂粟籽。”他查阅着一张清单，往外走，就像他进来时一样，不打招呼。

“罗兰德，还好啦，”桑娅在他身后喊道，“好心的德国农民——他们肯定为我们的聚会宰好了一些牛崽。”她这会儿人在门道，不过他已拐过了转角。“生奶油会像海浪般滚滚而来。”她提高声音，虽然他是一定听不见了，“艾森豪威尔将军——他会亲自光临。”

“桑娅，”艾达用严正口吻说，“你该走了。”

对于普珥节，卢维格故作不知。装作无知总是不错的伎俩；给人无所不知的印象，总引来人的打击，要不就遭到惩罚。其实，他早听过伊瑟的故事，好几次了。第一次听，是住在隔壁屋的那位容光焕发的男青年说给他听的。卢维格知道辐射什么的，他猜测这位男青年会在接下来的 X 射线围捕中被抓走。当时，这位活力四射的男青年做了许多即兴演讲，甚至长篇大论不断。他认为自己是弥赛亚吗？克劳德叔叔嘟囔道。上星期的一天，他召集一群孩子在自己周围，念诵有关普珥节的传说。他在做好事，卢维格在这群孩子圈的外围想；当念到结局，哈曼和他十个儿子被绞死，三百名同谋者遭屠杀时，他几乎唾沫四溅起来。之后，北边楼二楼教室里也讲述过这个故事。这间教室，沾满污垢的窗户俯瞰着一楼的厨房和肮脏的花园，花园种着蔬菜，都是根茎类——不过，这是块石头，克劳德叔叔说，他的声音沙哑像位男爵的声音；我们没法指望有鸡油菌，我们从法国南部沃土里挖出过的鸡油菌。花园过去，是连接各个农场的路，通往瓦顶房的村子。村子再过去，青秀山丛轻柔叠映着。这位老古董式的犹太老师，没有透过窗户眺望这熟悉的景致，而是用希伯来语讲述着普珥节故事，不过，只有六七个孩子能懂。再后来，他把故事译成意第绪语，再译成俄语。他用三种语言说这个故事，都说得清一色的低沉单调，他坚持认为是上帝，而非伊瑟，出面调停并拯救了犹太人。那晚，这位历史老师说经典中这段教义尚没有得到证实。第二天，教哲学的教授提到这个故事，当作隐喻来用。

“隐喻？”卢维格问道，当下也明白了这个词的意思。他很喜欢学东西。他喜欢在办公室周围闲晃，因为罗兰德虽没有大肆宣讲，但也无意中说了好多东西，像马放屁似的。桑娅，也是挺有趣的一个人，讨厌争辩又不得不争辩，憎恶说服人又不得不做说服人的工作。她宁愿自己待着，看书或做梦，卢维格能看得出；她让他想到他妈妈……还有艾达，一双深邃的美瞳，一心要奔赴巴勒斯坦；要是克劳德干了她，可能三人全会死在圣地，哦，没那么神圣，但也不会是营房。他听说到过那儿的人住在帐篷里，骆驼在篷外打盹。不过，克劳德叔叔喜欢男人。

就是没有这故事，卢维格也会在意普珥节。营地的人们——那些没有残废，只是因绝望而瘫了的人们挤在TB医院里，要么太老，要么太小，或是（言行失误的）基督徒——这些民众吵嚷着忙着过节。各个营房里，防水布和窗帘后面隔了好几个小隔间，弄服装的人沙沙作响地摆弄着抢救过来的布料织物；楼梯间，演小品的练着段子；西边楼里，葡萄干发酵着，还有一个蒸馏室在沸腾。村里，民众用香烟和块状糖换了一些本地酒。"味酸且淡。"克劳德嘲讽道，在他的物件里还藏着一瓶白兰地，鬼知道他怎么买到的。克劳德抽掉了绝大多数配给给他自己的烟，加上卢维格的那份，所以他也没什么能拿来交换。白兰地——卢维格想象它就像淡淡的锡安水似的。"锡安没有河流。"克劳德坚持说。每晚，下完最后一盘棋，他就给卢维格一点火辣辣的酒。

他们有一个棋盘。有时他们能借到棋子，不过，他们通常向隔壁一位立陶宛人去借，隔壁是狂热的弥塞亚的房间。立陶宛人不在意棋子，但碰巧有一副他哥哥的棋，现在都积灰了。他不会无偿借，不会卖，就只租赁。克劳德只得用一根烟换一夜欢愉。

卢维格分开油画布布条，也就是他们的门，坐下来，坐在下铺他叔叔旁。"看啊！"他说，晃动着桑娅给他的棋盒，像个高声喧哗者……

克劳德笑了笑，清清嗓子。"这个立陶宛佬——去他妈的了。"

桑娅离开办公室时，艾达继续打字。她在处理购物申请清单：需要添置硫磺类药物；书籍；衣物；食物，食物，食物。

亲爱的斯波尔丁上校，

正如你所言，每人每天二千卡路里的供给来自红十字的包裹和向村庄采购。不过，(我们)无法预知红十字的包裹何时到。我们人员中，有些人会吃不上斯派姆罐头牛肉。此外，尽管我们必须对黑市佯装不见，放任它似乎也不明智。我们当下最短缺的是干果类——我们的葡萄干存货全部分发掉了——卫生用纸也是。

您真诚的，

桑娅·索夫兰库维茨

艾达用手理了理头发。头发仍与十年前一样浓密黝黑，那时她被抓了，与丈夫分开了，现在，她已知道丈夫已死了，哦，谢缪尔，被迫在军用加工厂做工。劳改所也好，从劳改所逃出来也好，她最好的朋友死在她怀里也好，哦，露芭，再次被抓也好，被释放也好；数星期不洗澡也好，人在丛林里靠浆果过活也好，月经停了将近一年而后又来了且剧烈也好；散发流感虱子气味的脓疮也好；在森林里发现婴儿残骸，孩子被浅浅掩埋，让动物挖了出来也好；实施强奸的人和很多人鞭挞也好——一切的一切都没有夺走她头发的弹性。她的头发出卖了她对幸福的期待。她能在哪找到这份幸福呢？啊，b'eretz[①]，这片土地上。做帽子的，地下组织密使曾告诉她说，几乎没有掩盖他的反感……做帽子的不太知道这片土地究竟要的是什么。你认为我们喂

① b'eretz：意第绪语：通常指在以色列这片土地上。

鸡时戴着帽子吗，吉维里特？也许你想用绸缎花环装点我们的母牛。她坐在木椅上，双手放在大腿上，她告诉他，她准备好改行，让自己变成挤奶女工，耕田，汲水，射杀阿拉伯佬，轰炸英国人。而后她朝先驱者鞠躬致敬。“不过，要是这片土地上城市兴起，商业兴起，罗曼蒂克兴起——我就再做起帽子。”他看着她好长一会儿。而后，他将她的名字写在他的名单上。现在她在等待这样的时段来临。

此刻，她在为其他人员打申请书。比利时最近宣布它将接纳一些难民。澳大利亚也宣布了。还有加拿大。美国仍在其移民法案上磨蹭着，尽管美国中西部路德教会理事会志愿重新安置五十位人员，没有明确一定是农民，也没有特别具体到必须是路德教徒。不过明尼苏达这地方能吸纳多少裁缝呢？

她打着一份申请，从意第绪语翻译过来。**姓名：莫里司·劳索维兹**；对了，她知道他是门德尔，不过，莫里司是个真正英化了的人。**年龄：35岁**；对，这是对的。**家属：妻子和三个孩子**；对的，也正确，尽管略去了路上的那个婴儿。**职业：电气工程师**。在波兰，他在一所犹太儿童宗教学校教过书。也许他知道怎么换电灯泡。**语言，依照流利程度：意第绪语、波兰语、希伯来语、英语**。相当正确。他会说“我想去美国”，也许还会说十二三个其他词。他妻子的英语说得好些，更聪颖些；不过申请表不在意她的情况。

艾达一直打着打着。这个下午天色越来越晚了。她自己头顶上的电灯泡在灯索上晃着。她屋顶上面一层的大客厅里欢声笑语吵闹一片：墙壁正在装饰着，营地乐团正在操练，普珥节玩家正完善着自己的段子。

她停了下来，用一长方形祈祷巾的剩料盖住她的打字机。她锁了办公室，走进院子里。难民营地警部的两人站在那，妄自尊大的两个傻瓜。他们朝她咧嘴笑着。她走过仍在料峭暮色中玩耍的那群孩子。之后，她进了东边楼。够吵的：人群一拨一拨的，无休无止地吵着。那两位匈牙利姐妹总是形影不离，两人手紧扣着手，或是至少关节相碰。她听人说这两人还相伴一同上厕所呢。第一间屋里，有个通风口一直通到户外，有人安了个炉子在那，常用来煮大白菜，或是一锅蒜，还有洗了的尿布总是挂在蒸汽附近，从没完全干透过。她住的地方在旁边的屋，第一个架子床是她的，上铺有位挺好的老太睡在上面，老太更喜欢高些的地方，不喜欢她认为常有老鼠出没的地方，尽管自从英国占领区的卫生队来过后，就没有老鼠了。老太总认为老鼠们会再回来，不到午后三点，老太是决不会离开她的稻草褥垫的。

老太这会儿起来了，正闲着，说这说那地扯着闲话。从床下，艾达拽出个袋子，把袋里的东西倒在她自己的褥垫上——一件丝质文胸，丝质内裤，缝纫用具，胶水和一顶有些磨损裂口的纳粹国防军头盔。还有玻璃纸；玻璃包装纸；数十个玻璃包装纸，成百张；有的压瘪了，有的几乎裂了，有的挺完整的，全是从之前保存下来的幸运糖棒和骆驼玩具上弄下来的……她开始动手做起来。

桑娅，经热心的艾达提醒后，也出了办公室，只是装模作样地散着步。她走出了办公室窗户视线范围，折回原路往南边楼去。那儿两个女人快临产了，虽然没一个乐意送往临盆的平房去住。她们屋里，三位男士正在彩排一出普珥节小品，把大家都逗乐了：末底改手拿一本厚厚的书，亚哈随鲁穿着斗篷，还有位傻瓜，手拿一座钟，戴着帽子。傻瓜？普珥节段子跟即兴喜剧渊源很久了，罗兰德提过。这位傻瓜吹口琴，国王演唱 Yedeh hartz hot soides（意第绪语）——每颗心都有秘密——末底改呢，他的书打开着，摇头晃脑着，嘴里蹦出些至理名言来。

接着，桑娅往仓库去。有人偷走了剩下来的一箱光明节供给，这箱供给是美国新泽西州圣公会会众捐赠的。不是很有用的捐赠——明年十二月，这处营地就解散了，每个待这儿的人都很明白这点，他们多会被充分安顿到悉尼、多伦多、纽约、特拉维夫……负责看仓库的人员嚷道，这太侮辱人了，监守自盗；为什么我们不抢村里的猪呢？

接着，她就去了肺结核医院，这医院之前是纳粹国防军的马厩。操持这医院的部队护士厉声说这里一切照旧，昨天两人入院，没有出院的，X 射线机器快用不了了，还有什么是新的呢。她的助手，之前是医生的女难民们，提供的信息详细些。“啊，现在这里的人迟早都大有可能好转起来，”其中一个说道，“他们会好的，护士，只要上帝愿意，或是只要他不愿意、只要他正好看到了另一种方式。选择生活。不是这样写的吗？”

桑娅往自己的卧室去。作为营地负责人，她和罗兰德有自己的私人住所——窄窄的单间加一个三层架子床。罗兰德睡底铺，桑娅睡中铺，偶尔总部来的视察员睡上铺，哪还能安排他睡呢？单间里带一个水槽和一个两抽屉的梳妆台。桑娅拉开底层抽屉，拉到底。为什么她就不该为普珥联欢打扮一番呢？选择生活，选择美丽，选择所有美国女人渴望的东西，一件小黑裙。她抓起两年前卷起存放的这裙子，拿到微弱灯光下，举起它，抖开它。裙子不怎么顺地抖开了。她脱下衬衣，拱头把这件裙子穿上，脱下她的滑雪裤。裙子感觉太大了。水槽上放着一块镜子——罗兰德用来剃胡子用的。她把镜子摆正起来，而后，她往后退。

一位巫婆从带着缺口和裂缝的镜子里注视着她。瘦骨嶙峋，虚弱的女巫，一头蓬乱灰发，身穿原本该是个头大些的女巫穿的行头。

她一度颇有自由精神，她想她仍记得。刚五十岁时，她栖居在罗得岛海滨；她在月光下起舞。她体验过飓风。她在伦敦住过起卧两用室，为联合救济委员会工作过。她救过孩子。她体验过飞弹。一九四五年，昏暗的一酒吧间里，她接受了罗兰德的邀请，和他一起管理格瑞尼瓦塞营地。她接受了他，允许他布满斑点的胖手放在她身上。

她凑近些，凝望着镜子里这小个头巫婆。忽然，搅动的空气气流把镜子整个搅落到木地板上。于是，镜子碎了。

罗兰德刮胡子得照镜子的。也许，他愿意把胡子留起来。她正想拾起碎片，他进来了。

“桑娅，别动。”他走到大厅，拿来公用笤帚和簸箕——一根棍扎着一大把蓟，以及一块铅皮。她在吸她的手指，他返回房间，看看她的伤口。“用水多冲一会儿。”她用水冲了好一会儿。她转身时，碎镜子都扫干净了，用具也都还回去了，他人躺在底铺上，眼睛闭着，好像这些事让他精疲力竭了，而并非这两年因操劳而持续的疲惫。

她关上了他们住所的门，解开他腰间皮带，再解开他法兰绒衬衫。这衬衫原是什么颜色来着？很久前就褪成他眼睛的草绿色了。她又解开他的袖口，但不想脱下他的衬衫——要不要脱下来，在他；他是个有感觉的人，不是吗？是吗？他有着一副皮囊的所有机能。不过，当她毛躁地卷下他的裤子，拽下来，顺下他的短裤，把短裤脱下来，她看见他正等着她。最近一次，他们是什么时候做的——三个月前？六个月前？对于他们，为了难民，日复一日地忙碌着。还好有些许快乐：收到以为死去了的亲戚的信函，时而汤里有肉，还有今晚的节日聚会……她站起来，将她的小黑裙沿身子往上走。裙子弄乱了她的发式。她两腿叉开迎接罗兰德勃起，前后蹭耍他，边对边蹭，直到她感到自己迸发出的潮湿，他也一定感觉到了，因为，忽然，他紧握住她的上手臂，将它们一下转过去就好像它们是种单体动物，一条绿色法兰绒鲸鱼，或许是吧。她抬眼看着他。“罗兰德，我爱你。”她说，头一回呀。而且，真的，她爱他整个笨笨的一切：他肩膀那种女性化的柔软，他下巴松松的腮肉，小小的眼睛，呼吸中的肉制品气息，稀松的眉毛，胖乎乎的手，对事实的钟爱。这些不是值得爱吗？哦，还有善良。他在插入，插入……“啊。”她说。而且甚至在她的欢愉中，她那女巫式的欢愉中，她听到门隐蔽开动的声音。她转头，撞上卢维格火辣辣的盯视。

罗兰德和桑娅到大厅时——大大的屋子，小小的舞台——临时搭建的乐团正在演奏：弦乐器，一个小号，木管乐器，一架手风琴，一个俄式三弦乐器，三把吉他，一个鼓。舞台周边摆放着锡罐，里面点着蜡烛，在屋檐边和窗台上亮着。每根粗大的蜡烛，桑娅留意到，是用一扎小而拧巴的蜡烛制作的，光明节用的那种。也有些光明节蜡烛。一张宽桌子上放着山般高的 hamantaschem。另一张桌子浸在好几碗酒下。“希望没人被酒精蛊惑。”罗兰德说。在别的营地，绝大多数是波兰难民，两个男人因为喝了这些东西眼瞎了。

罗兰德装扮成的是，他说是，狄奥尼索斯——就是，把两束杜松小树别在他稀疏的头发上，一根树枝垂在他前额上，另一根在他不起眼的背颈间。

绝大多数的服饰都一样的原始粗朴。难民们哪能弄到织物、首饰、薄透的披肩呢？不过，有些人真弄了这么些东西。一位妻子为老公做了件皇家服饰。是件黑色丝质短披肩，原料之前就是他们仅有的大衣内衬。他们在巴勒斯坦用不上带里衬的大衣，这位钟情的妻子解释给桑娅听。她用白色小毛尾点缀在披肩上，仔细看去，这些小毛尾是卫生巾内层的东西。有些年轻的末底改在他们耳朵前面，为显得博学，还戴着线圈：其实是红十字包裹上的捆扎带。

一位伊瑟穿着一件珠绣女裙，是从她死去妈妈衣柜里找出来的。还有一位穿着紧身连衣裙和运动衫，据说是恩格尔伍德高中的运动衫。有一家天主教家庭穿着复活节装扮，怯生生地悄然走进来；压在行李箱箱底的这些年，这些衣物也似乎像是纸板做的了。卢维格和他叔叔克劳德把他们的上半身装进原来装土豆的破桶里。他们头上顶着干树叶扎的树枝环。卢维格的桶上涂着斯瓦兹字样。克劳德叔叔是一身白的王后装扮。

国王、王后，智者，以及时下的英雄：雪茄烟蒂代表着丘吉尔，抽香烟的罗斯福。没有人扮哈曼进来。尽管如此，哈曼形象装点着黄色的墙。他被涂成绿色，黑炭色，铅笔画的，从棕色纸上剪切下来。有几个哈曼浮雕，用硬硬的牛皮纸做的。“这是什么东西？”桑娅问历史老师。“星条旗，纸浆糊的。”他告诉她。很多哈曼被处理成直立着，头耷拉着。每个都带一撇黑色小胡子。

管弦乐吹着，弹奏着，漫不经心的。人们跳起来，然后交换舞伴，接着又跳起来。一堆 hamantaschen 少了不少，又重新添上。那对匈牙利姐妹进来了，手牵着手。大厅一角正在表演一出小品。艾达进来了，戴着顶帽子。舞台上，在上演小品。有人唱歌，相当难听。三个男人从过道拖进那架立式钢琴，尽管乐团声明过他们不需要钢琴，不要钢琴伴奏；确实用不上这钢琴，这架钢琴缺十七个键。乐队指挥用他的指挥棒，一根雨伞钢丝，扫向拖钢琴的三个人中的一位。罗兰德出面制止了。钢琴带有一张凳，但没有钢琴手，就撂在那，放着弦乐器的那一片。南边楼的那位激情男青年进来了，裹着带有永久污渍的蓝白纹桌布；桑娅猜测，这青年人也来自新泽西州恩格尔伍德。教哲学的教师……

那女人是艾达？桑娅之前从没见过艾达涂口红的样子，口红一定是一直存放好久了；幸运的是还没压成细粉末。还有耀眼的女红衬衫，丝质的，怎么就没灰尘……艾达给了桑娅一个飞吻，接着邀孟德尔跳舞。孟德尔的太太，一直怀孕在身，微笑着默许了。孟德尔穿着件黑色长夹克，腰带上系着银箔搭扣。桑娅揣摩他这身清教徒装束大概是一种路德教徒装扮。艾达和其他人跳着。屋子里，她的帽子一会儿这里闪动，一会儿那边耀动。这是一顶繁饰的窄边钟式女帽，布满闪亮饰品，弓形的像蝴蝶型饰品，又像迷人透明的鸟型饰品。它们捕捉住烛光，变换成晨曦般的红宝石，绿松石色的翅膀，还有绿色光束。这些饰品，丝质的，弓状的，是蝴蝶啦，或是鸟什么的？是钻石？真的带翅膀的动物吗？艾达飞快地旋转而过。虹彩头盔下，她浓密头发卷曲着；有些波浪状，鲜润且迷人，贴在她的颈脖上。“我们有客人。”罗兰德在桑娅耳边说道。

她都忘了三位美国官员的到访，虽然她早就记得他们各自的官衔，她注意到他们佩戴的勋章，她记得那熟悉的咧嘴微笑。“罗兰德，我很累，我能量多少到头了，你照顾他们一会儿吧，罗兰德？告诉他们，你太太随后见他们。”

"太太?"

"所有人都认为我们结了婚,为什么要搅局嘛……"

"我倒希望你真是我太太。我希望你是我太太。"

"好啊。"她说,感激他这份期许,也就都同意了;接着,她往后退,往后退,退到她撞上正走上前来的手风琴手。此刻,难民组成的乐队中场休息。桑娅坐到那架缺键的钢琴旁。

她弹起《你,是夜与音乐》。缺的键绝大多数在乐曲每节的结尾;缺中央 A 和中央 C 下边的降 B 键很要命,不过,她将就过去了。她弹了斯特劳斯的华尔兹和《浮士德》中的华尔兹。烟雾像拌着乳酪面粉似的浓稠起来。室内雾气腾腾,温暖且活力涌动;生活本身就可以从烟草熏烧所散发的气味中萌动起来。她弹奏起《烟雾弥漫你的眼》旋律。再又弹了一曲《快乐寡妇》。

喧哗声更大了。有人叫喊:再来一出小品。她看见艾达跟将军在跳华尔兹。艾达从她帽檐下抬眼望着将军。他们身形飘转时,桑娅捕捉到艾达可爱脸上带着的询问神情。他们再来一个跳转时,她看见艾达的神情转而变成了一种敬仰。这两人又跳了一曲,她发现此刻艾达的神情变成了一种愉悦。

"她在操他。"卢维格说,用英语。他已脱掉了他黑色的国王桶装。他坐到长凳上,桑娅边上。人闻上去有股白兰地味道。"我在用隐喻。"他解释说。

将军和艾达的上铺室友,那位活在黄昏时分的小个子老太,也跳了两三下。又跟一群乌克兰人跳了 Kozachok。他和艾达跳了一曲华尔兹,二十分钟后,桑娅、罗兰德、卢维格、艾达,还有其他十二三个人站在门口,挥着手,与坐在吉普车上的三位官员道别。将军摸摸他的帽子——帅气的帽子，真的，配着纯金徽章，不过，比不上艾达的。

桑娅原预计营地供给有望很快增加，但没有。她希望艾达会收到私人礼物——丝质长筒袜，或许——不过，什么也没发生。她甚至想，新的移民法案会在美国议会匆匆通过。

“只是一曲舞而已。”艾达说。

“两曲。而且你令人陶醉。”

“他是一名战士，”艾达说，“不是国王。”

不过之后，有些事真发生了。官方正式增加香烟的配给量。尽管如此，增加的配给不是用于分发（按照正式命令）而是留给主管处置。这么一来，桑娅和新近留胡子的罗兰德发现，情形足以大大改变——能买黄油、牛奶、蔬菜、卫生纸巾；能买一头母猪，有可能惹恼一些人，但也养起其他人；可以雇佣村子里的玻璃工来修补破了的窗户；可以为赴法兰克福行乞之旅买上汽油，然后买回更多的黄油、牛奶、蔬菜和卫生纸巾；还有，到最后，在美国提供的一大笔充沛的美元的帮助下，能让一大群流离失所的人，包括艾达，去行贿，买通去往布林迪西的关卡，在布林迪西那等候开往海法港的船。

一天，孟德尔太太，已顶替艾达担当主任秘书一职，递给桑娅一封信。

我们抵达了巴勒斯坦，卢维格写道，用的是希伯来语。又一次，我们得救了。

大衣

“其他国家首都，”罗兰德说道，然后顿了顿，喘了口气，和平时一样；桑娅显然很沉静地听着。“……越来越糟。”他来了句总结。

此刻，他们站在新桥，彼此握着手。忽然，两人拥抱在一起，似乎遭受蹂躏的巴黎城就想要人们相互拥抱。

罗兰德·卢森博格六十岁，桑娅·卢森博格五十八岁。自一九四五年起，他们一直负责管理格瑞尼瓦塞营地，后来，营地关闭，最后一批流离失所者也被遣返回罗马尼亚。于是，卢森博格夫妇也得离开，他们搭上一列火车向西去，而后，换乘另一列火车。两人都是战前穿着打扮，各自拖着一个走了样的手提箱。他们自己也就像流离失所的人；不过，美国护照给了他们自由，他们就职的美国联合分配委员会还付给他们钱。

此时的巴黎所能给他们的是灰头土脸的咖啡馆，几场二流演奏者的音乐会，黑面包，还有这座名字叫作“新”的老桥。两人彼此这么拥抱着，重新振作起来，而后，转身面向河流。“这旧世界，”罗兰德说，“就是一具尸首。”

桑娅——战时，在受煎熬的伦敦度过，战前的五十多年，在罗得岛度过——只是从听闻中知道一些这个旧世界。咖啡馆、画廊、图书馆、吟诵社；**茶社**；衣着优雅，精通多国语言的人士们打发一番下午调情时光，而后，返回到各自银行大厦里去了……一艘遗弃的驳船驶向他们，接着，船从桥下驶过；几个光着脚、瘦瘦的孩子在甲板上嬉戏。

到了第三天，罗兰德刚从巴士底狱附近一家小酒馆出来，心脏病就犯了。罗兰德住进医院，住了一个星期。在一间长长的病房里，桑娅坐在罗兰德身旁，这间病房带金属构件，还有木地板，散发着苯酚消毒水味，就像格瑞尼瓦塞营地的医务室一样。桑娅表面看起来很镇静，甚至感觉平静——他这次发作没事儿，法国医生告诉她，特别强调**这次**发作——不过，她还是控制不住自己的长手指去拨弄长发，一场战争下来，她头发已经从灰转白了。

罗兰德出院后，他们坐火车去勒阿弗尔[①]，坐船去纽约。联合会给他们在第五大道较低的地方找了一个住处。

这是一间房型结构有些绕的公寓，配着红木家具，镀金镜子和深红色织物。大篷车红色，桑娅想这么命名那种色调，不过，她知道十多年前，一九三九年她离开后，各种颜色都有了新叫法——借用葡萄酒和其他酒的名字来命名：黑醋栗甜酒色、波特酒色、香槟色、查特酒色。公寓租金对他们而言免费——就是说，联合会付公寓的常规租户租金，这位租户去加利福尼亚一年了。年底，罗兰德和桑娅会另找

---

① 勒阿弗尔（Le Havre）：法国西北部海港。

一处更合两人心意的地方，无论会是什么样的地方。在格瑞瓦尼塞营地，他们共用一间办公室，接着，共处一间卧室；六个月前，他们结婚了，不过，他们还没有共同置家过日子。

这会儿，桑娅把头发剪了。演员玛丽·马丁在一出百老汇戏中扮演一名海军护士。玛丽·马丁的头发修剪得紧贴头皮，像男孩的发型。曼哈顿全城妇女都在追逐着这种发型潮，绝大多数人就仅剪一回——就是最漂亮的脸蛋，周围没有些头发衬着，也显得平凡普通。不过，这么不规整修剪的发型挺适合桑娅的长头和坚韧的双眸。“对我而言，你一直很美。”每次她神情紧张地从美容美发店回来时，罗兰德都这么说。因为他语调平实断然，他的这番表述就更中听了；而且，她知道他说的也是真的。让那一天慢慢来吧，她在想，又闻到医院的苯酚味。

罗兰德肤色仍苍白，但呼吸短促不怎么常出现了——新药在起作用。联合会一直请他做演讲；显然，过去二十多年里，对欧洲犹太人的苦难，有谁比他更了解呢；对留在这块大陆上的人们的境遇，有谁比他更能给出判断呢；有谁能比他更好预判未来呢？他做完演讲，回家，衬衣都湿了。谢天谢地，公寓有电梯。

公寓的永久租户是一位女士，他们认为——部分缘于床上用的是四柱丝绸帷幔，奶黄色。蛋酒色？后面有一个衣橱，抽屉里有一块皱皱的花边手帕；带股香水味。租户读的是德语；德语书到处都是。“她是德国人。”桑娅断言。

“也许是奥地利人，也许是瑞士人，”罗兰德说，“或者是立陶宛人。”

“她不是立陶宛人，”桑娅坚持说，禁不住想到在格瑞尼瓦塞的冷营房里瑟瑟发抖的波罗的海难民,“她是个贵族。”

“有立陶宛贵族。”理性的他开口道,不过桑娅已经在列举**高雅**文化的迹象:千朵花行镇纸,镶框里十八世纪的绘画作品,里尔克和诺瓦利斯的诗集,一书架的法语小说。还有桌上的家庭照片:戴着眼镜的父亲,五官精致的母亲——要是剪个玛丽·马丁头,她会怎样过活?——五个金发女儿,都穿着二十世纪二十年代人穿的宽松儿童套裙。照片拍得自然——可能是一位惹人喜欢的叔叔拍的,罗兰德说。女孩们,很小,在一个花园里玩耍;远处耸立着山群。略微大些,她们在一个客厅里——其中三个,懒洋洋地躺在沙发上,一个呢,坐在一架钢琴边,最小的,朝窗外望去。一处踏板的脚端,全家人紧紧地站在一起,好像捆在一起了似的。他们都穿着大衣,除了做父亲的,他大衣搭在他胳膊上。妈妈戴着一顶不对称的帽子。女孩们——时下,少女年龄——戴着钟形女帽。

“他们及时逃走了。”罗兰德说。

“他们不是犹太人。不过,知识分子吧,自由主义者……”

“国家社会主义对他们没啥用。哪个是我们的女房东,你认为呢?”

桑娅看过每张脸,彼此相像又有不同——一个戴着眼镜,一个嘴唇非常丰满……罗兰德咳起来,捂住胸。“鬈发的。”桑娅确定道。

于是,有可能是他们女房东的身份或多或少确定了,他们就转到别的话题上了。罗兰德在联合会的工作让他一直忙碌着,桑娅呢,充当着**家庭主妇**的角色,得步行很长时间去一些地方。她开始认识卖肉的,卖百货的,卖鱼的。她常去五金行、出租书店和干洗店。她惠顾四号大道的一家咖啡馆,和咖啡馆女老板建立起一种假模假式的交情。通过联合会，她和罗兰德会见那些非常焦虑的移民，友善对待他们。桑娅还交了两位真朋友：认识她一位堂兄的两位女士——一位在东边，是位首饰设计师；一位在西边，是位社会工作者。有时，周末，桑娅、罗兰德和这两位女士以及她们的丈夫一起去看电影，或是一起去餐厅吃饭。"常规生活。"她欣然赞道。她想起艾达，营地秘书，也许正在以色列的巴勒斯坦安全着呢，也许已被追击炮炸死了，都有可能。

房间里有一处衣帽间，他们叫它隔间。桑娅把自己一些夏装存放在书房右边，还有罗兰德的一套夏季套装。他还有一套冬季套装。哪里够；联合会让他按市价自己添置一件燕尾服。越来越多的慈善机构，不光只是犹太光复主义组织和社会主义组织，都请他去做演讲。罗兰德勉强在梅西品牌店买了一套燕尾服，梅西店还帮改了尺寸。有个星期六，燕尾服给送了过来。

"我要把它雪藏在衣帽间里，"他说，"真希望我不用穿上它，那些人找别人去长篇大论一番好了。只要想到他们提供的晚饭，我就胃难受。"他人呢，躺在他的安乐椅上，抱怨着。

"别起来，我来放好它。"桑娅迅速地说。

她打开衣帽间的左开门；把燕尾服举得高高的，像是举盏灯似的。燕尾服用一种新质地的塑料罩套着。她想把它挂起来，却遇到了阻挡。早就挂有衣服了。她打开右开门，将燕尾服搁进夏季衣物里。而后，她把挂着的衣服取下来。

原来挂着的是件黑色窄身细羊绒长大衣。双排扣：扣子在右边，扣眼在左边，还有——她得低头看看自己拉开的棉上衣，以便确定——这是一件男式大衣。大衣有个长方形毛皮领——棕色毛皮，很可能是貂皮。她朋友，珠宝设计师，有一件貂皮夹克，光泽的毛发跟这件差不多。西端大道上有位制作商，桑娅看见过他穿着他那件有名的貂皮外套。

她朝卧室瞥了一眼。罗兰德正在打盹，报纸乱乱地摊在膝盖上。她从木质衣架上取下大衣，双臂伸开抱着它，接着拿到卧室里。

卧室里，她穿上大衣。她上衣的条纹在新月形毛皮里隐约出现。这件大衣需要搭一条白兰地酒色的丝巾，大概得花上罗兰德一个月的工资，也许是两个月。深色的话，会很搭。她在中间抽屉找，找出一条黑色毛巾，她把它衬在大衣领里。对，就这么搭。

女士宽松裤才开始时兴。一般也不合适上街穿，除非是乡下街道。桑娅兴致勃勃地赶时髦。宽松裤适合她长时间的步行。她大可以买衣架上的男式裤。她今天穿黑色裤子，牛津款。

卧室两扇窗之间，一块窗间墙壁玻璃立着。她缓缓地朝玻璃壁走过去。

真是一位高贵的绅士。毛皮领上的白发脑袋很是端庄。这大衣的主人一定是个清瘦的人——衣服几乎裹严了桑娅单薄的骨架。像这么个男人，有钱让自己逃出维也纳，接着离开巴黎，而后去往纽约——不像小个子鞋匠殷科尔和他一大群孩子，不像下棋的克劳德，在自己底层铺位上抽烟、咳嗽……

她脱下大衣，拿到客厅里。罗兰德醒了。她像个卖衣服的女人，把大衣展示给他看，展现右袖口纽扣的精细做工；左边袖口，她发现，纽扣已掉了。

“很好，不过在加利福尼亚用不上，”罗兰德说，“所以这女人没带上它去纽约。”“是男人。”“男人，是吧。我们可能揣摩对了。女用熨斗。”他们住进来时，没有烫衣板；他们不得不买了一块。“女人的话，会挑不同的布料——浅一些的颜色。对，这是个男人住的公寓。”

“壁炉上没有香熏架。”桑娅说。罗兰德深沉地看了她一眼。她背过身去，将大衣平摊在彼德麦式样沙发的一角，大衣肩靠着后背，散开在座椅上。

“不过照片呢？”罗兰德突然说道。

“噢，你一开始猜的想必是对的。”她从大衣处转身走回罗兰德旁边，“那一家人的照片，是这大衣主人照的，我们的房东，是年纪不大，人人都喜欢的叔叔或舅舅什么的。”

“不年轻了。”他说，叹着气。

“仍是人人喜欢的。”她还拍拍他的胳膊。

她拿着大衣去到邻里毛线店里——袖口掉了的扣子，像只饿了的宠物似的，总在挠她的心。“你能找到跟它匹配的吗？”桑娅把右袖口展现给柜台那边站着的女人看。大衣其他部分依旧被她严实地抱在怀里。

“啊，不再有这种扣子了。能看看另一边吗？”还没等到允许，那女人往前倾过来，抓住胳膊夹着的大衣，从桑娅那拿过大衣，摊开在柜台上。她查看着前胸半球形的皮雕花纽扣。她抬起绿色小眼睛，看着桑娅。“我们这没有像这样的扣子。我也不知道哪有，虽然在布达佩斯……”而后，她颇动情地转移了话题，“不过，可能！”她把戴着戒指的手伸进大衣口袋，桑娅没想到那会有个口袋，相当平整，很巧妙地用接缝掩饰住了。“啊，”她又开口了，“他知道扣子松了，就扯了下来，存放好了。”

“是谁呀？”

“你老板嘛。”为了抵御十月料峭，桑娅穿上了一件旧的羊毛衫，她想她看上去真像个保姆似的，“裁缝应该能把它缝上；你自己不要缝。”

大学广场那的裁缝把纽扣缝上。突然一阵风，把报纸吹起来，打在店面肮脏的窗户上。一旦走到外面，桑娅注意到，气温都已经降了。于是，桑娅穿上那件大衣。

离家只隔三个街区——一个街区往西，两个街区朝北。桑娅走得像棋中的骑士。不，是国王。不，不，多么一个自傲卑微的小贵族啊。

罗兰德还没回家。于是她把大衣放在他椅子上，到了五点以后，电梯开始嗖嗖地上上下下。而后，她把大衣收了起来。

第二天下午，她在厨房里，做饭时，大衣在一边。又有天下午，她在床上看书，大衣撂在玫瑰图案的沙发上。

圣诞节过后，她又开始穿这件大衣。接着，寒潮来袭。她自己的大衣暖和，可不是；不过，老先生的大衣不仍旧暖和些吗？——大衣内衬，夹在丝绸和毛料之间看不见，挺轻但也挺保暖。她用拇指和其他指头捏里面的织物时，有什么东西在里面滑动，好像是什么活的东西。

她为大衣买了条围巾——不是真丝的，是合成纤维的，哦，这些新的织物布料。颜色很好——法国白兰地酒色。她买了一副羊绒线缝边的皮手套。一家廉价店里，她找到一顶蹲缸造型的帽子，松鼠毛皮水貂色。

一天天，她走得越来越远。她从五号街开始，在联合广场转到百老汇街，走的是有阳光的那一边。半个小时后，她置身在侨民之中。

她不会进什么餐厅，被遗忘的新闻工作者们待在那些地方，整个下午都在争辩。不过，有家咖啡馆，一位卷胡须的腼腆男人开的，她去光顾。咖啡馆老板是保加利亚人，她想——格瑞尼瓦塞营地的工作经历让她在猜人国籍方面挺在行。保加利亚人那边有报纸、棋类游戏，还有穿着褪色白夹克的服务生。很快，桑娅坐定自己的桌，靠近窗户，然后，她举起一食指，想要点上一份煎鸡蛋。大衣侧着横放在另一张椅子上。帽子、手套和围巾窝在大衣的衣袖下面。钥匙和钱包重新放进她裤袋里。

她去各类艺术画廊开展活动，都是免费的，点心和香槟也免费。她去教堂正午时间段的音乐会，也是免费的，虽然没有茶点。天气暖和，她站在图书馆后面的荒地里喂鸽子。她去一家革新教会寺堂参加星期六早上的仪式活动——罗兰德一般周末睡得晚。她去一座保守派的犹太教堂。她也去一座老犹太教堂，坐在楼下。

她不认为这大衣真就是她的，哦，不是。不过，要论对它的不当保护，她就是那个人。期望适应新世界的男侨民们在买浅顶软呢帽和二手宽肩套装。不经意间，他们看起来像匪徒似的。穿着印花礼服，他们的妻子们像女佣。桑娅，美国出生，师范学院毕业，修过一门会计课程，到了五十多岁才出国门……桑娅仍坚持旧世界里的环城大道[①]、大学、咖啡屋、沙龙、博物馆、码头和餐馆饮食、国会和银行。她走呀又走。卡车司机彼此嚷着粗俗的话。午歇时吃午饭的女店员，涂着亮晶晶的唇膏。有时，她在一百货大楼窗前停下，低头看着自己在窗里的影子。

---

① 环城大道（Ringstraßen）：环绕维也纳内城区的一条环形道路，也是该市主要的观光景点之一。

三月份，一个星期三，她去一所私校的学生诗歌朗诵会。地点在一座圣公会建筑里，有些德裔犹太家庭好几代都送孩子到那里上学。学校占有一座赤褐色沙石的建筑，建筑的共享墙移走了，以致门后面就是让人惊讶的室内陈设：挂着幼儿园绘画的门厅，养鱼缸，充满希望的活动涌动看。整体之中包括一处小礼堂。桑娅在中间一排的中间位置找了个座位。从节目单上看，她将欣赏到诗朗诵、音乐表演和一段芭蕾舞……

“你孙子辈在表演？”坐她隔壁的人说，这是个小听差，戴顶贝雷帽，鼻子整过但整得很糟。

“是……我孙女要跳舞。”

“啊，”女人说，稍显友好，“她叫什么名字？”

“她是我女儿的孩子，”没孩子的桑娅说，“我名字叫……”

校长登上阶梯去往台上，桑娅旁边的人很崇拜地凝视着，以致桑娅不得不忍受这人一塌糊涂的整过的鼻子的侧面。

“……格瑞尼瓦塞，”她结束道，“……”

不过，那位女士没在继续听。谁想听上帝都不知道哪来的难民的话呢？舞台上，美妙的声音正在唱史蒂芬·福斯特的歌。在营地，孩子们的合唱可以拿下柏辽兹的作品。是的，他们的合唱由一位一度很有名的男低音指挥的。这位男低音现在人在阿根廷。她不知道他究竟如何在高乔人[1]中间表现的。

诗朗诵结束了。半个小时后，桑娅踏出电梯外，听见公寓里电话的铃声。

---

① 高乔人（gauchos）：分布在阿根廷潘帕斯草原和乌拉圭草原的混血人种，由印第安人和西班牙人长期结合、混血而形成，保留较多印第安的文化传统。

“卢森博格太太吗？我是蒙特法瓦医院的卡兹医生……”她把钥匙和钱包掷在放电话的桌上，“熬过了一次心脏病发作后，他现在人生龙活虎呢……”她解开大衣扣子，让大衣脱落在地板上，“……也清醒。他的情况挺稳定……”她从脱落的大衣边移开些，踢着它，看清房号，挂断电话，从壁橱抓起她的雨衣——真的，终于是春天了——接着，她从桌上再拿回钱包和钥匙。她拽了条印花薄方巾，跑下五层楼梯，叫上一辆出租车。出租车里，她将方巾绕过头，在下巴颏下系上。罗兰德送她这方巾过生日的，当围巾一样围住脖子——佩利斯花纹的毛织品，一直时兴。哦，让她明年再收到他送的生日礼物吧；让他再给她买丝巾吧。让他活着吧。

“谢谢你们能来。”

“谢谢你邀请我们来。”他们该坐哪？桑娅思量着。她看见罗兰德坐在他通常坐的椅子上，于是，她也坐在自己那张上。他们的女主人自在地坐在沙发上。

她不是那位鬈发女儿，她是嘴唇丰满的那个。嘴唇依然丰满——怎么说，她也就顶多三十五岁——还有长头发，仍是金黄色。“我想见见你们。”她电话里说过，一种沙哑的声音，别人一定很多次告诉她这声音让人难抗拒。可不，也许这声音很难抗拒；他们也没抗拒。“你们把这公寓理得比我让你们住进前的样子好很多！”她继续说，“井井有条；还有这些添置改进！”熏架，桑娅想着；烫衣板，一张椅子的脚也不晃了，添置的植被……纽扣？“还有，”她轻声笑了，“你忘了你的燕尾服。”

这会儿，舒马赫女士开口了——“我不会是埃里卡？”她问道——倒出不少的雪利酒,“你们现在住西区?”她问。

他们住的新楼电梯总在铿锵作响。他们就一个卧室。遇上晚上难受,罗兰德就通宵看书,桑娅则在客厅沙发上睡。她躺在那儿,梦见回到伦敦,历经炮火轰炸。不过,这地方下午西晒。他们购置了棉地毯和二手家具。之后,在一个芬兰制造的箱子面上,他们作画,画了些时兴花的图案。他们用它当咖啡桌。

“西区,是。”桑娅说。

“有趟便捷公交车去卡耐基音乐厅。”罗兰德说。他们聊音乐,聊市长,还聊电影。

“你在好莱坞待过?”桑娅问。直接问问题不是她的习惯;不过,她比这美丽女人大四分之一个世纪,还有,她穿的深蓝色仿男式女衬衫让她有一种温和的保姆式权威。她已经改了玛丽·马丁的发型。她笔直的白发正好轻垂到她女衬衫的衣领处。

“全家人都从事电影业,都在幕后。我做些翻译,这啦,那啦……离开纽约时我在离婚,现在是彻底离了。”她优雅地颤抖了一下。她的重音很轻,也完全不带喉音,就是时而 Ws 和 Vs 之间串调,就比如“divorced”说成“diworced”。姐姐妹妹的全是跟她们的私教学的英语,她说;还有她,埃里卡,之前有一个夏天和一位阿姨住,学说法语,很漂亮的寓所,你甚至可以看见塞纳河。桑娅想到创痛不止的巴黎城,那条漂着油腻的河流,那座桥。

他们又谈了一会儿,接着一阵沉静。她们不会再见面:属于这个世界的女人和这对退休夫妇。桑娅和罗兰德起身告辞时,埃里卡也站了起来,出了房间,再回来时,手臂上放着燕尾服。“我刚回家时,没注意到。它藏在弗朗茨旧大衣的后面。”

"哦,是了,那件大衣。"桑娅说。

"我前任丈夫的。我故意要留着它,他很喜欢它。我想我会把它拿去给作家和艺术家廉价店。"

"我们机构给需要的人发放衣物。"

"我记下了。"埃里卡说。电梯还没到大厅,她就可能忘了这事。

行人道上罗兰德,指着挎在桑娅手臂上的燕尾服,说:"我再也不穿这玩意了。"

"谁知道呢? '适当照看下,你能再活二十年'。"她说,套用他医生的话说。

"适当照看,不包括穿着猴装进行饭后演讲吧。"

"包括,包括。"还有那件大衣,那件大衣……

"燕尾服……可以用来裹尸。"

……那件大衣:她会常光顾作家和艺术家廉价店,直到大衣出现。她会买下它,把它存放在芬兰箱里;也许在这件老古董里,旧世界就可以安得其所。要是不能的话,就让它折腾吧。爱……"裹尸布吗?去你的,"桑娅哼了一声,惊了他一下,引得他笑了,"我想把你留在身边。亲爱的,咱们在外面吃饭吧。"

她挽起他胳膊,领着他去东十二街上新开张的意大利餐馆,而这家餐馆,那位穿毛领大衣,神情威严的老绅士是没机会能光顾的了。

伴侣

基思和美津子·马奎尔像无业游民一样流浪进城，虽然他们沿途乘的铁路只是从波士顿延伸出来的电动车车轨，他们像其他人一样付了票钱。不过，他们好像流浪汉般的自在，两人甚至没有一件行李，也就共用一顶帽子，一顶帆布帽。他们轮流戴这顶帽子。各自背着徒步背架，装着睡袋和背包。美津子的背包上挂着两只橙绿色运动鞋。

那天下午，人们看见他们在洛格维兹公园一张长椅上分吃法式面包和几瓶啤酒。而后，他们在一棵山毛榉树下休息，翻看着他们的平装书。看上去，好像他们打算在那宿营。不过，户外宿营在二十五年前和今天同样是违法的；而且，这些新来的人，看得出是敬法守法的。其实，他们在苟杜尔芬旅馆过了第一晚，像寻常旅行者一样。他们在他们才租下的公寓里过了第二晚，住所在刘易斯街三层甲板楼的顶层，在我住着的房子外面的拐角一带，我还是女孩时起就住在现在这间房子里。

在那公寓里，他们待了四分之一个世纪（二十五年），和楼下房东以及中间一层来来往往的住家保持着诚挚的交情。

每年秋天，他们在门前种郁金香。春天，基思修剪楼侧面的草坪。夏天，他们在楼后面种菜；三层楼住客人人有份分享其中的收获。

任何人以他们的条件就会买独立屋或公寓，要么第一个孩子出生之后买，要么等到第二孩子出生之后，则一定买了。基思是焊接工，收入不错；美津子，兼职做电脑编程，补贴家用。不过，马奎尔这对夫妇坚持租房住，就好像没有什么股权之类的东西。他们没有电视，他们的搅拌机就只有三挡调速。不过，虽然他们窗户挂的网状帘子像婚纱一样，他们原色橡木家具则厚重实在。里面墙钩上挂着儿童雨具和基思的安全帽以及美津子的跑鞋。跑鞋的绿颜色已穿得变暗了；后来，她终于买了一双粉红色的。

三个男孩，我都教过。老大上六年级时，很热衷踢足球。老二，书迷，戴着眼镜。老三，诙谐，个子矮小。每个男孩身上，母亲东方人的眼眸闪动在他们父亲凯尔特人特征的面容上；外形利落、清秀，一个模子；有种“孩童”意味的样貌。

美津子自己个头比孩子高不了多少。开始上高中时，甚至老三的个头都超过了他妈妈。美津子有娇小的脸庞，嘴呈浅褐色，很柔和，鼻子长得无足轻重，眼睛还挺温和。她短发发型每周由基思负责修剪。（反过来呢，美津子替基思修剪他内卷的铁锈色胡须。）非公开场合，她一般穿 T 恤、牛仔裤和运动鞋；公开场合，她穿紫红色裙子和白色丝质宽袖衬衫。我想一直都是同一条裙子和同一件衬衫。校医有一次说美津子普通无奇，不过，当我要他给个明确分类时，他深深叹了口气。“女家长？我的意思是说她一点都不花哨。”我赞同。就好像自然赋予她的仅是基本要件：平整的小耳朵；双眼视力；牙齿呢，硬到能啃牛排三明治，尽管这些牙齿也就只咀嚼苹果和生芹菜这类纤维食物（美津子做的是素食类饭菜）。当她哺乳时，她的乳房胀到茶碗的大小，而后缩回去。男校医的乳房，有时透过他夏季衬衫都能看得见，也比美津子的大些。

马奎尔一家不上教堂。他们登记为无党派。他们不属于任何俱乐部。每年，他们帮着组织春季街区聚会和秋季公园大扫除。美津子烘烤金银图案的曲奇饼，供在校销售。校长退休时，基思还在校人事聘用委员会供职。他家老大在我班上时，夫妻两人分别给六年级学生开讲“我的职业”专题。在我的要求下，他们每年讲一次。基思穿着装满工具的背带，手上拿着面罩，跟学生谈焊接在锻造方面的由来。他谈武器、工具、汽车等。他告诉我们风的机动、脚手架的摇晃、火把的适度重量。“先是电弧火焰，而后燃蓝火，”他介绍道，“钢筋熔成钢条棒。”美津子在班级学生面前现身，也是先讲历史。她描述巴贝奇第一台计算机，机器内部怎样神经质地噼啪作响。她概括霍尔瑞斯代码(她展示给孩子们看穿孔卡片，卡片像纸莎草一样珍贵)、阴极管、微芯片的来龙去脉。然后，她也转到分享个人工作体验的话题。“我的任务是对计算机知根知底，”她说，“了解它错综复杂的思维程式，帮助它成就其所能。”离开时，她在门口转过身，朝我们似乎鞠了一躬。

镇上，很多人认识马奎尔夫妇。谁都不会不认识这一家子呢。有三个男孩在上学，与人交朋友，做运动的一家人。他们一家人有着一般人家的需求——拍照和体检、药品、蔬菜、硬件。孩子们在丹顿烟草店买杂志和笔记本。每年十一月，基思和儿子们笑着走进罗勃塔织物店，为美津子生日买一条崭新的比利时手帕。接下来的一年里，特殊场合上，美津子丝质白衬衫的口袋上露着一块手帕的蕾丝边。

不过，我们谁都了解他们不深。他们跟谁都不太亲近。每当他们离开，他们眨眼工夫就不见了。有一天，我们刚听说他们家最小的准备离家去外地当医生；第二天，好像是这样，这两父母就早挪窝了。

我上一周还看见美津子。她在菜店买鳄梨。她告诉我，她把鳄梨、冷牛奶，还有巧克力放进搅拌机里一起搅。“搅出的饮料是浅绿色，像蜻蜓，”她说，“很新鲜。”

是的，最小的离开了，去上医学院了。老二在俄勒冈州教木工课。老大呢，在明尼苏达州当记者，结婚了，有一对双胞胎女孩。

是的，她有孙女了。她快五十岁了，不过，路过时，别人还会就她身形误以为她是青少年。你得以一起挑菠萝为借口凑近瞅，就会看到她眼睛下方有浅浅的交错纹。不过，短发中还没有灰白发，裹在牛仔裤和 T 衫里的体形也是那种年轻人的体形。

她选好最后一个鳄梨。“很高兴碰见你。”她说，带着一贯的恭敬有礼。就是事后，我都没意识到她这话是她的告别。马奎尔一家总是很高兴偶遇我们中的任何人。他们可能也很高兴看见我们的背影吧。

“你是老姑娘啦。”数月后，校医提醒我。我们一起变老了；他怎么喜欢，他就怎么说。“结婚是一件私密的神奇事。我听说，孩子飞走了，做家长的就觉得身心空荡荡的。”

“绝大多数夫妻只是待在这里，一起腐朽掉。”

“谁知道呢？”他说，耸耸肩，“我自己都是老姑娘啦。”

有人在九月的一天早上看见过基思和美津子，他们在等有轨电车，人们推测他们这是要出发，进行一次宿营之旅。确实，他们穿戴得整整齐齐，全副武装，各自背着徒步旅行者的后背架，上面放着睡袋和背包。

最流行的说法是，他们在这个国家的其他什么地方安顿下来。在那里，他们工作着——基思和钢筋火焰打交道着，美津子和电子小精灵打交道着；在那里，他们喝着鳄梨奶昔，读着平装书。

有些好幻想的镇上人，嘀咕着不同的想法：当马奎尔夫妇从他们徒步旅行靴上抖掉我们这里的尘土，他们也就挣脱了他们的岁月。他们确实在其他什么地方重新开始，不过是重新焕发活力，重新整饰。美津子的小乳房已经胀起来，准备迎接新宝宝的诞生。

这两种说法，我都不接受。虽然是老姑娘了，我相信孤独不仅是人无法逃避的生存境况，也是明智人的偏好。基思和美津子一起搭乘电车，是这样。不过，我想，在市中心，他们演绎了一种深情但也正式的离别，在某个公共场所——公交车站，很可能。之后，基思大步走开了。

美津子在等她的车。车来了，她迅速上了车，尽管铝质和帆布配件背在她背上。跑鞋——鲜红色，这次，好像已成熟了似的——摆动着，像挂在架上的樱桃。

怎么摔

“粉丝的来信！”保罗叫道，“过来取呀。”

每个星期一和星期二，保罗拖着个帆布袋从自己的工作室到帕蒙纳酒店的排练厅。也就是最近，意大利语拼写的 Paolo 成了英语拼写的 Paul。在乔斯看来，名字拼写的变化会让 Paul/Paolo 销声匿迹；不过青少年差不多每个月必须变个样——他在哪儿读到过。保罗还没放下信，又拿起为录制电视铜管乐节目准备的午餐，带上它要回工作室。他告诉乔斯他想成为一名喜剧演员。从他袋里拿出来的信，有股熟食味。有的信封还带着油腻污渍。

“公函！”他把袋摆在角落里的圆桌上，解开袋口，袋口里散出些信来——恼人的事，太多的小动议；不过，乔斯没开腔。这事，他不掺合。再有啦，他本就是挣要他不出声的这份子钱。

哈琵·布鲁姆已经在排练他的开场独白——要穿着燕尾服说

的开场独白,一段有几节入时的笑话——站在窗户中间宽镜子面前。不过,一看见保罗,他转过身,跺着脚,大喊休息。他热爱他的粉丝们。他收到无数的信,他很受人喜欢。他是"新媒体新杰出人物"——《时代》杂志采用他的照片做去年十二月的封面时,这么赞誉他来着。前一个星期封面登的是丘吉尔,后一个星期登的是斯大林,你会认为哈琵和那些人物应该在雅尔塔碰过头。不过,哈琵比政治家还厉害;他是每个美国家庭的荣誉成员。每周四,晚上8点差五分钟时,整个国家坐下来看**哈琵·布鲁姆一小时**……到了周五晚上,可能只有乔斯知晓,西斯乔·彭博穿着灰色套装,戴着角质架眼镜——没抹化妆油,没戴假发,没被认出来——在布鲁克林区一家犹太人教堂里,和其他集会者一起迎接安息日。

乔斯佩服这位滑稽演员的信仰。他自己,十八年里没在教堂里待过,一直没有,直到他女儿接受洗礼的那天早上。不过,他毕业于一所耶稣会开办的高中;此后,他相信事物本身…… "我喜欢这所犹太教堂的日常程式,不喜欢临时起兴。"哈琵告诉他,"唱独唱的是位男中音,还可以,如果你喜欢忧郁中音的话。"

西斯乔·彭博在星期五晚上平静做礼拜,到了星期六早上,就又变回哈琵了。写稿和彩排九点开始;到十点左右,他通常发第一次脾气。不过,今天是星期二——节目已经成形,短剧也到位了。他的脾气也就爆发了一两次。

这会儿,哈琵在桌边坐下,准备把他收到的信消化了。乔斯踱步走到一扇窗前,呼吸着纽约的十月份气息。哈琵也许与乡村相依偎;他,乔斯,属于这座无情的大都市,这座一直记不住他名字的城市——哦,哎。

“这有封粉丝写给你的信，霍伊尔先生。”保罗说，眉毛帅帅地挑了挑。他从堆着的信里抽出一个淡绿色的方形信函，走过去，递给乔斯，脚跟——脚尖，脚跟——脚尖，没什么精神。

信封上没有寄信人地址。乔斯打开信。倾斜的字迹在纸上留下迷雾色调。他把信纸拿起来放在鼻子下。没有气味。

亲爱的乔斯林·霍伊尔先生，

我是个大读者（虽然个头小）。电视让我绝对冷淡。我少有不看电视的时候。那些摔跤者——他们本就不应该签约在肥沃的农场表演？哈琵·布卢姆笑得过了。太过了，太过太过了。

不过，我欣赏你的脸。你长长的嘴抽搐得吓人。你的黑眼睛转动着，微微转动。那双眼睛知道希望。那双眼睛知道希望已递延了。那双眼睛知道希望已成空。哦！

绿衣女人

乔斯抬起眼。“这是一位粉丝？”他问这座城市，又嗅了嗅信纸。

接下来的星期里，又来了第二封信，上节目那天，在演播室——他们星期三和星期四在这里彩排。哈琵对着乐团尖叫；对着负责剧务和台词的女人员尖叫，这位女士统筹所有事务（她有名有姓，但哈琵称呼她“准将”）；对着编剧尖叫；对着摄像尖叫；对着乔斯尖叫。保罗走动着，肩上扛着装信的袋子。乔斯从保罗那拿了信，放进口袋，没打开。

节目进行顺利。他们把一位过气的男中音安排在倒数第二个节目，为的是引出哈琵压轴的独白，刻意煽情。乔斯站在通往侧翼的地方，听着男中音演唱。演播室把这里称作舞台总有些不对劲，电线、电缆都放置在结合处。他为百老汇工作过，做过培训代表，杂耍演员一类；他表演过的室内场所，最差的也维持得比这新媒介公司更像样些。他跟过两家马戏团，都严谨得像一艘战舰一样；要知道，马戏团容不得坏习惯……**今夜无人入眠**，曾经红极一时的男中音在唱。男中音正处在事业下坡路，也正是乔斯最喜欢的那个阶段：野心不再；什么高音不高音的，全见鬼去；情感最终取代共鸣。他穿着燕尾服，化了妆，但他倒是裸着好。乔斯能察觉男中音束身衣下的大腹便便；也能想象起戏院桁架的架势——噢，胖子的永久悲哀。

此后，他们推进得很快——乔斯和制片人，还有女准将在喝威士忌，男中音在喝白兰地，哈琵在喝他通常喝的姜汁水。后来，乔斯跑着进了地铁。在口袋摸银币时，他摸到了信。

亲爱的霍伊尔先生，

我找到你了！那就是，我在《美国娱乐谁是谁》杂志上看到了你。在纽约公共图书馆里的报纸上也看到你。

一九〇三年你在水牛城出生，曾经是杂技演员。我也曾是——梦中理想啦。战时，你在军队服役。你有一位太太和女儿。

如此沉静的眼睑，如此迷离的双眸。你的表情神圣。

从耶稣会高校毕业后，不知道你上的是哪所大学。

《谁是谁》没说。

绿衣女人

他当时是个穷小子，不过在校的学生都是穷小子。

他喜欢所有科目，最喜欢历史。神父汤姆不换气地讲解让历史活了起来，在学校后面……一间安静、有着轻言笑语的屋子里，和他们都喜欢的吉姆兄弟一起。乔斯呢，也会某天去教书，他之后想过——大概教历史。神父们提到一所州立大学提供一笔奖学金。不过，他弄明白并不是他所喜欢的神父汤姆教的学科，甚至不是教学——只是传授而已。他还很爱开玩笑；不是吉姆兄弟的那种，不是用嘴说的那种，而是眼瞥、配角和故作失态一类。毕业后，他参了军，令他导师失望，也让他妈妈伤心。当下，写这信的人想让他唤醒那些岁月……在晚班地铁车厢里，他站着，一下子激怒了，身体晃动起来，在黑窗玻璃里抽搐着，像个牵线木偶那样。车窗反射着他的脸：这位女士称为神圣的同一张脸。有位男士不自在地沿长凳滑开，让自己离他远些。

乔斯回到家，他把这第二封放在第一封的上面，放在梳妆台最底层的抽屉里。他也可以把它卡在厨桌盐罐和辣椒罐之间，因为他太太什么都在意。

玛丽睡着了，仰面躺着，单薄的双手两边摊在被单上。她应该在关了灯的客厅里看节目来着，有瓶可乐在她肘边，她已经穿上睡袍，还敷上了面膜。就穿上了？好些天她都没穿。明天去搭火车的路上，她大概会用平和的声音跟他说他表演的事。摄影怎样截取了他的一半，不止一次，而是好几次。在制作过程中，怎么整个地拿下他的部分。哈琵怎样将观众玩弄于股掌之中。乔斯怎么没发挥自己……不过，她没说。

他带玛丽去看过各位专家，这些专家都总是先表示他女儿的情况是个悲剧，接着，他们说玛丽的依恋和悲伤过度了。你们**可以**再要个孩子，这些专家说……你们**应该**再要个孩子，你才二十来岁，霍伊尔夫人……后来：你三十来岁来着……你还不到四十呢。

医院也试过了；洗澡；胰岛素。什么都不起作用。他们认识时，她还是个睫毛柔柔的小可爱，但是她小尖脸上向下拉的笑颜应该在提醒他她的脆弱……再要个孩子？他可是周围孩子太多了。他有着忧郁的小兄弟们，他有位心灵受创伤的妻子，他有哈琵。还有西奥多拉，泰迪，他的首要大难题。每个星期五，他和玛丽去看泰迪。现在到星期五了，是了——他很疲惫地脱着衣服，瞥了一眼闹钟：凌晨一点钟了。数小时后，他和玛丽会走到中央车站，搭火车，下火车，再坐公共汽车，下车，走两个街区。接着，他们到达那扇铁门面前。守卫会点点头：他认识他们。

泰迪认得他们。她发出那种可怕的呻吟声，或是用两双大手遮住自己的眼睛。有时，肥胖好像是她最糟糕的事。她穿着玛丽做的棉衣裤，都是采用一样的儿童装样式做的——短袖，罩衫，白色领子。织布印着小鸡，或是花，或是小鹿斑点。有时，乔斯因哈琵·布鲁姆的拖沓感到羞愧——涂着口红的脸蛋，吓人的假发，光溜溜的、发达的肩膀露在超大的芭蕾裙外面，或是黄辫子耷拉在围裙上——不过为什么乔斯要感到惭愧呢？哈琵是那个该感到羞愧的人，著名喜剧大明星模仿弱智大女孩。模仿？哈琵从没见过泰迪。“你女儿可好？”哈琵一年中可能会问上一回，眼睛凝视着别的地方。“老样子。”乔斯总是说。

虽然泰迪并非总是老样子。他有时察觉到些变化。精疲力竭的医务人员耸耸肩。“没有进展，”其中一位医生说，他的英语很弱，“别期待进展，可别。”好吧，不过，偶尔泰迪强硬的表情变得柔软，或是她似乎能认出人的样子，这样子似有似无带来些同样若有若无的欢迎表情。要是泰迪她至少能说说话就好了。也许她懂，有那么一点点。只他们两人时——玛丽又去散她的步，也就是绕着栅栏围起来的池塘疾走时——他告诉泰迪他爱她。他握着她胖胖的手指头。他亲吻她胖胖的脸颊。

“霍伊尔！”

乔斯坐在他位子上，和哈琵、准将和写手们一桌子人。他们审着稿，讨论着，笑着。乔斯每每把手放进口袋，指头触触这个星期绿衣女人寄来的信。他心里明白——他是在记两封信的内容呢，就像个脚本，跟呼吸一样轻松。

哈琵·布鲁姆的幽默效果好，而且不错——我想公众想要它。

哈琵和写手们回避有关近期战事不成熟的题材。但是，被战争暴露的欧洲人激发过哈琵很多创作桥段——比如，英国遗孀、法国商场巡视员，甚至挤奶女工，那位先假嗓子而后调整为轻声调说意第绪语的挤奶女工。

不过你——没作声的伙计——可是公众想要的。

公众需要遗孀那温顺的老公？商场巡视被吓到的顾客？挤奶女工的山羊——这山羊带羊角，顶着花环，长着乔斯脸的模样，靠两蹄子站着，晃动着双排乳且拖着蹄子踱步？

我非常喜欢这头跳舞的山羊。

哈琵和乔斯这个周四会是墙头海报的衣架。他们穿上工作服，把有异议的文员、椅子以及其他所有物件移出一间办公室。他们粗略地用纸盖住书架、散热器和绘画作品。一卷卷的墙纸相互不搭。

哈琵会消失在没有门的壁橱里，要装饰里面的内墙。乔斯会在用纸遮盖这个隐蔽处。关着壁橱里的哈琵时不时传出叫嚷声，不同的口音。他会唱《孤独》中的几小段；他会唱《总有一天我找到我》。最后，他的头会从这些纸堆里迸出来，可爱的圆头：牙齿，微微有点龅牙，傻傻地扩大了；层叠的卷发散落在眉额上；眉毛加黑了还上了眼影。哈琵抢着拍手赞赏，而乔斯会背对着观众——不出声的伙计，用纸盖住了一扇窗户。

"这节目有趣，"那天星期五，在火车上，玛丽认为，"你很有意思。"她的笑容往下沉，仿佛她年轻时就这么笑了似的——不过，是在笑；是在笑。

泰迪，坐着，他们走过去时，她望着什么地方，然后，她把前额猛撞在一位护理的屁股上。过了一会儿，她不再猛撞。一月份，气候温和；他们坐在棕色花园里的金属座椅上。他坐的椅子漆也脱落了。以这样的代价，你会想……最好不要想。

你知道些事？他得靠你！也许你们得靠彼此帮衬。

而且，也许她也在忍受一种相互依靠的关系，一种基于利害关系的婚姻，一种夫妇联盟的关系，就像他和哈琵的联盟。可怜的哈琵——一位专横的母亲，两位贪婪的前妻，巡演了数年，电台做了数年，而最后，被新媒介公司的新班子逮住了。

那时，乔斯正在一部音乐片里担任第三主角，演一位岳父。这事仍在继续。退役军人喜欢它。人们又旅行起来:外地人喜欢它。给了他些许远行的机会。

哈琵电话他:“**哈琵一小时**需要你!”

“我出镜?”乔斯说,“我没想过。我在电影界不卖座……”

“不是一回事,小弟。这银幕也就是一张明信片。人们不是要在银幕上看帅哥。他们要看不起眼的。”

“什么?”

“像大叔类。”哈琵嚷道。

“叔伯类。”

“就是啦,你说的啦。那破片你参与的,乔斯……能持续多久?电视呢:一直在的。我们一块。”乔斯说他得考虑一下。“是了,想想。我已经设计好你的角色了。你不出声,甚至不需要笑。”

有一次,早期拍摄中,他们在镜头前附近发生了一场灾难。一位嘉宾喝醉了;他胡搞,人突然僵住,就倒在电缆线上,去世了。还有,女孩中有位在后场发生出血症状,紧急送往医院。道具放错地方,因为他们没能找到准将。他们不得不即兴排演一整期积木。哈琵扭进他的燕尾服,再让小听差捣鼓假发套,是金发。乔斯从副制片那里抓了一件斜纹软呢夹克。他慢慢装扮好,扮相是一位充满爱心却又被摧毁了的教授。他重重地坐下去,在舞台立式钢琴边,弹起《再次坠入爱情》。管弦乐队仍没有动静。哈琵依着钢琴,用一种玛琳·黛德丽的口音演唱这首歌曲,不错,带 W 和 R 的音都缩得就像乔斯也会做的那样,嘴角得压住。轮式相机跟进,乔斯看到相机正聚焦在自己的脸,他也挤出了些泪。那个星期的报纸大量报道他们两人,说布鲁姆先生和霍伊尔先生将敏感带入滑稽表演,将悲剧融入喜剧,泪中有笑,笑中有泪,尽在其中。

亲爱的霍伊尔先生,

邮报上的文章,真棒,说了各种秘闻,都是有关哈琵·布鲁姆的写手们。

还有退出的人和留下的人。

还有在帕摩纳酒店的彩排。粉丝们从现在起就会整天守候在帕摩纳附近,是吧?

彩排地点公布于众好几个月了。粉丝仍然守候在那里。不过,不戴假发,不化妆,再戴副眼镜,哈琵·布鲁姆在纽约一家酒店里,就像他在布鲁克林自己工作间里的一样,默默无闻。五点时,他不被注意地闪过侧门,是个旋转门。

我自己下个星期一会在帕摩纳大厅,也就是四月十三日,正午时间。

绿衣女人

周六:

“午餐?周一?出去吃?”哈琵大声问道。

“可不行,”乔斯说,“你们各位跟进日常工作就好了——我不参加。”

然后,在一次转场困境中,哈琵说:“我的牙医像个盖世太保似的吓唬我说,我的整个牙床全会外翻。好吧,周一所有人出去用午餐。

保罗要是找不到我们,他会杀了自己。不必赶在周二早上回来。我的牙医会祝福你,霍伊尔……不过我们周一八点开工,不是九点。”他嚷道。

周一他们八点钟开工,到了十二点一刻,剧组散了,孩子们放假。只有乔斯留下来。

他把领带弄直,在大镜子前整理着他鲜艳的衣装。先是一种姿势,再来一种,第三种……他抓住扶手杆,抬起右腿,高起。这也许是个好站位:悲哀的男芭蕾舞迷。装扮成白色小丑,会不会更有趣?要是他扮演一个流浪汉,想嬉戏吉赛尔[①],他松开扶手杆,捏了捏自己的脸颊;二十年前,他看到玛丽这么做过。他恢复到自己正常姿态,出了房间,关上门,锁上。

他乘电梯到大厅。

电梯门开了。他走了出来。

一棵棕榈树旁的一张椅子上,不是面对电梯处,而是面对酒店入住接待处,坐着一位戴眼镜的女士。她穿着森林绿色的夹克和百褶裙,更多给人的提示是,她穿的是制服,不是套装。她双腿露着,脚腕套着短袜保暖。她看上去大约十四岁。

乔斯慢慢朝前走过去。她鼻子骨感,有处小起伏。黑色头发,鬈的,挺薄。她很可能是犹太人,或是某类犹太混血儿。他又看着她的脚。绑带的鞋,加厚的鞋底和鞋跟。

她的年龄曾让他气愤,而现在,她的缺点让他转气愤为狂怒。是一种熟悉的跌倒。每次,他兄弟中的一位在门口出现——就只要借些钱,乔斯,怎么也让我应付过去吧——他也只是感到为难。可是:

① 吉赛尔(Giselle):法国作曲家阿道夫·亚当创作于1841年的芭蕾舞剧里的人物。

我有孩子,乔斯——当他听到时,他想杀了这蠢货,接着,他想让这蠢货杀了他。

他停住,好让他的愤怒达到极点后平复下去。与此同时,女孩摘下眼镜。他又往前走。他滑到她座椅后面,用手蒙住她的眼睛。没有惊吓反应——她也许早感觉到了他的套路——她把手放在他手上。有那么一会儿,他们保持着这种游戏姿势。而后,他将他大叔式的手从她的手下滑出来。他滑到座椅前方,站着朝下望着他的拜访者。

"我是乔斯林·霍伊尔。"他说。

"我是玛弥·韦恩。"她的凝视没有躲闪。她是小眼睛,圆圆的,浅棕色。她又把眼镜戴上。

"你还没吃午饭吧,我想。"他说,"告诉我你还没吃午饭吧。"

"奥托认为年轻人应该早点接触酒,"过展柜时,玛弥对乔斯说,然后,她对询问酒水的服务生说,"柯尔酒,劳驾。"

"什么?"

"黑醋栗泡的白酒。"

"不要点黑醋栗,玛弥,"乔斯说,"单子给我。"他对服务生说。也许卡西迪的说法是个错误。他不知道给未成年点东西会不会被抓。他不知道她的确切年龄;这是他要防范的。他知道她上十年级,公诉人会这么指出。服务生将喝的上了上来。

"奥托?"乔斯探问道。

"他住在隔壁公寓。来自维也纳。芝加哥大学是唯一真正的美国大学,奥托说。其他都模仿欧洲大学。所以,我想上芝大。"她呡了口她的酒,口红印留在了杯上。就化妆品,她还有很多要学。"你女儿在上大学？”她问。

“谢谢。”乔斯对服务生说，当服务生把他们点的拿过来，两盘食物都架在一个前手臂上。“她上寄宿学校，”他对玛弥说：一个熟练的谎言，“你的字很棒。”

“哦，草书体。小的时候，我练得很多。”

“还有文笔，也很好。”

“我上私立走读学校，”——然后她说了学校的名字，“拿奖学金读的。我们要求穿制服。”她指着她的百褶裙。

“绿衣女士们。”

“有钱的婊子们。”她笑得大胆，“真是无知！天鹅绒是他们想要的。”

玛弥来自一个宽松且爱说俏皮话的大家庭。“哈琵·布鲁姆可能是我的一位叔叔。”她说。男人做销售代表，女人是女售货员，一群乐观的家人容忍着其中形形色色的人，有棋手，有赛马瘾君子，有胖子和瘦子，有好脾气和孤僻的人，还有怪人——“我姑姥姥每天马拉松呢。”——还是共和党人呢。她超爱看电影，打金罗美牌，还有读小说。她智商非常高——“也就是说我擅长智商测试。”她带着率真的真诚说着——而且，因为她的聪颖，她被送到那所绿衣学校。“这制服——起到一致化作用，这样好；是戏服，也挺好……”

“玛弥。”他说。闲话够了，他表示。他倾身伏过他的腌制牛肉。“为什么写这些信。为什么写给我。”

她脸红了。仍没让她漂亮起来。

“找乐吗？”他问，提示着。

“起先，我想，嗨，他会回信……”

“信上没有回信地址。”

“其他方式回呀，让哈琵·布鲁姆提女人啦，或是绿衣服啦。是个花招吧。不过，后来，我也不知道，我不再想要回信。我只是想要你读这些内容，让你猜。当你看到屏幕上那张脸，就像一尊雕塑。你在寻找我，你在看着我……。”

“是。”他安慰到，想到摄影机的红灯泡，他们必须要看着的东西。

“在学校，他们都有男朋友。”她一下子整个人很孤独，人也四十岁了，在她却什么都没有发生过，什么也都不会发生。“我很爱你的不出声。”过了一会儿，她说。

“我的不出声——那是硬性要求的。”

“家里所有人一直在说。我很喜欢你跳舞的样子。”

“不出声的角色——布鲁姆为我设计的。”

“我很喜欢你摔倒的样子。”

他年轻时就掌握的技巧，当时还在耶稣会学校呢。他去过所有马戏团，所有杂耍表演。他钻研过各种小丑和杂技表演。而后，先是到了第一家马戏团，再就是第二家，他花了几个季节观看，模仿，学到手。他在电线上练习，他跟翻跟斗演员一起练习。从没有伤筋动骨。他学会怎样的摔倒才不会影响到人的后脑勺，或是脊椎底部，或肘部，或膝盖部位。掌握哪块肌肉收紧，哪块放松……

她说：“你让我想要摔一摔，但是，要我自己的话，你知道，我做不来。”她顿了顿，“我摔过。”她承认。她摘下眼镜。她的小眼睛柔和下来。她会漂亮吗？“真的，我已经爱上了个人，”她说，“爱上了你。”她加了一句，生怕他没跟上她的东拉西扯。

在这个节点上，他可以做几件事，他一件一件地考虑着。他可以颁给她一个有意味的悲哀表情，他知道用哪个；而后，从他的表情这呢，她慌张不安的回答就可以再递进，在以后的见面中，发展成一种爱恋。陌生人恋情早已生根发芽。当她二十岁时，他会是……或是他能机智谈话：在美国的爱尔兰人沉闷地闲聊着，他苦难的童年，耶稣会的那些神父，早期的工作，公众的冷漠，他令人失望的人生轨迹。把她调弄得意乱情迷，推开她早恋的摇曳之门……或是，他可以提议把她介绍给保罗，很登队的一对……或是，他可以假装喝醉，他哪件事都没做。相反，他把手伸过桌子，轻轻捏了捏她的鼻子，她有些起伏的鼻子。

他们慢慢用着午餐，然后，两人走在第五大道上。走着，她神采奕奕地走着。

“我不做运动，”她告诉他，“按部就班有时挺困难。”她柔柔地添了句。

他们讨论着，哦，帝国大厦、码头罢工和可敬的市长大人[①]：两个朋友历经很长沉寂后见面，也许会再见面，也可能不再见面的两个朋友，无所事事地闲聊着。在第八街地铁入口，他们停下来。他握住她的双手，摇着，先是左右摇，而后举过头。伦敦桥要塌了。之后，他松了手。

“这个下午……”她先说。

“是。”他说。

① 可敬的市长大人（hizzoner）：纽约市民对长期担任市长的意大利裔犹太人菲奥雷洛·拉瓜迪亚（Fiorello LaGuardia）的爱称。拉瓜迪亚于1934年就职，担任纽约市长，曾在纽约重大公共建筑工程上取得辉煌成就，在政治和社会管理方面也成绩非凡。他捍卫市民的自由言论权，一度允许并号召两万群众到麦迪逊广场花园进行“真正的美国精神”集会。

她沉重地走下楼梯，他站在上面，目送她人影渐小。过会儿，她会转身。他会望着，直到…… “劳驾。”一位戴着帽子的女人问，绕过他，往下冲，遮住了他望女孩的最后一眼。

星期四他们推出了《城镇掠影》——他们不能拿战争取乐，但跳舞水手则是一个公平游戏。一位踢腿舞影星跟他们一起跳——也是一位走下坡路的家伙。不过这揶揄安排得太短了。晚安独白前三分钟表演，女准将给信号指示。所以呢，哈琵说“甜美的乔治亚”，小声说道——之前，他们一起反复做这桥段十几年啦，步子没忘。可是尼古拉斯兄弟的日常惯例。那又怎样？——他们从来没声称原创，哈琵偷了他绝大多数的笑话。准将对管弦乐队说“乔治亚”，接着招呼场下的好莱坞的那位，然后是他们了，乔斯和哈琵，跳舞，只是跳舞。结束前三十秒，哈琵飘进侧翼，脱下水手套装，套上燕尾服。乔斯继续旋转着。他觉得玛弥的眼睛看着他，他的眼睛看着她的眼睛。他加快行进，转入一个飞身跳跃，为何不？于是他朝中空踢腿，脚跟对碰，落在脚上，站住，然后倾斜滑下，完美，臀部受力，现在，他水平躺着。摄影镜头低放，平稳地追踪着他；那些人越来越出色。肘部在地上，下巴托在手掌上，身体伸展开，一条腿抬着，脚温和地颤动着，乔斯露齿而笑。是的，露齿而笑。

“什么让你笑？他们会开了你。”一个小时后，玛丽抱怨道。他抚摸着她的头发。好干燥，你会想到她的烟是该点燃一根了，“我是在对你笑呢。”他说。

故事

“可预料。”朱迪·达·科斯塔斯说。

“哦……希望吧。”她丈夫说，他的语气宽容、果敢。

“都不可能。”哈里·维斯基说，也不是真要找麻烦；也许是想参与谈话；其实是在找门口；不过，已是傍晚了。

哈里的太太，露西亚，一反常态地啥都没说。她在听那支曲子：李斯特的小段哀叹调。

这四个吃晚饭的人正在谈论的是一位小提琴手，或谈他拉得怎样，或谈他整体表现怎样。这是一家新餐厅——哈里和露西亚提议的——餐厅自己取名“骠骑兵”，带吉卜赛风情，提供肉馅卷饼和匈牙利汤。谣传说厨师二十六岁。这家骠骑兵生意蒸蒸日上，靠的就是这位厨师、那位小提琴手，以及所在的地理位置，显然，还靠的是能干的帮手；一位传菜员已经将一壶水端了上来。

“这儿很热闹，餐厅里。”朱迪察觉。

“厨房里——不要问。”哈里说。

在巴黎某个居民区，像这家骠骑兵的餐厅很可能火起来……不过，这不是在巴黎。这里是戈多尔芬，地处波士顿西末端的一座城镇；戈多尔芬，哈里和露西亚·维斯基把家就安在这，他俩都是退休的高中教师；戈多尔芬，还不像镇以外那些过时老套的地方。

人们也可能会这么说哈里这个人。哈里中意的男士服饰店是市中心的陆/海军存货店。露西亚呢，虽然如此，是真正的巴黎人（她人生最初的四年在巴黎度过，无所谓巴黎城被占领过，无所谓她差点没能被抱出寓所），她有着法国女人与生俱来的对颜色和线条的鉴赏力。作为布宜诺斯艾利斯的一位女学生，作为二十世纪五十年代波士顿的年轻就业女性，她是为人们所了解的那种即便花很少的钱也很会打扮的人，此外，她和她哥哥一直供养着他们守寡的母亲。不过，露西亚现在六十多岁了，这件绿宝石色连衣裙是她当年买来参加一位朋友孙子受诫礼时穿的，对于当下的会面而言，这裙子太亮眼了。也许，对于露西亚称之为自己额外体重的那部分而言，这裙子也太紧了，哈里把她的胖叫作富态。他自己就是个胖墩墩的人。

在达·科斯塔斯夫妇两人教养有素的范儿面前，哈里总是对他们的食量略感尴尬，他和露西亚的好胃口。当然他们也没有什么感到丢人的：一点也没有！他们都受过良好教育，因为他们那个时代高中教师必须受过良好教育（她教法语；他呢，化学）。露西亚说三种语言，四种，如果算上意第绪语。哈里只能用布鲁克林英语交谈，不过他听得懂露西亚所说的任何一种语言。他们订阅《纽约客》《科学》和《美国遗产》等杂志。

达·科斯塔斯夫妇，怎么说呢——都很高，很瘦。朱迪，头发青灰色，黑色着装，很容易被认为是英国家庭教师。贾斯汀呢，一样的令人生畏：高额头，鼻子精细，薄嘴唇，说起话总是语重心长。不过，贾斯汀说话时会瞥一眼朱迪，脸上掠过一阵焦虑的神情，交错在他语重心长的话语中。而后，贾斯汀和哈里暂时成为盟友：这对年轻兄弟曾经被撞见在一起抽烟。一天早上，早餐时，哈里跟自己的妻子描述了这种偶尔滋生的亲人感觉。露西亚看着他好一会儿，然后，站起身，绕过桌子，吻了吻他。

麻辣面包条！服务生的嫩手晃动着，当他放下篮子时说；朱迪没有动手；贾斯汀拿了根，不过，还没咬；露西亚拿了根，开始用力咀嚼起来；哈里取了根，接着，再拿了一根，放在他耳朵后。

“哈。”朱迪说，并不愉快。

“哈哈。”贾斯汀回应道。

露西亚看着哈里，叹口气，笑了——她宽宽的慈母般笑容，让他想起这一年一度在外晚餐的目的。他挪开面包条，拍掉肩膀上可能落有的面包屑。“你们收到我们孩子们的信了吗？”他问贾斯汀。

“我们的孩子在圣菲[①]，很喜欢那地方。我不像他们那样喜欢高而干燥的地方。”贾斯汀说，优雅地耸耸肩。

“你一直是个美国佬啦。”哈里说。

达·科斯塔斯姓氏，就哈里所知，是一个古老的葡萄牙-德裔家族，这个家族一抵达新世界就开始同化——一八〇〇年时，大概那个时候——接着，只要美国圣公教徒接受他们，他们就通婚。五十年前，贾斯汀为了学精神病学学过医科。他仍行医，业务繁荣。他在一

① 圣菲（SantaFe）：美国新墨西哥州北部城市，首府。

间独立的诊室问诊病人，之前在马厩，他们家后面，再之前，在一处农舍，是波士顿以北十五英里开外的一座复式建筑物。朱迪设计了所有的转换部分。贾斯汀诊察室的窗户面向一排宜人养心的桦树。

维斯基夫妇请过达·科斯塔斯夫妇一次，三年前，在米丽亚姆·维斯基嫁给约坦·达·科斯塔斯的前一天晚上。那次聚会上，他们发现大波士顿地区的一些后院常有兔子出没，还逮得到鹿呢；从事精神健康专业的人不喝烈性酒（贾斯汀设法从水槽下面的凹洞里挖出了一瓶苏格兰威士忌）；再就是，严肃的朱迪是一位新泽西州药剂师的女儿。药剂师在草坪上，坐在躺椅上：上了年纪，挺唠叨。哈里和他新女婿的爷爷聊了聊合成5-羟色胺。老人家三个月前过世了，在一月份。

鸡尾酒！骠骑兵真提供苏格兰威士忌，也许明白没更好的了。小提琴手拉的曲目转为民间调调——有些俄罗斯旋律。哈里说露西亚知道他们的意第绪语歌词。达·科斯塔斯夫妇不在意这类调子。他们是古典音乐爱好者。给他们适当的——哈里总是想要给他们适合他们的——也许，他们并没想要留给人印象是，他们一年一度和维斯基夫妇在外吃晚饭尚可忍受，但只限于此。可怜，哈里心下想。他们珍爱与温和野生动物一起生活的方式一定让他们不适应强烈的色彩、声响和观念。至于他们体重过轻的约坦，三十七岁，还患有痤疮，他们很可能想的是别的什么人，而不是宽臀，头发浓密，高声谈笑的一位律师。

“孩子的寓所在那里……很可爱。”露西亚说。

“有一堆杂乱的东西，能怎么说呢？”哈里说。

“绝大多数是约坦的画和画布，那堆杂乱东西。”贾斯汀勇敢地承认道。

“米丽亚姆把她的公文包放在一间屋子，她的钱包放在另一间屋子，钥匙扔在马桶水箱上，”露西亚说，“我没带好她。”她继续说，悔意中有些讽意。

“他们喜欢他们的工作。两人好像都很快乐。”朱迪说，大大的卡其色眼睛投向哈里——一种柔和的目光。贾斯汀说：“是。”露西亚接着说：“是。”过了一会儿，要是他在看的话，是服务生；要是他在看的话，是小提琴手；要是谁得空在看的话，可能认为他们两对夫妇很高兴彼此成为亲家。有时，看上去是这样，也真是这样。要是说约坦之于维斯基夫妇是个鬼马精灵，要是说米丽亚姆之于达·科斯塔斯夫妇太过好辩，怎么说呢，人无法拥有所有优点。可能拥有吗？

“很多人一无所有。”哈里大声说，让朱迪一惊，也提醒了贾斯汀老道的同理心——“怎讲？”这位医生鼓励道——倒没触动到露西亚什么，她正在嚼她第五根面包条。

开胃菜上来了——四样满满的开胃菜，全是诱人的好东西。每个人四样都在尝，维斯基夫妇吃得不客气，达·科斯塔斯则很克制。他们谈红袜队的赛事，至少维斯基夫妇在谈。这个队本季开头不错，会一直那样伤他们的心吧，等着看吧。达·科斯塔斯夫妇喃喃地说着什么。

主菜来了，还有一瓶酒。朱迪倒酒：每位半杯。他们谈本季州长竞选。达·科斯塔斯夫妇是忠诚的共和党，虽然这党有时让他们感到痛苦。“谁都对环境重视不够。”朱迪说。哈里点头——他整个不太关心环境。

小提琴手在拉琴。他们谈起斯大林——出了一本新传记。他们谁都没读呢，所以谈话自然而然谈到他们所知的这位恶魔身上。

哈里喝完了余下的酒。

他们谈起两对夫妇都看过的电影，当然不是一起去看的。

有些无声间歇。

露西亚今晚会说那故事，哈里想。

她很快就会说起她的故事。达·科斯塔斯夫妇从没听过。她一直在等，像往常一样等，为了静静的时刻，安静的地方，挑起的话题，还有日渐亲密中的拐点。

哈里已听过好几次她的故事。他听过用意第绪语讲的版本，用法语讲的，偶尔用西班牙语讲的。尽管如此，最常听到的是，她用她略带口音的英语讲这故事。

他在很多场合听过这故事。在犹太教堂的圣所，她的声音从诵经台传出，如长笛般悠扬。她那时在参加一次幸存者座谈会。她并非严格意义上的幸存者，从没有涉足过营地，但仍参加这个座谈会。他在客厅听过，在窄窄的后院露天平台上，在海滨小屋附带的门廊上，在骠骑兵一类的餐厅里。有一次——仅有的一次，据他所知，她把这故事赏给了一位陌生人听——他在一趟爱尔兰列车包厢里听过，与他们同包厢的是一位牧师，这位牧师听得很专注。一次，她在看电影时也说过。他们和一对夫妇都弄错电影时间了，到电影院早了，一边，电影银幕上打着些无关紧要的公告，一边，他们四人只得坐上半个小时等。那天晚上，她坐他左边，倾过身子朝着他们的朋友讲述这故事——是一对女同性恋教师——坐他右边。她一边说着，一边像通常那样很在意地盯着她俩。哈里，因为太太倚在自己腿上倾斜着，只得待在那，盯着她：她脸蛋漂亮，头发杏色，腮帮子垂着坠肉。

不管用什么语言，名词不带修饰，语法平实，用词浅显易懂：每个字词小孩子都听得懂，尽管她从没有给小孩子讲过这故事，除非要算上米丽亚姆。

他自己可以讲她的故事了，用她的话说。

我四岁。纳粹已经占领了我们。我们拼命想逃。

我父亲每天早上出去——去这里或那里排队，想找对的人，好付钱逃跑。

那天早上——他带上我哥哥。我哥哥十二岁。他们去了一间办公室，接着去了第二间办公室。戴头盔的士兵抓了我父亲。我哥哥之后看见一辆卡车，人们在卡车上面，哭喊着。士兵推着我父亲上卡车。“你儿子，也一样。”其中一名士兵拽住我哥哥大衣衣袖。

我父亲停住了。士兵继续猛拉他。“儿子？”我父亲说，“这孩子不是我儿子。我根本就不认识他。”德国人仍拉住我哥哥不放。我父亲转身离开他俩，又开始朝卡车走去。我哥哥耸肩时，只一肩膀往上提。他听见他的声音。“异教徒。”我父亲说。

于是，他们放了我哥哥。哥哥跑回了家，给我们看他们抓住他衣袖时撕开的裂口。我们当晚设法逃了。我们去了荷兰，然后，坐船去阿根廷。

甜点来了。四样不同的甜点：他们又一起分享了。露西亚说：“九月份我们去圣菲，度假。”朱迪说：“我们会去过感恩节。”“然后孩子们来东边过……十二月份的时候：”贾斯汀说。年轻夫妇分别和对方父母一同度假，一边一半时间。“他们那住得宽敞些，”米丽亚姆告诉哈里和露西亚，“我们这吃得多些。”

账单来了。他们用信用卡结了账。紧张的服务生急忙取来他们的外套——两件大衣，朱迪的羽绒衣，还有露西亚从她妈妈那传下来的裘皮披肩。

“朱迪，”露西亚说，“我忘了提你父亲去世的事。”“你表达了你的慰问。”朱迪说，要告别的样子。“很小时，我亲生父亲就去世了，”露西亚说，“不过，我母亲去世时——我已经五十岁了——之后，我真得感觉孤单，孤儿的感受。”“爸爸的生活让爸爸自己满足了。”朱迪说。

小提琴手已经不拉了。一阵安静。贾斯汀倾向露西亚。

“你曾经是小女孩？”他轻柔地说，“你父亲因什么而去世的？”

食客们一心一意吃着东西。一个平静的地方。一种愈加亲密的关系。

“在哪？”他问。

她抬起一边肩膀，也启动唇齿。“海外。”她说。她站起身，披上她的裘毛披肩；接着，哈里不得不小跑起来，露西亚转眼已到了大门口。

规矩

有年秋天，唐娜掌勺——专为女人服务的煲汤厨房，开在戈多尔芬一座教堂地下室外面——立刻成为所有人喜欢的事物。“慈善活动中的时尚就像卧室拖鞋的时尚一样，”乔茜嗤之以鼻地说道，自唐娜掌勺开张起，她就在这兼职做志愿者，已经六年了，“别指望这人气一直持久下去，唐娜。”

唐娜从不指望什么事能持久。不过无论怎样，她感谢新来的帮手。一个团体来自本地犹太人教会，答应提供煮好的美食。戈多尔芬援助者协会成员在翻箱倒柜准备捐些衣物。梅芙，附近一所天主教女子学院，在学院公告栏贴出唐娜掌勺的宣传单。结果，一些热心学生几乎每天都出现在厨房底层的地方（乔茜的话）——地下室餐厅大大的，墙壁脏脏的，有一间黑烤炉为轴心的老式厨房，对称的两间侧厢房的窗户立得高高的，少有光线能透进来。有些学生要收集一手资料，用以完成有关贫穷的学期论文。其他人来呢，则出于简单的善心。“特丽萨修女穿名牌牛仔裤。”乔茜私下对唐娜说。不过对于梅芙学院学生，乔茜是耐心的模范，要是她们弄坏了烹饪厨具，她一定会进行修理，而且，她对客人总是一种克制的善良举止，是女学生们想要模仿的，她们也确实在模仿她的举止。她们要是听到什么悲剧故事，她们就忍不住过度反应。她们频频流泪。她们的眼睛，就算哭得红红的，也是大大的、可爱的。

“那些孩子比我所想象的那个年纪段的模样要漂亮。”一次员工会议上，唐娜评价道，“她们的信念使然吗？”

贝丝说：“是她们的笑使然。所有的龅牙都向你绽放。”她也绽开她自己小月牙形的甜美笑颜，“正牙术就是一种严重误导。”

潘姆跟进道。“正牙术就是虐待儿童。”

她同事和她一同嘲笑这种畸形现象。男孩子样的潘姆，圆润的贝丝，瘦长的唐娜，都不是案例社工，不是社会学家，不是爱幼提倡者——她们只是唐娜掌勺的餐厅的全职员工和经理，三个劳累过度的年轻女人——不过，她们都见过被摧残虐待过的儿童。她们和虐待者一起分面包。她们目睹过——也制止过——盛怒下的母亲正在实施的打骂。“在这，你谁都不能打。”她们每个人都知道怎么含威不怒地说这句话。几个星期前，活动数小时后，潘姆因愤怒而发狂，告诉其他人，她制止住康赛塔向她孙子撒胡椒，才十八个月大的小生命。

“朝他撒胡椒？”唐娜问，“用什么朝他撒胡椒？”

“用胡椒朝他撒胡椒。她把他放在她膝上，然后，她摇动胡椒瓶往他身上撒，就好像他是块比萨饼似的。我想胡椒没进他眼睛。不过，我想要勒死这巫婆。”潘姆咬着嘴唇，低下她长满鬈发的头。

“之后呢？”唐娜温和地问。

“我说，‘请住手，康赛塔。你不能在这里伤害人。’然后我，在她身边坐下。她咯咯笑着，把孩子递过来。‘我们只是在玩呢。’她对我说。我让小孩在我膝上弹着跳着，他不哭了，然后，我把他递回去。我还能做什么？”

“不需要做任何事。”贝丝轻轻地说，她胖胖的小手在她膝上搅动着。

“不需要做任何可恶的事。”唐娜说。

向权威机构汇报事件根本不可能。唐娜几乎不知道客人的姓氏，甚至不知道他们真正的名字，如果他们选择以战争名义消失。他们的地址，如果他们有的话，是他们自己的事。这个胡椒事件因此也就是个孤立的事件。康赛塔通常一个人来，喝醉了来，但不喝东西。（“你不能在这里喝酒”也是一条规矩。高声喊叫和毒品也不允许。所有四条规矩，常有人违反。）

“你有说去儿童室吗？”唐娜问潘姆。儿童室开在餐厅外，放有捐来的玩具，绝大多数都坏了、破了，还有智力拼图和游戏，绝大多数不全，至少少了一块什么的。

潘姆抬起她窄窄的肩膀。“我早些时候说过，而后，她要朝他撒胡椒。不过，康赛塔想让她孙子离里基·门多萨远些，那天早上瑞奇在儿童室。‘有可能染上。’”康赛塔说。

里基·门多萨妈妈患了艾滋病。里基自己是个病孩，常送去医院。唐娜、潘姆和贝丝明白康赛塔不愿让她孙子跟里基玩在一起，里基，这么个流鼻涕，脏兮兮的孩子。就员工所知，里基没有艾滋病。

不过，员工们知道的不多。

有些事，她们确实知道。她们知道来的小孩子喜欢填充动物玩具、卡车，可以骑的玩具，还有可以爬进去的玩具。他们喜欢蜡笔和画画。他们不喜欢整理东西。他们喜欢到处扔东西，也喜欢到处扔自己，喜欢坐在人的腿上。他们爱吃冰激凌，尽管他们怕把自己弄脏。他们大声喧哗，占有欲强，还以自我为中心。不过，当从别的孩子那抢过来一个玩具时，他们也学会了，大声喊："一起玩！"

不过当他们的妈妈、姑妈、姨妈、奶奶，或爸爸的女朋友午饭后来找回他们时，在这些脏脏的、臭臭的小大人中，某种可怕的感觉慢慢蔓延开来。在团聚的粗糙仪式中，孩子们做着自己的事——"你他妈的帽子去哪了？""你还总是捣乱得很？"——做一件衣服或假装擦去牛奶。不过当预感到随之而来的愤怒，回到福利汽车旅馆，或是肮脏的寓所，或是由嫂子不甚情愿提供的出租屋，以及唐娜掌勺的基本规矩不适用的那些地方时，员工们觉得他们的心低沉下来，梅芙的女生声称她们的心都碎成了两半。"他这个早上过得不错。"十一月，一个温和的下午，一位梅芙女生对乔茜悲叹道，她听到纳撒尼尔妈妈的声音，从敞开的地下室窗户外的人行道上传来："照我说的做，听到没？要不然！"

"'要不然'可能指的是不再打耳光了，"乔茜对担心的女生说，"他这个早上过得不错。这很重要。"

让儿童室开着很重要，虽然维持这个儿童娱乐场地意味着厨房做午餐的人手少了。有些孩子常来——纳撒尼尔、卡桑德拉、阿费里卡、艾丽嘉。有些孩子，时不时来。这些天——得益于援助者协会衣物赠送活动的促进——唐娜最小的客人们都全套服装上身，这些整套衣服原本都来自内曼·马库斯和布卢明代尔百货店[①]。

然而，十二月的某个早上，一个七岁左右的女孩来到这，站得直直的，神情庄重，没有穿戈多尔芬孩子穿过的衣服——怎么来说，她都不是二十世纪的孩子。她穿的灰色天鹅绒长裙，要是裙子没有后背拉链的话，应当属于马萨诸塞湾早期公民穿的。陪着孩子来的女人穿得也很朴素，是自家缝制的长裙。她们披着同一款式的棕色披风。两个人都梳着单辫，粗而匀称。孩子的眉眼很像她妈妈，横眉下一双烟灰色眼睛。不过，女孩没有妈妈左脸上一路下去的疤痕，这道疤痕从下眼眶一直伸到脸颊中间。

他们到的时候，贝丝正在地下室大餐厅，端着一盘克尼什肉馅饼来回分发着。"你好，"她说，"我叫贝丝。"

一阵沉默。"你好。"女人最终应道。

唐娜餐厅限制员工提有关餐厅饮食和舒适程度的问题。于是呢："你喜欢吃带肉的糕点吗？"贝丝说，弯下腰面对女孩，"拿两块。"不过，这女孩轻声说了句谢谢，只拿了一块。贝丝立起身。"我们很高兴，你们来参加。"她说，"别拘束。我们中午十二点提供午餐。找张桌子坐吧。配套早餐是靠墙的自助餐形式。你身后是静室，"她介绍着，用空着的手指着一间带三个简易床的窄房间，"孩子们的房间在它的隔壁。"她往后退开，"就像在自家好了。"她弱弱地再说了一次，意识到这两母女在哪都感到拘束。

贝丝告诉唐娜她遇见两母女的事，唐娜正在厨房拌糖醋酱。唐娜将木勺递给一位志愿者，朝传菜口走去，在那，她可以看到整个餐厅。

---

① 内曼·马库斯和布卢明代尔百货店（Neiman Marcus and Bloomingchale's）：美国连锁服装店。

"在右边。"贝丝说。

唐娜的视线被二十岁贝琪的身影挡住了,贝琪正在对一个填充动物玩具吟唱着。"她的药掉了?"

"是。说是药让她犯糊涂。"

唐娜将她的目光移到隔壁桌,看到了新来的客人。她们左右坐在一起。女孩的手呢,相互扣着,放在桌上。妈妈的双手放在她的膝上。两人都关注着眼前的区域……关注着某种圣城景象,唐娜这么猜着。

"女冒险家,你认为呢?"贝丝说,"我得跟可怜的贝琪谈谈。"

"女演员午餐休息,"潘姆在唐娜另一侧说,"阿瑟·米勒演的是什么?"

"《激情年代》。"唐娜答道。潘姆走开了。

"她们像是来自另一个世界。"一位梅芙女生说,替代了贝丝。

接着,乔茜顶换了潘姆。"怪人。"

唐娜没有回答。这两个新来的不是她一直打交道的穷人。她习惯了骗子和疯子,醉鬼和毒贩子。她很喜欢退休的小个子女服务生,她们的声音依旧颤抖着,带着土腔;她们有赖于唐娜掌勺的厨房来增加她们可怜的退休金。她喜欢来自南方和南布朗克斯性急的姐妹;她带着困惑和尊敬看待来自众海岛的不可思议的商贩;此外,她甚至习惯了某些直言不讳的宗教狂热分子——基督悍妇,乔茜这么称呼她们。不过清平生活的清教徒——她们在她的场所干什么?

这两人看起来并不穷。不过,唐娜大厨的规矩必须遵守:不得进行窥探。客人中间有一些古怪的贵妇人,可能拥有百万信托基金,在唐娜大厨不开张的日子里,她们很可能到丽兹酒店用午餐。她们毫无疑问受到招待。所以,这对母女也应当受到招待。这是规矩。

接下来几个月里,唐娜和贝丝,还有潘姆,了解到这对母女的一些信息,她们每周员工例会上互相交换的信息。母亲名叫思哥妮。女孩叫瑞亚。思哥妮和瑞亚的父亲分开了,瑞亚的父亲是个牧师。母女两人住在波士顿郊外的两居室地下室里。牧师每月寄给她们一张支票。够他们生活所需。"不过仅保底,"思哥妮对唐娜说。午饭后,餐厅慢慢走空了;只一张桌边留下她们三人。"我们很感谢唐娜提供给我们早餐和午饭。"

"不客气。不过还有其他一些渠道你也可以试试,"唐娜回道,"州政府向收入不足者提供补助,还有市里面——"

"不必。"

过了几分钟,唐娜懒懒地说:"我们偶尔听到就业机会。裁缝活。"

"瑞亚就是我的工作。"

唐娜看着严肃的小女孩,女孩在读一本厚厚的书。《圣经》吗?唐娜心想。她瞥了一眼书名。

"是《格林童话》,"有个星期晚些时候,她谈到,"是当代图书馆版本。不带画的。很有意思。"

"思哥妮在家里教她。"贝丝说。

"这不是违法的吗?"

"不违法。"潘姆说,而后她低头看着她的登山靴。她怕给人好像炫耀的感觉。

"说说看。"唐娜说,笑了起来。

潘姆双手理了一遍自己的鬈发。"有条法律,就是保障在家学习,规定一系列条文。不过，教的人必须参加考试，还必须按一套课程设置来教，还有教材……思哥妮很可能符合规定，不过，我想她是不得已而为之。”

在儿童室，思哥妮和瑞亚待上差不多整个上午。然后，午饭前，在餐厅一张桌子边，她们选地方坐下。要吃午饭时，她们低头静声祷告，接着，她们安静且举止完美地匆匆吃完放在她们面前的那份饭；她们又回到儿童室。在那，瑞亚坐在一张矮椅子上，拿着书在她妈妈身旁，翻动着，几乎不抬头。

一位梅芙女生，叫米歇尔——七个学生中的老五——对瑞亚怀有姐姐般的兴趣。她主动和瑞亚一起玩。她主动和她一起去公园散步。偶尔，她主动给瑞亚讲一些纳瓦霍人的寓言故事。“我正在辅修民间文学专业，”她向孩子所在的屋子大胆吐露说，“我主修的是美国妇女。我在写有关唐娜的专业论文呢。”

唐娜正刮着干了的燕麦片。她抬起她的眼睛。“你敢。”

“噢，几乎写完了。”米歇尔说。

米歇尔向瑞亚发出的邀请往往受到婉拒——来自女孩子；当妈的听着，不加意见。

“楼上有个可爱的讲道台，”一天早上，米歇尔说，“我们要不要一起去看看？”

“不了，谢谢你。”

“你不想看看我的寝室吗？只几个街区，不远。”

“不啦，谢谢。”

唐娜不得不把米歇尔拉到一边。“我想可能——如果你就在附近的话，就像一棵老树，她最终会来到你身边。”

“她太孤单了。”米歇尔哀号道。

“小卡珊德拉会很喜欢建一座塔。”

“卡珊德拉呢，没有挑战。”

“是，好啦，不过，”唐娜低语道，“可以吗？”

瑞亚真玩时，她自己玩：布置娃娃屋，或是精心画像，用来做花边桌布的图案画。同时，思哥妮真会钩东西，她的手和钩针将一团小麦色线钩成了一条长长的、松松的织物。线团躺在一个帆布袋里，因为她钩的织物慢慢放进袋子里，员工没人知道她是在钩阿富汗带呢，还是在钩装饰围巾，或者只是饰带。这位母亲和她女儿一样沉静，一样专注。偶尔有一次，当其中一个刚学步的孩子犯难时，思哥妮会放下她手上的钩活，从椅子上站起来，将发牢骚或哭闹或打闹的孩子拾起来。孩子很快就慢慢安静下来，要么是感染了思哥妮的镇静，要么是因恐惧而瘫了。几分钟后，思哥妮把小孩子放下，重新钩她的活，她的疤痕像泪迹闪动着。

冬天了。来的人中间有两次互殴。有一次用刀的打斗；不得不叫来了警察。康赛塔被发现在浴室里喝酒，并被禁一个星期。一位上年纪的客人发现死在她租的房间里。还有一位，几乎死在一条小巷里。潘姆开始引导午饭后进行诸如自信力和期望这样的话题讨论。卡珊德拉和她的妈妈不再来唐娜掌勺了。一天下午，用甜点时，唐娜疑惑地大声问她们怎么了。她所在的桌子迸发出很多回答。

“她们去南方了。”

“她们去纽约了。”

“祖母把她们带回去了。”

“她嫁了个狗娘养的。”

这种群聊给唐娜的印象很深。她点燃了一根少有的烟。卡珊德拉和她妈妈会回来的。或是,她们不会回来了。

“不过这些说法都不可能是真的。”米歇尔对唐娜说,一边拿开餐盘。

“当然可能是真的。逐次推演下去。总之,这不关我们的事,姑娘们。”

“关谁的事呢?”

“巡警的事。人得有些线索才可以找到她们,米歇尔。”

米歇尔风风火火地走开了。她把她收拾的餐盘堆放在出菜口处。她嘟囔着拿了一把椅子,而后,她坐在一位曾经从事法律工作的客人边上。唐娜听见,这女孩激动地提出要让这位前律师记录她的一些经历。那客人很高兴,她理解成是米歇尔在邀她口述她自己的生平。“我出生。”她开始述说。

唐娜在考虑要拯救她的助手,认为比较好的方式是,躲到儿童室里去。就几分钟,她盘着腿坐在地上。里基·门多萨坐在她膝上,擤着鼻涕。纳萨尼尔和艾丽嘉在排卡车,有一搭没一搭地吵着嘴。贝琪在门口候着,胳膊下夹着一只泰迪熊。

“今天吃鱼用的酱很搞笑。”贝琪说,“你做的,唐娜?”

“乔茜做的。”

“那个像鹦鹉的志愿者吗?”

“她头发是红色的,穿得很鲜艳。”唐娜回避道。

“酱里有什么吗?”

“酸奶和美奶滋沙拉酱。”

“我的纳萨尼尔在哪呢?”纳萨尼尔的妈妈说道,撞过贝琪。

“我喜欢柠檬奶油。”贝琪说。

“你,纳萨尼尔。准备好没?”

纳萨尼尔朝唐娜跑过去。里基,仍在唐娜的膝上,给了他软软的一踢。纳萨尼尔叫了起来,用拳头打里基。纳萨尼尔的妈妈扇了纳萨尼尔一耳光。艾丽嘉朝贝琪扔过去一辆玩具卡车。

吵闹持续了一阵,而后,平息下来。唐娜从米歇尔那得到救援,米歇尔刚摆脱那位律师的自述回忆录。到了三点,绝大多数孩子和他们的妈妈一起走了。贝丝和一些志愿者整理着厨房。米歇尔给阿非里卡唱着歌。潘姆安抚着艾丽嘉的妈妈,艾丽嘉的妈妈有着一双华丽的绿宝石一样的眼睛,潘姆声称她的社工曾建议视卖淫为一种职业。唐娜在拖餐厅的地。

“再见。”低沉的声音在说:思哥妮的声音。她背着她的袋子和几本书。

很多客人利用这个公共图书馆。厕所免费,很多期刊可选,椅子允许人小睡。不过,思哥妮和瑞亚真是去借书,然后,再还书。他们也惠顾这里的博物馆;一位志愿者看见她们参加一场有关德国室内装饰的讲座。潘姆还有一次看见他们在州议会大厦,旁听有关预算的一次辩论。这些活动很可能是瑞亚在家学习的部分内容。这些内容是一些美术和人文知识的实地学习,就像在校学生要参与学习的活动一样。不过,在公车上,没有谁会问隔壁的人那么复杂的问题。结业时,瑞亚当然比她的同学要学得好。“她会进哈佛,”潘姆预言过,“那比我强。”不过,唐娜认为这女孩要在班上学会更好,这样能学到宽容、交流以及与人分享。学校不仅仅是为小可爱开的。一定有个地方安置这么一个小东西,她就是她极其沉着镇定的妈妈的缩影。让思哥妮在走道上钩东西，如果她们无法分开的话。让她们在别的什么地方继续她们的古怪习惯吧。

“再见。”唐娜说。

她看着她们走开。她倚在她的拖把上，让她对这对母女的厌恶表现在她的面颊上。每天，在唐娜那里，那些妈妈扇耳光，威胁还有侮辱孩子的举止，她一直忍着，这些行为也没有思哥纳直截了当的沉默那样令她恼怒不安。她想知道，思哥纳是不是用某类来唐娜这里的那些熟知民情的顾客意想不到的药物控制着她的女儿——硫磺，可能，在她们地下室寓所的炉灶上冒着气泡。

“我高兴吗？她们两个走了。”阿非里卡的姨妈说，最后从厕所走出来。她把阿非里卡针织帽系得太紧，以致孩子的脸从帽底下凸了出来。

“哪两个？”

“哪两个？那位魔鬼和她的女儿。她们让我起鸡皮疙瘩。还有，你是上帝造的最可爱的曲奇饼吧？”她问阿非里卡，阿非里卡呢，窃笑着什么。

“魔鬼不是男人吗，奥利？”

“他可以乔装打扮，甜心。你怎么多出一到两美元？帮宝适超贵的。”

帮宝适确实很贵。定期有人从商店偷出来，然后在街上卖；涉及其中的移民从中挣点贴补收入。唐娜给奥利钱和帮宝适，得到的回报是一个熊抱，这让她咧嘴笑了——真的很容易，很强烈，如此瞬间的真情流露，也极其无意义。

“再抱我。”唐娜命令道。

奥利遵命。而后：“再来一包帮宝适？”

唐娜把盒子里剩下的给了她。奥利和阿非里卡跳跃着走了。“你是魔鬼。”唐娜在他们后面喊道,大声笑起来。至于思哥纳——她也就是来自一个严苛且悲伤世界的造访者。

唐娜把思路转到目前的困难上。援助者协会降低了唐娜拥护动物权利保护的评级。梅芙女生的参与越来越松怠,尽管米歇尔仍然衷心耿耿。蔬菜的价格在上涨;花椰菜甚至几乎不见了踪影。老鼠在糕点房自由穿梭。明天,星期四,很可能是一场噩梦。潘姆准备发起一场饭后的激励座谈会,谁知道接下来会发生什么?上个月激励培训交流以混乱收场:前律师冗长地例举着案例;贝琪,很厌烦,将冰茶泼在了一位新客人的后背。或许明天的聚会有秩序些。从政府办公室来的一位代表已经答应顺便走访一下。唐娜希望他不会被泼到冰茶。

其实,激励座谈会进行得不错。与会的客人们起草了一份请愿书,抗议预算削减。贝琪没惹麻烦:她和米歇尔还有艾丽嘉待在儿童室。餐厅里,艾丽嘉妈妈坐在省长代表的身边,用明智但又污秽的语言准确地表达这个国家怎么令她失望。装着她全部家当的背包放在她前面的桌子上;她用拳击打它来强调自己的观点。省长代表摘记下一些要点,不过,他主要还是用眼睛饥渴地望着艾丽嘉美丽的妈妈——看她光泽的头发,编得像印第安新娘;看她象牙般的肌肤;看她长长的湖蓝色眼睛。

座谈快结束时,唐娜看见超市男孩运来一箱嫩芦笋,就像兔子鼻子那种淡紫色。“捐赠物!”他嚷道。储藏室老鼠,她注意过,已经吞下它们所有的毒药。它们一定回到墙后,挣扎着死去。

而现在,星期五下午。从免费食物供给所,刚运过来几筐很软的西红柿。员工们想尽快煮了它们。潘姆和唐娜正在把几乎熟过头的西红柿和完全烂了的西红柿挑出来。

“那天我瞅了眼思哥妮钩的活。”潘姆说。

“钩的什么？”

“我从没见过的花样。是个空心线圈，好像常常从里面翻出来。我想象不出它的用途。”

“一个活索，会吗？”

潘姆颤了颤。“她很可能每天晚上把它解开，就像她的名字那样。”

“沉默的编织者。不过，思哥纳确实自己做衣服。她会做刺绣活。”

“也许钩线圈是她的爱好，”潘姆说，“啊。”她又一次出声，一个西红柿裂开，溅到她手掌上。

绝大多数客人已经离开。员工和志愿者们拖着地板和打扫着厨房，还要堆放桌椅。米歇尔，准备和男友度周末，跑过来——露齿一笑，两条穿着牛仔裤的快腿。“哦，唐娜，我忘了把儿童室的清洁桶放好了。得去赶公车。对不住啦！”

唐娜挥手送走她，而后，她走进空空的儿童室，去取清洁桶。

不过，儿童室里并不是空无一人。思哥纳和瑞亚坐在她们的矮椅子上，脸对着脸。她们在背诵什么，那些词语唐娜没听懂——一首不成调但感人的歌，里面有问有答。思哥纳吟诵问题。瑞亚对答。孩子的眼睛闭着，她稀疏的睫毛长长地落在她没有疤痕的面颊上。思哥纳的眼睛睁开着，绕有兴趣地看着女孩。“你不能——。”唐娜开口道，踉跄向前，小腿撞上了米歇尔的桶。

瑞亚睁开眼睛。思哥纳和瑞亚齐齐扭头看着唐娜，这会儿唐娜一条腿站着，揉着另一条腿。我们不能什么？她们似乎在问。她们犯了什么规矩？她们没在喝酒。她们没在掺杂东西。她们没在嚷叫。她们没在相互厮打。她们祷告仪式的语调有错但也没带侮辱。唐娜得怎样说完她的警告呢——你不能看起来怪异？你不能试图让你的孩子避开堕落？你不能祈祷？

“不好意思。”她轻声说。她跛着脚，推着带轮的桶出了房间。揪心的二重奏继续响起。瑞亚的用语听起来像数字。也许她在背世界首都的人口数目。也许她在计算平方根。

不管她的教义问答教学法是什么，很快结束了。现在，母女两人出来，都披着披肩，唐娜正在打理一堆新洗好的桌布。与此同时，有个小身影，有着六只手臂和腿，从浴室转进餐厅，引起了三人的注意。是艾里加，在飞。他在空空的餐厅疾冲，一个风车射出火花。接着，他妈妈也跑进来，这会儿她散着头发，光滑的头发泻在她的背包上，就像一只后背隆起的鸟。“我要抓住你！”

就是一个猛扑。风车被抓住了。尽管如此，他捕获到的不是乌鸦而是蝙蝠：思哥纳。她高高举起他，高过她仰起的脸。他朝下对着她，咧着嘴笑。她的披风悬成个柱子挂在她身后。艾里加的妈妈立马打住。

“我的宝贝！”她叫道。

瑞亚加入她们。

“我，一架飞机！”艾里加喊道，拍着他的肘，“唐娜，我一架飞机！”

瑞亚抬起双臂，模仿着她妈妈。艾里加的妈妈也抬起她的双臂。“我的宝贝。”她说着，声音更柔了。思哥纳将艾里加放进瑞亚双手绕成的圈带里。瑞亚高高地举起孩子，过了一会儿后，把他艾里加递给她妈妈。她也是，抱住他好一会儿，像是举着圣杯，而后，把他扛在肩上，往外迈步。

思哥纳整了整她的披风，而后，她转向她女儿。她们相互默不作声地久久凝望着——一种平和且亲密的对望，带着复杂交错的喜悦感。她们之间的空间忽然发起光来。虽然不高兴，但是唐娜看着。她想知道是不是她要再次向这种与人友善的美德致敬，虽然微不足道。她知道她再不会声称自己明白母女之间的任何事情。

她们离开了。唐娜走进厨房。把西红柿熬到撑破皮，还真令人愉悦。

在家上学

我躺在我们满是尘土的车后座上，头枕在兜着我爸爸两套燕尾服的衣服袋上面，头晕，想吐。越过我抬起的膝盖，我看见灰浆色的天空。前座椅背上是凯蒂姑姑的马尾辫和她的双肩，还有我双胞胎妹妹维丽的头，或者说至少是她棒球帽的顶。维丽不停地摆弄着收音机，唱着我们从爸妈那学来的法语歌曲。“Yaagh。”我经常说。

“感觉好些了，亲爱的？”凯蒂姑姑问，眼睛还是盯着前面的路。就两天前，她退出了她即将毕业的古典专业课程，抛开了那些罗马人，就好像他们全是失败者，也抛开了她男朋友。“他们坐冷板凳去吧，”她对我们说，“你爸爸是我当下的男朋友。”我们一天前离开了辛辛那提市。“感觉还是一样？”她问我。

“更糟了。”

“要是你想停车，就说一声。”

“我想停车。”

又驶到一处可以停车的地方，凯蒂姑姑靠边停下。我坐在一草堆上，头夹在两大腿中间。新英格兰蒲公英，我留意到，跟俄亥俄蒲公英不一样，尽管这里八月下旬的草似乎比俄亥俄的草更深褐色些。路过高速公路边上的一家麦当劳时，我能闻到汉堡的味道。倘若我之前不想吐的话，我现在也会想吐。凯蒂姑姑站在一旁。维丽坐在车上盯着我们看。

“要是你吐出来，反倒好些。”凯蒂姑姑说，语气温和，“晕车是你的专长嘛。”

“呕吐可不是我的专长。”我提醒她，尽管我对着我裙子说，很可能她没听见。我仍然能记起那很难看的格子图案——绿松石色和蜜桃色。那时呢——我们十岁——当时的年龄，我觉得那种格子花色超棒。我的想吐最终压下去了。我想到等着我们的美味呢：蛤蜊和龙虾。波士顿街巷就是用它们铺成的，爸爸说过。

我晕车的毛病跟我的内耳有关，我们的儿科医生告诉我们：压按了一下后，这位医生委婉地说，我长有一根不规则前庭管。维丽的前庭管规则些。较正常，比较好——不过，他没说这些。谁在乎呢？我的记忆力比维丽更加特别些。就是说，维丽记得很多，而我几乎没什么记不住。

另外，在资质和品位上，我们很相像，尽管我们长得不像——我黑她白，我鼻子又钝又短，她的，又长又细。那时，我们两都梳辫子。

我没吐出来，在去波士顿的两天路上，一次都没吐出来。我爸爸开始生病时，他有吐过，要是头疼犯了，他也吐过。他和妈妈已经住进我们的新家，而我们还在路上，我仍没吐出来。我们的新家是市内一栋三层楼里租来的公寓。爸妈带着两行李箱，还有爸爸的小提琴，先行飞过来。“波士顿的医生比家里的好。”妈妈解释过，“不对，不是好些——而是，对爸爸的病更有经验。”

“他们吃的全是贝类海鲜。”爸爸调侃地添了一句。

不去医院接受那些可疑的医生的治疗时，爸爸和妈妈睡在前面的卧室。一组红木家具一直陪伴着他们。有脚的高橱上有一排爸爸用的药物。妈妈的香水瓶映着药品。琴盒里的小提琴平放在低矮的化妆台上。我们没有问谁顶替了爸爸在乐团四重奏中的角色——也许是老普里马克吧。他也在交响乐团表演。

凯蒂用中间卧室。维丽和我共用后面的卧室。从我们的窗户望下去，地面褐色椭圆形，天竺葵粉红色，围着隆起的院子。从我们三楼水平望过去，景致较令人振奋——隔板材质的三层架子床像我们的床，它们后面的卧室离得很近，晚上可以望进去。是小孩房。我们给这些孩子取了绰号：鼻屎鬼、鬈毛、四眼崽、朱顶红。朱顶红是一位喜欢阔步走路的女孩，她漂亮的头却总耷拉着。她大约十三岁。从这些较近的房间再望过去，我们能看见他们街道另一边的些许地段——前面带门廊的独立屋多些——过了那一排房屋，还有一组后窗。“像风景。”维丽说。我知道她的意思：这间公寓，重叠交错的排排外墙破坏了视角，把白天景观变成了背景幕。晚上呢，邻近窗户亮起灯，窗后的房间感觉很深，甚至很紧凑。鼻屎鬼在倒立。鬈毛在床上看杂志。朱顶红讲着电话，笑着。

有些门廊架着铁板烧，烧炉中央是黑的。当下是铁板烧时代。也是自我意识增强的年代。去年，我们三年级学生接受教育，说是女人想做什么就可以做什么。我们被这么得意扬扬的宣讲搞糊涂了；

另外，没人在家这么暗示过。那年是反战活动和暗杀活动的一年。休伯特·汉弗莱[①]在一酒店电视屏幕上亲吻了自己的脸。癌症治疗方面有了重大突破。

每次爸爸去医院看病，他得和其他病人共用病房——有时是老人，有时是年轻人。他们也都处在手术康复期，接受治疗的阶段。爸爸戴着穆斯林头巾，全白的，虽然中间没有配上宝石。他和凯蒂姑姑是兄妹，但不是双胞胎，不过，比起维丽和我，他俩更像彼此——同样丝滑的红头发，同样柔和的棕色眼睛。爸爸的眼睛现在暗淡了，头发也已经消失在他苏丹人的头饰中。

绝大多数早上，维丽和我看见凯蒂姑姑和妈妈在餐桌旁，静静喝着咖啡。秋天，几缕浅褐色的光线常透过一扇斑纹窗户投射进来，不过，到冬天，仅见一盏台灯投射的光：黑色小罐，它的纸张纹理就像一张衰老的脸。我们没有任何电器——缺这少那，也好，因为厨房也没有电表一类的东西。我们把陶器和餐具都储存在一独立橱柜里，抽屉在下，货架在上。我们的罐头食品排列在浅褐色搪瓷炉上面的壁架上。炉上搪瓷有几处已经脱落了；看上去就像一只病野兽的兽皮。凯蒂和妈妈说这个非典型性带图案的炉灶是时代产物，有纪念意义；他们像爱自己的宠物一样爱着这炉灶。

一台崭新的冰箱差不多占了整面后墙。对于我们这么脏的吉卜赛式厨房而言，这冰箱太大了，原来那摆的是一个小一些的冰箱。小一些的冰箱搬走了的地方，妈妈摆上了她的打字机。在打字机上方的墙上，她钉了一块松木板。松木板上飘着电脑编码纸张。打字机

① 休伯特·霍拉蒂奥·汉弗莱（Hubert Horatio Humphrey）：美国政治家，曾任明尼苏达州联邦参议员。1965—1969年出任第38任美国副总统。

早上通常关着，不过，需要打印时，妈妈打开它，我们走进厨房就能听见打字的嗡嗡声。早餐当中，打字机会耸下它的肩来应对猛然的击打。接着，信息开始打印出来。纸张从滚轮上颠簸上升着。有时，滚进我们厨房的是妈妈正在着手进行的项目文件，上有三个字母的指令和稀奇古怪的地址：

变微弱

犯小错

转别处

我们懂这个流程的意思，先信息传送，然后，控制传送。我们懂八进制和二进制，以及它们永恒的对应。分数和小数，尽管如此，对我们仍属于未知领域；维丽呢，激发着她并非非典型的记忆力，耐心学着长除法的各种方法。

早餐时，妈妈和凯蒂穿着带花纹图案的蕾丝便服。他们磨蹭着喝着她们的咖啡，好像她们有一整个白天时光用来打发似的。初秋季节，爸爸常待在家些，而不是医院。当他起床，准备吃早餐时，他对她们说，她们看上去像交际花，维丽和我看上去像半朵交际花，我们都是他的后宫佳丽，打字机是他的太监。

新英格兰冬季来临时，妈妈买来燕麦片。那些漆黑的早上，燕麦在炉灶上沸腾着。我们很讨厌燕麦片。不过，它属于常态粘合剂，说是可以黏住孩子的肋骨，让他们把一早上的数学和语法学完。于是，我们用勺子舀了些进碗里，和妈妈，还有姑姑，在圆桌上一起吃。她们各自都已经看过报纸；当下，她们又各自分出几张给我们读。打字机抖动着。凯蒂起身再倒了些咖啡。她的屁股跟男生的屁股一样瘦弱。她坐下。打字机轻敲着。过了一会儿，妈妈起身。她弯身看打字机，头发往前垂落下来，一只手展开，放在蕾丝花边装饰着的胸前。

程序员在自己家安上一台电传打字机，那年代不常见。不过，我妈妈不是一位普通的程序员。她的头脑可以弯曲成一台机器的线路。她懂它的语法，懂得利用它简单操作的逻辑。“我有那么点天分，”她坦然地对我们说，“我也就是天生就有，就像雀斑。”五十年前——甚至，十年前——拥有这种能力的人会不得不转到会计、编织或是智力拼图类工作。我妈妈生正逢时。这方面看，她是幸运的。

一个星期后，她就找到了一份兼职工作。一个月后，她即获得可以在家安台电传打字机，而且，对她工作时间不限，并付给她原来薪资的两倍。她要参加每个星期的员工例会；这是对她的唯一要求。不过，她认为和同事来往联系挺重要，再就是，她通常总是做的比要求做的多。所以，她和我们每个星期去她办公室两次，经常待到半夜。那时候，早上，她去看我爸爸，然后，开车回家接上我们。我僵僵地坐在前排座上，下决心自己不要晕车。

那时，电脑是笨重的庞然大物，带有各种灯、开关和呼呼作响的磁带。妈妈的机器在一个空调仓库里，被嘈杂的办公室包围着。办公室用纤维墙板隔开着，桌子就是铁腿上放上木板的那种。我妈妈的办公室墙壁光秃秃的；不过，其中一个角落里，有一对老式带扶手的学生椅，各三十度角对着摆在那。妈妈从医院附近的一家二手店里买的。两张椅子中间立着个超大的锡桶，塞着书籍和游戏。桶下面是一张仿制的小东方地毯。任何时候我看到幸福这个词，我就想到那个角落。

妈妈的同事几乎都还没结婚，没人做父母呢。有人带着狗来上班。一天傍晚，妈妈一位共事的程序员带我们去看摔跤比赛。每次摔手被拳击倒,我们都屏住呼吸,摔手要复活了,我们就叹息一声。那年下半年,一位年轻女士带我们去看花展。在粉刷的房屋前的泥土上,来自近郊城镇的俱乐部开辟了一个真正的花园。我们买一盆水仙和一株纸罂粟回家。“我要从这纸罂粟里提炼出纸鸦片来。”我们的爸爸用他已微弱的声音说道,“我们得有这样的梦想……梦想!”他突然叫出来。

不过,户外出游很少。绝大多数时候,我们在我们的角落里打发着妈妈的工作日。

有一位年长的秘书,为我妈妈的小组效劳。她保持着惯常的工作时间,过了好长一阵子,我们才跟她有了交道。不过,十二月的一天,下午大约五点钟,我们离开三明治自动售货机回来的路上,她拦住我们。她坐在她打字机边上,朝我们说话时,手指也没从字键上抬起来,虽然她停下来,没在打字了。“哈丽特和维丽玛。”她招呼道。

我们只得说:“你好,玛斯特司小姐。”我们笑着,想匆匆逃开。“哈丽和维丽。”维丽纠正她说。

玛斯特司小姐将手滑落在大腿上,用力相当重。“双胞胎,但不相像。”

“友爱两姐妹。”维丽说。

“你们几年级啦?”

“四年级。”我说的同时,维丽说:“五年级。”

“呵呵。”玛斯特小姐回答,不过,她语气很是审问的语气。

“她很厉害。”我说,我的说法要命地撞上维丽正相反的评价:“她够迟钝。”而后,我们疾速逃了。当我们拐角时,我抓住维丽嶙峋的肩膀。

“你想上学吗？”我追问。

“想啊。”

妈妈正坐在她桌子平板边，写着编码。伏案工作时，她齐肩的头发，浓且软，自动分开，垂在她脖子两边。我们拿着三明治和书坐在我们的椅子上，我们的存在没被察觉。我们懂得那种专注，不是漠视，让她忽略了我们，就像我们懂的那样，爸爸的突然发火是因为疾病，而不是愤怒。

妈妈的铅笔滑动着。我们读着，嚼着。她开始发出嗡嗡声——是她解决了一个问题的信号。她直起身，向外挪动椅子，不过，椅子略有抵抗，啊哈。我抬起头，开始跟着妈妈哼着的曲调唱歌词。歌曲是《早上好》，电影《雨中曲》的插曲——我们在家中屋子里看过两遍，还有一次，看的是谁的电视来着。维丽也跟着唱起来，第三声部高些。我们唱歌词，妈妈也不哼调子了，哼起低音部。带我们看摔跤的程序员，走对角线地走了进来，而后，停下来听我们临时起意哼起来的小曲。

不跟妈妈去上班时，我们跟凯蒂去上班。妈妈动身去医院后，我们做完家里的清洁活（凯蒂头发上扎了个印花手帕），然后出发去图书馆和南北战争纪念碑，也许，我们会在一座砖砌的小教堂听风琴演奏，或是参观寒冷的瓦尔登湖，坐汽车旅行，或是在赛斯特体验每日小聚，坐火车去，或是蜷在家中，听我们姑姑读她自己翻译的奥维德诗篇……这之后，我们出发去蜜蜂餐馆。凯蒂姑姑在蜜蜂餐馆上半天班，从四点到八点。

去餐馆的路上，我们看见街区的孩子们挺投入地进行着各种儿童活动：练篮球投篮啦，照看小不点啦，或是呢，在杂货店里起劲地盯着糖果柜台，这样，露斯宝贝糖就会跃进他们的兜里。通常我们认得我们透过窗户侦察到的那些青少年——鼻屎鬼，他两手安稳地放在口袋里；鬈毛呢，漂亮；朱顶红，真美。其他孩子，也一样。他们身穿半新的廉价衣服，在大人看护下正正经经地长大成人。他们都是白人，少有不白皙的。不过，朱顶红除外。她黑黑的眉毛掩着黑黑的双眸：在这片爱尔兰土地上，出现了一位迷人的地中海女子。

我们看着这些熟悉的陌生人，他们也在看着我们。他们在猜我们是谁吗？教区学校的学生很可能以为我们在上公立学校；他们没注意到我们没穿天主教学者穿的百褶裙和白衬衫吗？他们彼此怎么说我们的呢？我们推测着他们的推测。

“因为我们身体虚弱，我们在家接受学习指导。”维丽建议这么说。

“由我们的大亲戚负责。”我加了一句。

凯蒂姑姑咧嘴笑了。

蜜蜂餐馆是哈拉茨家族开的。哈拉茨米饭不定是用意大利乳清干酪做的；哈拉茨巧克力派含有巧克力饼块。我爸爸不闹腾时，凯蒂姑姑这么说，我们会带上这里的一样甜点回家，再加一盒大麦炖牛肉。虽然都很好吃，爸爸却吃不完。

我们渴望在柜台后面和安顿・哈拉茨一起尝试快餐烹饪，也想试试和凯蒂一起做服务生。不过，禁止童工的法律远比禁止逃学的法律严多了。弗兰兹・哈拉茨，安顿的爸爸，只让我们在厨房里做事，那是个公众看不到的四方形屋子，屋顶很高。哈拉茨先生，戴着个好像厨师帽的贝雷帽，教我们怎样像外科医生那样彻底洗涤。他教我们用手过重草本类食物，而后，用我们的手掌把它们捣成粉末，再就是，用大白菜叶子把迷迭香加甜味的剁好的肉卷起来，以及打蛋清直打到绷带那样硬为止。

有几个早上，凯蒂去看我爸爸，妈妈和我们一起在家，还有那太监。我们不反对不让我们自己待着。我们知道我们的能力不是问题，就如同我们知道凯蒂姑姑斥责蜜蜂餐馆一些无耻客人对她得寸进尺，而且她总和安顿保持距离，她这么做，并不是因为她对男人的憎恨。我们知道，冬天有些早上，妈妈在客厅将她的面颊贴着妹妹的脸，倒不是因为维丽瘦骨嶙峋的缘故；妈妈在厨房突然给我拥抱，也不是因为我有晕眩的毛病。还有，虽然维丽和我喜欢看看邻居们干些什么，但并不是因为看不见朱顶红梳头，我们才改进我们的侦察技术。我们改进侦察术，其实是为看我们自家两朵交际花。那年的年头，我们看见她们互换了眼神；此后，我们不用看她们，就能感觉到她们的眼神传递；甚至最后，她们不需要交换眼神，我们就感觉得到。

我经常在夜里起床——用浴室，如果有人问的话——不过真正是想能更凑近客厅黑黑的热气。

有时，在立式钢琴上，凯蒂姑姑弹奏肖邦或舒伯特的曲子。通常，她躺在长沙发上，双膝弯着，看书。妈妈坐在桌边，编着程。音乐从高保真音箱里传出：罗莎蒙德、艾格蒙特、齐格弗里德。这两位女性交谈得不多。有一次，甚至没有先兆，妈妈从桌子边起身，穿过房间，几乎摔向地面，还好头枕在凯蒂姑姑的肚子上。她开始无声地哭泣。凯蒂姑姑呢，放下她正看的书，书仍展开着，罩在她自己的前额，像一顶墨西哥宽沿帽。她用她的左手稳住书像是挡住风似的，用她的右手拨动着我妈妈傻傻的头发。

三月份，爸爸转到了一个康复中心。一个星期六的下午，我妈妈带我们去那看他。我们开车穿过市区。康复中心附近是一些根本不知何用途的建筑,很难看,其中有一处我们知道是一个很热门的旱冰溜冰场。

爸爸没打静脉注射。“一只自由的鸽子。”他说,晃动着自己的眉毛。他的步子不稳,不过,没用拐杖,也无须太过倚重妈妈搀扶,他还能走——他胳膊绕着她胳膊,差不多就是拥抱着。我们四人艰难地上下走过道,似乎不太敢停下来。我想他在猜接下来会发生什么——肿瘤稳定地增长着,右眼盲了,进行新手术,而后,新手术失败……沿着磨出光的漆毡,这位病人迈着步子,对着妻子的耳朵低语着。她头发分开,露出她温顺的脊背。我们跟在后面。

四点半,爸妈最后坐在爸爸的病床上。他们准备一起去食堂吃晚饭,他们说。那的饭菜一直营养得当。

“坏脾气,”爸爸吐露道,“可能你们两个想出去吃比萨饼。”

如果我们待着,我们可以看到她吃,看到他假装吃,自己吃——看!好孩子—— 吞下蛋糕,炖的水果。“可是——”维丽开口说。

“去吧。”妈妈说。

我们跋涉着走过走廊。每间病房躺着两位哀伤的病人。

必胜客,离医院两个街区,花砖墙,带股野生的气味。没有小间,只有桌子。离晚餐高峰时段还早。除了几个穿防风夹克的孤独客外,我们是唯一的顾客。我们点了比萨饼,坐下等着。

四个女孩推门冲进来。我们认出她们是同一社区的。她们一定乘电车或地铁过来的——据我们侦察,我们知道他们从没坐车去过哪儿。溜冰鞋搭在她们肩上。朱顶红的,装在牛仔裤袋里。

“嗨。”她们说。“嗨。”我们说。她们一行走向柜台去点他们的比萨饼。我们观察着她们各自的后背（挺直的，圆背的，单薄的，被辫子分成两半的）和各自的站姿（跳跃的，懒散的，女王范的，手在后背口袋的），她们的鼻子，当她们扭头将侧面朝向这边时，她们的疲惫或意图；当她们到电唱机前或去上女厕，她们的放松；当她们差不多集合在她们桌边时，有一个总是起身要东西，纸巾在哪啦，说着，笑着，头凑到一起，头分开，眉头在桌子上滑翔着。戴眼镜的女孩——我很肯定她的名字是珍妮，好多女孩叫珍妮——坐的方式我很熟悉，她右膝盖朝外弯，这样她右脚可以放在椅子上，她左大腿架着右脚，像块砖压着个圣诞节布丁。这个姿势会造成深度令人麻木的痉挛；我知道那种疼。

“维丽。”比萨店员叫道。维丽起身去拿我们的比萨饼。女孩们没看她。维丽把比萨饼拿到我们坐的桌子上，我们分了，还有沙拉。“尼科尔。”店员叫。我认为是珍妮的那个女孩伸开腿，和朱顶红一同去取比萨饼。尼科尔和朱顶红将大大圆圆的比萨饼小心地放在桌上。然后一阵不体面的争抢。她们大笑着，抢夺着，指责对方贪心，有一位可乐洒了。“猪！”她们嚷叫着。“看谁在说话。”“珍，你个贼。”戴眼镜的尼科尔说，大笑着，此刻朱顶红将比萨饼的一角翻转向另一角，想用它做三明治，自己那份可以双倍。“珍，你这头母牛！”

所以，朱顶红正是另一个珍妮。她抬起她的脸。她这下戴上了番茄酱胡须，更漂亮了。她直接看着我。然后，又直接看着维丽。四眼仔——尼科尔——也抬起她的头，顺着朱顶红的注视——珍妮的注视，看了过来。而后，第三个女孩看过来，再就是，第四个女孩也看过来。

我们一分钟内就超过了她们。我们挤了过去，不如说两男孩气的十一岁女孩朝四个适婚女青年挤过去。十一岁？是的，我们一个月前庆祝了生日。我们是官方意义上的青少年，我爸爸在我们家前面卧室的床上说（那个周末，他挺折腾人），递给我们一人一本真皮日记本，一个褐色，一个蓝色。十一岁和十九岁之间任何一个年龄，都包括，数字上属于青少年范畴，我妈妈解释说；如果我们喜欢，我们可以说自己是十岁档或十多岁档。很多语言都这么划分，凯蒂姑姑确认道。

我们十岁档；我们把这个有趣的事实说给我们的新朋友听。我们谈到比萨饼的馅料。我们谈论我们从没看过的电视节目。还有社区里的男孩子。

"你知道凯文吗？"尼科尔问。

"我知道他是谁，"我谎说。"忒邪的。"我们知道忒邪意指"很棒。"

我们喜欢罗伯特·理德弗德吗？滚石乐队呢？我们看过查煤气的吗？

没人问我们上几年级。

我们滑过冰吗？

滑冰我们超爱，维丽说。我们几乎就是在小钢轮上出生的。接下来是看电视和拔眉毛……

"我们周六很多时候都来这个溜冰场。"朱顶红说，她对于我永远不可能是珍。她站起来，她的成员们跟她一起站起来。"或者我们会在这再见到你们。这里。"

听，听：这里。我们之间进一步的接洽会是在我们的社区之外。我们明白：她们家里人知道我们，不是想得那么了解。也许他们家人瞅见了我妈妈和姑姑穿的浪荡连衣裙。也许,她们对戴穆斯林头巾男人带有偏见。

这些学生妹走了出去。维丽和我慢吞吞地回医院去。妈妈正在昏暗的大厅等我们。我们仨,一声不吭地走向车去。

晚春时分,爸爸最后一次回到家里。他再也吃不了东西,除非算上茶。“我想弹一弹。”他对凯蒂说。

每当四重奏或交响乐响起,他就坐在琴台上,很遥远,就像音乐将他升抬起来,离开我们,他的手臂肘部前后滑动,好像拉着他去往我们无法企及的地方。他甚至和自己也脱离开:他左手的手指像是自己在跳舞。尽管如此,他有次在我们中间演奏,在妈妈最小弟弟的婚礼上;他站着,应邀演奏《周年华尔兹》,用的是请来的三重奏乐队那借来的乐器。那种场合,他穿着他的燕尾服,在他黑白色服饰下,他的红头发给了他一种忙碌着的快乐。妈妈告诉我们《周年华尔兹》是一首古老的俄罗斯曲调,被剽窃,填了词,为的是满足一场音乐剧的需要。

我们租住的客厅里,爸爸没拉《周末华尔兹》。他拉了一些甜美的曲子——一些门德尔松的曲子,一些格鲁克的曲子——凯蒂姑姑也伴奏得不错;非常好了,她一边悄悄哭泣着。然后,他拉了《浪漫吗?》,凯蒂也恢复过来了,用独奏方式推进,奥斯卡·彼得森尼斯的曲子。我们知道这曲调和歌词,我们本可以跟着哼吟,甚至合着唱。不过,我们一声不吭地坐在沙发上,中间是妈妈。外面,路灯闪烁在其他材质的隔板墙上。天空是紫色的。爸爸穿着医院的病袍,套在奶黄睡衣上。他拉到最后一个音符时,眼睛闭着。沉默无语。厨房那边,电动打字机开始哔哔作响。

“没有依附条款。”这位校长回答到，八月时。“没有中世纪。”她喃喃说道，不过是一种善意的方式。她正试着决定要不要录取我们上五年级，或就是简单地声明跳过它。“告诉我，你们都学了什么。”

维丽坐着，望向办公室窗户外的草场。我坐着，望着维丽。

“你们学了什么？”校长柔声地重复道。

我们依旧不吭声。于是，我们得重读五年级，或是先忍受它，谁在意呢，同样的差异。维丽真的掌握了长除法。我从来不知怎么遗忘。

悬而未决

南希在辛茜亚的婚礼上算撞上了。

事情是这样的，辛茜亚的一位叔叔爱上她了。

“我亲爱的小姐……汉克斯？”

“哈斯肯。”

“就是啦。甜美的毕业女生。好可爱的绿茎。你多大了，汉克斯——二十吗？”

“二十一。”南希直言。一对舞者在他们桌前晃着。南希在她的餐盘之上晃动着她的串珠包。她的太阳镜一掉到盘上，她就去抓。两个跳舞的，露脸一看，是辛茜亚和她的新婚丈夫，两人飘然而去。

“眼镜，还有那条淡绿色裙子——你让我想到好学上进的水中仙呢。”这位叔叔说。当他的手蜿蜒在高脚杯间朝女孩肘部方向去时，他太太最终来认领他了。“我又不是个老呆。”被太太领走时，他抗拒道。

就这样，这么一场婚礼。第二天下午，南希，穿着粗布牛仔裤和T恤衫，消沉地倚靠在灰狗长途车车窗边。长途汽车沿着新汉普郡一条高速公路轰隆隆地朝北开着。她的粗呢袋搁在头顶货架上。南希从她后兜里抽出一本迷你书，打开。那位叔叔或许不傻，不过，他没啥判断相似点的眼光。她可不是一位仙女。不过呢，要说她真正像什么，那就是像一名家教——教德国文学的家教，就是说：年轻绅士雇来陪伴他们在白云石山脉[①]徒步的那类人。在大把花钱与酒吧女招待嬉戏时，他会引用歌德诗句。南希在诸多生平传记里已经看到过这类学者的照片——柔软的头发只盖住耳朵，长长的下巴，还有金框眼镜。这类相似很明显。她用梳子梳通她的刘海，寻思着白云石山脉在哪。

此刻，高速公路两边的树木高了些，也绿了些：缅因州了。南希在座位上移了移，拿出她的忘忧珠。疑惑时，说说你拥有的。一个学士学位，优等毕业生；一个男朋友，卡尔；精通好几门语言的技能；一名不错的正手拍球手。是了，她还是滑雪行家。再呢，言行谨慎；一年多了，她不可救药地对一位四处漂泊的网球教练产生了强烈感情，也没引起人起疑。她可以的。前面，她家人在等待，一如既往——三位女至亲，俯伏着。她会没事的。

六点时长途车驶进雅各布镇的停车场。到了站，南希下车，掌中书、梳子和珠子放在后兜里，粗呢袋挎在肩头。她快步离开了城镇。人行道越来越窄，之后，完全不见了。公路爬上一座小山。山顶上，一根路杆上的牌子标示着雅各布镇乡村俱乐部的入口处。标牌下，

---

① 白云石山脉（Dolomites）：意大利东北部，亦称作Dolomite Alps。

这位女孩坐了下来。

几天前，大概这个时候，她的亲戚，从她的开学典礼开车回来，应该到过这里——疲惫的女士们，香槟喝得都头疼着。南希能想象她们的情形。劳瑞姨应该坐在吉普车的车轮上，她厚嘴唇叠在一起，像弯曲的手臂一样。南希的妈妈应该在她边上，像芦笋一样纤细。大表姐菲比，在后座打着盹。她们咯吱咯吱地艰难上着山，灰尘扬起，唤醒了草地上的一名流浪汉……而后，她坐起来，南希看见今天停下来的是一辆雷诺，不是自家的吉普。两只金色眼睛放着光，正看着她。“哈斯肯小姐吗？”

“是。”

“鄙人利奥波德·帕帕斯。”他说，说给她听她可以自己看到的东西，展现给她看她自己虚构过的情境，而且是她虚构过很多次的情境：这座山上，此刻，他会出现，刚赢了比赛，满身是汗，邀请她和他一同驾车，一起跳跃，一起飞扬……“嗨。我能载你一段吗？”

“跟你说实话。我想走走。”

“噢。利于消化。”

“是的。”

“本季，俱乐部见？”

她点点头。

他发动车，开走了。

南希脑子一片空白，大约过了五或十分钟。接着，她缓慢站起来，提起粗呢袋，徒步前行。很快，就到了她妈妈的住处。松杉浓密。她离开了公路，走上一条小径，到了一处空地。依然林木遮蔽着，她凝望着她的家。

是一幢低矮的白色独立屋，此刻，夏天傍晚，银白一片。宽敞的门廊绕着地上一层。楼上，几扇老虎窗棂和几处角楼。屋子很舒适。这儿，可以写剧本，或是谋划革命。这会儿，门廊上，三位圣彼得堡女伯爵正在喝傍晚茶。她们的体态似乎略显傲慢了些——人得眯眼，斜视一番，方可确定——是的，是傲慢。南希叹了口气。从口袋抽出某样东西，她举起来，瞄准着……

“是你吗，南希？”

“是我，妈。”她走过草坪，一条腿放在门廊栏杆上，摆动着。菲比表姐探身过来，轻拍她的膝盖。

“你在那做什么呢？什么东西闪着银光。”

“钢，”女孩又改口，“一把钢制梳。”

“哦。我以为是把手枪呢。”

南希把梳子递给她，换了条腿摆动着。

“欢迎。”劳蕾特姨妈说道，鼻音厚重。

“欢迎。”哈斯肯太太轻柔地说。

“欢迎。”菲比说。

她们将茶杯里的松子酒一饮而尽。哈斯肯太太温和平静。劳蕾特姨妈呢，一头橙色球形头发，咧嘴一笑。菲比用南希的梳子梳着她的裙子。他们毕竟不是贵族——只是装腔作势罢了。

“啧啧，”菲比说，“啧，啧，啧啧，啧啧，我的姑娘；回到家也不是那么糟的。”

也不那么好吧。就刚过去的这个学期，南希经常狂想她的未来，总是想到一种简单愉快的职业：女家教。不过这年头，谁需要女家教呢？南希发现，现在上流社会的大龄女青年们开始从事其他行业。

挺隐蔽，她们以妓女或说客身份在华盛顿出现。至于她的朋友，有的在纽约公寓里安顿下来。有的，正往西去挖掘。有一个，已经开始靠船屋谋生。不过，这类生意不在南希考虑范围之内。她要将她的家庭考虑进去……

此刻，她们正在为她考虑，借着她们的杜松子酒，很冷静地认为她就像她的姨妈们，也就是她们多少像是在扮演的角色，因为，菲比吧，似乎比做表姐的关系要近些，哈斯肯太太呢，似乎比做妈妈这层关系又要远些。不过，姨妈也好，或是前辈至亲也罢，直系或是旁支，这几位疯疯癫癫的女士都是南希的血缘亲人。血亲关系，她们彼此表明——同族，还有情义。

南希从栏杆上滑落下来，坐在吊椅上。菲比递给她杜松子酒和薄荷。她妈妈笑着。劳蕾特开始吹口哨。

“你好，南希。”窗台边，一位女佣招呼道。

“你好，伊内兹。”伊内兹消失了。

“那天，婚礼上，你跳了不少舞吧？”哈斯肯太太问。

“跳了一些，和辛茜亚的叔叔舅舅们跳的。”

“男人就是爬行动物。”劳蕾特说，每年冬天，她飞去加勒比地区，消失两个星期，“我真的像西蒙·西涅莱[①]吗？”

“像姐妹。”菲比表姐说。

“卡尔怎么样了？”哈斯肯太太关心道。

“打昨天起。”菲比加了句。

“……挺好的。”

“你不爱他。”哈斯肯太太暗淡的眼睛镶着黑边。她守寡十年了。

---

① 西蒙·西涅莱（Simone Signoret）：法国女演员，获得1959年奥斯卡最佳女主角奖。

“不爱，我不爱他。”南希说。

“他爱你。”菲比道。

“世道常情呀，”劳蕾特快言快语道，“常常是阴错阳差。怎么说呢，爱是什么呀？欺骗，发狂。我喜欢卡尔。”

“我说呀，就他了啦，”菲比说，“或是，算了。”

“玛西玛·格拉克死了。”哈斯肯太太说。

“那位上了年纪的学校老师？坏消息。”

“还有萨金特先生。”哈斯肯太太眼睛盯着一英寸厚的柳条。菲比表姐按摩着一条腿的静脉。劳蕾特姨妈估算着自己下一趟风景之旅的价格。

菲比说：“我们正在考虑收养一个十二岁的男孩。”

“具体谁呀？”

“没呢。我们最好再看轮电视，再做决定。”

“你妈妈织起东西来了。”劳蕾特说。

哈斯肯太太接着说：“不然的话，我们啥都没变。”

“自打昨天起。”劳蕾特说。

门廊吊椅不怎么摇摆了，她的搭档粗呢袋静静待在那，不过，南希试图要荡起来。吊椅刮到地板，打住了。“我得开包收拾放东西。”南希低声说着，快步闪开了。

楼上，她房间里，衣服飞得到处都是；最后，框在相框里的卡尔从一件毛衫里露出来。他的脸和她一样清瘦。他也戴着眼镜，再有，他们有着一样青丝挂面的头发。校园里，别的学生常常误以为他们是亲戚——兄弟俩，南希说。她把他放在桌上，走出去，上了一处木制小阳台。在那,她摆了个食利人[①]的姿势——双臂展开,手放在栏杆上。她要捕捉到一份有趣的工作,她发誓。她想研究海森和托马斯·曼。她不会去补晚上打桥牌四缺一的份子,她不会去拜访本地讨厌的家伙。这份稳健能让她充分准备,蓄势待发。她仍在想:是否眼前本放弃了未来呢,还是,你必须像一位鱼叉手那样追逐自己的命运?这时,她听见她妈妈叫她吃晚饭。她跑进屋,穿上让她自己觉得像位校长的衣服,女扮男装样。很虔诚地,她吃好了饭。傍晚已过。

这就是南希在家的第一天。之后几天,乏善可陈,不过,第二个星期的星期天,她整个人黏在门廊摇椅上。她陷在摇椅里,阅读着劳蕾特收集的侦探小说。早上,她挺晚才起床,一醒来,就发现早餐已等在那,快乐的伊内兹准备好的。伊内兹有个情人,南希妈妈从桌那头告诉她。南希查看着广告。镇上,劳蕾特经营着一家服饰店,此刻她正在铺陈夏季货品。菲比表姐呢,在一棵树下,整理着她的回忆录。

从在门廊喝鸡尾酒开始,晚餐一直持续到在客厅喝完啤酒为止。

"你正打算找份工作?"哈斯肯太太偶尔问起。

"是。"

"当然,她在找呢。"菲比说道。

"很快能找到的,"劳蕾特应诺道,"我们去看电影吧。"

每个星期三傍晚,吉普车就蹦进镇子里。劳蕾特把着方向盘。回家路上,南希开车,慢慢在树叶茂密的漆黑中探测前行。车前座,她和劳蕾特像情侣似的,也没说话。车后座呢,另外两位正打着瞌睡。

她觉得挺受宠:一位受人喜欢的小侄女。她觉得没什么日常事物要做,除了每个星期三下午的网球课。球场上,她活力四射。

---

① 食利人(rentier):靠收租生活的人;靠股息生活的人。

“不要挥砍！”利奥喊道，“羽毛球不是军刀。”

七月某个星期一，黛青色的天空。南希，人在球网边，眉头紧锁。利奥掷了个高球。南希呢，手过头，硬邦邦地接住她的羽毛球，像一种挡势。球当面击来，打到了球拍颈部。利奥来到网边，和她一起。这个冬天，他的肚子微微渐长。他右膝盖带着一个熟悉的疤痕。

“还好。要练习角度反应。”他说。

“好的，”她答道，“周三见。”

那晚，晚饭时，菲比说：“我听说他很松。”

“你指什么，松？”劳蕾特厉声道，“**放荡**，还是无节制？”

“没有约束，”菲比答道，“去年，他宅着。今年，人们看见，他和镇上所有漂亮妞都处过。你知道，他过去教艺术史吗？他还在欧洲荡了几年？他最近在上医学院？他三十岁。”

“三十一岁，”南希说，“总之，他人很放松。”

“他的眼睛像菱形纹。”劳蕾特话中透着渴望。

南希开始早早地去上网球课。她没换装束，尽管如此——宽松的绉布短裤加一件T恤。棕色迷人的透镜罩着她日常戴的眼镜上。她带着报纸。上课中途，课间休息片刻，他们会并排坐在一张泛白的长凳上，这成了他们的习惯。利奥呢，之前出国六个月期间，渐渐喜欢上某些地方，就谈着他喜欢的那些地方。某家伦敦酒店，挂毯已褪色，亚麻布破了，你仍会觉得这酒店传承下来的是一种温和文雅。德尔斐①的庭院，白天呈白垩色，黄昏时泛红和浅黄褐色。人们不喜欢参观皇家宫殿，虽然，在那根冷冷的柱廊后面，可以找到一家冰激凌店，还有一家罗马尼亚家具店。

---

① 德尔斐（Delphi）：古希腊城市，以阿波罗神庙闻名。

“你酷爱旅游。”南希肯定地说道。

“当然。”

“人们应该在哪待哪为好。”

“应该吗？你呢，也应该很喜欢探索各种新地方吧。”

“可能去看看白云石山脉一带吧。”她抿着嘴说道。

利奥带着一顶有些破旧感的帽子，小贩和小马驹戴的帽子。他琥珀色眼睛让她想起解充血药。她渴望给他的喉咙着色。

“我们看电影去！”劳蕾特一直在提议。

“我们来了！”南希一坐下，声音渐消，心不怎么在焉地看着片子，总是深信这么昏厥一下，会让她显得有所变化。仅次于看电影，她最喜欢的，是待在门廊那看看书。到了八月份，她已经不看侦探小说了，而是喜欢上厚厚而且冗长的长篇了。

有时，她骑自行车去镇上，在图书馆看书。长窗户敞开着，朝向洒着水的草地。有天，大概五点半，她看着书，一抬头，看见利奥在草地对面那端。他旁边站着一位年轻女士，一身浓重装扮。街上，停着他的雷诺车。利奥在查看着停车泊费计量器，他拇指翻动着硬币槽，下巴靠着他的胸——计量器和什么联上了。他的同伴向上收紧她的小腹。这会儿，他们走着。南希离开图书馆，踩自行车回家。和平时一样，在路旁一块大岩石边，她停下。这个季节，从这大石块看下去，能俯瞰到利奥的家，一个单间小屋，南希在脑海里布置着这间小屋：一张简易的床，一块小编织地毯，还有，衣钩上挂着一顶马帽……她站着望了一会儿，然后，蹬上她的自行车，往家赶着。

我想你，辛茜亚写道，现在，你的计划是什么？

南希躺在摇椅上，像具僵尸似的。一顶草帽，一顶硬草帽，扣着她的额头。《查尔斯·格兰迪森爵士》守在她的胯部。蚊子在天花板上嗡嗡叫着。这是星期一的十一点钟，是劳蕾特放假的第一个上午。劳蕾特悄悄踱到门廊，穿着一件家常服，头发卷着发筒。

“南儿，我要去纽约一两个星期。一起去。我们住一家不错的酒店。”

“好啊。”

劳蕾特在栏杆附近坐下，脸对着太阳。“我们会举办一场舞会，”她表示，“我们会给你一套秋装行头——天鹅绒裤套装，也许吧。你在哪儿买的那顶帽子？”

“一所慈善院里。你会对那些售货员使美人计吗？”

“会。”劳蕾特闭上眼睛，“虽然幽默有趣是我的本性。我前夫选择我，就是因为我是个打趣的人。”

南希记得那位前夫，歪嘴巴的药剂师。他又再婚了，四个儿子的爸。“为什么你要放他一码呢？”她问。

“我以为我可以做得更好。”劳蕾特抬起头，眨巴着眼睛，阳光映着她橙黄色的头发，“我就真的——”“像姐妹俩。”南希向她确定。

劳蕾特走后，南希又瞅起信来，是另外一封信：**我爱你**，一直这么说，**我想是时候我们**……她定睛盯着那些蚊子好几分钟，这期间，哈斯肯太太飘到门廊上，坐下来。

“你要坐摇椅吗，妈？”

“不用。”尽管很消瘦，她的脸很漂亮。五十岁的年龄，头发还没灰白。她是这么一个女人，爱戴各式女帽，哼曲子，听着收音机里的笑话段子就会大笑的女人。她承受过她所爱的男人患病、衰弱，以及他死亡降临的全过程。她独自一人参加过在通畅的谷仓里举办的芭蕾舞会，在毕业典礼上鼓掌，整夜不睡，等南希回来，侧躺在一张睡椅上，睡椅织锦在她面颊上压出粗粗的图案印痕。

“记得‘**荧光虫**’吗？”南希问。

“不怎么记得。那场双人芭蕾舞？”

“伊尔玛·斐娄斯把我当笤帚似的推着我整个舞台走。”

“胖妞伊尔玛。她现在结婚了。”

“你什么感觉？”

“好！”手指飞到脸颊，“我看上去不错吧？”

不行。不过，南希已经跟她们的医生说过了，那位大腹便便、胡子拉碴的医生。

“高血压，”他说，“可控制。”

“她要不要特别注意饮食？”南希问。

“不用。你日子过得怎样？”他说。

“马马虎虎。”

“哈——哈。不少小伙让你脸红不？”

“太少了。”

“啧啧。结婚吧，姑娘。”他建议道。

这话可是一路说下去。结婚，劳蕾特热辣辣的眼神表露出的意思——或是准备这几年都先打情骂俏。结婚，菲比警告道。或是，也可能在什么人求爱时，你自己犯傻。“结婚！”辛茜亚哀叹过，她裙下摆的一根绷带绕着她的胳膊。“嗨，南，自己结婚好了。每个人都想和你跳舞！”结婚，哈斯肯太太叹气道。让我回避了吧。**婚姻**，卡尔的信说，**对我俩都好**。

为什么不呢？她不是那种让男人着迷的女人。她个头瘦长，没什么才华。幸运的是，卡尔要她。她很难想到这个体面的年轻人，直到他出现在她面前，学者模样，大学教师。对于一群小话唠而言，他很可能某天成为校长。他的微笑，几乎让她毁灭——他笑得很迷人。她把他搁在路上了。接着，她勾勒着她想要的男人模样，接着，调查他各方面细节——膝盖上的痣，大肚子——把他跟他的对手比较一番。

南希相信她们三个人都会满足。她们穿着灯笼裤，戴着帽子，愿意躲进一处山洞。一月份的某个后半夜，她们会窥探到在冰上滑动的狼。春天来时，她们会乘坐一自制木筏顺河流而下漂游……她在摇椅上苦恼着，似乎深陷痛苦。二十一岁的年轻女子不玩哈克芬。她们结婚，显而易见，要不让他们在其他方面发挥作用。

总之，什么事呢？每次她靠近，事实让她们低下头。再就是，她开始患上了鼻窦炎。第二天早上，她五点起身，在树林中散步，之后的一天呢，也是如此。第三天破晓，他在户外走了走，让她的头脑在早上真的清醒，到了下午，心情则暴躁。她放弃，不走了。

那天傍晚，一张暗黄色纸上，南希写着：**亲爱的卡尔，我不能结婚。抱歉。**于心不忍，她停下笔。**知心的，南。**过后，她把信寄了。

“你好像不开心。”第二天下午，雷奥说。没出太阳，不过，雾气灼热。他们坐在长椅上，雷奥戴着他的马帽，南希戴着她的草帽。

“烦躁不安呢。”这姑娘含糊地说，在他审视的注视下，人不太自在。她的胸异常平坦，他应该注意到了；她双肩太高；长下巴被设计得像个书签……

“嗨！”

她自己站起身。“热。”她解释说。

“太热,不好打网球。”

“很热。”

懒洋洋,雷奥说。“到我木屋喝杯啤酒吧。”哪儿——南希一听,一阵慌乱,结巴地说,“我得回家。”

“哦。”

“……半杯吧。应该可以。你有半杯吗?”

“我可以一杯分两杯。”

树林之间,一条小路蜿蜒着。雷奥领着路。南希琢磨着他的颈部。不一会儿,他们差不多到了木屋。她像个新手一样沿最后一段崎岖道上跑起来,胳膊前伸开,手掌就要触到一面墙。雷奥,仍走在她前面,开了门,她走过了他,飞进了屋。她扑通倒在简易床上,将她的草帽扔到桌上。雷奥在一冰箱前蹲着。南希摘下她的宝利莱眼镜。他递给她一大杯子。有把椅子,留有污渍痕迹。

“我未矫正视力是20/400。”南希开口道,“入伍永远没希望,除非做专职教士。国外的军团也要求适当的视力。”

“哦。”

“很多重要人士都近视。近视跟创造力和焦虑有关。”她在桌上抓着,找到她的眼镜。她再戴上,笑着,看着雷奥,好像她蒙过了他。“网球之外,你打壁球吗?”她问道。

“不打。但乒乓球也是我的项目。”

“桥牌是我的项目。”

“我更喜欢打扑克。”

“哦,是了。”

“是。”

屋外，雾霾很快升腾起来。阳光照进小屋。一颗黄钻落在镶缀饰边小地毯的椭圆中央。南希查看四边形和椭圆之间的交接，思忖着计算这地毯面积的方法。这么想着，她想到某些作家。奥斯卡·威尔德、托马斯·哈代。莎士比亚；《无事生非》；比阿特丽斯和班尼迪克，和他们的玩笑话。避开这类废话为宜。“我们单独待在你小屋，”她说到雷奥的痛处，“我想抓住这个机会。”

“哦？”

“我爱上你了。”

“噢。南希，我的年龄可以做你的……”

“爷爷。我不介意。你会接受我吗？”

“……不会。”

“……我没听见。”

“不会。”

“不能接受，”她低沉沙哑地说，“你是我想要嫁的那个人。”

“只是此刻而已。”雷奥说，神情严肃。

“我并非一贫如洗。”南希坚持道。

“南希。这话打住。”

“好的，”南希说，语速很快，“那我们住一块吧。我做你的丫鬟好了。修补，裁缝，起炉炖菜，清洗你情人的内裤等。”

“不用。”

“不用？”

“不用。”

南希腾地站起。她感到超脱，兴奋。败了，她意识到，也就是卸了包袱。人更轻松地旅行。然而……雷奥止咳糖浆色的眼睛亮起来了。他数双运动鞋就像远洋航轮一样。她渴望能抱住他的腰间,把自己的鼻子埋进他的肚子里。她想起在卡尔简陋小床上的那些沉闷枯燥的夜晚。男女之间,很可能存在交易,但她尚不适合这种交易。

她依旧在小床上,一副受委屈的懒散样。她伸出一只胳膊,拿到自己的帽子,把它斜戴在头上。而后,她把握紧的手塞进她的短裤兜里。“好好再考虑考虑?”

“不必,小妞。”

这位花花公子耸耸肩。“到此为止。”

雷奥前倾过来。“嗨。听着。听吗?财富惠顾勇敢者,南。生活不会让你待在这。去别的地方看看。五千万法国人,不会错的……嗨,甜心,别哭。”

“……很少哭。这会子没哭……”

他在她面前蹲下,双手抚慰着她的肩头。“看看世界,姑娘。”

“不行。有份责任。”

“是。对你自己而言。女人装扮些。去巴黎试试。”

“**时装之都**?”她问,充满好奇。

“生活。看看苏黎世的天鹅。在阿姆斯特丹学习健康的生活。在罗马,从意大利人那学习爱。”

“我原希望从你这得到指教。在雅各布镇。”南希说,硬着头皮。雷奥呢,大笑起来,吻了她两次:重重的,堂兄妹般的吻。因为被拒绝的求爱者不会再期望什么,他们得到满足了。

五点时,南希骑单车上山往门廊去。她把一条腿架在架子上时,女士们在笑。已经决定不和卡尔一起住了,这姑娘想着,还有,在雷奥这求爱碰壁，就像这无拘无束的再相聚，人得自得其乐。人可能重又想到自己的那份责任。每次，人常常疯狂追逐不可能的东西，有趣！她仍叉着腿，陷入沉思，想着下一季自己的形象——一件丹迪斯夹克、一件褶皱衬衫；人前受表扬，受宠爱；不可救药的雌雄同体。

第二天一大早，一个闲人穿着粗纹呢裤子，从哈斯肯家悄悄溜出来。在门廊上，站着三位女士，神情庄重，没受影响的姿态。眼镜闪烁着，南希坚定地走着。汽车站里，她靠在那些储物箱上。伊斯坦布尔？小偷太猖獗。苏黎世，也是方方正正的。阿姆斯特丹，人可以骑车骑行个遍。她走到柜台前，买了票，盯着咖啡机看了好一会儿。她得在库克家决定下来。很快，南希期望自己享受一段拥有更多肯定与指导的青春期，期望自己可以去海边。于是，她背着的粗呢袋，搭上了南去的汽车。

没被玷污的女友

“跟我说说你自己。”玛琳向这位拉夫迪家族的男士兜话。这场婚礼进入她脑海，就像所有婚礼一样。城郊的教区教堂无甚宏伟之处；不过，九月底这天，晴朗明丽。新娘呢，是玛琳堂兄的女儿，确实很漂亮——她长得像玛琳的祖母。新郎是为拉夫迪家族服务的销售员。他是那种让人不放心的帅：头发太浓密，眼睛太精明，笑时露齿。他甚至可以冒充年轻时的肯尼迪。尽管如此，他的名字呢，叫奥利德。

迎宾期间，不知为何，玛琳跟她丈夫和他们的孩子渐渐分开了。在这些家庭活动中，保罗和孩子们总是看起来很有趣，或是说，就是很犹太风格，以致他们像可口美食似的被人抢占了。所以，她渐渐在迎宾人群里自己一人行动，像个寡妇似的——不对，像位未婚少女。而后，这位休·拉夫迪突然在她旁边现身。玛琳吻了新娘佩吉·安，然后，对新郎说她希望他很幸福。休也这么做了。他们一起在这人潮中穿梭着，休还从路过的餐盘上取过来两杯香槟。

“跟我说说你自己。”还不是最世故的搭讪。不过，世故会引不起这男人兴趣——只看着他，她就知道这一点。她还知道，他家教温良，受过不错的教育（哈佛人，原来如此）；举止彬彬有礼，机警敏锐；他太太是那种能成事的人（她是本地一所学院的宣传主任，他自豪地告诉玛琳）；他很爱他的一群孩子。他出海航行、滑雪、打网球，不过，肚子还是变大。

他的眼眸湖蓝色，笑时嘴角上翘，小孩嘴里含着曲奇饼的那种笑。她打算和往常一样从聚会中开溜，担心她妨碍了别人想到处转悠的热望，不过，休愉快地站得稳稳的，挺愉快，跟玛琳说着自己的情况。他打理这个家族的伐木生意，住在南岸。他是第三代工作家庭两不误的人，工作投入，居家愉悦。他的笑一定在纯真少女的梦中挥之不去过……

“你在韦尔斯利学院[①]待过吧？”他说道，“你可能觉得我们之前见过。”

“我原是消防员的女儿，拿了奖学金，是底特律人。这场婚礼，是我母亲这边的亲戚，虽然她人已经走了，父亲也走了。我的姐妹分散在各处。”她在喋喋不休。

保罗走过来。玛琳引见两位男士相互认识，而后，对她丈夫说，“你一直是苔丝姨妈的骑士。我一直看着你呢。这回，她犯痛风了吗？”

“是她的牙龈。”

① 韦尔斯利学院（Wellesley）：是美国马萨诸塞州一个特殊的高等学府，只招收女生而不招收男生，也叫韦尔斯利女子学院。

“你是牙医？”休问。

“我是干放射检验的。”

“对于苔丝姨妈，都一样。”玛琳说，他们大笑起来，接着，休要走，先来个握手。

就该这样。再见面似乎不太可能——休去往科德角的半道上，玛琳住的靠近城里；他的圈子富有，她的圈子高雅。如果奥利德带斧子见佩吉·安，他们可能在葬礼，或是审讯处见到彼此。

五天之后，他们又见面了。玛琳的副业——她是业余的传记撰稿人——有时，需要她去波士顿公共图书馆。休的工作要求他每周两次待在公司咨询中心的办公室。当天周四中午十二点十五分，他往办公室那儿去；她准备进图书馆。

“你好！”他喊道。

照常的一阵慌张。而后——他很快就意识到自己不该往下说——“吃午饭了吗？”

“我……不吃午饭，通常是这样。”

“那，还没吃呢。和我一起吃。”

曾经，一次大学聚会上，某个高个帅小伙，被她机灵的面孔吸引，和她一起跳了舞……她走在休身边，沿着波伊尔斯顿街走着，而后，沿着克兰伦登街走着。她希望她的朋友们能看见她。

他们轻松交谈着。谁都不担心没了话题。他们没点酒，一起吃了份甜点。之后，他们往回走。到了图书馆门口，她转身，握手。

“非常感谢，”她说，抬头看着他，“你让我想起吃午饭的快乐。”

“下次让我再请你。”他说，放开她的手，自己的手放进口袋。不必对此谈太多,他的态度表明了。

“每周四我都在这。”她谎称道。

“下个周四,好吗?告诉我你常在哪里工作。”

“我不定区域,”她说,“我可能会在期刊区。《财富》期刊附近,可能吧。”

“好。一点钟左右?”

就这样开始了——周四的午餐。他们在各类酒馆进餐,在不同沙拉吧台挨饿。他们吃海带包的生鱼肉。有一个周四,休赶时间,他们在一个甜圈餐台边上坐着用餐。第二周,他坚持在万豪高档酒店吃几道大菜。

圣诞节,休和家人去南边,他们只好暂停。二月份,玛琳感冒了一个星期。星期四早上,她发着抖,打电话到他办公室。

“请拉夫迪先生接听,”她对秘书说,秘书声音相当动听,“我是维诺考尔女士。”

“玛琳吗?”他接电话时问。她之前没听过他在电话里的声音。她的肠胃里在翻滚;很可能是流感。她告诉他她病了,没法出来,他说:“哦,抱歉。”“好些了。”他的声音直接坦荡。任何人听到这样的对话都会推测他们只是普通朋友,在取消一次午餐预约。

他们还会是什么其他关系呢?就算某位姐妹加入,组成三人组,他们每个星期的见面也再清白不过了。他们就像雕塑一样在公共场所出现。他们谈论政治,篮球,他们经历过的第一个宗教团体。他们谈论他们彼此都认识的一些人。(年轻的奥里欧登夫妇已经计划要孩子了。)他们就像大学男生和女生,做那种过时且条条框框之内的事:约会。不过约会只是开端,不是吗——一部连续剧,开头节奏缓慢，逐渐紧张起来，变得急躁，进入关键时刻，最后以伤心分手或在石砌教堂里举行的仪式结束。“我怎么就到这？”不止一个惊慌失措的新娘子曾对玛琳说过。怎么我们就到了这？玛琳现在想知道。我们这是要往哪发展？

五月第一个温暖的星期四，他们买了一袋薄脆饼干，在查尔斯河畔一起吃。他们坐在休的雨衣上。他松开他的领结。全城上下，暖春日，数百位男士松开了他们的领结。不过，她硬是望向别处，直到她觉得自己不怎么脸红了为止。

夏季绝大多数星期四，他们或在河岸野炊，或在公共花园观赏天鹅船。要是雨天，他们就坐在一家路边咖啡馆的伞下。他们的假期碰巧都遇到一块——时间相同，地点不同；拉夫迪一家人去怀俄明州露营，维诺考尔一家和在汉普斯蒂德的一家人互换房屋旅游。九月份，他们返回城里。自他们第一次见面起，差不多一年过去了。

假期过后的星期四，他们在港口乘坐午间游船。游船上很拥挤和喧哗。女士卫生间一团糟。休把咖啡泼到了玛琳的裙子上。他忙道歉，不过他的造次似乎惹恼了她。

“对不起碍了你的事。”她生硬地说。

“嗨！”

后来，船回来得很晚，他们只得搭出租车驶过城市。她蜷缩在后座一角，看着他的侧面。许多大学恋情经历暑假就玩完。倘若你会把这称作爱情的话！*我们怎么就到这了呢？*她自己来回琢磨着。*我们这是要发展到哪呢？要是保罗发现了呢？*

要是保罗发觉什么呢？她和休从没有亲吻过。他们从没有牵过手。有一次，将菜单递过桌子时，他的手关节让她的手关节炙热起来。

还有一次，在河畔，他翻身卧在她身旁，她短促地将她的手放在他蓝白相间的条纹背心上。他颤抖起来，脸转开了……

“你想和我去家酒店吗？”他这会儿在说。

她的裙子仍沾有咖啡。“你在邀请我，还是出租司机？”

于是，他只得看着她。他没笑，脸通红，像张男孩的脸。

“好，”她说，“我想。我想去。”

他们知道去哪。有两次，他们在奥兰多酒店大堂的咖啡厅吃午饭，这是一家销售人员爱住的热闹酒店，他们看见不少成双入对的人没带行李——模样漂亮，衣着入时的一对对——在登记入住。

“下周四吧。”休说。

“下星期四。”玛琳同意了。

她一直都爱着保罗。接下来的一周，她温柔且感激地爱着他——爱他短小、结实的身体，爱他全神贯注的那股劲，爱他对他们孩子的慈爱。一种与别人无关的爱。保罗是她心满意足，愿意一起到老的男人。不过，虽然她和休两人都过了四十，他们之间则是一种短暂快乐的青春投射。一切都在证明这点：他们不关心未来，他们交谈愉快，谈每周新闻。他是她的男友。她是他的女孩。

她穿了一套新套裙——丝绸质地，低腰款式。是休眼睛的颜色。她看起来很漂亮，她希望这样……尽管她的脸颊有一点太圆了，还有，她大笑起来时，灰蓝色的眼睛就看不见了。她一头鬈发，很时髦。站远了看，她会被误认为是个荡妇。

接下来的周四，隔着些距离，他们看见对方。她站在大厅后面，他正在过旋转门进来。大厅咖啡厅隔在他们之间。他在桌子间移动着，有点笨拙，比绝大多数男人要大个，比所有男人都帅。嘴角上翘，笑着。嘴角上翘，上翘……不过，错觉而已。她马上判断出来。“你不必如此。”她说，呼吸着。而后，他的脸贴近她的脸，近得她甚至可以吻他，谁会想过这类事情呢？——两位老朋友在亲吻，人们一直都这么做来着，保罗常常抱怨说，他几乎不认识的女人在聚会上拥抱他，就像探戈舞者那样。她又说了一遍：“你不必真要这样，亲爱的。”

“我忍不住呀。”他对她说。

她大可说服他的。“我上了避孕环。”她本要说的，他也应该明白的，这么做了，她就已经背叛了她的婚姻。或是，她本可以让她的眼睛充满失望的泪水。或是，她的热情，她的喜悦，已让他振奋。不过，她没有用这些伎俩。

她第三次这么说。“虽然，”她无法自持地加了一句，“其他人这么做。”

他拉住她的胳膊，与她往一张桌子那边走去。“我们不是其他人。”他说。不是，他们不是其他人，她想着，佯装吃着她的沙拉。所有其他人——在波士顿，在巴黎，在特拉维夫市；基督教徒、天主教徒、犹太教徒；黑人和白人，年轻人和老人，以及穷人与富人——所有其他人依照今天的规则行事。年轻的奥利德会在十年间就现身这家酒店。还有玛琳的孩子，时候到了时；还有休的孩子……其他人在当下。但是，她和休是返祖派。他们受限于他们年轻时的信条——自我否定，在乎荣誉和忠诚——不合时宜的信条，她带着苦闷地意识到这让他们永葆纯真，并且永远相爱。•

望远镜里的视野

我爸爸四十岁生日时得了一副双筒望远镜。这礼物是他的医学同事一起送的。爸爸既不是观鸟爱好者也不是体育迷,以致这副双筒望远镜也就躺在他的梳妆台上,像一件战利品而已。

这副双筒望远镜起先并没有吸引我。之前,爸爸的验眼镜已让我失望,居然放大不了东西。(我也不喜欢那副投币望远镜,那副投币望远镜架在我们康乃迪克市那座二十四层房子的楼顶上。这座楼是新英格兰最高的建筑;每每我透过望远镜刚刚对准好什么时,我的投币就正好用完。)不过,某年十二月份的一个下午,在爸妈卧室里,我先是简单地走来走去,漫无目的;而后,拿起那副双筒望远镜,走到面朝街道的窗户边,举起望远镜,对准一棵光秃秃的树。我看见一处褐色污迹,于是,我调节望远镜上的转轮。这会儿,树超清晰,弄得我的眼睛疼。最后,又调了一番,我发现这棵树很普通,甚至隐约透着险恶，像最近一次家庭聚会上我的叔祖父，(当时)叔祖父靠我很近，戴的领带总在我眼前摆动着。不过，当我不假思索伸手去触摸树的树枝时，我触到的却是窗玻璃。

爸妈卧室里的这扇边窗，像我们最末端房屋里的其他卧室窗户一样，能看见隔壁二楼的公寓，也是砖砌楼，西蒙家住在那。

借着双筒望远镜，我将自己投射进西蒙家的客厅。他们的壁炉黑得像洞穴。壁炉架上蹲伏着一座拱状闹钟。炉边两张椅子，其中一张坐着西蒙太太自己，她灰白的头低着，正在钩东西。我看不清她钩什么花样，也看不清她衣服上的图案，不过，我能看见她绿色椅子上套着一个花边椅子罩，一张桌上放着一盏喇叭状的灯，灯光照射在一堆杂志上。没有电视机，当然啦——那时，只有爱炫耀的富人家才有电视机。

我走进自己的卧室。从那儿，我能侦察到西蒙家的餐厅。一个空银碗摆在桌上，最显眼。可能是西蒙先生的同事在他四十岁生日那天送给他的。两个杯子和两个酱碟，放在滴水板上。墙上，有本挂历挂着，不过，无论我怎样调节望远镜的转轮，我都看不清西蒙家的日程安排。

我们家最末一间卧室，留给客人用的，从那，我瞥了一眼西蒙家漆黑的大卧室。我知道还有一间小卧室，因为我的朋友伊莱恩住在街南边一处相似的公寓里。小卧室面朝后院，一处可怜巴巴的草丛，六个小车库，六户人家，一家一车库。我绝对不该看那间卧室。我看了的那间卧室，有一张双人床，床脚是一个阿富汗人，折成一个完美的直角三角形。这类在日常生活中常见到的几何应用让我人生中很重要的十岁的自我意识感到满足。

那个月里，包括有一次学校放假，我发现西蒙太太很能持家。我经常看见她在客厅里，反复整理椅罩，要不就在反复摆放餐盘中的糖果，或是擦弄书柜的玻璃门。每个星期一次，一位肃穆的黑白混血的女人会来进行日常打扫，不过，有时西蒙太太会站在厨房水槽旁，她呆板的身体会弯下去，用劲刮擦着什么。偶尔，她在卧室里躺下。她人经常不在，或许她在大厅打电话，那是没有窗户的地方，我的双筒望远镜望不着。或者，她正走过几个街区，去往榆树街，就像我们社区绝大多数女人多数日子里那样，为的是挑些鱼和蔬菜，或是取图书馆的一本书。有次，就一会儿，我撞见西蒙太太正走着呢。我们差不多高——我是个高个子小孩，她呢，是个有点驼背的矮小妇女——而且，她的言语跟她的鬈发一样硬邦邦的。我们双目对视，其间没有双筒望远镜。“你好。”我轻声说，突然害羞了。她从没有回应。

那天下午晚些时候，西蒙太太忙了起来。她在炉灶上搅拌各种锅。她将餐厅里的桌子摆好。她折晚餐纸折了好几次，这么折，那么折来着，最后，将它放在西蒙先生椅子的把手上。她又整了整椅罩，还有糖果。

四点半，天就黑了。我在我们空卧室的窗户边，借着电筒看书，一直记录着返回六个车库的车子。一束泛光灯照亮了一隅。西蒙先生的轿车出现时，我关上书，关掉电筒，举起我的双筒望远镜。

西蒙先生，人高高的，从车里出来。他一只手穿过他灰白的头发，升起车库的门，回到车里，开车进车库。他经常坐在那里，待上一会儿，给了我机会查验他的车牌号，是三个数字加两个字母，我已彻底全忘了。我的眼睛观察着他汽车车箱的弧线。我注意到挡泥板刮到的树枝。他开车去哪了，去收集这类战利品吗？他是一名推销员吗？

西蒙太太和我看着钟等他时,他做了什么呢?

在我冥想之际,西蒙先生再次出现,一手提着公文包,放下他车库的门。那块手帕,悬在他大衣口袋边——不会滑落下来吧?要是手帕掉落,会只有我这么一个如同上帝无所不在,又不为人察觉的在场人注意到吗?还有,要是唯独我看见衣物触到沥青,能真的说手帕掉落了吗?或是,它像我上课所学到的那棵树那样吗?那棵树在森林里哗哗作响,却无人倾听,于是,提出了一个所有时代思考的哲学问题。可以肯定,西蒙太太这么一个整理她洗的衣物相当仔细和讲究的人,就像一八四九年的淘金者,会注意到少了的东西。不过,西蒙先生缓慢穿过后院,走向公寓楼后门时,那块手帕仍紧贴在他的口袋上。

我溜进我爸妈黑漆漆的卧室。楼下我家厨房里,我妈妈也在做着同西蒙太太一样忙的那些活,爸爸在他诊所里拯救着人们的视力。我将我神奇的望远镜转向西蒙家明亮的客厅,只几码远。

我非常渴望亲眼看到西蒙先生回家的一幕。唉,它总发生在内里的客厅里。一定像我爸爸回家的情景:女人赶紧走到门口,男人带进一阵气息和兴奋;拥抱,深情款款,有时长得让人烦;再最后,彼此分开,这样,两个冲下楼的小女孩就可以被抱在穿着大衣的手臂中。不过,西蒙家没有孩子。也许,彼此给对方一个庄重的亲吻。

我们吃晚饭,他们正巧也吃晚饭。而后,我得帮妈妈收拾饭菜餐具。直到晚上,我才又看见西蒙一家。

这是我喜欢的一幕。两人在壁炉旁,以及一位隐形客人。我看见,西蒙先生的长脸面无表情得很,他正在读报,一页一页地慢慢翻看;再有,他怎么僵硬地耸着夹克衫里的双肩,这夹克衫他从没脱下过。

壁炉架上闹钟的滴答声，我几乎可以听见。

我把视线转向西蒙太太。过针，再过针，走着针线活。而后，她一上一下，一上一下地动着活跃的双唇，嘴无法停下来；从未对我说一个字的那张嘴，当爱人在家时，轻松、轻快、持续地说着。说着话。笑着。又说着话。

假期过后，我不怎么用望远镜造访西蒙家了。到了一月底，我只是偶尔拜访拜访——比如，某天下午快结束时，确定炉灶上正在煮东西。

后来，二月某个早上早饭时间，我们家后门口来了两名警员。“医生，你能……？”我爸爸一刻没耽误，甚至没等穿上他的套装夹克；他直接跟着健硕的警员进了院子。他们走过皑皑的雪，进了隔壁公寓楼的后院。我妈妈站在厨房窗户旁，手放在胸口。

我们上学之前，爸爸回来了。“是阿尔·西蒙。”他对妈妈说，“他夜里死了。”

我姐姐继续系着她的长筒靴。

“被人谋杀的？”我说。

“不是。”爸爸回道，“什么让你这么问？”

“警察。”

爸爸叹了口气。一阵沉思，“西蒙先生自杀了。”他告诉我，“在他的车里。”

“他开着车掉下悬崖了吗？”

爸妈彼此皱皱眉，耸耸肩。这孩子，他们的神情在说，全是好奇，没一点同情——这就是老师们说的天分吗？而后，爸爸仍然用一种耐心的声音解释说，西蒙先生开车进了车库，从里面关上门，用报纸包着鞭炮，回到车里，然后，开动车。

第二天，讣告栏里，我找不到一丝自杀的线索，除了突然两字是代码字。不过，最后一句很让人震惊。“西蒙先生，一名单身汉，被他妈妈救下来了。

我跑到我自己妈妈那。“我以为她是他太太呢！”

“她也这么想，”我妈妈说，让我突然进入大人的复杂世界，也让我明白了我那时看到的东西。

新故事

姥姥[1]

“两张脸，一个鼻子，”托比说，“让人好奇的面相。会是哪个祖先遗传给我们的呢？”

“伊萨可·阿布拉内尔[2]。”安吉莉卡答道，虽然，他们家族从没有明确确定与这位知名葡萄牙人有多大联系。

这鼻子，无论它是什么渊源，又长又薄，起伏有致，相当清丽标致。除了鼻子长相相似外，这对堂兄妹没哪相像。安吉莉卡眼睛黄宝石色；头发黑色多变，颇有韵味。托比窄眼睛，灰色，头发清一色褐色。

他们都十六岁。上学期间，待在家——她家在巴黎，他家在康乃迪克州——各自都熟悉歌曲，打耳钉的恰当位置，电影什么的；当然，

① 原文为Granski，采用英语词义Gran（英语口语词汇，祖母，指奶奶或姥姥）加俄语后缀sky（指某类人）的方式取名。根据故事人物关系，中文翻译为“姥姥”——译者注。
② 阿布拉内尔（Isaac ben Judah Abravanel）：一位犹太作家，生于里斯本。

他们带手机，知道去哪买烟。不过，在缅因州这儿，他们可以做本真的自我。家族的人说起他们的本真各不一样。在其他亲弟妹和堂弟妹眼里，他俩是傲慢的赤豚鼠。在他们姥爷眼里，是运动健将，姥爷自己就是个运动健将。他俩的妈妈则说，太聪明过头；两人妈妈彼此是亲姐妹。托比和安吉莉卡的小姨，这家老三，抱怨说他俩散发的气息就是在他们家族也罕见，还有，从表面上看，我们都算是相当任性的人了……她和往常一样话不说完。至于姥姥——高高个头，利落短发，眼眸淡白色——无论她认为这些孙子辈有什么异常的，她都懒得去说。

他们享受特殊的优质教育，安吉莉卡在她的贵族学校上学，托比在住宿学校就读。他说的法语几乎和她说的英语不分伯仲。在缅因州这里，他们一起打网球、远足、游泳。

姥爷教他们开车，然后，又说他们不要开车。“自律就是力量。”他解释说，“你们会被抓起来，要是无照驾车的话。”

“自律就是胆怯。”一天下午，朝小船库走去时，托比对安吉莉卡说，“我们就是一个吓坏了的家族。从安特卫普那时起。”

早在七十年前，他们家族从安特卫普出逃出来，前往海法。登陆的细节重复了一遍又一遍。安吉莉卡完全能把登陆情景给画出来。最小的孩子，一个小女孩，撞倒了踏板；她大衣里缝着钻石，这些钻石就是全家所有家当了。她的两个哥哥跟着——大的那个，就是现在的姥爷。曾祖母随后，穿着皮毛领大衣，面色悲怆。她才把其他两个儿子埋了，埋在肖穆尔·哈达斯公墓[①]。曾外祖父压后。他想方设法实现了这次全家出逃的行动，离开了比利时，他让他一家子一下子全

① 肖穆尔·哈达斯公墓（Shomre Hadas Cemetery）：安特卫普市埋葬犹太人的公墓。

安全了，他现在的子孙都欠他两次生命。他的肖像就挂在姥爷用的桌子上方，桌子是用曼哈顿褐色砂岩砌的。

“曾外祖父就是一种范儿，”这会儿，托比评论道，“有教养的欧洲人。”

“先见之明。”安吉莉卡提示他，“没有曾外祖父，你和我根本不可能出生。”

“我们注定要出生的。”

“并非，并非注定，而是机缘。”昨天，双语拼字游戏中，因为机缘一词，她赢得加分呢，“机缘和英雄主义。”

他们骁勇的曾外祖父在耶路撒冷定居过，在那繁衍生息，忧心忡忡地目睹以色列国的诞生。即便如此他们的姥爷还是矜持了足够久的时间，才渐渐不甚喜欢这个粗俗国度。战争结束之际，他上了另一艘船，这次驶往霍伯肯。(两年后，他弟弟移居到开普敦[①]。)这个家族保持着它内部的银行业务联系：对两儿子都有意义。在纽约，姥爷很能钱生钱。他是个花花公子，精通音乐，娶了一个叛逆的美国佬，之后，他从事兽医助理工作。格蕾斯·拉库姆——就是现在的姥姥——原是家中独生女，父母晚年得此一女。她坚持改变信仰，或至少宣称自己改变了信仰，虽然，姥爷说这么做无甚必要。缅因州这间大大的夏日度假屋，是姥姥经济拮据的父母所能留给她的全部，他们很高兴能把它留给她。“有了一个人娶我，他们就放心了，”她对安吉莉卡说过，声音干涩，“他们赞成异族通婚。”后来的数十年，一个夏季接着一个夏季，姥爷和姥姥三个远嫁的女儿带着她们的丈夫和日渐壮大的家庭回来了——安吉莉卡漂亮的妈妈，从巴黎回来；托比文艺气

① 开普敦（Cape Town）：南非西南部港口城市。

质的妈妈，从华盛顿回来；老三，只说半句话的老三，从布宜诺斯艾利斯回来。

安吉莉卡比托比大一个月。这让她成为九个孙子辈中的老大。这么排序并没给谁带来任何特殊好处——每个人都派上了家务活——虽然，作为老大，她在三楼有自己单独的房间。三楼，只能通过后面一段破旧楼梯才能上去，不过，从宽敞的前厅上到带栏杆的二楼，要走过一段漂亮的中央楼梯。在中间分为两段，一个巨大的Y字形。“只适合歌剧院。”姥姥抱怨说，一直以来，她对楼梯带雕饰的部位维护得不错。除了这点壮观以外，房子内部不太对称，布局有些混乱。客厅和客厅对开，橱柜装饰着有色玻璃，玻璃年头已久，颜色越发污浊深沉，还有一台钢琴，上面盖着一张锦缎，锦缎边积着灰尘；要是不考虑签有名字的银块在备不时之需时还有些价值的话，这整个地方看似传家宝的东西，其实都没多少价值。“累赘罢了。”姥姥说。茂密的松树让房子免受阳光刺探。不过，到处出人意料的仍时而见到光线闪烁；一把铜铲，一盏水晶灯，很久前从屋顶摘下，丢弃在铜铲边，还有一个玻璃瓶，盛着紫色液体，都反射着光。

“紫色东西都长毛了。”托比说，“哪天，一只变形虫从瓶里爬出来，然后，就是一个新宇宙。”

整栋房子，混乱嘈杂，走动着九个大人，两个青少年，还有七个小孩子，一个找一个，一个躲一个，带着书、酒、球拍、花草、泰迪熊。几个最小的，喜欢骑在他们爸爸和舅舅的肩头。有时，姥爷轮流给他们当马骑。“你们可要了我的老命呀！”他怨声道，不无幸福地呻吟着。

每年夏天，住布宜诺斯艾利斯的女儿就列出一个详尽清单，计划着清除房子里不必要的物件；不过，或早或迟，她总是半途而废。同时，这类每周一次的大扫除，时常都是由一对母女负责。这对母女来自附近城镇，满口褐色牙齿。给他们家人准备饭菜的是玫尔，一个大块头女人，爱耸着肩，嘴上常嘟嘟囔囔的。玫尔是姥姥的远房堂妹，搬过几次家。玫尔按劳领酬，还和这一家人一起吃饭——这一家人也是她的家人。她不发表任何议论，忍受着这些夜间食客，所有人一边吃着饭，一边七嘴八舌；她忍受着他们没完没了的安息日晚餐。姥爷人老了，又重新回归宗教；安息夜，在十二个子孙每个人头顶之上，姥爷一一诵读长长的一段特别祝辞。之后，三个女儿和九个孙子辈转身去厨房帮忙，遵照姥姥制定的复杂程式轮流作业。玫尔一边打扫，一边咕哝一两声短促的指令："这。"或是："丢掉。"刚才，她还对托比和安吉莉卡厉声说："丢了它。"当时，他俩不过是站在垃圾袋上，屁股对屁股刮着盘子。

玫尔睡在安吉莉卡房间的隔壁。白天绝大多时候，她都待在这间屋子里，偶尔带最小的几个去散步，一直都只说她的母语西班牙语。她们回来了，神情平和，带回几桶蓝莓。然后，她们在桌边挨着坐下。"不出声，即深度。"玫尔有天晚饭时说。很实在的话，显然是说给姥姥听的。"想起了阿比盖尔，那个伐木女人，我们的祖辈。"老太太点头赞同。

晚上，厨房成了姥姥的领地。在厨房，她忍受着她众所周知的失眠症。阅读有关濒危哺乳动物的书籍，查看她儿时收集的鸟类骨架。"我的猫捉了这些尸骨给我。"她抽着烟，琢磨着棋局难题，还吹一支旧长笛。平日，长笛摆放在前庭里一张不用的大桌子上；这支长笛，同样捕捉而且反射着阳光。

托比和安吉莉卡在湖面上漂荡着。他时不时划一划桨。她手指在水中不时划动。一种过时的作派。摆姿做态，就为她最心爱的这位有意思的堂弟，有什么意思呢。他像个弟弟，像个妹妹……“我们是一个被吓坏了的家族？”她大声问。

要是别的小伙子，可能早忘了他抛出过这话。托比则记得。托比记得所有国王和总统在任的日子。他记得他们所有拼字游戏中的争论。你真的可以把 -tous 加在 anathema 后面？可以；《美国遗产》杂志上 anathematous 一词赫然在目。每年，他们分开的九个月里，他们选读各类书籍，他能整段整段地背诵这些书。安吉莉卡巴黎的家里，托比的宿舍间里，这对堂姐弟各自有计划地阅读亚瑟·兰塞姆、科莱特、奈保尔……去年，他们都读了俄国小说家的作品。他们都打算在大学修读俄语——家族里还没一个人说这门语言；俄语就会只属于他俩。这年夏天，托比一直试着去俄语化各种词汇——愚人村镇（Gothamgrad）①，沃尔沃之所（the Volvoskaya）②，诅咒（anathematouski）。

他的灰眼眸在她脸上搜索着。他没笑。“吓坏了。看看你自己，安吉莉卡。你完全有理由自信满满。美丽——不要摇头，塔辛卡。那**酸辣酱色的眼睛**，你眼睛黄的，不黑，不过，我不知道俄国人喜不喜欢黄色，”——好像他知道俄国人喜欢其他什么似的；这调皮鬼用了大约五个词，“你属于贵族人家……”

“少胡说，托比。犹太人只推崇……崇高使命。”

“精神上的英才教育，确实，不过，我们仍然是一个起步阶段的

① 由两部分单词组成。Gotham，英语单词，意为歌谭镇，是纽约的别名。-grad为俄语后缀。

② Volvo，瑞典轿车品牌。-skaya为俄语后缀，指地方名。

家族。”

“好吧。”她说，叹了口气。

“再就是……我们命悬于沙石，我们也都意识到这点。你意识到了吧。”

“你是说，那些钻石？”

“它们都是碳素。我指的是形而上学意义上的沙石……错了，是隐喻。”他更正道，突然让人听起来不更事，“它运动着，这沙石。它驱逐我们，或是不想接受我们。我们不属于任何地方，所以，每一代人都逃逸到别处。”

“葡萄牙。”他说。有个不光彩的说法：他们家族中，有位先祖曾劝谏葡萄牙国王不要赞助哥伦布。

“我们从葡萄牙发端。”

“我们从沙漠发端，和其他所有人没什么两样。”

他们到了一处湾口。“字面意义上的沙石。”他说，跳下船，拖着船上了小沙滩，安吉莉卡仍坐在船尾。他扶她下船。所有孙辈们都接受调教，要做到举止得体。他们走上一条小路，托比在前面领路。“**吓坏了**有些说得太重，”他扭头说，她瞅了一眼他起伏的侧面轮廓，“不自在……就是我们啦。”

不过，这会儿她的确被吓坏了。他直发，长长的，用一块头巾箍在后面；脊背是棕色的；臀部在亮色中短裤里紧绷着。就像许多巴黎懵懂少女，她觉得老一些的男人性感。她将来要嫁成熟稳重、阅历丰富的人。她想在索邦神学院教书，像她爸爸和托比爸爸那样。

她想继续画铅笔素描。年轻男子是她生活计划中必要的内容。她明白自己很快就会向其中一位投怀送抱，不过，这位同族少年？他的双肩呀，那么削瘦……

他俩在一片空地停下脚步。一处石砌的老火炉，树桩，一大堆松针。他转向她。

"可以吗，安吉莉卡·劳伦妥维纳？"他声音庄重。要是他抱住她，她一定疾转而去。不过，好有礼貌的一个要求……

"好。"她说，内心的恐惧在融化。

她解去她的浴衣。他双眼睁大。他松开他的中裤，脱下来，扔到树梢上。她躺下。松针刮刺着她的脊背，她的颈背。他跪了下来，她叉开腿，是这样，可不；然后，他进入她，就像一名……化学家，她在想，想要不出差错地把液体从烧杯倒入容器。他皱着眉头。她无助地呻吟着。他双眼饥渴地望着她，**淫秽的**，他的欲望比这种疼痛更加痛楚，终于，谢天谢地，他闭上了那双**灰眼睛**。他插入一次，两次，接着，突然结束了。他的头猛地枕在松针上。"老天。"他说，"安吉莉卡，对不起，太快了。"他说。

可怜的小子，也是他的初次。她转过她湿润的双眼，望着他深陷下去的头。

"很疼吗？"他含糊地问。

"很疼。"

"下次就不会让你疼，我发誓。"

之后，再不疼了。真够奇怪的，他那条根茎，煮过似的，长在肉肉的紫团蒲上。血脉管沿着四周显露出来。每个月有那么几天他们称为怪物产生期，他们就给它戴上一个透明斗篷，虽然根本无从确定他们这么做算不算大逆不道。"我想近亲交配存在好几代人了。"一天夜里，安吉莉卡说。

“我俩的基因大约八分之一相同，”他说，累趴下了，真饶舌，让人熟悉的鼻子朝卧室天花板翘着，“不过，只是统计的数值。我们的基因很可能多达一半相同，我们的妈妈有可能和双胞胎一样相像，天知道。一切皆有可能。”

“不对，是命定。”

“还有，你说的机缘——发生什么才会促成机缘？”

“嘘，别这么大声。我们的命运老早就注定了。”她坚持，“恐龙出现之前，甚至在犹太人出现之前。”

他们没再去松林空地了，改在这儿碰头，安吉莉卡的卧室里。卧室家具都是姥姥家上几代人堆放在这的，上几代人从来没把这些家具捐出去什么，从来没有出过新英格兰以外的地方，也从来没有这样的境遇，即不得不出逃到另一个大陆，不得不将全家人的家当藏在最小孩子穿的衣服里。床边，是骨头架床头柜，上面有一个黄铜碗，碗里边立着一只铜质锦鸡。墙纸发暗，深红和深绿两种颜色已经交错在一起，变成一种浓稠的混合色。床头柜前面的书柜镶着玻璃，里面装着医科课本。“这些课本是我祖伯父吉姆的。”姥姥说，“老吉姆好棒，从来不会因饮酒过度误过出诊大事。”

三楼窗户类似菱形造型，窗格的菱形小一些。这些窗户依绞锁朝外靠。窗户网屏是一百年前定制的，现在已千疮百孔。“可笑的钻石孔窗户，”老太太嘟囔说，“也许一个世纪前，有人就期望我能跟安特卫普的一间大宅有些关联吧。”

“我想他们是想你能跟某只低等灵长类动物聊天吧。”

“我父母担心我会嫁给一只猴子，还真是的。不过，我大概是嫁给了一只猴子。”姥爷长相挺像猴子，上嘴唇长长的，鼻孔宽宽的。

一只衣冠楚楚的高大猴子，也是街头手风琴手的俊友。人们都知道他和姥姥两人会争吵，吵起来就像两个年轻人，气盛得很，甚至互摔陶瓷器皿。不过，姥姥说话挺轻柔。这么一个朴实简单的女人深爱着她玩世不恭的老公。他也回报给她他的爱。他们之间的真爱召唤三个女儿每年回到这个不甚方便的夏季屋度假。“我们在复制原始的激情。”安吉莉卡对托比说。

“怎么说都管用。”他说，还咧着嘴笑了。

在安吉莉卡过夜的卧室里，她和托比，两尊黑大理石雕塑，相互磨擦着，有了生命涌动。医科书籍掩隐在褪色的玻璃后面，不过，年轻的恋人用心记住了书名，甚至知道这些书在书架上的排序。《耳鼻喉科原理》《眼科》《流行病学的发展》，“什么流行病又回来了，你认为？”安吉莉卡在托比肩头喃喃地问。

“流感，风湿热，对犹太人的憎恨。”

安吉莉卡的眼睛越过托比，看着她床头柜上黄铜碗里的那只铜制锦鸡。“风湿热不会传染。”

安特卫普墓地中，有一处就躺着一个小男孩，死于风湿热，他比姥爷大一岁，一直是彼此玩伴。“好几十年前了……所以，每天我都想到雅各布，”姥爷用他猴子式的沙哑声音说过，“兄弟姐妹可以比夫妻伴侣来得更亲。”

安吉莉卡琢磨这只锦鸡是不是可以从黄铜碗里取出来。“有些人早年就没了命。”她说。过去发生的仿佛新智慧一样。

“小雅各布？是呀。不是纳粹的铁蹄：是一种病菌。无常啊，我心爱的女孩。”

八月，第四个星期四，最小的外孙女终于屈就，开口说她一直能听懂的语言了，还提出要求，不过用的是准确的英语，要人带上她和其他小孩子一同去参加徒步狂欢节。她兴高采烈地回来了，棉花糖黏在头发上，衣服上沾了呕吐物。“翻跟头，本不该的。”她爸爸后悔地说。她很聪明不要吃晚饭，让安吉莉卡替她清洗，而后，由她妈妈抱上床。巧的是，姥爷的一个生意伙伴来了，坐了原本给这个孩子上桌的座位。这位生意伙伴是一位百老汇出资人；他觉得姥爷这栋房子就像现成的舞台场景，我们一家人就像演一出三幕戏剧的演员班底。此外，令人讨厌的是，他这人忒能说，滔滔不绝，弄得姥姥想法子把他叫开去做一些厨事。当晚，有两次，他把他的长手臂搭在安吉莉卡的肩头。

“我真想给他来一招空手道擒拿。”托比说。那天深夜，他挥动刚柔并济的扁平手，在空中做砍杀动作，一不留神，铜锦鸡被碰翻落地。黄铜碗被震响好一会儿，满腹心思似的；而后，也掉了下去。摇晃起来的床头柜没了主心骨，散了架。“别吵了！”安吉莉卡的弟弟从男孩子待的那间屋里嚷道，那间屋在玫尔房间的另一边。他做噩梦呢，三声落地响动很可能跟他的叫嚷没半点关系。

午夜刚过，安吉莉卡被其他声响吵醒了。是松林中的风声，在述说秋季来临和离别之情吗？不是：是一件大物件一路拖过没铺地毯的地面发出的声音。她还听见咕哝着的人声，还有不紧不快的说话声。接着，她听见一声碰撞声。

是个货箱，可不，也许里面有个被吓坏了的女孩……是一个大大的木槽……只是普通物件，一件行李箱，接着，他碰触到了后面的楼梯，倒滚下去。

托比睡着了。安吉莉卡穿上短裤和一件 T 恤，快步走下后面的楼梯。她开门走到二楼楼梯的平台，平台沿边安着精雕细琢的栏杆。玫尔正走到中央主楼梯最右边的分段处。她暂时抓好了她的行李箱。行李箱相当旧、硬，箱子是长方形，带一个人字形图章。这箱子以前一定很雅致。玫尔穿着一件黄色大衣，戴着一顶棕色帽子，这身行头类似她惯常做的一道奶油冻甜点，很难吃的甜点。她自言自语的声音越来越大。人走到了楼梯宽敞的中央地带，就是两翼楼梯并合的地方，踢了一脚她的行李箱，行李箱滚下楼梯，落到前厅里去了。

姥姥从厨房出来。她抽着烟，仍是白天的装束，长裤加毛衫。她抬眼看着她的堂妹。"玫尔，"她说，"怎么啦？"

"不想多待一分钟。"玫尔说，脚步重重地走下最后一节楼梯。"堕落，假惺惺献殷勤。难道年轻和美丽就可以总是为所欲为吗？"

"一家人在这就还有两天了，顶多还有三天。"

"我今晚就撤到我弟弟家去。"

姥姥气大起来。"说好了这个夏天你待在这。和以往一样。"

"见鬼去吧，哪里说好了。"

"操蛋。第一班车六点才有。"

"我现在就离开这阴沟。不行的话，我走路。"

一阵沉默。

"你听到我说的话了吧，格蕾斯？"

沉默依旧。

"我可以叫醒一家人，个个放荡，娇宠，腐化，漂浮在家族的变动中。"

姥姥叹了口气。她先注视着玫尔，然后，往上望，眼神落在安吉莉卡那，接着，再往上望去。"闺女们！回去睡觉。"安吉莉卡也跟着她同时望上去，看见三间卧室的门都关着，她自己父母的门开着——她感受到她妈妈的黑眼睛正好奇地瞥着她呢。姥姥现在盯着安吉莉卡。“鞋子。”

安吉莉卡下了楼梯，绕过玫尔身边，跑进厨房。厨房里，还燃着一根烟。她熄灭烟，找到她的甲板鞋，回到前厅。老太太掷给她什么。她一把抓住——大众车的车钥匙。

她还从来没有晚上开过车，不过，她发现车在黑漆林中滑行挺容易。四周有些银丝——被月光挑出的松针丛。她们前面的路长长的，她们要走的路，灰色地面，柔柔的，就像盖钢琴的那块丝巾边落着的灰尘。俄语中的介词带感知色彩吗？她听说，大概有一百个时态：反复时态，持续时态……她们上了高速双车道。车后座，两位老太都没出声，行李箱倒放在她们中间，像她们共同的一位追求者。她们到了镇上。

“我们上哪？”安吉莉卡问姥姥。

“过火车站，往右。”

“打住，说什么鸟语呢，”玫尔说，她的声音直刺安吉莉卡的颈背，“犹太人。乱伦者。除了犹太人，还有什么人会这么做？”

“玫尔。”安吉莉卡大声哀号道。

“乱伦通奸！”

“这里右转，”姥姥说，“这里转！”于是，安吉莉卡只得踩住刹车，倒车，往后开。最后，她掉转车头。这条路，数百码开外有一路标——比尔客栈——还有一处带门廊的事务所，亮着灯，光线很微弱。灯下出来一个人影，窄身形。

姥姥打开车窗。“比尔？”

“拉库姆小姐？”

“这是玫尔，住一晚。搭早上六点的火车。”她塞给玫尔一些钱。“付客栈住宿和车票钱。”玫尔从轿车里拖出她的行李箱，砰地关上车门，从车前灯前面走过——帽子下，头低着，肩膀裹在大衣里：是她想画的人物形象，安吉莉卡在想，画好后，她打算不命名这幅画，某个精明的画廊老板会给它命名为《背井离乡》。玫尔在客栈门廊站住。

“三号客房。”比尔说。

“好的。”玫尔说。

“开车。”姥姥说。

开回家比开过来的路要短——时空间永恒的真理，托比有次说过。安吉莉卡和姥姥走进厨房，坐在橡木桌边。姥姥关了台灯，点燃一根烟。安吉莉卡递给姥姥车钥匙，车钥匙捕捉到一缕月光，从窗户透过来的昏暗月光。这间朦胧房间渐渐显露熟知的宝物——橱柜里的白蜡，带钴蓝色导杆的老式炉灶，某位革命者的肖像，几把倒放在雨伞架上的笤帚，向外散开着。

“总之，”老太太开门见山地说，“继续联系是个大麻烦。为你，为他，为我们所有人。你曾姥爷没能救下他的航线，以致航线整个自己绞在一起，就像烂了的旧花边，就像安特卫普的祭坛布一样。我是想说我指的是布鲁日。

“布鲁日，是。”安吉莉卡哽咽着，“你现在是花边的一部分。”

“没那么明显，”老太太说，“拉库姆家族的影响并没让人察觉到呢。”

那有什么稀奇？拉库姆家族没有生活在黄金年代的祖辈，没有藏在大衣里的钻石，没有离乡迁居，没有复兴，没有悲剧。没有钱。

安吉莉卡说:“两相情愿的乱伦不是罪。”

“我确信你在引用托比的话。我们并非在谈乱伦是不是罪。见鬼。我们谈的是乱伦是不负责任的行为。给这个家族开枝散叶,让它生存下去——是你们的责任,你们和你同时代的人的责任。”她又点燃一根烟,火柴的火焰中闪烁着她的眼睛,白是白,瞳孔膜也都是白的。“迟早你会厌倦这事,”她说,“现在就厌倦了吧,我心爱的外孙女。”

十六年来,她只叫她安吉莉卡的名字。这突如其来的爱称——一番劝告,真的——抵得上姥爷十次冗长啰嗦的祝福。好丰富的措词。人都可以就靠着这话受益并好好活着。

安吉莉卡定定地凝视着姥姥。“我会照你说的去做。”她伸出她的右手,确认这份协议。不过,姥姥只是继续抽着她的烟。

第二年夏天,姥姥病倒在曼哈顿的赤褐砂石建筑里。卧室一角,姥爷蹲伏在厚垫子上。没有人有心要去住缅因州的独立屋。三个女儿来了,去了,又来了。安吉莉卡的妈妈带安吉莉卡从巴黎前来。他们在纽约待了一个星期,都很伤心——姥姥已经说不出话——托比的妈妈带着托比从华盛顿飞来。两堂姐弟被大人们嘘了出去。他俩坐在一家熟食店里,彼此有些尴尬,都没说话。然后,一起没精打采地逛了一家博物馆。

“我琢磨起天文学来了。”托比说。

“我们的星座就是我们的天命。”

“那是星相学,当然,就是你了解的那样。你和我得要一张床。”他们需要的是一间卧室,布满遭遗弃的家具,菱形格框的一扇菱形窗户。要么再来一次,为什么不呢……她让自己随他进了一家脏兮兮的酒店，在那里，他们只是脱掉他们下身衣物，各自享受着带给彼此慰藉的短暂抽搐——先是托比，接着安吉莉卡，轮流着，像在一名女护士的眼皮底下行事似的。

“我明年开始学俄语。”安吉莉卡说，把弄着她的凉鞋。

“是吧，好啊，我也会学。”他答，不是很肯定。

姥姥八月份去世。一位德高望重的拉比为她主持了一场庄严的墓地葬礼。住布宜诺斯艾利斯的女儿开始念她自己写的悼词，不过，中途出现停顿。接着，祈祷的人上前致哀；每个人都落下泪：三个女儿，三个女婿，九个孙子辈，从南非来的曾外伯父和他的一家子，来自耶路撒冷的曾外伯母。一个接一个，将一抔泥土撒在松木棺材上。还有长老会教派的亲戚，包括玫尔在内，跟着安排流程，向一时失声的姥爷表示安慰。他们古怪、顽固、不受人喜欢：在安吉莉卡看来，他们的缅因血脉继续与神经质的安特卫普事物相生相伴着；也许某天，她会有一个刻板的女儿，收集甲虫，偏好201道超过拉斯帕伊大道[①]，还吹一支捕捉阳光的长笛……玫尔表亲正向她伸出她的手。安吉莉卡握住玫尔的手。

曾姥爷这边的所有后辈都待了整整一个星期，才陆续离开，打道回府，他们本就这么打算来着。“再见，我心爱的姥姥。”向着法国航空厚实漠然的机窗，安吉莉卡轻声说道，“再见，托比斯基。”她添了一句，事后的一个念想。

---

① 拉斯帕伊大道（Boulevard Raspail）：巴黎市区南北向主干道。

小妻子

二月中旬，一个早上，他们从波士顿飞往班戈[①]。盖尔假装在读一本小说，她这个年龄段的人才会选的一本愚蠢小说。马克斯买了一本科学方面的大卷册。不过，他一直把书放在膝盖上，没打开过，他打开了他的贝多芬乐谱册，作品 66 号，双手在大腿上练弹着。马克斯十个指头忙着，盖尔有意把她修剪整齐的一根手指调皮地插到他两根指头间，马克斯恼了，轻拨开她的手。

他们六十好几了，都退休了。这一趟要去缅因州，看望他们的朋友福克斯，很可能是最后一次走访。盖尔呢，喜欢福克斯，即便如此，她还是又好奇又害怕地期待这次最后的走访。每次死亡都是人自身要面对死亡的预兆——应该有些值得领悟的东西。她原来教书；探索是一种终身习惯。

① 班戈（Bangor）：美国缅因州南部城市。

I

有这么一则逸闻趣事，关于贝多芬的，虽然无从考据。在维也纳，贝多芬看见一个女人路过，对他朋友贾尼兹切克说：“好棒的屁股，像我年轻时心爱的那些猪。”

以前，上大学时，福克斯劝马克斯不要相信这故事。福克斯说，如果真有人这么评论人，那个人不会是贝多芬，也不会是贾尼兹切克，不过，要是雅那切克[①]，则有可能，这位捷克作曲家，比贝多芬晚差不多一个世纪，很爱乡村生活，大概也喜欢家禽。贝多芬是城市男孩，福克斯分析说：贝多芬所知道的猪也就仅限于香肠了。“不过，猪屁股确实是美。”福克斯继续说。福克斯的舅舅曾经是佛蒙特州的乡绅，福克斯和舅舅曾经一起度过好几个夏天，也渐渐品味出生猪肥嘟嘟的快活来了。

马克斯对猪的了解主要来自《利未记》中的警示。他真记得，在J主干道上，有家意大利肉食店，店橱窗后挂着牲畜尸身，上小学时，他每天必须路过。这些尸身挂在那，展示给所有人，倒挂着，像墨索里尼似的。“死的，还是熏制的。”马克斯对福克斯说。

“死了的猪一点都不像活的猪。”福克斯告诉他。

“你和你室友怎么认识的？”毕业十年后，盖尔问马克斯。那时，他们刚认识。在一次犹太女孩午餐会上，盖尔和马克斯恰巧彼此靠着坐着，两人你问我答，一个问题接一个问题，太过专注，以致冷落了同桌好几位其他单身的人。

① 雅那切克（Janácek）：捷克重要的心理作曲家，现代音乐的先驱之一。

"福克斯和我？我们通过大学职业媒人联的姻。"

盖尔懂了；住宿办公室把作为新生的他们安排在了一起。"不是明面上的配对子吧。"她大着胆子说。

"我俩呢，也一样，对这么配对不太明白为什么。"那时候，给新生分配宿舍，会考虑分新生背景、信仰、运动偏好，以及高中教育，相似的学生才分配在一起住。"马克斯和福克斯两人这些方面没一项搭的——除了，也许就一项，就是他俩都不爱运动——好像这样让福克斯克罗伏特·怀特劳和马克斯·切尔诺夫匹配上。福克斯祖辈中，出过一位缅因州州长，还有一位，是一所小型新英格兰学院的院长；再往前追溯，一位新教牧师曾经瞥着眼，愤怒地看着自己和自己之后的后续子孙。马克斯的祖辈，则是开小商店，赚小钱的商贩，都默默无闻地退缩在他祖辈们曾经一度离开了的昏暗的小村庄里，那里是第二次世界大战前东欧的犹太人的居所。到了他们这一代，住在布鲁克林的父母放弃了绝大多数犹太习俗和操守，虽然他们依旧保留犹太洁食，只是为了让家中老人高兴。他们结婚头一年，马克斯和盖尔也这么做了，为了向那些祖辈致敬，那些祖辈老人有时和他们一起用餐。最后一位祖辈去世后，年轻的切尔诺夫夫妇连洁食习俗也放弃了，很快，他们在他们自家厨房里煮起了龙虾。

马克斯并非一直都叫马克斯。不过，上了大学，他有机会改掉父母给他取的名字"莫里斯"，他自己觉得"莫里斯"这个名字很做作。虽说如此，之后，当他事业渐有建树，成为一名医药史学家，他又启用"莫里斯·利奥波德·切尔诺夫"这个名字来装点他写的著作，对莫里斯这名字所含的高贵意味，他心存感激。他第一本书出版后不久，就收到一份邮寄来的礼物：一张唱片，莫里斯·艾伯拉瓦尼[①]指挥莫里斯·安德烈[②]和犹他交响乐团，演奏拉威尔[③]的小号作品。福克斯克罗伏特，内附卡片上写着。马克斯在手里反复翻看这张唱片。“我们谁都不吹小号呀，我们谁都不喜欢拉威尔呀……”他大声质问。

真是一个有学识的人；真是一个有时犯傻的主。“他以为唱片上有你名字吧。”盖尔解释说。

音乐让两室友亲密起来——也许住宿办公室比它看起来要精明些。马克斯还是小男孩时，有位没音乐细胞的姑姥姥忒荒唐地教过他音符和弹琴指法，还有《致爱丽斯》。（见过这位令人敬畏的姑姥姥后，盖尔说：“你居然能哼出来，真是神奇。”他们结婚时，姑姥姥还活着。）后来，他在二十三街跟一位货真价实的老师学习。大学第一学期，在宿舍公共休息室吃过晚饭，他有时弹弹——绝大多数时候，爵士乐，不过，也弹巴赫和肖邦。他是一位娴熟的业余爱好者。福克斯呢，若有所思听他弹，说他自己试过各类弦乐器。接着，圣诞节假日后的那天，马克斯正在他们住的寝室里背公式，听见福克斯回到他们共用的客厅，捣腾声比平时动静大。马克斯也没当一回事：福克斯拿着一个破旧的大提琴琴盒，所以不得不用脚踢他的手提箱。大提琴琴盒打开，他取出一把大提琴，相当不错的琴。“我正想呢。”他说。马克斯觉得这大提琴最好上保险。

福克斯力求学成，很是投入。之后不久，他每天拉琴一个小时，还参加了一个学生四重奏，遇上他俩谁都不用去做实验，周围又没

---

① 莫里斯·艾伯拉瓦尼（Maurice Abravanel）：美国著名的犹太裔古典音乐指挥家。

② 莫里斯·安德烈（Maurice André）：美国知名法国号手，活跃在古典音乐领域。

③ 莫里斯·拉威尔（Maurice Ravel）：著名的法国作曲家，印象派作曲家的最杰出代表之一。

别人时，他和马克斯就在宿舍楼公共休息室拉二重奏。他俩都很享受这些时光，虽然他们各自的乐器待遇大不同——马克斯的琴也就放在宿舍里立着，福克斯的，相当贵重大提琴，宝贝着呢——两人能力上也有差别，总让马克斯想到其他一些不对等的方面，这些差别或不对等时而让他苦恼。当马克斯告诉她，他这些以往苦恼时，**佛莱布什男孩**，盖尔心想；**真就存在这么容易被人刺痛的物种**？

后来，福克斯去芝加哥上医学院，马克斯在纽约。人还没毕业，福克斯就结婚了。“我挺吃惊，他这桩早婚。”那次命中邂逅的犹太少女午餐会上，马克斯对盖尔说：“在学院一起上学时，他挺提防女孩子。当然，我也是……”索非亚·怀特劳是一位骨感消瘦的女青年，素面朝天，爱嘲笑和质疑她自己的贵族出身，完全跳级读完她的学校，像流浪汉一样在欧洲大陆浪迹过。婚礼上，她跟所有男人跳舞，还跟她妹妹赫柏跳；赫柏个头矮小，当时十岁而已，酷爱她的马。

“福克斯克劳伏特的小姑子的名字叫——什么？”盖尔问。午餐会上，他们确定他们终身伴侣关系才仅仅一个小时；每个人刚分到半只鸡。“赫柏？和英文词组 heebie-jeebies 那神经兮兮的发音相同？”

“与象征青年的希腊女神名同。”

后来，马克斯攻读他的第二个研究生学位，这次学的是医药史。“我发现我喜欢图书馆超过卧室。”他告诉她。盖尔教四年级学生(他们独生子出生后，她就休假了一段时间，然后再重返课堂，又接着教了三十年。)盖尔鬈发，鼻子矫正过，读了很多书，喜欢收集珠宝类艺术品。在众多求婚者中，她有自己的选择，包括有位富人，在她鼻子没矫正时就爱上了她。当时，她人就像一只猫头鹰，不过，被一名医生相中，让她觉得受用，尽管马克斯本没打算挂牌行医。(在苏菲看来，行医与窗户清洗工似乎处在同一社会阶层。）

福克斯加入缅因州一个内分泌专业组织团体。马克斯在波士顿教书。两家人时不时会去对方家里度周末。男人听音乐，拉二重奏；孩子呢——怀特劳夫妇有一个女儿，叫西娅——玩棋，后来几年里，下棋；女人们，如果她们在波士顿，就上博物馆，要是在缅因州，她们就去工艺品展销会。有一次，苏菲带着盖尔和赫柏（青春女神常探望她姐姐家），开了一路车，到了刘易斯顿，在那观赏到一些有名的农用工具古董。一个干瘪老妇人收集和销售这些古董，也出售首饰，绝大多数不太值钱。不过，在那儿，掷在一张桌子上有一根钻石手链，镶着白银，扎在黑色珐琅里。盖尔试戴了这根手链。好个变化——她顿感自己像个女王，或是，至少像有着一个皇族味手腕的平民老百姓。

"我可以稍便宜点。"诡异的女业主说。"这些年，你每年都要过生日的吗？"赫柏说，爱抚地摸了摸盖尔的上臂，"偷偷花一次你家用的钱吧。坚持给自己买份特别的礼物。"苏菲建议道。

"满足下自己啦。"她力劝她，这位洋基女甚至不戴订婚戒指。

盖尔把这显而易见的束缚滑出她的手臂，摇头：不买。几个星期后，苏菲为了满足她自己，离开丈夫和正处青春期的女儿西娅，又继续去过她的浪迹生活——这次，有些不同；她待在家和她外出的时日差不多。"没什么，我不介意。"当盖尔问西娅，西娅如是说，一贯的直言快语，"她在这时，好玩有趣，她跑出去呢，我们落得轻松。"

II

“你上的大班,总得有人先死。”马克斯早提过,“雪崩开始在即。”起先数十年,有发生意外死去的,有患上恐怖的早期癌症死去的,有自杀的。还有死了孩子的,别人的孩子,老天保佑,不过,盖尔一直对自家儿子提心吊胆。幸运的是,怀特劳家的女儿和切尔诺夫家的儿子都成长为健康青少年,然后,健康青年——现今,也没人认为男性同性恋是一种苦难,总之,无所谓了。

不久,人们能准确预测疾病了。不知怎么回事,福克斯和苏菲,还有马克斯和盖尔,都有意避开这类事。尽管如此,他们却避不开自己年华老去。男人衰老起来,各种变化很明显。他们两人都没能保持良好的体型——两人原来也都不匀称——不过,福克斯至少生来消瘦见骨。马克斯体重则一直在增加——也是天生体质,或者说,就是家族遗传,至少不是病理原因(他对盖尔说);他祖母曾经让他相信,多出的赘肉起着抵御疾病的作用。《美国老年病协会期刊》上有一份统计分析,也赞同这么一些不可思议的观点。马克斯的窄肩,这些年来越发紧缩,但宽臀部位,则越发宽大。要是做爱后(研究表明,他们所在的年龄段越来越少有人从事这项活动,同时,其他研究也表明,夫妇双方逐渐衰老,在做爱当中,会喜欢把伴侣假想成某位电影明星),裸着,他从床榻走到浴室,盖尔时而想象,她正在看一位妇女心满意足离场的情景。不过,擦洗完后,他仍想要,返回来——盖尔身上带着汗液和精液躺到天明——于是,他那家伙缩拢了,脸上浓密胡须翘动一笑,他看起来又很男人样了。她的男人。

的确，有些疾病折磨着他们。盖尔的子宫肌瘤需要做子宫切除。马克斯需要修复他的疝气。福克斯身上，各类抗抑郁药引发便秘，头发也大把脱落。不过，苏菲呢——从来没生病。她原来明显的憔悴蜕变成一种耀目的魅力：骨骼强健，牙齿完好；肌肤光洁，从来不知润肤霜为何物；头发浅淡的白色，只是稍微有些少了，松松一束扎在颈背那。她仍然爬山、飞翔、器械潜水。要是她启程回家，经常回到她缅因州的家，赫柏多半和她在一起。像其他人一样，青春女神也长了鱼尾纹，她小颗的牙齿也在变黄。有时，切尔诺夫夫妇受邀来一起度周末。他们经常看见赫柏对着福克斯喋喋不休。他们还看见，苏菲爬上让人担心的一把梯子，重新整理门廊的灯线，要不，她人跨在一面三角墙上，就好像那墙是一匹矮种马似的，用盖板覆盖她家屋顶。她有着男孩胆量，男人能耐和女人优雅。她仿佛处在她漫长生活的初生阶段。盖尔发觉自己有些嫉妒了，或是内心新生出一种渴望？

回到家后，盖尔对马克斯预言道："苏菲会是那个埋葬我们所有人的人。"

"总得有人押后嘛。"

苏菲不会是最后那个，她会是例外；不过，盖尔自己一直守着这个越发准确的洞见，最后，她终于有机会和年轻的西娅·怀特劳分享。一年夏天，西娅上哈佛攻读她的教学硕士课程，人就住在切尔诺夫一家的隔壁。"你妈妈能活好几个世纪。"盖尔说。

"噢，她能。"西娅说，"她属于半鲸半人那种。天鲸座是拉丁语，源自希腊语 kētos……"

"海怪，是了。我们做学校年级教师的人，就好搬弄大量事实。整个伪博学。"盖尔说，口吻严厉——伪严厉。她又凑近一些，这位年轻女孩的黑眼睛就像一片雨云,褐色头发梳成一根独辫,很粗。

(马克斯上的) 小班也有人第一个先去了。

肿瘤癌找上了福克斯,能治愈的常见癌症。不过, 他的情况……并不那么好治。于是,他熬了好几年:治疗,休假,新的治疗,每个人都知道。

自从确诊,怀特劳和切尔诺夫两家就少有走动了。福克斯的治疗花了很多时间。还有,切尔诺夫家的儿子现住萨凡纳;要旅行时,两口子会往南去。马克斯的体重有些妨碍。盖尔常常感到疲惫乏力。她的眼睑开始起皱纹,不过, 脸其余部分,她知道,依旧鲜活,依旧好看:倾斜的下巴,她的很正;倾斜的鼻子,矫鼻手术过的鼻子。她挺高兴他们卖掉了房子,搬进了一栋公寓大厦。公寓厨房配备最新的厨具,还有花岗岩橱柜板。如果再也不用做下一顿饭的话,她不会在乎,不过,她喜欢把手摊开,然后,把脸贴在清凉的岩板上。

西娅回到缅因州,住在她父亲家。她母亲有时也在;赫柏也在。西娅在教五年级。一月份, 一个早上,她打来电话。

"快到头了,盖尔。"

"你什么意思? 马克斯和你爸爸上星期才通过电话……唉,上个月……圣诞节之前。福克斯又住院了?"

"没有。他现在腿瘸了,不过,基本上凡事都还能做,除了吃,他在服用止疼药。我不是说他快死了。我只是说他人越来越不行了。"

立马和过了一阵子的差别罢了:是。还有无法避免的必然,不过,他们都属于这么一个 (年龄) 段,甚至包括鲸类的苏菲。

"来吧,务必," 西娅说,"带上音乐。"

"哦……什么音乐?"

"贝多芬的?"

"哦,太难了。现在,马克斯几乎拉不了。就拉一些儿童音乐,全这些,拉给邻居女儿听的。"

那个小家伙,那个小女孩:也许,想到要接受自己没有孙辈的命运,盖尔人还没能心平气和吧。"那天早上,他真就即兴拉了一曲《哦,太阳先生》。"她坦白道。

"那魔笛一类变奏曲如何?"

"小女孩——"

"或妇人。拜托别说我我是个伪博学。"

"好的。"盖尔说,答应了请求,也商量好了曲子的事:根据莫扎特的《小妇人或小妻子》作品,贝多芬创作的十二首变奏曲。

III

班戈。飞机盘旋飞过松林,盘旋飞过水域。西娅男友在机场等他们。他们登上他的轻型喷气飞机,马克斯坐在副驾驶位上。这趟飞行仅用了十分钟。在周边长着云杉的一处椭圆地面上,他们着陆。而后,上了这位男友的吉普车,一路驶过凹凸不平的路途,一个岛屿接一岛屿,行过窄窄的桥梁,一直到路途终端的一座小岛,熟悉的岩层凸起处,五十多栋独立屋林立其中。最东端的独立屋,棕色瓦砾式结构,和其他独立屋一样,就是福克斯的家。深深的门廊被包裹在周围三面的树从中,面朝波涛汹涌的大海。内里,各种不同视角,窗户奇形怪状,还有隐蔽角落,这么些年的来往,也都逐渐熟悉了。琴房里，摆着一台斯坦威钢琴，某年庆贺福克斯生日买的。阁楼里，摆着一张硬硬的双人床。这张床上，盖尔和马克斯会做爱，像以往住这里时一样，好像这事是他们必须履行的宾客职责之一。

主要的功能间在走道尽头。这些房间的窗户，还有前门，都朝门廊开，再过去，远处便是大海。房子后面朝着公路。马克斯和西娅男友拿着行李箱，穿过格状拱门，走过去了。他们要爬上门廊阶梯，才进房子。盖尔扭着身子下了吉普车。

她抬眼朝房子后面望去，那儿，透过一扇高窗，她看见——后门楼梯上下的地方，是吧？——有个女子身形：西娅，拿着两枕头，一定是往她和马克斯住的夫妻间走去。西娅在挥手，继续上楼梯。楼下有间书房，浅紫色玻璃窗后面，站着福克斯。他抬着一只手。厨房里，还有一个女人身影，走动着——是苏菲。后门门道开着，通往厨房，这是一间老式厨房，是这一家人一日三餐的地方，厨房里，站着娇小的赫柏，长着雀斑的双臂环抱胸前，神情兴奋。“盖尔！”青春女神尖叫起来，跑下木楼梯，投进还没欣喜起来的盖尔怀里。

然后，房子里，好一阵彼此问候。美人，苏菲。羸弱，福克斯。西娅呢，疲惫。

有处隐蔽角落，很长时间以来，只有西娅和盖尔两人知道。大约两个小时后——福克斯在他卧室睡着了，马克斯在他和盖尔的卧室里打盹，西娅男友已经走了，苏菲和赫柏采购去了，与芸芸众生居家过日子的人一样——女人们在那碰见彼此。这个隐蔽角落是一间糕点屋，之前可能用来存放肉食品。它不通暖气。虽然这天下午不是特别冷，薄薄一层雪也在太阳照射下收缩着；之前几个月，她们这处弹丸之地一直冰冷冰冷的。盖尔穿着她的风雪大衣；西娅穿着她祖母那带补丁的紫貂大衣。

“他看起来挺不好，是吧。”西娅说。

“是。”盖尔同意。福克斯的头发已经变成惨白的泡沫色，肌肤近乎透明，就像她们头顶上挂着的微弱灯泡那样透明，她俩好不哀伤。那天中午饭时，他和他们在一起，但没有一起吃。他靠一些药物营养罐头活着，还自认为是这些营养品导致他频繁呕吐。什么治疗和伴随的后遗症，正是谋杀他的真凶，他说；病自身已经消失，他声称。“我好了，也死了。”他说，相当无助的愤怒。他的呕吐声——盖尔之前听到过两次——不是喝酒式的喷吐；而是一种持续很久，令人感觉徒劳的作呕声。

“我带了一些好吃的巧克力。我这是在想什么呢？”盖尔伤感地说。

“赫柏已经把整盒给吞吃掉了。我爸喜欢重口味的东西，什么辣味蟹饼，松软干酪，还有烤熏肉。他特别喜欢吃培根烤肉。所以呢，有一阵子，我妈每天早上做烤熏肉，我爸吃了，不一会儿工夫，他就又全吐了出来。后来，我妈不做了，他们就开始特爱吵架了，嚷着要给对方添上些脚注说明，我爸用医药方面的术语——”

“消化道。”

西娅弱弱一笑。“——我妈呢，引用英国小说，都是那些绅士人物，过海岸生活，吃肉，最后患上痛风的那些人物。她还引用《申命记》——”

“《利未记》[①]。‘还有野猪，尽管分蹄，而且是分趾蹄，他不咀嚼反刍类；他于你是不洁净的。’”

---

① 《利未记》：《旧约全书》第三卷。

“诸如此类吧。后来，我妈开始下午三四点时才烤熏肉,趁我爸睡着了,就像现在这个时点。他睡午觉都是因为药物起作用,熏肉也叫不醒他,房子烧成灰烬，他也不会醒。于是，他开始深更半夜起来，自己烤熏肉吃。”

“你们不买熏肉就行了嘛。”

“唉,盖尔,你觉得野猪不干净吗？”

“当然不。要是猪得到机会,猪会很难侍候。”

“哦,是吧,”西娅说,“总之,我爸叫嚷，痛风是他没有的状况,还有《旧约》禁律对他怀特劳家不适用。他族谱里没一个犹太人——对不起,盖尔,这是他用的词。”

“每个人的族谱里,都有见鬼的犹太人血液。”盖尔说,很沉静。

“所以呢,我爸继续说,熏肉一定对他有益。还有赫柏小姨，总是站他一边。她发誓说,只要有熏肉，她就能过活。这么过活,真是没意义……哦,别听我这么说,我还是爱我小姨的。”

“亲爱的。”

盖尔坐在一张高凳子上,西娅在矮一些的凳子上,两人这么坐着,方便西娅把脸颊枕在盖尔穿着牛仔裤的大腿上。这姿势两人保持了好一会儿。后来,西娅又抬起头。“现在我把熏肉锁进我车后备箱里。这样,我爸就吃不到了。不过,他们还在吵。他不死,他们的吵不会消停。”她哽咽地说,“吵在,他也就人在。”

“那就是说，熏肉一直让他活着。”盖尔说。

西娅和她妈做的晚饭,有鸡、沙拉,还有酒,人人有份,除了福克斯,他又没吃东西,只喝他浓浓的绿色药物液汁。西娅男友回来了。

赫柏和马克斯在闲扯政治。福克斯啥都没说，只注意听他们聊的军情战事。女主人苏菲所关注的，同样，也在别的事上。她坚持清洁打扫时不要旁人插手。福克斯上楼去呕吐，就没再下楼。大海猛烈拍击着岩石。“我要去漆黑夜色里散步一下。”赫柏说了声。男友离开了。盖尔和马克斯，还有西娅，坐在客厅看书。赫柏进屋来，告诉他们她安全回来了。“让人吃惊吧：我与不幸擦肩而过。”大海更加猛烈地拍击着岩石。

盖尔深夜醒来。她忘了带她的安定药片了。马克斯轻轻打着鼾。要是叫醒他，怕不太厚道，而且，何必呢？她可以蹑脚下楼，进福克斯的房间，寻一遍他的药箱，找些什么辅助入睡的药。倘若她的手万一摸到要人命的药剂，会怎样呢？吵醒一个垂死的人，怕比不厚道还不厚道。

她起了床，从一挂钩上拉下某个人的大衣，披在身上。(她也忘带她的睡袍了。有时，好像她脑子有些地方无法把控。)她蹑着脚走下后面楼梯，到了二楼，再转到主楼梯，已经磨损起毛的楼梯地毯能消音。不过，每个脚步仍嘎吱嘎吱作响。她停住脚步，靠在楼梯扶杆上。

月光已潜入琴房，扫着久没人理会的各种传家宝，银丝般的月光掸着斯坦威钢琴上的尘埃。

福克斯和苏菲各坐在一把椅子上，椅子都朝着房间里最宽大的窗户。他俩膝盖几乎靠着。福克斯穿着医院用的条纹浴袍，是他某次住院期间借的或偷来的。苏菲仍穿着她灯心绒裤子和一件破了的法兰绒衬衫，不过，破衣烂衫之上，他们这两贵族端着他们的头颅，很是高贵，哪怕要死的那个也很是高贵。真是让人嫉妒的画面。她努力听这两口子慢条斯理的轻柔对话——其实，她真不是来做客的，她被招来目睹一个人垂死的一幕，她有着一名教师所必备的窃听的责任感。不过，她听见的也就几个音节，这些音节也许不是，应该不是，大概不会是“爱”、“回忆”、“担心”这些字眼。

早上，马克斯弹了弹那架钢琴。福克斯躺在破破烂烂的沙发上。昏暗餐厅间里，疲惫的盖尔仍希望自己不被人注意，弯着腰坐在角落的一张椅子上；这家人从来没在这间餐厅吃过一顿饭。她捧着她带来的小说，仍然没法读。餐厅有个方向，通过一道拱门，她可以看见琴房，另一个方向，她可以看见厨房，要穿过一扇窄门。钢琴音色非常美。福克斯的旧大提琴琴箱——他从家拽到学校，再拽回家的那个琴箱——立在一角。

马克斯离开钢琴，穿过餐厅。他没注意到盖尔。在餐厅，他倒了些咖啡，加了好多糖。福克斯这时从沙发上起身。他取出大提琴，像安装假肢似的插好大提琴杆标。他坐在一张矮凳上，大提琴摆放在他面前，倾斜得很夸张。大提琴杆标戳进奥布松毛圈地毯里。福克斯仍然穿着他睡衣和那件睡袍，袍子的条纹是盖尔昨晚注意到的，现在，她发现袍子上有黄色污迹。

苏菲、西娅，还有赫柏，坐在门廊上。气候仍然反季节的温和。或者也许恰合季节——盖尔知道，十九世纪期间，在缅因州这处海滨一带，出现过连续两年宜人温馨的冬季。还有一九二九年，记忆中，她教书时，也有过一次似是而非的气候。西娅男友还没来。盖尔记不住他的名字。他记得她的名字吗？人还记得一九二九年和情人节之前凋谢枯萎的水仙花吗？福克斯拉着弓划过琴弦。他在弹巴赫的一组组曲，这组组曲是娴熟提琴手用来热身的曲子。他没注意从门廊进来的妻子，女儿，还有妻妹。她们三人立马看见了盖尔。苏菲大声说，男孩子这边弹琴，女孩子这边可以去溜冰。

“我忘带溜冰鞋了。”盖尔说。

“我有多的一双。”西娅说。

“它们太大了吧。”

“我们可以塞东西进去呀。”

“塞什么。”盖尔问，跟着她们三人就往西娅的小轿车去。她们开车过了一个又一个岛，直到到了陆路上。从那，她们开到她们喜欢的一处池塘，黑黑的，散着像犹太教食用盐一样的小冰块。西娅的溜冰鞋，还有她胡乱找到的一双混搭袜子，很合适盖尔，就像专为她做的一样。盖尔想到那年冬天，她教她还小的儿子溜冰；就那一阵子，好像自那时起时间凝固了，好像她儿子仍旧是那个快乐的小男生，她呢，是他愉快欣然的妈妈。

她溜了几个溜转。西娅和苏菲在溜华尔兹。不过，青春女神是真正的明星。她穿着一条长裙和一件紧身夹克，戴着一顶大礼帽，从怀特劳家车后备箱捞出来的——福克斯曾戴着这顶大礼帽参加某人的任职典礼——赫柏快速旋转起来，抬起一条腿，然后，另一条腿，一个跃跳，接着，像一只蜻蜓似的着地。盖尔，很快就累了，在池塘边看赫柏溜。真是美妙，真实存在的神祇把一个人收缩到极致，将她转化成瓷器，安在音乐盒顶部，让她永远旋转不止。“在新罕布什尔州一处牧马农场，她租了一间单间农舍。”西娅说过，“她过来和我爸闲聊，搭汽车到这里，大约有十七趟车。”但现在，赫柏的右冰刀好像撞上了一处突出的冰块，或者，可能是冰融化时突出来的一个树根，就像一个孩子甩掉了裹着他的毯子。大礼帽掉了下来，走弧线地滚向池塘中间。赫柏脸朝下，整个人僵直倒地。

天哪，不会吧。“人的躯体会尽可能保护他的眼睛和鼻子，”马克斯有次说过，“双手立即抽出来——很多手腕被摔坏，就是这么发生的。只有没有意识的人把脸给忘了。有天晚上，在急诊室，我看见……”他接着告诉她，有个醉汉跌倒，导致整个人骨碎；他提到骨骼各个骨架名称，就像在提他朋友名字似的。

马克斯记忆力惊人，储存了他实习期间所有所见的东西，而后，他放弃了临床急诊工作。昨天晚上，他告诉她，他觉得福克斯顶多活一个月了。

赫柏躺着，一动不动，不过，她脸转到了一边，她鼻子大概没事。姐姐和侄女急速冲向她这边。赫柏自己缩成一团（她手腕也没事），她又蜷曲成一种半坐姿势，双腿（也没事）在她身下扫动着。盖尔和三人会合一处。西亚跪在她小姨身边。赫柏脸的一边严重刮伤，不过没流太多血。“没事吧？”苏菲问。

“我们得处理下皮肤。”盖尔说。

“我一下子突然休克。”赫柏说。她握着西娅的手，挣扎着站起身。盖尔跟着她们一起到池塘岸边。不经意，她转过头，看见苏菲正溜向池塘中央，要找回那顶大礼帽，整个姿态就像绅士中的绅士。

她们看见马克斯一人在厨房餐桌边。“福克斯在睡觉。”他说。“你怎么啦，赫柏？我看看。”西娅从她牛仔裤里找到钥匙，又跑了出去。盖尔看见她打开她车的后备箱，取出用白色硬皮纸包着的什么东西。西娅又进了屋，把钥匙扔在台柜上，打开包裹，解开，厚厚一块粉红色的熏肉。她把肉切成片，递给她妈妈，她妈妈已经站在老式厨灶边，一个大大的黑平底锅早放在火炉上了。熏肉切片卷了起来，冒出气泡。那股肉香味慢慢弥漫整个厨房。

盖尔铺好桌子。马克斯建议赫柏轻轻洗把脸，用温水。不要用润肤剂。赫柏走开，按要求去做。苏菲端上最开头烤好的几片熏肉。

肉香味越发浓烈——一股挑衅诱人的味道，透着丰富卡路里能量的味道，禁食的食物味道。标准化生产肆虐之前，盖尔教的四年级学生学过农场牲畜。盖尔当然充分备好了课。母猪特别充满母爱，她了解到，然后教给她的学生们。绝大多数种类的猪都多产，也能高效地将谷类转化成肉类，中国人首先发现的……这或许可以解释中国人为什么在吃方面成就了得，她默默思考着，虽然成就了得其实仍无法说明白为什么，但是，任何超出生活，诸如死亡或性偏好的方面还是可以加以解释。有一次，儿子大约三岁，在一家商店，他们遇见一只玩具猪，非常小的母猪，很逼真。他们数猪的奶头：十二个。“这儿是奶出来的地方。”她说。然后，她甜蜜回忆哺乳期的情景，母子两人拥抱在一起。

“旋毛虫病。”赫柏回来时说，“人从猪身上得的，是不？”

“你说得对。”马克斯说，“尽管如此，猪是从鼠身上得的。不过，对了，赫柏，如果你生吃餐用熏肉的话，你可能吞食下被囊裹的蛔虫幼体，会生重病。所以，我们吃前一定要烤透熏肉，熏肉还散发出一种让人镇静的气味。”

“难怪福克斯特别想吃熏肉。”盖尔说，有些突兀，她本可以不再开口说什么的。

带着不同往常的诚挚，赫柏说："也许熏肉真对他不好。"盖尔呢，抿住双唇，他明白赫柏并不介意在人前大大方方示爱她姐夫——这两人，有时同住一屋的屋友，一定有着相当快乐的共处时光：一个溜冰，一个拉琴；一个说话，一个呢，把手指放在耳朵里；无须顾及性的困扰……

"熏肉对福克斯没事，"马克斯说，"再不存在什么对他不好的了。"马克斯全身肉肉的，很柔软，不过，他不是有泪会轻弹的男人。然而，他温和的声音有些沙哑，窄肩头松塌下来，一只短而粗的手掩住胡须，他人抽搐起来。

苏菲花了好一阵子，不断端上肉片。最后，她停了下来。楼上，在药物辅助下，福克斯睡着午觉。西娅叠起盘子。苏菲把熏肉和钥匙递给盖尔，盖尔走了出去，把包裹锁进车后备箱，然后，弯下腰，紧靠着矮化松，吐了起来。手掌下的松枝，感觉像一只花呢手臂。她径直回到屋里。

夜色最终降临。他们，除了福克斯，吃过晚饭，一起聚在琴房里。为了庆贺，他把他药用营养品倒进一个香槟杯。他审视着赫柏的脸。"明早，会肿得很青。"他向他同病相怜的人肯定道。

钢琴上，有个生锈的水缸，上面插着桉树枯枝。马克斯的脸，看上去带金属质感——胡子青灰，皮肤紧缩，呈锡色。睫毛稀疏，眼睛看起来像铝制圆盘。走进房间的陌生人会指认他是要死的那个人，而不是福克斯，他低着头，大提琴遮掩下，人显得身形细长。

他们演奏起来。两位老男人，他们的乐器更有年头，但注定比他们在世上存活更长时间。也许，之前他们的演奏少有这么漏洞百出，也许，他们从来没有在这样的境况下演奏过。帕帕基诺曲风下的十二变奏专门为业余爱好者的客厅弹练而创作。盖尔知道此中缘故。她知道这只是差火候的人弹练的贝多芬曲目，甘愿平庸的人演奏的贝多芬；这数十年漫长婚姻里，她了解了很多音乐方面的东西。马克斯搅和了她的人生轨迹。要是娶她的男人对现代艺术、足球、烹饪有兴趣，她学的就会是这些方面的东西。她自己带给他们这么一个婚姻组合的是对教学的激情，还有一盒雪茄盒子的针线，纽扣和回形针。她想要添加收藏、出售、交换的内容。福克斯在拉的甜美颤音里跑调了。盖尔的爱好，没受人鼓励过，也没受人贬低过，所以，也没能继续下去。两位音乐家花了一个小时的四分之一时间演奏完了所有变奏曲。

西娅男友鼓掌。福克斯上楼，去呕吐。西娅男友走了。马克斯站在钢琴旁，乐谱夹在臂弯。赫柏慢步踱向他，仰着红肿的脸，她还想知道凡士林的药用。西娅和苏菲走动着，关灯。

"你的脸，什么也别抹。"马克斯对赫柏说。然后，他对盖尔说，"你就上楼吗？"

她点头。其实，她就跟在他脚跟后。而后，裸着，她躺在他们的硬板床上，接着，他也裸着躺下，然后，她带着蜘蛛般的狂热把他整个裹在她的四肢里。不能翻转了，两人的摇动停了，她不只想到米歇尔·菲弗[①]，她今夜想象中的伴侣，她还想到米歇尔·法伊弗戴着那个钻石配白银的黑珐琅手镯，就是她那天没买下来的手镯，她眨眼去看这件饰品，还有它的佩戴者。马克斯沐浴回来。他裸着的梨状身

① 米歇尔·菲弗（Michelle Pfeiffer）：《纯真年代》中奥兰斯卡伯爵夫人的扮演者，好莱坞演技派女星。

体在月光下闪闪发亮;他眼睛现在看上去像值钱的钱币。**我的摩尼教**,啊,她在想。我的小男人。

她睡了几小时。而后,她醒来,仿佛被猛拍了一下,她起身,披上大衣,下楼,不在意发出的声响。琴房空荡荡。通到门廊的门微微开着。西娅一个人待在那。她坐在铝制椅子上,手臂搁在门廊木栏上,头枕在手臂上。带点微微的刮划,盖尔拖着另外一张椅子往年轻女子那靠拢,然后,坐在西娅身旁。西娅抬起眼。她们的手触到一块。

有什么要说的?说说这对奇特搭配的室友,福克斯和莫里斯吧,各自朝着各自给定的方向生活着,取得了情理之中的个人成功。谈着倘若有人问我是否也是同样的生活轨迹这么一类的问题。"帮着一个人死去——这是很多人做的事。"她真这么说出了口。

房子里,他们听见一声呻吟——死气沉沉的;后门打开着。有个人的脚步声传来,从厨房外面的木楼梯那边传来。接着,轻微的哈欠声:车后备箱打开的声音——啪的一声轻声关上:车后备箱关上了。这会儿,脚步声似乎更响了,人回到房子里,后门也关上了。

西娅坐直身子。

"车钥匙,我落在台柜上了。"盖尔说,"晚饭的时候,他看见了车钥匙。你妈看见他看见车钥匙了。我注意到你妈看见你爸看见车钥匙来着。"

厨房里传出嘶嘶煎熏肉的声音。很快,浓浓的肉香味传了进来。嘶嘶声越发响了,就像人打响指传递出来的欢快与喜悦:肉在烤着,烤得很透。然后,加调料,吞咽,接着,毫无恨意地呕吐出去。取自健硕的一头猪,切成了片状,这份熏肉。

劫案[①]

捡零钱——是亨利的主意。一种行为而已——并非犯罪，甚至算不上行为不端。还有，这些天，能激发他热情的任何事都值得一试。捡零钱太容易了。零钱就潜伏在他们周围。它潜伏在邮箱下，电梯角落里，人行道上。它还可以从电影院的坐垫上探到。多萝西甚至在排水沟找到过油腻腻的零钱。她洗干净它们，有时还擦亮它们。有次，晚饭时，两枚二十五分零钱就在亨利附近的柜台上，亨利拾起它们。柜台服务员伸出手。“是我的，”服务员说，“你之前那位客人给我的小费。”亨利方才作罢那两枚零钱。凳子上，多萝西直勾勾地看着这一幕。亨利会拿那两枚零钱——会偷了它。偷是犯罪。不过，感到羞耻的应该是柜台服务员……为亨利感到羞耻，大概吧。

第二天早上，她去市中心办一件事。繁忙人行道上，她自己竟

① 故事名称与2008年美国黑色幽默警匪片《布鲁克林大劫案》同名。

然顺手拿了一个人的钱包，一位大咧咧的年轻女子背着背包，背包拉链口居然没拉上。多萝西——很久以前，自己也有过这样一顶帽子——沿人行道走到了一排女装橱窗陈列前。**老天爷**，她想，数着钱包里的钱。四十块加些零钱。**你在做什么**。**跟踪她，跟踪她**。她面前，拥挤的逛街人群，人群头顶上方，有个彩色塑料线球飘动着。多萝西把钱包塞进自己包里。**得把它交给警局，就说自己在街上捡的**。

然而，她却进了地铁，上了回家的电车。没有把掉的钱包交给警察不算犯罪。她可以留着这东西；从法律上讲，它确实也可能就是她的。或者，要是她把它交到警局，那个漫不经心的彩色塑料线球也真去报了案，这钱包算是移交给多萝西的，拾金不昧者本该得到嘉奖。直到电车开进日光里，她才找到钱。她偷了钱。

那天晚上，她向亨利坦白。

“多少？”

“四十美元，不过即便是四十分——”

“宠坏了的女大学生。她爸爸会补给她的。”

“亨利……”

“我们去试一试赛马吧。”

接下来的一天，他们乘火车出城去了一次赛马场，下了两次二十美元的注，都输了。“现在，抵消了。”亨利说，甚是愉快。他们打道回府，一路没说话，彼此温情脉脉地手牵着手。

“赌博靠不住，”亨利当晚断言，“拿人钱包——是一个解决方案。”

“解决什么？”他瞪着她，她继续说，“拿钱包要师傅领进门，何况费京[1]都被吊死了。”

“我自学成才。还记得我以前怎么弹德彪西的吗？我能做到手法绝妙。”

他弹的德彪西，听起来倒像苏萨[2]的曲风，那时，他就明白。现在，他重新界定过往一切形式——老年人的习性。道德也一样，重新界定，还有伦理规范。“窃取个人的钱财是危险的，”她用知性的语调说，“我们别打钱的主意吧。”

“别打主意？”可不是通俗用词。

“钱只有买东西时才有用，”她进一步解释，“我们直接冲东西去好了。商店。”

他咧嘴对她一笑。“瞧我娶的女孩，了不得。”

她也咧嘴笑着，不过，她的心愈发缩紧了。这种对旧价值观的粉碎一定是老年痴呆的征兆，可不是吗？也许他粉碎的是一种密封的痴呆，局限于温吞的不端行为。稍微越界行事有助于延缓日渐的衰老。她知道有的穷老头企图调戏女招待来着。

有时，她仍有那种冲动。比方说，大清早，当晨曦将他们的灰墙变成明媚的淡紫色，她喜欢想一些偏淫荡的事。她的手，像一只青筋暴露的老鼠，爬过铺盖。他仰头睡着，他不应该这么睡，容易引起窒息。呼噜一声，停一下，又呼噜一声，又停一下。她会推他肩膀，用的劲只是让他转开——离开她——到他那边去。通常，他没醒。也好啦。他需要休息够。他睡得很不踏实，频繁醒来，终于，完全醒来了——

① 费京（Fagin）：小说《雾都孤儿》中老教唆犯的名字。
② 苏萨（Sousa）：一位美国著名音乐家，写过大量的军乐曲。

反倒醒坏了,真的:醒了的他,整个人不耐烦,就是只待着,也不耐烦,直到中午饭时喝上了啤酒,啤酒让他兴奋一阵子,偶尔甚至变得色迷迷的。而后,当然啦,有时候,晌午刚过不久就……不过,他一直需要吃药,两人只得等上一个小时,她也干干的了,无论涂抹多厚一层那种老妇人专用凝胶;她还是只用它来刷牙好了。然后,接下来的一个小时里,射入卧室的日光让他们彼此看得一清二楚。他脸上的凹槽经常油乎乎的。寥寥无几的几根头发下,他的头皮苍白如牡蛎。她胸前的角质皮肤,就像鹅卵石一样糙。头发还没全白;阳光残酷啊,照得她的头发形同稻草一般。再有,要是他要吻她的锁骨——以前,他很爱吻这个部位,先进入上面柔滑的钱包,再进入下面更柔滑的钱包,他之前常这么说——现在,在她锁骨地带,他发现松弛耷拉的皮肉,就像奶油薄饼似的。而且,他用了很长时间才进去,接着持续猛撞,要是年轻时,他决不这么干;她呢,甚至要的时间更长久,很可能再难有;不过,完事了,他翻转开,剩下她独自感受余下的擦痛和伤感。

很久以前,他们结婚头十年,他们得在工作和照顾孩子的间隙中摄取愉悦,弄得两人总是睡眠不足。之后的几十年,性爱来得平和体贴。就是十年前,他们仍旧相互温存来着。不过,最好的年头则是很久很久以前的事了,上大学时——那时,学院仍实行铁律校规;所谓不道德行为仍会被惩以开除。在大学,对他们最难的,是找一处地方来行他们的不道德之事。他们找到几处喜欢的地方。大学艺术博物馆顶楼,有间储存室,专门储存要修复的画作和雕塑,在那里,他们给黑漆漆的天使报喜画作和破碎的裸体做伴。河流南边的船坞——他们躺在倒置的一艘独木舟下。初秋和春末,他们去看大海,从学校坐一站公车，到了傍晚，海滨少有人迹踪影。

她喜欢记起某个十月天。海水很冷了，冷得没法让人再去泡一次澡，涟漪泛起，白蜡色和板岩色交错其间。他们看海看了好一会儿。而后，他睡着了。她渐渐感到寒意逼人，他们带的唯一一条海滩浴巾披在亨利胸前。小心翼翼的，她把浴巾从他身上扯下来，时不时停上一小会儿，欣赏着浴巾上的赤褐色卷发；然后，她把自己的身子裹进浴巾。“多莉，”他说，睁开一只眼，有抹晨曦的颜色，“你这个贼。那浴巾是我的。”

“才不是。”她站起来，跑起来。过了几分钟，他还昏沉沉的，但也起身，跑起来。他们跑过整条海滩，半裸男孩追逐着比基尼女孩。她那褐色的长头发，那时很浓密，扬起在身后：条纹浴巾在她手上起伏着。她往一处矮岩石墙跑去，这墙引着公路通向大海。他快追上她时，她正想攀爬过墙。她很机灵，不想再跑远了。相反，她忽然转过来，冲着他，他呢，一头撞向她，好像被机关炮击中似的。她丢下浴巾。他们站着，气喘吁吁，彼此拥抱在一起。这不是前戏，真的：只是拥抱着，爱在跳动，从一颗心到另一颗心。这爱的交流让彼此满足，他们的手指伸进彼此的腰间；几秒钟后，这对情侣躺在沙地上，衣服散在一旁。鬼才在意有没有人路过呢。

之后，很快他们结婚了。他们养大两个女儿，都很沉稳文静，现在，女儿和她们各自的家庭住在俄亥俄州。“我们可谓功德圆满了。”亨利总是笑着这么说，说的是他们的后辈。一年两次，这对心满意足的外公外婆探望他们抚养成人的成功果实。他们偶尔也去别处旅行，去书店买新书，去捐赠做慈善什么的。上年纪了，他们做着他们同一年龄层所有人都做的那些事——每周一次支付一定房产管理费，买百货，看电影，上简易餐馆吃一顿。他们在意自己身体的小恙。不过，他们慢慢厌倦了旅行，还有，他们阅读的幅度也渐渐窄了——现在看的，也就限于惊险小说，还有旧小说：都是公共图书馆免费书籍。他们不再预订交响乐演出门票；他们家的立体音响系统很棒，整套花费不菲。星期二，博物馆免费开放日，所以，他们也不再续他们的博物馆会员资格。他们还停了《纽约书评》的订阅。一切照旧的话，会打破他们脆弱的预算。退休金，养老金，长期医保：全都充足。然而——还是像他们同辈一样——他们还是觉得手头紧巴巴的。

"东西嘛——我先试着下手，"多萝西说，"我可是购物老手。"

在便利店，她一直等着，直到只剩下她这么一个顾客。而后，她把一夸脱牛奶顺进她重复使用的购物袋里，推着小车往投币箱去，投币箱后面，站着一位忧郁的墨西哥妇女——不对，是土著妇女：一张阿兹特克人的脸；她是容易得手的盗窃对象。多萝西推着车绕了一周，接着，驱车去到冰冻品货区，把牛奶挤回原来的箱里，再搬动牛奶箱，这次，她把它放进她的推车里。她推着车到那位妇女跟前，支付了车里所有货品的价钱。

她又试着从俄国人那偷牛奶。又紧张了，没成。一位矮胖妇女，橙色头发，站在柜台后，做着外卖鸡肉和荞麦粥，她的孪生姐妹准备着能保鲜一星期的沙拉。整个地方闻着一股鱼腥味。多萝西不可救药地想到这些人所受的困苦，一代人接着一代人。收银处，站着孪生姐妹中的妹妹。多萝西从她的购物袋取出那一夸脱牛奶，把它放上柜台，和她的其他货品一起。

在7–11便利店，收银员看起来稍微有些弱智。多萝西绝不可能对他下手。

每次，她告诉亨利，牛奶，她偷的。

亨利自己的尝试均失败了。在一家男装店，他把两双袜子塞进他自己夹克衫的口袋里，然后走出去。但是，人到了地铁站，袜子则不见了。有人偷了他的口袋，他声称。

“袜子可能掉了……”她开口道。

一脸愁容。“我们得小组出动。”亨利说，“一个负责扰乱注意力，另一个负责手到擒来。”

她没说话。

“就想自己单干，多莉？”他说，用手轻抚她的颈项，“你这么想吗？”

她要他——一如他从前那样——但她没说出口。

大型商场成为他们操作的舞台。他们在那见习。这边，亨利向售货员提出要看看某类商品，那边，多萝西很微妙地顺手牵羊一些商品。靠这一招，他们得手了一对小山羊皮手套，一件婴儿连身衣，一支笔，一个小照片框，一罐进口辣椒酱。在精品珠宝部，她顺了一对男士袖扣进她大衣右袖子里。而后，她又重新绽放中年时的诱人微笑，带着那种“告诉我你的一切吧”意味的微笑，将左胳膊搁在玻璃盒上，请珠宝商告诉她所有有关半宝石的方面。与此同时，她把右手戳进大衣口袋里，让它待在那，直到有颗袖扣从大衣袖子里掉进她弯着的手掌里，然后，又一颗袖扣掉进去。

要怎么处理这些得手的东西呢？哦，他们把辣椒酱吃了。相框成了一件婚礼礼物。他们把婴儿服，钢笔，还有手套，做了亲善。穷人会用得上它们，也不会去猜它们的市场价值，只领会它们的使用价值。好一种重新分配——这就是她和亨利投入做的事，多萝西心想。再有，尽管她担心遭殃的销售员眼下的命运，但她对大商场则毫无同情之心，它们能吞咽下它们的这些损失。只是需要把得手的东西弄出去，她从那些店拿的东西作为送给孙子辈那些孩子们慷慨的礼物。但是，她的同情集中在焦虑不安的亨利身上。得手一次，他的精神瞬时高涨一阵，可过后几天，他又非常低落。"我们没有充分展现我们的才干。"有一天，他在抱怨，"我们应该开始考虑盗银行。"

"或许驿站马车，"她轻松回应，"我们怎样处理这对漂亮的袖扣呢？"

他耸耸肩。"做善事好了。"

"有人会察觉它们的价值，销掉它们。你应该戴上它们，亨利，去聚会时。"

"我们最近一次聚会是什么时候？我们要去的就只有坟墓了。轮到我时——把我埋在它们中间好了。"

"好，"她说，叹了一口气，"银行，下次。"

"我要仔细研读警报系统。"而后，他咯咯地笑了，手臂挽住了她的腰。

于是，出发。他们出发去图书馆，胳膊挽着胳膊。有最新版《广场》，候借单的日期长达六个月，就像普通行人在还书书籍车上旅行了一番一样。亨利偷了它。在放这书的书车上，他还发现一本有关自助安装警报系统的书，然后，用表情示意多萝西光明正大地走过防盗旋转门，他带着《广场》一书到同一扇旋转门边上，将书递过门口给她——"你忘了这本书，亲爱的"——然后，他回到桌边，翻看那本警报的书。真是郎才女貌，任何人看见这一对很可能都会这么想。

他们马上读了《广场》——亨利先读——某天大清早，他们又把它滑进了图书馆还书箱里。有关警报的书也还了进去。“太复杂了，”亨利说，“我们需要一名专家。”

“我们需要度假。”她提议。

“上哪？”听着阴沉。

“我是说……休假。”

“做什么。”听着疲惫。

“有天……我找到了我们以前的观鸟镜。”

于是，他们又去参加观鸟团，走了几次，不错，听到一些动听的声音，交了一些新朋友，渐渐回到他们以往的生活方式去了，节省但不吝啬，谨慎但不小气。令人敬佩。

这样的放松持续了几个月。有一天，他们读报，得知一家豪华酒店在市中心开张，酒店内有很多高端精品店。

“我们去看看，”亨利说，“看在老交情的分上。”

“‘我的那帮老友们’，”她唱到，“亨利，我们能说我们的盗行很成功。”

“有些无情。”

“双线球，还刺绣的。”她说，用新的，不着边的，没逻辑的言语说，是她最近形成的语言风格。“用我拇指盗。”她继续说。引用语漂浮在她的交谈中，就好像从她大脑皮层逐出去了似的。她常忘记她把东西放哪了。

“我的钱包呢？”她几乎要哭。

于是，亨利告诉她他在冷藏柜里找见了。

一个星期四下午，他们爽掉了两人看电影的约定，还有跟哈尔柏林夫妇的预约，原打算一起早起碰头来着。他们出发去往市中心，编了一个借口，说要和他们的财务顾问见面——一个想象出来的人物。为了这次征途，他们特意打扮了一番，亨利穿上他喜欢的背心，鲜红色。这背心，他之前从一家生意红火的男装店里顺手牵的。那天，他只是简单脱下他的雨衣，穿上背心，重新穿上雨衣，然后走出去。这些天，多萝西的头发扎成了松松的小圆髻。她穿了一条长花裙和紧身黑夹克，这两件都是她好些年前买的。

“你大可以充当雷诺阿油画里的女孩，”亨利说，“美极了。”

酒店大大的圆形大厅也很美，格调稳重严谨，都是棕色长绒毛和红木。吸烟室，一个烟灰缸里有一枚五分镍币。这里，吸烟不犯法。“来呀，亲爱的。”亨利说。

“‘噢，我亲爱的，噢，我亲爱的’。”她唱着，把那枚硬币收进了自己的口袋。

从酒店大厅延伸出一条长廊，长廊两边林立着全玻璃门面店铺：一橱窗接一橱窗诱人的物件——皮包、玉石像，面霜垒起一座金字塔。“所含物质让您恢复十八岁容貌。”多萝西透过橱窗大声念着。“连同黑头粉刺。”亨利肯定道。古董书、男士饰品、行李箱、钟表。有个小店叫丝绸。“有一名保安，”亨利提示道，“哦，看那套国际象棋棋具。”

不过，多萝西已经脱开他的胳膊。她在丝绸店的门前逡巡：丝巾、披肩、手绢、手套，甚至腰带。她悠荡着逛了进去。“你们对蚕人道吗？”她问售货员。

“女士？”

“我很想看看橱窗里的丝巾，那条渐变的蓝色丝巾——对，就那条。”于是，售货员用双手捧着丝巾，仿佛丝巾是一个婴儿似的，小心翼翼地把丝巾放在玻璃柜台面上，好像玻璃台面是婴儿的毡子。售货员从她站的那边，多萝西从她站的那边，惊叹这条薄丝绸的颜色。这位女售货员看起来挺真诚，不过，当然，她无法感受这渐变蓝色的韵味，不同的蓝色调唤醒多萝西以往的美好生活：是夜，独木舟下流淌着青墨色江水，太阳西下时淡紫色的海水；滨岸的黛蓝芦苇，银色海水水沫。亨利年轻时的明亮眼眸，他老后阴沉的双目。他们外孙女睡衣上印的大闪碟。那年那天，她伴娘的连衣裙，灰、绿、蓝；到这儿，这条流动丝绸重复着蓝色的渐变。到这儿，是她手的青筋。这儿，巴黎傍晚天空的蓝宝石色。这儿，是艺术博物馆顶楼，储存室里，一尊雕塑的蓝紫色影子，雕塑的头依靠在另一尊更加苍白的雕塑后背上。哦，这儿是青光眼探针上的钴蓝色环。这儿，她口袋里那枚五分镍币上覆着的蓝灰色的烟灰。最后一道蓝，她卧室拂晓时的紫丁香色。

“多少钱？”亨利在门口问。

“五百美元。”售货员说。

“哦，哦，”他结巴道，“我有一对精致的袖扣。”

“他们可不进行实物交换，亲爱的。”多萝西说，口吻颇自信。她朝他走去，披开丝巾在她肩头，好像要展示丝巾的多功能用途。她不停摇动她的手指。好像他接收到她的指示，转到店门边道，她点点头，滑过他身边，快步往大厅去。

“什么！——女士！——见鬼。”女售货员从柜台后面出来，明显也想绕过亨利身边。不过，他早就又转在店门口中间，两只手紧握着店门的镀银玻璃夹，两腿分开站在镀银玻璃门槛上。“不准过。”他低声说道。女售货员跑回柜台，在柜台后面哪里按下一个按钮，从玻璃摇篮里拿起一个玻璃电话话筒，事先他们看不见。亨利开始逃开。多萝西在前面晃着，丝巾披在她肩头，也像一个婴儿似的。亨利加快脚步。保安大步追着他后面，虽然并不太快——盗窃事件可是一件负面公关事件。多萝西到了大厅。亨利几乎追上这位优雅精灵，她的发髻松散了，丝巾从她手上落了下来。她突然转向，两人撞上了，胸碰胸，心碰心，嘴遇上嘴。丝巾落在地上。

大厅里，有人抬眼看，神情冷漠如贵族一样。丝绸店女售货员从保安身边走过，双膝一跪，匍匐扑向丝巾，赶紧把丝巾捞起，紧捧在胸口。然后，她站起身，走开了。保安想起他得做的什么事，也消失了。亨利和多萝西两人分开，手牵着手，出了酒店，叫了一辆出租车。

出租车载他们到了一家码头餐馆。在那里，他们望着码头的海水。十月了，寒冷苍穹下，海水战栗着。他们望着平静的沙鸥，沙鸥颤抖地飞翔着。他们彼此相望。他们平静地说着话，细说着过去情，几乎没去谈将来事。

克制部长

之前,他见过的有轨电车可有这么平淡无奇的吗? 海蓝色,搭配杜鹃花涡旋。不过:"美在其次,"阿兰安慰穆兹市市长说,"我太太会找些东西来加以赞美。"

当然,她会的,落落大方的伊莎贝拉。伊莎贝拉金黄色头发,在美国受过教育——她说的英语甚至好过他。总的来说,她毫无疑问是他们国家的人,这个粗俗中美洲小国家的人。大大的棕色眼睛很会说话,小腿很显曲线,衣着夺目。"我就是这么一个粗俗平民。"她喜欢自嘲。

"美在其次。"阿兰又说了一次。美感次要于工程本身——有轨电车建构合理;也次要于买卖——有轨电车涉及和遥远日本一宗重要的国际生意;也同样次要于他极其热爱的这个国家的统治。

市长叹了一口气,放下心来。"你的洞见——我可下过赌。"他冒着双关语的误读风险，因为阿兰是本国博彩文娱部部长。历经这些年，他已成为政府机关几乎所有人的心腹和顾问——他的同事倚重他的谨慎和判断力，而且，他个人缺少政治野心，这让他们感激不尽。今天，他从首都来，代表交通部检验这辆有轨电车。

这会儿，他和市长握了手，然后，带着让人吃惊的优雅（要知道他这类个头的男人体现优雅何其难得），他身形一晃，登上一辆有轨电车，电车驶向宽阔的中央大道。"通畅。"他透过一扇窗户，向市长喊道，一会儿，转身走开了，也许有些转得太快了。他希望他再也不用跟这蠢货打交道，但是，他当然还得继续跟这位市长打交道：和蠢货们打交道，是他守护人职责的一部分工作……

开往车站的中途，他下了电车，进了一家咖啡店，点了一杯酒，一份当地的薄饼，凤尾鱼猪肝混合料。吃完了，他又点上一份。开会当中，他经常塞些东西进嘴巴，以免让他来做会议总结。在家，他袭击家里的冰箱。家里管家很清楚他哪天夜里醒来会饿，虽然他起身下床时，伊莎贝拉仍睡着。所以，他大概会被人认为体重过胖……要是你问他手下，那么，他没有超重，他手下认为心宽才能体胖，何况他待人友好；要是问公众，他也没超重，公众认不出他的脸，因为他很少公开场合出镜拍照，因而无法评价他的体型；再就是，要是问他裁缝，他也没超重，当他又撑大一件衣服，裁缝总是谨慎地不吭声；不过，他明显超重，要是问他女儿，女儿管他叫"肥佬"。伊莎贝拉呢，欣赏阿兰中间部位多出来的肉——她喜欢戳它，甚至揉捏它，尤其两人做爱时——如同她欣赏他明亮的蓝眼睛，喜欢他浓密头发一样。她可能会和其他人调情，不过，她总是以女人充沛且无意义的方式真诚对待她的男人。阿兰也一样忠诚。

服务生站着，准备往他客人的食道里再塞进一份薄饼。“不用了，谢谢。”阿兰说，笑着。他付了钱，爬上一段窄楼梯，进到一家赌城，标准规模的赌场——六张桌子——除了海滨一带，其他地方都允许。海滨一带，大型度假村兴盛起来，吸引来了世界各地的游客。

这间房间，暗淡，装饰的织物都拉上，遮住了午后太阳，让这么个实在的地方充斥着一种贼窝氛围。赌台管理员穿着不太合体的燕尾服，赌城经理的眼睛四处转溜，好像在提防警察。其实，他就是个斜视眼。阿兰买了筹码，相当于一个星期的薪水。他转盘赌桌上的同伴都是常客，一贯的平和表情。他掷黑，赢了好几注；而后，从十三到二十四，直到他坐在两筒筹码后面。他手指在筹码上流连着，压上它们……他又下注了：用两人结婚时他妻子的岁数下注，二十二，那时伊莎贝拉真是一个无忧无虑，情意绵绵的女生，一直也是，这几十年，尽管他们儿子出生时就夭折了，两人总是避免去触及，但偶尔会想起。他没有下注在儿子的年龄上，儿子年龄一直是零，而且，无论如何，零属于这间房子。他下注在有胆识的女儿岁数上，十六；下注在他自己岁数的系数上，九和五。心爱的筛子球滚动起来，顿了顿，接着又旋转，蹦出了它的凹槽，继续滚动。翻了三倍本后，他退出不玩了。

现在，他急着想回家。他走到车站，买了票，搭上下午晚班的快车。火车线条明快，车身镀银。不过，阿兰和交通部长说服了铁路部门，仍采用老式设计乘客车厢：一边是走道，另一边坐六人的隔间。黄铜夹具，桃花心木面板，乘务员戴着高舌帽，穿着双排扣夹克衫——全是最好的，虽然只卖有一个等级的票。他挑了靠窗的一个座——这趟下午晚班火车只坐满了一半。火车驶出车站，稍有转弯，显露出车身曲线，闪闪发光，他向前倾者，像一个男生似的，前额猛地击在窗户上。

车厢里，有位乘客，坐在他对面，做了一个同情的鬼脸。她大约三十多岁，个头很高。他估算着，如果把她双腿长度加上她躯干长度，加上她特别长的脖子长度，再加上她的头长度，她该有六英尺长，和他身高一样。她前额挺窄，头发上梳成顶头发髻，就好像想要让她完美的话，所要做的就是加上这么一点额外高度……他似乎听到他太太的俏皮话，虽然，当然啦，这位女士听不到；伊莎贝拉少有不友善的时候。这位女士的上嘴唇唇线分明。她戴着眼镜：眼镜相当凸，这告诉他她是远视眼。她还穿着，唔——长裙，无袖，无腰，直到她脚踝，椰子色，和她肤色一样——也许，她染了其中一项，来搭配另一项吧……

她从她看的书上抬起眼，赏给他一个庄重微笑。“部长。”

“啊……我们认识？见谅……”

“我是手艺人工会的副主席。几年前，你给我们讲过话……有关信任。牧师和医生必须可信赖。赌博大师，也一样。‘当一个国家能信任它的守护人，政体则安全。’你说的。”

平常讲话能引用到这些，足见诚意。“见谅，我现在记起你了。”他谎称。也许当时的她矮些，也许，今天下午，她才刚有了整个身高。不过，快到傍晚了，不是吗。太阳已经落到山那边。周围田野应该是金黄一片，田野过去的山丛呈玫瑰色，山丛过去，是首都成熟的建筑群，一定仍浸在夕阳中。不过，眼前，火车银色车身反射出一种愈发深沉的绿色。

“我叫蒂……”她好意提醒。他没记下她的姓。他身子又向前倾，看见闪亮的火车头穿过山脉——火车头，然后，第一节车厢，第二节，接着，其他几节，随着火车往前移动，往更里面驶入，车身在他眼前逐渐隐没。这时，他们这节车厢也进入隧道——一阵黑暗时段。随后，车厢灯亮了起来。

他身子后靠回来。她又看起了书。嗯，他也可以看。他把手放在公文包上；表单和表格在包里，一本有关农业改革的论文集。他看了论文集的前言，接着看起第一篇文章……

一声噪声，很沉闷，沉沉的，冗长。

一阵强烈震动摇动着这列强健的电车和里面的乘客。

火车停了。

穿制服的人员在车厢走道上跑动着——十二个戴高乐。穿工作裤和戴帽子的男人随后。最后撞到的一位被吓坏了的老妇人，老妇人一身黑，是这个国家庇护的其中一名老寡妇。

蒂取下她的眼镜。她眼睛黑黑的，难以鉴定的古硬币金属色。“你觉得发生什么事了？”她问。

又一个黑衣巫婆飞下走道——她很可能想逃离灾难，却不知道自己在跑向灾难。

“我想出现了塌方。”阿兰说。他想知道落下多少石头和页岩，造成多少损失，有没有人受伤。

蒂朝窗户伸长她的脖子。火车里的照明灯灭了。隧道白垩沿边变成断断续续的紫丁香色——隧道自身的电力系统显然只是变弱了，没被毁掉。

“会有人来通告我们。”阿兰说。

“是，部长。我们只是需要聊聊。我在穆兹买了些我工作要用的材料。我做编织工艺。”

“我来穆兹为交通部长审查有轨电车。我是打杂的，选中了。”

她点头，似乎她明白似的，也许她是明白。“你的名字是法语。”

“我母亲。”他说，一个被移植了的巴黎人将自己一生对林荫大道的渴望包裹在自己儿子的名字里，“你的名字，出自……神学方面的。”

“出自典籍。我父亲是一位学校教师。也是足球教练。”

“啊……那你关注我们国家的体育吗？”

“我家先生关注。”

他们看过最近上映的同一部电影，对这部电影，他们各自看法不同。不过，他们都佩服博尔赫斯，还有杜法。他们对圣人崇拜以及诸如此类都持宽容态度，一笑置之。蒂很确定，人死之后不久就是重生。“我们在生命一程又一程中旅行。”她对阿兰说。

一名乘务员出现在他们门口，不只对他们，而且对整个车厢，仿佛通过扩音器在说：“有堵山墙崩塌了。”他喊。一名小女孩跑向他，拉他的夹克衫。“火车——”

“回来，艾拉。”一位男人的声音叫道。

“及时停了下来。”乘务员继续道，“没人受伤，我们一些人伤着了。不过火车没法开了，我们必须往回步行走出隧道。”

“往回走！”女孩大笑，“我可不！”

“嗯，往前走，不过，往我们来的方向。”

“我想往后走。”不听话的孩子说。

“艾拉！”男人又叫了一声。

车厢里一阵有秩序的骚动。一辆轮椅和轮椅上虚弱的老者费了好些时间才下了车。“我的手提箱。”一位女士焦急地在嚷。“自己带上东西。”一男人厉声道。“走这边。”后面一个声音说。

七十五名乘客沿边走过被迫停下的火车。工作人员用上了电池的手电筒给他们照着路。只照出身形；隧道墙壁，隧道地面，甚至隧道里的空气，黑漆漆的。一心想朝后走的那个小女孩骑在她爸爸肩头。有个大个头，穿着皮夹克，一只胳膊架着那位跛脚老汉；另一只胳膊扛着轮椅，折起来的，举过他的头；一名女随从，扎着花头巾，沉着地跟在这三人后面。在最后一节车厢的车尾，这群乘客重新集中起来，和工程师、司闸员、乘务员和消防员聚集在一起。老人重新坐回他打开的轮椅上。这时，乘务长对他们喊话；他佩戴着肩章。

“女士们和先生们，我们必须回穆兹。沿隧道往东走。”

“……有重要预约在身呢！”一个男人嚷道。

“很遗憾造成不便。今晚，交通部提供穆兹酒店住宿。明天，我们乘汽车去往首都。”

“汽车绕行这座山，老天。”有要事在身的男人说道，“汽车要八个小时。”

“哎……铁路人员乐于护送我们，只有几里路。有列小型区间火车会在隧道口等我们。”

“晚班特快会把我们弄个粉碎……噢！”一阵老妇人三重唱。

乘务长自己叹了一声。“所有火车都取消了。”他向这群人确定道。

阿兰盘算着这之后数天里即将发生的事：抢修期间，没有火车可通，然后，一条道打开，部署一小队人马先指挥一个方向的通行运转，然后，再开通另一个方向。需要修正不准确的电视信息，要权衡报纸上的评述，还要征用额外汽车往返于长长的盘山路。私人飞机可以自行出租,提供从首都飞往穆兹的短途航线,然后,再飞回来,说不定会有一架飞机撞进山里——还没发现比这要安全的空中线路了。

乘务长领引着整个进程。火车其他工作人员分散在乘客中间,他们的电筒光辅助着隧道摇曳的微弱光线。

阿兰和蒂在队伍近末端。他用他外面的手拿着公文包。她外面的手拿着一个藤袋,里面装着其他藤条样品。他们内里的手空着。时而,他们的肘关节触碰到。有重要预约的男人,肩膀宽大,但背有些驼,一直跟同行的另一位旅客抱怨着,显然那位旅客是陌生人,这位旅客轻声附和着,带着散漫的同情,偶尔转过头,好像在找人替代他的位置似的。

半小时后,电筒光和别的光融合在一起,灰色的傍晚光线。他们呼吸到较新鲜的空气了。现在,隧道在他们身后;他们步入齐膝高的草丛中。一列老式木制火车停在那等着。只有三节车厢,绝大多数乘客仍得继续步行走回穆兹市。轮椅上的人和他的随从像行李一样被搁在角落。小女孩艾拉坚持蜷在过头的空中架上。蒂站在过道上,驼肩的男人仍在唠叨不止。阿兰站在蒂的身旁。

在空荡荡的车站——几个小时前,他搭上那列命中注定的火车,就在这儿吗?——市长在宏伟的十九世纪拱廊下等着。他看上去像战败军队里的最后一名士兵。他分发着酒店入住赠券。而后,他和阿兰一起往他办公室走,走过带精致阳台的石砌大厦:大厦供政府使用。周围各处,芙蓉花绽放:国花,美丽但易碰伤。市长办公桌旁,市长座椅上,阿兰跟总统简短通了电话;跟伊莎贝拉通话也是很简短,伊莎贝拉感谢主,哭了一小会儿;然后,跟交通部长通话很长;

跟他自己二把手的通话中等长。最后要打的电话他都打完了，已是午夜。

“部长——欢迎你在我家过夜。”

“绝对不行，不行——我旅行惯了，现在我只有在酒店才睡得着。不过，谢谢你。”

市长似乎松了一口气。阿兰看着他的赠券，认了地址，离开，上了主干道。他身后，晚班电车像一个保镖似的行驶在他身边。前面，酒店灯亮得挺昏暗。酒店大厅里，坐着那位女士，只身一人。他忘了她的名字——莉？——不过，他没忘记她。从火车砰地停住的那刻起，被机智灵敏的机械师急促刹车的那刻——“我看见隧道一侧裂开了，前面半英里的地方。”机械师在电视上说，“我看见裂缝里出现岩石；我知道在发生什么；我祈祷发动机能利落停住，还有，后面的车厢不会叠撞起来，脱轨……”——从死亡拐点那刻起，从确定彼此生还安好那刻起，像并未发生的车厢残骸那样，阿兰和这个女人已经绞在了一起。他走近她的座椅，伸出他的手。她握住了他的手。

之后好几天，阿兰待在穆兹。他要跟一些官员谈话，然后，他返回首都，去会见另一群被撼动的人。接下来的几个月，隧道发生的不幸事件要求他必须耐心，也愿意让其他人来结束谈话。奇迹的是，并没有出现飞机撞进山里的事。

余下的生存者第二天坐紧急调用的加班车驶往首都。蒂下午五点到了家。卢柯的药房占了他们房子的前面部分，当她进屋时，他正在接待一名顾客，解释一种药的副作用。他看到蒂，虽然没有从柜台后面走出来，但还是打住正在说的话。他看着他的妻子，用他惯常友善的仰视凝视她——他是个矮个子——而且,他本就苍白的皮肤更加苍白了,重温了一遍放下心的感觉,也重温了一遍表达感激的情绪——他们昨晚通过电话,他知道她安全了,但仍不放心。一处围栏角落,围栏巧妙地关着,他们两岁的儿子发出迎接她回来的号叫声。

蒂第二天没工作,而是带着宝贝儿子去了公园,看木偶剧,听乐队演唱,一起吃大号冰激凌。不过,接下来第二天早上,她回到他们屋子后屋她的搁板桌上,从工作室窗户望出去,是芙蓉花围起来的花园。孩子在她脚边玩,玩着压舌板士兵玩具和空药丸瓶做成的城堡。

离开首都去穆兹之前,她浸了六十七条柳枝。她把每条柳枝的一头插进一个橡木磁盘的周边凹槽里:新篮子的底座。这会儿,这个柳条篮倒放在她自己设计的一个模型上。所有柳条夹板口向下弯曲着,已经干了。这个篮子呈胚胎状,倒转的,让她和往常一样觉得像一个疯女人,一个平头女人,顶着等间距的发根,露出瞥着的双眼——一共六十七根,形同这么一种造型——一个人头,痴呆而且平庸。

她选出一条柔软的长藤条,老人牙齿的颜色。她浸湿它。她打开一个柳条夹板,把藤条的一端滑入它的槽口,斜着插进去,再把柳条夹板按回凹槽,让新藤条固定住。她开始编织,编织时,每次取下而后再安上下一个夹板。初始的环边编织总是要把控得最严苛、最严格,尽管要留意孩子,她还得尽量心无旁骛地专心于手上的活,她知道外面下起了细雨,也品尝着对另一种韵律的一份记忆,这韵律伴着一声叹息,相当柔和的乐声,是她原先没想到这声音发自一个这么……健硕的男人。她将她发烫的脸颊搁在自己胳膊肘上,让自己顺势偷闲片刻。

十年过去了，她又见到他。首都是个大地方，人们来来往往，广场上，市场上和法庭上，摩肩接踵，但互不相识。但是，阿兰和蒂没在公共场合邂逅过。阿兰和伊莎贝拉也不去手工艺品展销会；蒂和卢柯呢，也不是政府重要活动的粉丝——这十年，新总统的精彩就职典礼，他们对这类事的关注，视同发生在另一颗行星上的事。新总统请阿兰继续出任博彩文娱部部长。

十年过去。音乐大厅满座。女高音，现在是国际明星了，是蒂所住社区培养出来的；还是女孩时，她们就是朋友。蒂收到两张十排的票。卢柯要在家里和孩子们待在一起——现在三个孩子了——于是蒂邀请一位同行，一位年轻小伙，他的抽象焊接作品成名仍有待时日。

阿兰和伊莎贝拉也在乐队区，靠后几行，在蒂和她同伴的右边。阿兰有着极好的视线，看的见她的脖子、耳朵，时而，她的鼻子、部分前额。她头发剪了。女高音演唱一系列广为人知的咏叹调和爱情歌曲。她在唱给蒂听——他在想；她在代表阿兰唱这些曲子给蒂听。

幕间休息期间，蒂和她年轻同伴仍坐在原处。阿兰和伊莎贝拉在客厅会见朋友，喝香槟。小块熏鱼三明治特别好吃。演唱会下半场，主打德国十九世纪抒情曲目。她真是音域宽广，多才多艺，这位女高音喉上有多根弦。他对伊莎贝拉说——通过她，真的。

人们最后一次喝彩高呼“好啊”，最后一次呼喊再来一曲，然后，观众席上的观众站起身，开始人头攒动，喃喃低语……该蒂了。十年了，她两边面颊都添了一条吓人的皱纹。他倒吸了一口凉气。两人四目不期而遇数秒。

我的帅同伴只是友人而已……这是她想说的。虽然如此，她有

很多可以自夸的。她已经成为一名藤艺大师。在工艺学校执教。正在编织一件椭圆造型作品——第二天,她再回想到它,皱起眉头,猛然拆开夹板,挑出颜色冲突的藤条,叠起来,快速定位,裁成片。她用揉搓和皮绳捆扎的格子架做成盖,浸着水进行六角形编织。这是一个疯狂的设计案。永远不会流行。甚至卖不出去,尽管她的名字熏制在底座上,她的名字业已是一种质量担保。

那天下午,阿兰带女儿去赛马场。现在,女儿二十六岁,已经离婚。他让她选择马匹。她挑马要么根据小母马的名字,要么根据公马的名字,母马的名字,或是骑师丝绸赛马服的颜色。在俱乐部会所,她半梦半醒地观看电视上的比赛。户外的座位上,每场比赛,阿兰向前倾着,密切关注比赛全过程。他喘着气,时而深呼吸,时而出声咒骂。赢了一小捆钱后,他们开车回家。

又十年。又一任新总统刚选出来。就职演说在大公园里进行,设一处主席台,四周鲜花围绕,面向一千张镀金折叠椅。台上,坐着一位诺贝尔文学奖得主,几任前总统,新任总统和所有部长。阿兰人在其中,尽管很快要退休,接受了通常颁发的荣誉奖章。四名军校学员举着旗帜,他们分别来自军队不同兵种。蒂的儿子,现在空军服役,被选中,是其中一名荣誉护旗手,也许因为他学校成绩优异,也许因为他特殊的身高。台上在座的每个人,他们的家人在第一排金色折叠椅上就坐。

前任总统中,最年长的那位确实太年迈了。他坐在主席台前面,人蜷缩在那,手杖横在膝盖上。阿兰就坐在他后面。蒂坐在第七排靠通道边的座位上,面对着他们。她移了移自己的身子,现在,她能看清这位男人的那张猴脸和削瘦躯干，他这辈子活得相当长了，然后，她能看到，在他这张脸之上，阿兰的那长脸。他的双肩，一直铭记在心。阿兰，他那边呢，可以看见她的黑头发、眼镜、长颈。蒂摘下眼镜，希望他们四目相遇：但没有，相互之间离得太远了。尽管如此，他们继续假装凝视，直到这位前任总统抖动起来，远视眼的蒂猜测，他愚蠢地想要起身。她站起身。总统抬起他的屁股，手杖从大腿上滑落，落向讲台，然后，落到地面。蒂大步向前。老人家站起，踉跄着，她发现他胯部湿了。阿兰从自己椅子上赶紧站起来，一把抓住就要摔倒的老人家，扶起他，然后搀住他像一个死孩子的胳膊；他看见蒂往前来，这会儿，两人四目真就相遇了，不过，他不得不避开，得让这位前任总统躺在已迅速腾空的四张椅子上。阿兰弯下腰，解开老人的衬衫，松开老人的皮带。"我是医生。"一个跃上台来的小伙说，将他老练的手伸到老人的衬衫下。前任总统睁开眼。急救人员到了，警察安定下群众（四名军校学员仍站着，没动），阿兰呢，责任解除了，及时直起身，看见蒂回到她座位。卢柯对他太太扬了扬眉。"心脏复苏术。"她解释道。老人家没死，多亏阿兰，人也没伤到。"我有时晕过去。"前任老总统坚持着说，"不要紧。"急救车还是送他去医院。就职典礼平和地继续着。之后，阿兰参加一大型晚餐。就餐中途，他感到肠胃搅动，顿时没了胃口。伊莎贝拉投给他几眼表示同情，很是轻描淡写的意味。她金发依旧，受人敬佩依旧，忠贞不二依旧。蒂和卢柯，还有他们两个小的孩子在一家乡村餐厅吃饭——老大，那名军校学员，仍要在国宴上举着他的旗帜。而后，父母和孩子回了家。所有人精疲力竭，上床去睡了，除了蒂例外。

女高音音乐会后，当天，她着手编的篮子完成了，取得了巨大成功。现在,人们期望得到她的创作。果篮、木炭篮、提酒篮、迷人的旅行篮——都是她为电影明星、电视名人、产业大亨的太太编织的。她为瑞典国王的孙女编织过一个摇篮。她只收手艺已经熟练的编制匠为徒。她是,按照文化部长的观点,一件国宝。她和卢柯以及孩子住的房子增高了一层,花园也改善了,药房安上了花岗岩柜台,工作间现在换成全玻璃的了。

今晚,她没着手做她眼下的活——一个首饰编织箱,十七个小抽屉,平滑且容易抽拉,好像润滑过似的——不过,个人创意方面,有一个稍微比真人大的藤雕作品。好几年来,她一直在做这件藤雕,用的是植物纤维,编得很厚实,类似裸着的形体造型,似乎不太可能;不过,在蒂的手中,这造型成了可能。站着的两个人体结合在一起。两个人体中,纤细些的那个头依偎在另一个宽些的肩头上,还有,斜靠的头顶上,头发梳成一个发髻,发梢稍微向外散开。

阿兰早早离开就职宴会。一阵骤雨洗亮了街道。他自己影子跟在他身后,来到一个仓库。一辆轿车跟着他,就像穆兹那晚的有轨电车。在仓库,给了接头口令后,人就进去了,和一些男人一起坐下——有的穿戴粗糙,有的讲究,都抽着烟,都揣着足够的现金。他们忐忑地玩了一个小时;赌牌就是整个世界。阿兰赢了两大局——一次赢在一手顺子牌,一次赢在下大赌注震住对手。有个带疤的玩家恶狠狠地瞪了他一眼。而后,轿车下来的人举着枪走进来。哦,这精心设套,有其必要。

又一个十年外加数年——十三年。现在,玻璃工作室成了孙子辈的游乐室——军校学员已成长为一名船长,也当了爸爸。现代艺术博物馆买下未命名的人体藤雕作品后,蒂离开了她的学生,完成手上所有订单活，她就不再接新活了；她去注册了，到制药学院学制药。她没忘记过，还是在校女生时，她这门学科很不错。她只需要修一年就可以拿到药剂师资格，然后，以合伙人身份参与她患病丈夫的工作。

雨季，一天，卢柯在楼上床榻上，咳得更厉害了，一位眼睛失明的顾客建议蒂把灯打开。“我能感觉到黑暗，就像法兰绒一样的黑暗。”这位顾客一边说，一边敲击他的手杖。于是，她用手指轻按三个开关，然后，第四个开关，接着，有根保险丝断了，她只得到地下室，保险丝盒藏在那儿。她人在地下室，听到两声铃响，以为有人要进药店。“等一会儿。”她叫了一声，爬上来，有些抱怨自己患风湿的膝盖。

他头发仍很多，或是，怎么说，看起来挺多——不过，她聪明的眼睛看得出，多出来的头发是新长的，先是秃了一阵子，而后才又长出来的。他这些新生头发之下，奶油蛋羹色的前额看上去没有藤雕中那尊人物来得鲜活，藤雕作品现收藏在博物馆里。蓝眼睛已褪成淡紫色，火车灯光离开后，隧道拱顶所呈现的颜色，嘴唇薄了。帅气套装之下，他的胸已往里凹陷了进去。他在死去，这三十年后。

“阿兰。”她叫他，打破了长久的沉静。

“蒂。”他叫她，声音嘶哑。

“阿兰，我自己……某种不一样的一生。我指望。”

他点头。她也倾斜着她的头，然后闭上眼睛。她又听见两声铃声。

那么久以前，穆兹的酒店里，给阿兰的客房比蒂的要大。默契下，他选择了她的房间。一间白房间，四方形，一张窄窄的单人床，靠着墙。窗户朝向凄清的主干道。他先洗，然后，她洗；房中间，他们裸着，遇着，拥抱，好像注定要将彼此结合为一体。他臂膀强健，绕着她的背，将她身体镶进他身体。她头倚着他肩头。这么站着，他们一直在聊彼此的生活，在那之前。他们没停，甚至没有谦让，一直相互打断。

“一场赌局——没有像赌那样让人刺激的了，甚至……”他说，“输或赢。”

“我父母希望我当医生。”她说。

“哪儿开赌，我必去哪儿——赌场啦，赛马跑道啦，彩票啦。”

“我很愿意学医的。不过，我改了主意，像今天的小艾拉。我找到了我的职业。我的手指，藤条，它们注定为彼此存在。”

“小巷的斗鸡，垃圾场附近的掷骰子。有个傻瓜还用刀，然后离开了——”

“没被我高个子吓住的求婚者，却怕了我的热情。只有卢柯，相当善良的一个人……”

“——死了。”拂晓照进房间。一列早班有轨电车掠过他们窗外，“我有责任，对我的——”

“我有责任，对我的——”

“——家庭。”他轻声说。

“——家庭。”她呻吟道。

“——国家。”

“——双手。”

他对她说了最后那个词。他给了她他的爱。自此，他后半生几乎每天想到她。只是他要克制他的出现。

而后，他们松开彼此，移步去往他们唯一的床榻那边。

朱尼厄斯桥上

I

桥最开初是石头砌的。桥下住着一个食人怪物，村里人这么说——都是樵夫和农民，听着寓言故事长大的一群人。怪物弓着背，长着胡子，模样狰狞，专吃孩童。有一幅描绘十八世纪时这座桥的画，画里面，怪物蜷伏在一块拱顶石下，带着个口袋。赫克小姐拥有这幅画，画就摆在她客栈门口边。这家客栈位于山腰。她还摆放着一张这座桥的老照片，二十世纪初拍的，照片有些模糊，不太清晰。同样的，在照片上，透过浓密的芦苇丛和迷雾，也仿佛出没着一个怪物。

原来的石桥架在窄窄的河流之上，河流将群山与斯坷拉镇周围的农田隔开。俄国人原来想铺火车铁轨上群山，方便林木采伐；还有过一个计划，要拓宽从山脚的山村通到山腰和山上的山村的公路。

于是，朱尼厄斯石桥拆了，一块一块石头拆的。一座铁制架构桥——也叫朱尼厄斯桥——建了起来。这座朱尼厄斯铁桥平坦，带Z字形的扶栏，一个Z接着一个Z：ZZZZ……铁桥建造期间，怪物离开了，去了别的地方；至少人们相互这么说。他可能参加了社会党。不过，新朱尼厄斯桥建好后，他又回来了，据说仍住在桥下，在其中一个桥支架上睡觉，用他尖锐的悲鸣声骚扰着河岸上做爱的年轻情侣。

铁轨一直没建起来，公路也一直没加宽。

五天前，阿尔布雷特先生、太太和他们的儿子驶过朱尼厄斯桥。这些天，他们在群山中度过，开车游历了一个村又一个村。他们再次下山，到了这家客栈，他们人一到，赫克小姐就忙着夸赞自家客栈供应各种水——他们三人淋浴的热水，他们三人喝的汤水，一对俊朗父母品尝的朗姆酒，淘气男孩喝的热牛奶。客栈进门就见的宽敞大空间用作接待，是公共客厅；赫克小姐坐在登记处座位上，开门见山推荐着这些。客栈还有一间独奏间，只要安德烈想弹奏，随时可用：里面，炉火一直燃着，长长的窗户另一边竖立着松林，一列守护姿态。她知道她的自恃不会招来抱怨。完全是无关痛痒的自恃。

她人单薄。眼睛、肌肤、头发、毛衫、裙子、长筒袜、长筒靴：颜色都偏霉菌灰。鼻子尖削，凸起在窄窄的脸上。她戴着眼镜，声音相当轻柔。

“谢谢。”罗博森·阿尔布雷特这会儿对赫克小姐的推荐回道，“不过，我太太喜欢白酒。”

“是的。”克里斯汀·阿尔布雷特应和。她眼睛是琥珀色，一张宽嘴巴是玫瑰色，头发有一层微红色，好像这些不好打理的东西都上了口红似的。

“冷飕飕？”赫克小姐问这位亿万富翁，问他迷人的女人。

“冷飕飕，哦，是。”阿尔布雷特太太回道。

就好像这些轻声音节是他在等的命令似的，杂务工朝行李弯下腰。尽管肩膀窄，臀部也挺女性，他仍能举起最重的行李。他将孩子的书包夹在他一只胳膊下，那位父亲的公文包夹在另一只胳膊下，提起两个提包，开始上楼梯。有些先生无法忍受别人提他们的公文包；赫尔小姐遇见过好几个这样的大亨。罗博森·阿尔布雷特似乎并不介意。相反，他转而打量起这间会客厅。他四肢厚实，但给人军人硬朗体魄的健康印象。他走近（赫尔小姐，留意看他的样貌神情，从稀疏睫毛一角瞥着他的走动）大石块砌的壁炉；地毯，复杂图案只能让人去猜，因为各种绿色混杂在一起，几乎很难分辨出来；壁炉侧面，带雕饰的长凳则是一种狰狞的反衬；座椅都带软垫。那个男孩，手脚着地，藏在其中一张座椅后面，瘦瘦的脚后跟胡乱套着一只袜子，露了马脚，还有他的跑鞋。这对夫妇此刻背对着赫尔小姐，在看自家孩子——看着几乎把孩子全遮住了的那把座椅。赫尔小姐往上瞥了一眼。手提箱空地着陆后，箱的一角很快消失了。

整个气氛很安静。楼上的大卧室，连着还有一间小卧室，杂务工要把手提箱搁在折叠架上，拉开窗帘，向外推开窗户。厨房里，厨子的半边脸发紫，正在烤一头猪。斜视眼的厨房女仆正炖着水果。人手不多，其他人也都忙着，还有其他客人，各自做着自己的事；赫克小姐仍坐在登记处；阿尔布雷特先生站在阿尔布雷特太太旁，两人只就夹克的上手臂相互靠着，似乎不经意地靠着。

男孩仍双膝伏地。他穿着袜子和跑鞋的那只脚移开了。头出现在座椅的另一边。慢慢地，他站起身。

赫克小姐转过眼睛看着他。她意料之中,男孩避开她戴着眼镜的注视。他自己眼睛大大的,银色;头发苍白;两腮消瘦,下巴颏前凸。他目光投向他父母,但不是盯着——阿尔布雷特先生皮肤黝黑,五官容貌富有韧性;阿尔布雷特太太脸庞美丽,衣着低调。他们夫妇法语都说得很棒,赫尔小姐之前就注意到了。男孩朝前走,带着一种天生的优雅。离爸妈十八英寸开外,他停了下来。他把一只放大镜先是塞进自己的镜套里;然后,揣进他卡其色短裤的兜里:短裤有磨损,赫尔小姐猜,不是要抵御外面的风雪,而是因为他和这衣物黏在了一起。也许是颜色,也许是口袋。"红缘皮蠹。"拉尔斯这会儿对着他爸妈间的无缝空间说,这条线上夫妇两人的花呢手臂正好碰着。

"哦,没什么大惊小怪的。"阿尔布雷特先生对儿子说。阿尔布雷特太太什么也没说。

赫克小姐也什么也没说。那些该死的红缘皮蠹,她此刻在想。

要是你在马特拉群山的山麓上经营一家客栈,一家无须特别炫耀的客栈——当然,热水啦,当然,美味的食物和酒,森林徒步小径——你得吸引住那些因故只希望满足如下几项的人们,即洗浴,步行,吃,喝,以及读他们自带的书籍或楼下书房里的书。如果客栈不只是客栈,或还算不上客栈的话,你就得明智地想些招数,多少抵消掉那些方面,给客人提供些什么。赫克小姐真有东西提供:安德烈。

"他不是我们的常驻音乐家,还不是。"几个小时后,她对阿尔布雷特一家说,他们已经洗了澡,吹干了头,"跟别的人一样,他是这里的客人,和很多人一样,算半个永驻人。他买了这架羽管拔键琴——琴是他的。"

"用小轿车运来的?"阿尔布雷特太太问,问得漫不经心。

赫克小姐说是，用填充物将键盘和琴弦裹起封闭好，挺容易的；当然，支架要取下来了。支架可以收进一个袋里。安德烈要为我们弹奏时，她向这张可爱、忧伤的脸解释道，他和杂务工搬琴下楼。还有厨房女仆拿着支架……

“在一个袋里。”阿尔布雷特太太补充道，眼睛审视着画着那座桥和桥上怪物的那幅画。

她丈夫没说什么。他就那么一动不动的——就像布丁似的。

“是，一个袋子。然后，在这房间，靠近窗户那儿，那位男孩和那位女孩再将那架琴组装起来，把支架旋到位。这琴让他们三个人都成了这方面的专家能手。”

厨房女仆进来，说是晚饭时间了。锣声同时响起。赫克小姐起身，阿尔布雷特夫妇起身，拉尔斯从他椅子后面走出来，慢慢往前走。“你们和我一桌吗？”赫克小姐问这三位最新来的客人，“这是首晚住宿的惯例。”

拉尔斯停下来。他没听错。他脸上掠过一丝不情愿，不过，仍跟着他爸妈进了餐厅。照明只点蜡烛，餐厅摆着六张桌。有四张很快坐满了。比利时人坐了一张。拓扑学家，空洞地炫耀着，占了另一张。S. 和 S. 坐了第三张。S. 和 S. 都喜欢人们只称呼她们姓的首写字母；糟糕的是，她们的首写字母一模一样，不过，酒店员工还是责成加以区别。一位 S. 是苏格兰人，另一位 S. 是挪威人。赫克小姐和阿尔布雷特一家坐在赫克小姐这桌，处在一个靠窗户的低台面上。窗外是森林：茂密，再过去更茂密。

“像群神一般，那些松树，”克里斯汀·阿尔布雷特说，深吸了一口气，“德鲁伊特[①]——你读过的，罗布，神奇的人物。在群岛上，不过，也许在匈牙利这儿也一样。”

“亲爱的。”

赫克小姐听出话里带安抚的心意。她没听错。

她费劲地清了清喉咙。“欧洲赤松，”她说，“你要是听说什么这类松树能变形的说法，其实只是农民在胡编乱造罢了。这里冬天很难熬。喜鹊真能预报陌生人的到来，还有一种树枝手环，能治愈痉挛，叫作 **frázkarika**。不过，松树仅仅只是树而已。”她咳起嗽来。真够长的一段话。

现在，所有客人都落座了。厨房女仆上汤，就一会儿工夫，她又收拾干净了所有空了的汤碗；她拿进来烤猪和炖好的水果，还有稍微清蒸了的蕨类沙拉。她把准时候，把那些空了的盘子收走。她拿进来奶酪。餐厅里，相当安静的一场宴席。这儿有人交谈，那儿唏嘘声和被打断的话头，比利时人那桌传来假笑声，短促的一声哭声。厨房女仆拿进来水果馅饼。拉尔斯只喝了满嘴汤，咬了一口肉，尝了一勺水果，吃了一根蕨菜。他没尝奶酪和馅饼。“到了午夜，”罗博森·阿尔布雷特对赫克说，“我想用你的电话，给纽约我哥哥打电话。”

“当然。你知道我们没通因特网。”

“我没有电脑。”

“没有手机，没有手提，没有腕表。”他太太说，带着笑。

拉尔斯抬起头。“阿尔布雷特兄弟会。”他低头对着还没吃的甜点。

---

① 德鲁伊特（Druids）：指古代英国、爱尔兰、高卢地区克尔特人中的教士、祭司、教师、法官、诗人、巫师、占卜者等。

安德烈在晚餐席上没有出现。晚餐后，他下楼来到客厅，脑门大大的，像是他皮包骨身架上的包袱。下巴周围的小红斑点相互追逐着——他应该用那把直尺刮刮胡子。他向新来的客人点点头，客人在沙发上并排坐着，不过，他没刻意停下来向他们自我介绍；相反，他坐到拓扑学家那张棋桌上去了。

克里斯汀·阿尔布雷特从赫克小姐那接过法国白兰地。接着，赫克小姐端着盛着狭口酒杯的托盘走到安德烈和拓扑学家坐的桌边，他俩各自取了一杯。S. 和 S.，忙着刺绣，两人滴酒不沾。赫克小姐没给三位比利时人上白兰地，他们仍在餐厅里逗留，妨碍了餐后清洁工作。他们是徒步登山者，原没想会到这家客栈，他们说；不过，两天前的暴风雪阻挡他们前往斯坷拉。而后，一件事又引出另一件事，就像他们的领头告诉赫克小姐那样——头目，在她看来要是这些男人是徒步旅行者，她就是午夜皇后。“有关这个地方，有些说法。”他继续说着，晃动他土狼式的头，笑着，挺勉强地笑。诸如**我不知道为什么**”。不过，他没这么说；只有英国人用这种句式。她想知道这三人做什么的。也许，因为当下人们认为浸泡松针可以治疗精神分裂症，这几位混蛋想要买下这些森林，或者，向软弱政府承租下这片森林，要不就是在桥下怪物的眼皮底下偷盗这些林木。

拉尔斯坐在窗口，望着外面的松树群神。赫克小姐将托盘放在一张桌上，拿起一只狭口酒杯，信步走到窗口。她跟男孩保持一种适当得体的距离。

“在布宜诺斯艾利斯，人们生吃蠹虫，”她说，“一种特别的蠹虫，为了他们养生的目的。”

沉默。

“阿根廷人的养生术。”她确定。

沉默。

“不是蠹虫的健康。”她望着他的影子说。

沉默,仍然。“洋虫。”他对着她的影子说。

II

两天后,她在登记处时,“早上好。”阿尔布雷特先生说。他悄无声息地下了楼。

“早上好。”她回应道。

“要是说德语,你的声音会响亮些吗?”他用德语问。

“我不说。只说匈牙利语,”她用英语说,“而且,也不是响亮很多。”

他打开双手,手掌心表露挫败感。

“我没打算卖掉这家客栈。”她说,“没有,没有。”她回应他扬起的眉毛,“你丝毫没提过要买它的事;而且,你来这儿,因为你听说这地方特别,你也想自己体验体验。”

其中一个比利时人走过,没有看这位生意人。这位生意人也没有看他。“不过,买东西是你的天性。”她继续道。

“习惯,不是天性。”他轻声说,“我不买这家客栈,它是你的帝国。”他的帝国在他脑袋里,也在他哥哥的脑袋里。她了解过;他们的帝国触及每个地方。“但是,我观察了你是怎么工作的,”他继续,“要是你想要一份工作的话……”

“谢谢。”她说,表示不想要。当她躺在自己简陋小床上等死时,她想回忆这样的一生，除了布达佩斯的几年，其他时候都包含在这里，她的足迹相互交叉，又反复交叉在这小块山地上。

电话铃响起。声音嘶哑，用的是法语，她听出是一对兄弟中的一个。野鸟观察家们。星期天。“好的。”赫克小姐对着音量扩大器说。

很久前，战后，这家客栈还是她舅舅和舅妈的产业，当时的她还是一个小女孩，然后大了一点，读故事给客人年幼的孩子听，她的声音那时已经轻柔……很久前，客人们还是节俭的小市民，小心谨慎地花好不容易存下的钱。那时，没有安德烈。每个星期六晚上，小提琴手们从斯坷拉上来，拉古老的曲目，挣些钱，喝酒喝到醉，踉跄地过桥回家。

她好心的舅妈和舅舅送她去布达佩斯上大学。她学理科。不过，在这座城市，她憋闷，无法呼吸；她想念圣洁的森林气息。置身于普通市民中，她察觉自己被错位，甚至遭到偷窃。她的声音缩回进喉咙。她认出跟自己一样的独居者——给她修鞋的那个男人，公园里表情彷徨的一位妇女，一位数学教授。不过，独居者不自己聚集；一定有人聚集他们。

她终于待足了时间，获得她的学位。然后，她打包回家。

“我要待在这。”她告诉他们。

“哦，亲爱的，留在城里，教书，结婚。我们工作不为别的，就是要省得你过得乏味。”

“我属于这里。”

“要做的事那么多，”他们说，叹气，“要人独自打理的生意，你都看见了，”他们说，“和客人，还有员工要保持距离，这些都是必要的……”

“知道。”她低声回应。

她开始从客房女服务员做起，她自己要求的。她冲刷厨房的石板地；她学会电工活、水管工活、会计活的基本原理。舅舅和舅妈去世了，同一个月里相继去了。她为这位老人哭泣，她也为这位老妇人流泪。但还没有痛哭流涕不止。

渐渐地，客栈顾客群变化了。平庸的客人让位给带神秘感的客人。家庭类客人让位给独行侠。一些人带着自己的被褥；一位老妇人每个夏天都来，总是带一套炖锅。精疲力竭的男人开车上来，压些定金预订某段不确定的留宿时间。口碑流传开了，一如既往，一个村庄又一个村庄传开了，就像助产婆相互交流的传奇故事——在桥附近的那地方：怪人们大可以自行其事。

员工也在变化。有天，老杂务工，总是经常喝酒，泡沫都滴到了地上。两天后，新杂务工来了，两大腿相互蹭着。和赫克小姐一起坐在书房里，眼睛像蓝灯笼似的，新杂务坦白说他因不良行径曾经遭受过指控。

“偷窥。”她猜。

“对。因为我喜欢独自一个人坐在公园里、拱廊间、河岸边。我没有什么更坏的习惯，不带恶意，但是，孩子们……他们取笑我。而后，他们举报我。”

她雇了他。她承诺支付给老厨子养老金，然后辞退了老厨子。新厨子来了，她的脸就像一把短柄小斧或是短柄小斧砍过了似的。斜眼厨房女仆来了。

相当多的事要做，非常多的事。食品、酒、毛巾；登记处；窗玻璃。这会儿，她打开总账本。罗博森·阿尔布雷特拿着一本书已经退到一边,坐在一张座椅上,让她在她的帝国里行事。有些账单要付。有新的客人准备入住——鸟类观察者,还有带着三个孩子的一对英国胖夫妇。他们每年都来。三个孩子都是他们领养的,那位妈妈说的……说给任何愿意听的人听,一副极其重要的保密的口吻。"只有在这里,我们才有一家人的感觉。"

在客栈,三点钟对每个人都是低沉时段。安德烈不再弹琴,上床去睡了。厨师在室外抽烟。杂务工到什么地方去了。客人回到自己的房间或是浴缸。

经常,到了三点钟,赫克小姐走进厨房。通常,厨房女仆正坐在掉了色的俄式茶壶旁。她泛出她羞涩的笑容。赫克小姐拉上一把椅子到桌边,桌面上一块厚厚的切菜板。切菜板边上环口上挂着一把切刀。

三点滴答到了三点十五分,三点三十分,三点四十五分。各种事开始又搅动起来。安德烈的午后伤感释怀了些,他下了床。有时,斯坷拉出租车载过来一位客人,或是来接一位客人,司机走进厨房顺便串一下。杂务工又出现了,用力拖着一个桶。他的外形不笨拙,也并非不如人意,赫克小姐想:刚好是一个男人让人可以接受的别样样貌。有些夜晚,他站在酒吧后面,穿着燕尾服,没胡须的脸稍微有些湿润,嘴唇稍微泛红,他看起来像男扮女装的美丽女人。

今天,透过窗户,她看见他拿着他的斧子在柴堆上。有个人影朝他走去。罗博森·阿尔布雷特。很有礼貌的交流——她能够想象出。我需要锻炼;我可以试试吗?当然,先生。这个美国人举起斧子,他的肌肉在赘肉层下活动起来,然后,他一斧子击下去,柴火一劈两半,仿佛在他奴役之下。

到了四点钟，厨房钟声响起。矮小的厨房女仆端着茶和饼来到客厅。几分钟后：“皇家宴席。”安德烈向赫尔小姐宣告，赫尔小姐已快步走进登记处后面她的座位上。几乎每天，他说同样的事。挪威的 S. 女士朝安德烈微笑，露出灰色长牙齿。“哦，加入我们吧，赫克小姐。”苏格兰 S. 女士说。

“我喝了茶，谢谢。”她其实还没有喝茶，而是和厨房女仆谈心，但没有什么营养或语言上的收益；不过，很快就是真正喝东西的时间了。这一小群人在炉边取着暖。杂务工，现在穿着他的猴装，打开酒吧。有个比利时人下楼来。拓扑学家下来了。又有一个比利时人下来。拉尔斯从书房爬出来——那儿有木蛀虫吗？哦，天哪。第三个比利时人出现了。每个人聚集过来，除了资深的阿尔布雷特夫妇——不过，不对，他们在那儿，站在窗边，那么坚实地站在那，她之前怎么会没看见他们进来呢。

III

星期五，到了惯常低潮的三点钟，赫克小姐爬上杂务工的房间，递给他他用的亚麻织物。她把一堆床单和毛巾放在他简易床上……软软的床上用品，这样他敏感的肌肤就不会起褶皱。

角楼有四扇窗户，一边一扇。三扇朝向闪亮的绿色树杆。第四扇望出去，你能远眺斯坷拉镇。如果直接望下面，看见的是厨房花园和小停车场。此刻，只有客栈自家的一辆轻型运货车停在那儿。她发现，阿尔布雷特一家租的小轿车开出去了。

接着,她看见这么一位陌生人:稀疏的黑头发梳起,覆盖在发光的脑门上。她身子向前倾,想看得更清楚些,额头不小心撞到杂务工的窗户上。她往后撤,从梳妆台上拿起他的双筒望远镜。

扁耳朵。棕黄色围巾。面容骨感。黑胡须前凸着。

一位科学家,你会这么想。

他等着,这位看似科学家的人,双手闲放在大腿上,人在一棵桦树旁。拉尔斯匍匐进停车场时,这个人噘起他的薄嘴唇。拉尔斯没有应着口哨声抬头。不过,他站起身。靠近陌生人。他停下脚步,和平时一样,和那人保持一英尺半的距离。

陌生人的唇在动,说着什么。拉尔斯听着。两人都蹲下,那人拿出他自己的放大镜。更多话了,更加用心听着。那人站起身,朝公路走去时,拉尔斯跟着。

男人走着,男孩跟在后;接着,两人从赫克小姐的视线中消失了。

她急切地深吸了一口气,只吹出轻微的口哨声。她没做别的。客栈让客人就自己喜欢行事。看护孩子是他们父母的职责。

所以她站在那儿,想起她念过的那些故事。商人用他的黄金买了一对翅膀。几天前,她找到那本旧书。黑夜里彼此被误杀的一对兄弟。她主动念给拉尔斯念听。离开家寻找财富的农民儿子,有成功的,也有失败的。拉尔斯生硬地瞪了她一眼,然后避开了。燕八哥的歌声粉碎了那面镜子,而那面镜子其实就是这个世界,于是,世界只得重新开始。

她仍一动不动地站在窗边。

不过,那个矮小的身形:他停留得可真短促。

“你快如闪电。”赫克舅舅曾赞叹。

她仍可以这么做。瞬间，她人在二楼，而后一楼。厨子不在厨房。杂务工在别的什么地方。两位 S. 女士坐在客厅，在刺绣。拓扑学家和蔼地操持着招待处。“电话响过，”他说，“我处理了一个预订。”赫克小姐又上楼，鞠躬致谢。她敲安德烈的门。哦，他一定讨厌这敲门声。但没有：“进来。”他叫道。她闪身入内，他在那儿，厨房女仆和他在一起，她圆圆的脸上略感意外的表情，是对赫克小姐没有征兆进来的表示。

“有个人带走了拉尔斯。”赫克小姐急促地说。

安德烈扣上他的裤子，迅速出了房间。厨房女仆抓上他的剃须刀，跑着跟在他后面。赫克小姐压后。

一楼，安德烈扑进厨房，再回来时，手里拿着那把切刀；接着，这三人急速跑下客栈的木楼梯，穿过矮树林冲向公路。他们往山下跑。新近暴风雪留下的雪块仍附在泥巴上。

赫克小姐跑着，脑子也在飞转着。也许这两美国人计划要处理掉他们的孩子。他们无法改变他。他们无法永远宠着他。她的心砰地遭受重击。拉尔斯不会去爱。他不会结婚。他甚至不会困惑；他会识别和区分。他会学越来越多的拉丁词汇，记住每一个词。这是一种幸福——她可以把这告诉他们。

他们三个人到了朱尼厄斯桥那浅浅的阶梯那儿。安德列举起切刀。厨房女仆舞着剃须刀。赫克小姐慢下脚步，转而走了起来。

那个比利时头领挡在他们的道上，两只胳膊高举着。“男孩平安无事。”他说。

拉尔斯就站在桥的护栏边，靠近但不在他爸爸的身旁。貌似科学家也站在桥上，胳膊被绑在他身后。第二个比利时人在那儿，抗着一捆绳索。他们再过去，在桥中央，停着阿尔布雷特夫妇的小轿车，阿尔布雷特太太在车轮旁，车后面一辆陌生的绿色轿车，第三个比利时人站在车轮旁。两辆车应该是封住了通道。几时车来车往？

抗绳索的比利时人推着被绑的人往前走，接着，推他上了绿色轿车的后座，比利时人自己上了前座，在他同胞旁边。徒步旅行者确定无疑。小轿车后撤，出了桥身，掉转头，然后朝斯坷拉镇开去。

拉尔斯在护栏上审视着什么。她知道是什么。有只斑点蛾在这儿产了蛋。幼虫纺茧紧裹住自己。整个过程就是生物奇观——蛾应该选择木头，而不是铁——不过，很久之前，朱尼厄斯桥再建时，就出现雌性蛾误将铁当作木头的先例，接着，这错误一代又一代被重复下去；新生蛾持续从桥上破蛹而出。

安德烈和厨房女仆，他们丢下手上家伙，转过身，开始往公路上走。那位比利时领头的跟着他们。克里斯汀·阿尔布雷特发动她的车，行驶了几码，接上她丈夫。他们并肩坐了一会儿，没看对方，他手放在方向盘上她的手上。然后，他们朝客栈开去。拉尔斯，最后检验了一番蚕蛹，也跟在他爸妈的车后面。

当每个人在赫克小姐视线中消失后，赫克小姐自己下到河岸。她的长筒靴嘎吱压在泥土上。她往桥下凝望。

蓝眼睛在胖乎乎的一张脸上，正盯着她。

“你知道我从来没有……”他开口道，“我在这儿坐了一个下午，我喜欢这个铁桥设计……”他又开口说。

“我就知道，”她打消他的疑虑，“现在回家吧。”

她再次爬上岸，赶上了拉尔斯……不对，他落在了后面。“桥上茧蛹。”她说。

他转过头面朝着她，虽然他的注意力仍偏离在别处。

她就继续等着他。最后，他看着她。

“蝠蛾。”她奖励他。他看着她的眼睛好一会儿，瞳孔穿透瞳孔，就像性吸引那样，她想。

Ⅳ

安德烈用涂了颜色的乐器描绘着缤纷斑斓的音响色带。

拉尔斯像块石头似的坐在其中一张雕饰长椅上。一排折叠椅，上面坐着其他客人和赫克小姐，都在聆听。杂务工，胳膊肘撑在吧台上，听着。厨子，身上粘着油渍，肩靠着大门柱，听着。某个地方，厨房女仆也在听着。

克里斯汀·阿尔布雷特似乎只有一半心思在听。她看上去疲惫不堪，喝完彩，就悄悄离开了。罗博森·阿尔布雷特看着她上楼去；赫克小姐，在附近，看着他。“我们可以去书屋吗？”他说。

他们肩并肩坐着。“今天下午的事，对不起。”他说，带着他富有弹性的凝重语气，“我们习惯了绑架之类的事，我们对这类事事先有准备。我还是原谅你。”

她点点头。

“我们明天走，还有我们莽撞的保镖。”他们之间隔着一阵沉默，像一只什么动物似的，“谢谢你，客栈很舒适。”他说，“拉尔斯，”他说，然后，停顿住，“拉尔斯不是特别早熟，不读别的，就读昆虫学，读得也不是很好。

她面无表情地注视着他，表示赞同。

"我纽约的哥哥，我的合伙人，他也……很狭隘。"

她终于开口说，尽可能的大声。"再过一到两个世纪，人际之间可能不再有什么价值。"

"大概在一些古怪信徒当中实践吧，"他同意，"就像击剑。"

"我可以照看这个男孩。"她听见自己内心在哭泣。

"不用。"他说，也许在宽恕她，也许在将她的余生化为灰烬。

遗产与类型

杰伊的外孙——他独生女的独生子——娶了一位东京出生的年轻女子。米卡有着迷人的下巴,像把小茶勺似的下巴。她穿套装,剪裁得甜美柔和,V 字造型的领口沿边装饰着小花边。谁会相信她过的是钱生钱的日子呢?这对年轻夫妇在东京拥有一套公寓,公寓里不少器具可折叠,刚好放入其他器具里。伍迪和米卡一样,也是一位投资分析师。

“我想我得学日语。”外孙婚礼过后,回家航班上,杰伊对他女儿说。她看着他。在你这个岁数!——不过她没说出来。女儿和他后妻一样圆滑,杰伊想,他眼睛出现一阵短暂刺痛:两人都是韦尔斯利女孩。他女儿也没道破说他大可不必这么大动干戈——年轻的儿子和儿媳都双语流利,要是他们有了孩子,混血儿也会在双语的环境下长大;更何况,杰伊多久才见那些孩子一回呢?戈多尔芬到东京让人疲惫不堪的往返航程，每年来回飞两到三次，她和她丈夫够硬朗，吃得消。杰伊可吃不消。他女儿也没提学语言要求持久的记忆力。人到七十五岁，杰伊很难记起交易出去的那些红短袜[①]球员名字，再有，第十五次班级聚会上，好在每个成员都有姓名牌。流行之夜音乐晚会上，歌曲《美丽哈佛》的歌词也传发下来，也辅助人记忆。整班人站着，唱道：

噢，我们祖先财富的遗产和类型，
长久温暖对他们的追忆，
他们荒野上第一朵花！他们深夜之星！
沧桑风雨后，风平浪静。

杰伊的男中音依然不错。桑尼·费瑟尔，他的老室友，靠鼻修复术发了家，几乎很难控制声音日渐沙哑。不过，虽然声音洪亮，杰伊也并不是没毛病。他患有血液紊乱症。这病现在处于平缓的惰性阶段，但谁知道这病自己心思怎么盘算的。再就是，血压也高。

女空乘象牙般白皙的手取走了他的餐盘。"我在找事做。"他向女儿解释。退休前，他是一位保险精算师，事业成就令人敬佩，已经做到州保险委员会委员。（伍迪继承了杰伊与数字交道的才能；"计算能力"。他们今天这么界定。）自从俱乐部采用新的软球，还扩建了旧球场，他就不再继续每周打一次壁球了。他所住的城镇，戈多尔芬，地处波士顿边缘，呈楔形，由镇民大会[②]管理——一个荣耀的马

① 红袜队（Red Sox）：美国职业棒球大联盟中波士顿棒球队名。
② 镇民大会（town meeting）：美国新英格兰地区由具有一定资格的村民参加的市镇选民大会。

戏团——不过，每年仅进行两次持续一个星期的镇民会议。犹太教的各类仪式让他感到冷冰冰。他移民过来的祖父披着犹太披巾，带着一种感怀的追思，但不是让人效仿的榜样。他父亲参与宗教活动开始于也结束于犹太兄弟会早餐；杰伊自己呢，接受完犹太受戒礼之后的第二天，就从礼拜学校退了学。如今……他懒散度日，胃口寡淡，血液稀薄。学习任何东西对他都有可能是一种补药。

回到家，有次，他调查了一番戈多尔芬高中开设的老年人学习班。装订术？彩绘玻璃？他想过教堂提供的非秘书类课程：锡安主义死亡了吗？也许，或者，伟大的犹太女性，由女拉比自己来教，这位拉比是一位金发美女，剪着老式的短鬈发。不过，日语初级由戈多尔芬语言中心提供，这个中心吹捧西奥多·赫茨尔[1]和罗莎·卢森堡[2]。看这门日语课的课程描述时，杰伊又呼吸到和听到他最近一周在日本的那种气息和声音——花朵绽放着，林木沙沙作响着；城市里的神庙喧嚣热闹，庙内香烛萦绕；有家特色面店的面汤味道，面店登记处旁边放着的收音机播着歌曲《来自伊帕内玛的女孩》。他还记起那里的布料衣物。在东京，哲人步行街上，他遇到过一群穿校服的孩子，他们没有给他让开道，反而围住他，把他吞噬在他们柔软海军兰的包围里。新添孙女的姥姥，他亲家，一位端庄女士，头发染成深褐色，身穿日本传统礼服参加婚礼——深红色丝绸，奶白色腰带。几天后，一家人在一家餐厅见面时，他几乎没认出她——那天，她穿着家常裤子和一件高翻领毛衣。她说的英语凑合。“胡迪温文尔雅，善

① 西奥多·赫茨尔（Theodor Herzl）：奥匈帝国的一名犹太裔记者，现代政治的锡安主义创建人。

② 罗莎·卢森堡（Rosa Laxemburg）：国际共产主义运动的著名政治活动家和理论家，德国社会民主党和第二国际左派领袖。

良。”她对杰伊说。我们相当满意，她暗指这层意思。

“米卡是位可爱女孩，”他说，从他总共有的五十个意第绪语词汇中搜刮出的两个，他咧嘴笑着——顽皮神态总是让他挺得女人缘，“一位可爱女孩。”他说，尽管他没能让她明白他在翻译给她听。她也许觉得她好不容易学到的英语仍然很差劲；哦，真是的。

教日语初级的老师素颜的美丽盖过米卡的漂亮，就像太阳与月亮的差别。第一节课，整整九十分钟，内盖老师一直站着。十二名学生围坐在一张桌子边，抬头盯着她。在这座被改造了的山顶大厦里，这间教室朝向河对岸的牛津学区，对着哈佛学区的砖砌独立屋，各自都带钟楼。最左端的独立屋里栖居着杰伊和桑尼·费瑟尔。

“日语语法，”内盖用她饱满、不带口音的英语告诉他们，“开始学时，好像难理解。敬请你们忘掉你们对复数形式的依赖。敬请你让你自己摆脱代词束缚。试着像荷花一样漂浮在我们内含提示和委婉意味的池塘中。”

有些怯懦的学生在学期初期就选择退出了。坚持下来的那些人主要是生意人，或是科学家，或是程序员，他们的工作让他们经常往日本跑，或是年轻人，这些年轻人在日本小住过，能进行一些带俚语的交谈。杰伊自成一类：高个头的老家伙，白发中带几道红色斑痕，还没消退的染色斑；这个怪人，希望有朝一日能和还没孕育出来的后代子孙交谈。

七月，年轻的外孙和外孙媳妇来到戈多尔芬，看望杰伊的女儿和女婿。还有杰伊，当然啦。杰伊告诉米卡，用日语说的，明年春天马萨诸塞州暖得早了；不对，去年春天；不对，**今年**春天。西红柿很好吃，是不？他向她父亲、母亲，还有祖母问好，**父亲**、**母亲**、**祖母**，想起来时已太晚了，以致这些称谓语他都说得过于随意。米卡回答他，她家人身体都很好，谢谢，她抱歉看见他在用拐杖。她用相对缓慢的日语说。啊，刚巧风湿犯了，他解释说；肝火过旺是他更想说的词，不过，你说出你懂的词，说出的词又未必总是你要表达的意思。

第二年，杉山老师，瘦小朴实，向班级讲解被动语态，日语被动语态有时表示不太情愿，有时甚至表示开发推销。她每周进行词汇小测验，教学生数笔画，当他们学习写日本汉字时——就像奴隶数着鞭罚次数，杰伊想。她辅导他们不用纸和铅笔练习表意文字，用他们的指尖在任何方便的台面描写。

那年夏天来访期间，杰伊带怀孕的米卡绕戈多尔芬走了几回。他的风湿好了些，不需要拄着拐杖。他带她看他儿时住过的公寓楼，玩过球的公园，毕业的高中——多年来，这些地方外观上没什么改变。熟食店依旧照常开门营业着。他告诉她，他的日语句法都正确，也忠实于意第绪语。我还是男孩子时，这里的人没这么多元，他努力说着，虽然他用的形容词确切的意思是“各色各样”。那时，我们只有犹太人和爱尔兰人以及……他不知道怎么说新教徒，所以他略过不说。现在，我们有俄国人，有越南人，也有南美洲人，还有很多没必要提的啦，整个最后一句短语包含在一个单音节词里，但他遗憾地错放了位置。总之，米卡点点头，杰伊为自己感到骄傲，为他从杉山老师那学到的所有东西感到自豪。杉山对日语教学的热忱弥补了她自己相当糟糕的英语：burn（燃烧），barn（谷仓），以及 bun（馒头），在她发音，全都一个音。

第三位老师，山本老师，英语发音非常好。尽管如此，他讲课的姿态神情令人惊恐。他说话常被他自己的傻笑、鼻息声干扰，还有，他表示同意的 n—n 声，没有他表不同意的 n—n—n 声拉得长。杰伊对这位神经质，喷唾沫星子的家伙退避三舍。山本先生人显蜡黄，湿嘴唇是玫瑰色，鼻口外露，鼻子短扁，戴着一副黑边眼镜，让杰伊想起斐维尔·奥斯托夫给人带来的不快回忆。六十多年前，杰伊上八年级，斐维尔入驻他所在的班级。斐维尔和他的兄弟姐妹迸发着一种旧世界气味，是绝大多数犹太家庭大力喷发的气味。总的来说，奥斯托夫家原来不太可能来到戈多尔芬的——做父亲的在波士顿一处日渐恶化的地区经营着一个小杂货店，一家人靠这店过活。不过，沉闷没趣的父亲死去后，母亲的胞弟发了战争财，把寡妇和孤儿一起接到杰弗森大道上的一套大公寓里住，公寓租金由他负责。他给他们买生活必需品，甚至自行车。

要是奥罗夫家族是哈西德教徒，他们就会成为穿着怪异傀儡服饰一族中的成员；他们就会上哈西德派主日学校。或者，要是奥罗夫家族是东正教教徒，他们就会戴着犹太圆顶帽，上东正教学校。不过，他们不是哈西德派，也不是东正教教徒，甚至并不严格遵守宗教规则；他们只不过黝黑，骨瘦如柴，让人局促。他们午餐盒里塞着煮老了的鸡蛋和泡菜。斐维尔自己开玩笑，自己笑场。有同学跟他成了朋友——做拉丁语家庭作业方面，他帮得上忙；而且，那时候，哈佛仍要求考生掌握一门古老语言。杰伊呢，总之，全部科目为 A，所以不睬他。

但是，他不能不睬山本。杰伊意在攻下日语。日本疆域在他攻城略地的计划之中。而且，杰伊所在班的同学也有着相似的决心——现在，只剩其他四个人。就好像他们在上的不是什么高雅的语言中心，而是一家夜校，也就是一个世纪前，甚至是工作十小时后，他祖父曾拽着他自己去上的那类夜校，因为他整个未来都要靠英语吃饭。

其他四人中，有三个一开始就和杰伊一起学来着——两个生意人和一名程序员——第四个是新生，一名年轻女子，她大学就开始学日语。她现在和一位来自神户的医生同居。杰伊想知道他们的孩子会长什么样——这位年轻女子，人挺苍白，脸有雀斑，头发焦枯，眼睫毛透明。杰伊新添的曾外孙，从网上照片看，是让两家人都放心的结合：这小可爱，他有他妈妈的下巴，头发和眼睛，他爸爸的上翘嘴，还有杰伊自己父亲高贵的鼻子。其中一张照片，米卡的奶奶抱着宝贝在她腿上。奶奶戴着眼镜，看不出她的表情。

山本是一位专家型教员。他让这个班反复练习动词变位和敬语，还有拟声词，直到杰伊感到 mukamuka，kurakura，gennari，即反胃、头晕、精疲力竭。不过，不能全怪山本；杰伊的病终于又蠢蠢欲动起来。哎，是他的命，是吧；他的命运。对话练习时，山本站着，带声响呼吸着，胳膊在晃动，声音在自己令人讨厌的傻笑声里几近叫嚷着。他像一名士兵……一名日本士兵……像杰伊儿时战争片里看到的日本士兵。他穿着工薪阶层的衣着——纯黑套装，纯白衬衫，深红领带——不过，他有时也穿绿色连裤装，腰间和脚腕配着拉带。嘴巴总是略微张开；短小的白牙齿轻咬着他丰腴的下嘴唇。他喜欢在空气中划动他的手。砍。砍。

口头练习只是每周上课的一部分。也有批改作业，作业返回时让人震撼；还有日本汉字测验，日语视频短片观看，其中，演员饰演的工作情景对话过度夸张——有人得进行一次紧急汇报的情境，还有人几乎没谈下合同的情境。伍迪现在一定过着水深火热的生活。在山本启发下，学生们进行日常对话练习。

希拉小姐，你上周末怎么过的？

厨房洗洗涮涮，打网球，做园艺，学日语。

是吗，好的。拉尔夫先生？

烤牛肉，打高尔夫，看电影，学日语。

老师，你怎么过的？有人经常这么询问。于是引来一句话，极有教诲意义，用上了修饰语、俗语和缩略语。山本满怀希望去观看了一场红袜子比赛，可是，可怜的袜子队输掉了六局。一场交响音乐会上，娴熟的四重奏演奏了一首曲子，还是特意为红袜子们创作的。一只狗在大街上被卡住了，结局悲惨：死掉了。讲述中，他忍不住傻笑时，张着的嘴看得见门牙，门牙框在嘴角上，嘴角挂着唾沫星子，活脱脱是斐维尔·奥斯托夫焦急笑容的翻版。

高中时，斐维尔增重不少，但也只是从瘦弱变成单薄。他学会不那么常常发笑。他和杰伊一起成为河对岸的大一学生（斐维尔舅舅支付住宿、伙食和学费），自此，他叫自己斐尔。他主修古典文献；毕业论文探讨奥维德。在杰伊眼里，斐维尔——斐尔保持着不谙世事者的一份炙热渴望，不过，现在他是芸芸众生中一员，比许多人更加平凡——没有那些因纽特人来得异乎寻常，也没伊斯梅伊派王子来得异域风情，没有布鲁克林人的自命不凡来得滑头，这些人穿梭在教室和实验室，准备着自己日后不同凡响的科学生涯，而且，确实是出了两三位诺贝尔奖得主。

斐尔·奥斯托夫向一位邋遢的拉德克利夫女孩求爱，女孩名叫多萝兹，也是一位古典文献学者，父母是大草原地区一所院校的教授。斐尔和多萝兹，两人成绩优异，两人一毕业就以和平公正的方式结了婚。他们去了芝加哥的研究院，那儿的大学为了吸收他们向他们提供了丰厚的奖学金。

上日语三级的春季学期班期间，复活节前的星期六晚上得过逾越节。这个周末，我要参加一个宗教宴会，杰伊说。可能不吃面包。用我亲爱太太的食谱，我亲爱女儿会做汤。我们会吃鸡、芋头、水果、咸饼干、特制鱼。

无酵饼[①]，山本详细说明。至于鱼丸冻，没有对应的日语表述。

希拉会准备传统的复活节饭菜：火腿、芋头、水果。有位商人准备去看比赛，另一位商人要去纽约看望家人，程序员准备整理他收集的压缩磁盘。他打算先按世纪顺序排序，他说；世纪之间的按作曲名排；作曲者自己的作品呢，按……

山本的下嘴唇伸在他的牙齿掩罩之下。下周，我们会听听你们讲你们的体制。今天的课就到这。

就这个周末，杰伊坚持问。Sensei wa？

牙齿朝他闪着光。我会参加一个逾越节家宴。

宴席中的一位客人，杰伊想：你们中间的陌生人……不过，这位老师在继续说。我太太会准备吃的。我会负责招待。

“用希伯来语？”杰伊问，他吓了一跳，用英语。

山本没介意这种鲁莽，转过头去。“希伯来语是一种很难的语言。”杰伊应该这么说——不作答，应该是一种尊重。但是，尊重见

① 无酵饼（Matzon）：犹太人在逾越节时吃的无酵饼。

鬼去吧——提出的问题和相伴的其他问题企望得到回答。

如果你一生七十七年都住戈多尔芬，除了剑桥四年，你能了解任何事；你知道向谁打听。

“他娶了一位伍斯特来的牙医。”卡洛琳·格利克曼告诉杰伊。那时六月份；杰伊谎说在图书馆等她；他知道她去图书馆看老电影。“年轻能干女子中的一个。”

杰伊想到米卡，又怀孕了，在家中电脑上继续她的事业，毋庸置疑，收市后，电脑自己转换成一张行情波动表。“山本太太……山本医生……她是犹太人？”

“是，现在不管这对于我们意谓着什么。她家庭中一些人回归原来的宗教信仰，有那么些正统古板。卡洛琳大笑。杰伊也该报以大笑，不过，他知道他呼出来的气息带臭味，因为他现在必须吞服带毒性的药物。卡洛琳停顿了一会儿，继续说：“他们有些人大概是贵格信徒或禅教徒或什么的。你知道斐尔·奥斯托夫的女儿是圣公会牧师吧？”

“我家团聚时，斐维尔没在。”杰伊缓缓地记起。

“他去年死了。达特茅斯最受欢迎的老师，要不就是威廉姆斯。让拉丁语流行了起来，希腊语也是。”她又停顿了一下。他应该表达他对斐尔的哀悼吧？

“你好吗，杰伊？”她终于问，口吻轻松。她丈夫，一位法官，和杰伊一起在反诽谤联盟会共事过。她现在守寡，像米卡的奶奶。染了头发，也像米卡的奶奶：一样的树皮褐色……他好吧？她看得到他好不好：黄了，缩了。她大概估算得出他明年活着的光景。杰伊，这名精算师，早就自己算出来了：零。

“我没多久日子了。”他说，非常一本正经，转过头呼了口气。她张开嘴，想给些安慰。“再见。”他乞叹道，然后逃开了。

九月份，多年以来头一次，他去参加犹太人赎罪日仪式活动。祖父晨祷的披巾借给了一个和祖父当年一般个头的人披着。他坐在教堂最后一张靠背椅上，想着怎样快点离开。拉比穿着引人注目的白袍，捧着《律法》走下通道，身后跟着步履蹒跚的老者：他的同龄人，他想。她在杰伊坐的一排停住了，他设法给她他以往常有的顽皮一笑。他牙齿仍然不错。她担负着她的负担，等在那，似笑非笑，他想起他得用他的祈祷书去触碰《律法》的卷轴，然后，收回书放到自己的唇边，祈祷书收回来时似乎变沉了，仿佛从《民数记》[①] 里汲取了能量似的。

十月，他到河对岸去听讲座，有关日本经济，颇乏味。十一月，他冒雨去看红袜子的比赛，中场就走人了。接下来的一个星期，他持校友证去了怀德纳图书馆，每年缴费五十美元的校友证。图书馆书库最近充实了不少书，但没有重新布置。钢制书架之间，通道和从前一样狭窄。他站在三楼，脚踏在旧石板地上，身体像东京小学生一样轻柔地擦过书籍，感觉自己又像一个男孩子了。不过，没有他有心想读的什么书。

他也没心思注册学日语四级了。他太倦怠了。不过，他所学的让他挺喜悦。他基本能看懂儿童绘画书。在日本饰品店开口与售货员也能交流。他认得好几百个日本汉字了；晚上，他泡在浴缸里，仍

① 《民数记》：《旧约全书》的第4卷。

会在他废了的大腿上描画几个汉字。偶尔，他大胆请教某种表述的含意。他的血液专科医师，小个子印度人，敦促他吃些和喝些但凡他想吃想喝的东西。没几样他想的啦，不过，日本啤酒和三文鱼，其实也和燕麦和苹果酱差不多，都还能将就。

鸡汤真就容易进他的胃——犹太人对鸡汤的说法是对的。伍尔夫店，城镇里现存的唯一一家犹太洁食店（他小时候有六家），每几天煮上一火炉汤，然后分装进独立汤罐里。星期天，杰伊买了一只汤罐，一个星期内尽量喝，喝不完呢，就倒掉。一个星期天又一个星期天，收银处的胡须男看着杰伊，没认出他来。胡须男八成脑子在想什么高级的事呢，也许在想他的存货单吧。

杰伊的衣服逐渐宽松了起来。某天，难得的好日子，他去买了两条卡其色的裤子，显然是老款，当地 Gap 买的。还有海军蓝西装，多大码？——小号，天哪。女儿每天顺道来看他一趟，问个好，整理下房间。他们两人都没说话，让医生提临终关怀的事好了。与此同时，他仍每周自己去逛一趟伍尔夫店。

就是在伍尔夫店里，一个星期天的早上，他又看见了山本，还有山本的家人，总共四个孩子。杰伊站到一排香料后面。从这个隐蔽处，他打量着山本的牙医太太。她惊人的漂亮，身材苗条，虽然数度怀孕。她戴着一顶上翻边的小礼帽。很迷人。他知道现代东正教制作这种礼帽，用以取代主妇以往戴的假发。浓密的棕色头发卷曲在帽子下面。她推着推车，车上，一位两岁小孩坐在货品上。山本走在她身后，兜着吊袋里的一个婴儿。两个小男孩在他们父母间的空当踏着步子，轻声说着话——英语，他注意到。孩子们，甚至那个婴儿，有着他家伍迪的小家伙一样的黑色直发；还有相似的黑眼睛，眼线比起纯血统的话来得柔和。两个男孩子戴着犹太圆顶小帽。山本先生也戴了一顶，他们说意第绪语的爸爸。

这就是移民的职业生涯现实版图景——从一个不受优待的族群跃入另一个族群。期间必须经历数十年什么样的折腾呢？——几代人，甚至——这数十年，在洋基佬中间掩饰伪装着度过。杰伊、理事、格利克曼、法官、费瑟尔、外科医生——他们与受优待的人糅合得如此精妙。还有大无畏的斐维尔·奥斯托夫，自己身体力行地体悟异教徒文本，成功实现了彻底蜕变。有个地方，有位主教毋庸置疑在等待他做牧师的女儿……还有，在这儿，放着罐装青花鱼的货架对着放着盒装荞麦的货架。山本的孩子，两个流浪族群的杂交后代，自信地奔跑着。归化的过程像吉特巴舞[①]一样已经过去。

杰伊忘了要将自己隐蔽在香料后面，隐忍着身体的疼痛尽量站直了。他仍然是天性中的那个他——一个反诽谤的犹太人；一个戈多尔芬市民，民众中的一员；一个忠诚的哈佛人。做爸爸的山本也许对河那边独立屋的诱惑具有免疫力。不过，在众神交错的这个新世界里，在女性可以穿上牧师袍，形同异装癖者的这个新世界里……这个世界里，民族国家，一度试图消灭彼此的民族国家，最终上了同一张床，此外，这个世界里，后辈子孙在这个星球间横冲直撞，忘了回归……在这样一个世界里，持久的东西，真的，就是砖和钟楼，就是图书馆和体育馆。它们仍在，让你沉稳下来直到终点——你的荒野之花，你的深夜之星。当那位女拉比尽本职前来探望他这位临终者的时候，他要把这个真理告诉给那位女拉比。

---

① 吉特巴舞（jitterbug）：一种轻盈活泼的美国舞蹈，通常有爵士乐伴奏，盛行于20世纪40年代。

附近，一座教堂钟声鸣起。杰伊穿着他的夹克衫，夹克衫空荡荡裹着他仅存的干瘦躯干。他从香料货架走出来，往收银处去。“鸡汤。”他说，声音恰好高过正在呼唤忠实信徒的教堂钟声。他接过汤罐，将钱放进那只无动于衷的手里。“下星期，我再来。”杰伊肯定道，或着，也许在请求。对于胡须男，也就那么一回事儿。

血统

“早上好，鲁宾太太。”

沉默。

“鲁宾教授。”医生改口，查阅着他的记录夹纸板。

沉默。

“你感觉怎样？”

轻蔑的沉默。

“你知道你为什么在这吗？”

熬人的沉默。

“你刚过一次鬼门关，神经方面的病变，短暂性脑出血发作……”

“中风。”她终于开口。她躺在医院病床上，铝质病床的护栏把手半升着。一根静脉注射杆闲置在病房一角。第二张病床空着。芥末黄的墙壁上挂着一张模糊的塞尚画作印刷品。

“中风？嗯，还不是，还好不是。我高兴的是，你的声音这么有力。我是莫蒂默·利里维科医生，这位是纳塔丽·怀特医生，这位是艾里克·郝塞医生。郝塞医生要问你几个问题。”

沉默。

郝塞医生清了清喉咙。“我们现在是几月份？”

她眼神迷离地望向窗户，望向芝加哥飘着雪的天空。双眼转向郝塞，她瞪着。

“谁是总统？”

瞪得愈发狠了。

“你年龄多少？你在哪——”

“九十二，”她说，“应该在你的记录上有。我出生在一九一四年。住布鲁克林。”年轻的郝塞医生扮了个鬼脸，大概想表示振奋。要是放到很久以前，很遥远之时，都可以让他赚得一支行刑队的呢。“我父亲出生在俄国，”她说，越发缓慢，“他就是那个……他是……他是……”接着，这声音突然衰老了，颤抖着，转换成另一种语言；这么以来，这声音又变得有力起来。

他是沙皇。小父亲。

她这会儿说得飞快，用另一种语言说。

“他穿着简单，洗冷水澡。总是带着一个袖珍金属盒，盒里装着他妻子的一张肖像，亚历山大皇后。他爱这位强硬的皇后。我母亲不强硬。他不爱我母亲。

“不想听这段历史，你们冷漠的美国人。不过，很快，又是一次脑缺血发作……”

“脑缺血发作……”郝塞医生，又一次笑得很惊悚，抓住了这些熟悉的词汇。

“……所以，我想……说。我不是罗曼诺夫家族最后一个——旁系后裔到处都有，有一个还开着一家洗衣店——还有，我甚至不是合法的罗曼诺夫成员，我其实都不合法；不过，我是尼古拉斯二世和维拉·德勒文考两人唯一幸存的后人。倘若我真想，我还真会，故意说财宝储存在一家法国银行。我会说皇冠现在在莫斯科，用玻璃罩着。我大可以说所有那些彩蛋都是法贝热为我家族制作的。

“我母亲，维拉·德勒文考，是皇室家庭一位医生的女儿。她被培训成为一名护士。在尼古拉斯喜欢的住所皇村附近的树林里，她和尼古拉斯交欢，当时是一九一三年六月，世界还太平。后来，维拉回到她工作的圣彼得斯堡医院，发现自己有了身孕。她逃亡到美国。在美国，我出生了。我父亲不知道我的事。他是沙皇。”

“鲁宾教授，如果你说英语，就好了。”利里维克医生说。

“谁呢？”

“……？”

“对谁好？”

“我们。”

她做了一个疲惫的手势。“亚历山大皇后和孩子，我同父异母的兄弟姐妹，注定要死在地下室里。他们那时总是出去，去度假，在克里米亚半岛。他们的医生和家教也去。心上人在别的省份喝酒，与人通奸。尼古拉斯，一国之首，仍留在皇村批阅文件和签署文件，阅读和回复信件。大臣频繁觐见他。国家杜马就是一个笑话。

“我母亲，同样给她父亲，那位皇室医生，做下手，安排一些事务。每天，沙皇独自一人在树林里散步。她也是。他们的邂逅不是特意的安排，而是偶然碰见。偶然就有了我。

“你们见过春天里我们的大地吗？我自己没见过，其他季节里，我也没见过；不过，五十年前，我母亲在她弥留之际向我描绘过。泥土；是，泥土很有名。树林芬芳斑斓，桦树长出茸茸嫩叶，还有令人陶醉的红松、柳树。你能听见新生画眉雏鸟的鸣叫。有人会射杀它们……”

她伸出两根手指头，指着怀特医生，怀特医生并不畏惧，甚至没有低下她的眼睛。

“……秋天里。有一条山涧，河水晶莹，汩汩流淌。河岸，挂着一个漏斗状的长柄勺，桦木做的。他们喝新鲜的凉水；沿着蜿蜒的小路，走到一间山林小屋，没人住过。他们谈狄更斯、丢勒……最爱的话题是那些有教养的俄国人。午后近黄昏的太阳下，空气中充满琥珀色微滴，一切仿佛沐浴在暖暖的茶水中——林木，湿巷，还有两人尚未相互碰触的脸颊。这就是俄国之春。”

利里维克医生摸摸他越发秃了的头。“有一名翻译。她今天不在医院。”

“我母亲眼睛淡褐色，牙齿非常稀疏。肌肤上有雀斑，鬈发，浅棕色，作为皇室家族中的一员，她早知道沙皇深爱着的那位皇后，还有一位讨厌的僧人纠缠着沙皇。她可怜我的小父亲。那天下午，她并没被强奸，也没被诱奸；也并非有人对她行驶了领主权力。她心甘情愿地奉献出自己的少女贞节。他的手温存。他的眼，画眉鸟的棕色，胡须也是。就只有那么一点痛。非常甜蜜。

“后来，紧要关头到了。她抬起眼，投入他棕色眼眸的注视中，她看见了他那桩将要发生的谋杀现场，谋杀发生在五年之后，在七月份，郝塞医生。”

“是一月份。”他声音低沉地说。

“八具，她看见八具尸体——男人，妻子，五个孩子，侍奉的女佣——还有一条被碾碎的西班牙猎犬，奄奄一息。这些尸首，先是被人枪击，而后被人砍杀，再就被浸泡在酸液中，被人焚烧，最后埋掉了。这些残骸混杂在一块，后来，有人用金属摄影盒进行鉴别，里面还有西班牙猎犬的尸骨，猎犬尸首之前就被人掷进了坟墓里。

“我母亲还看到其他的未来事，断断续续的影像。她看见一个眼睛睁开的小女孩，患斑疹伤寒症死了，也可能是饿死的，还可能是刺刀刺死的。六君子之一，托洛茨基，穿着厚大衣。她看见诺维耶夫，这位职业政客，从一辆豪华轿车下来，车座用熊皮垫着。她看见契卡[①]成员，他们牙尖滴着鲜血。她看见列宁患中风而死，也可能是中毒而死。

“这些事后来一一传到她耳朵里，她人住在遥远的布鲁克林，听过后，也只不过点点头而已。

“不错的医生，俄国传说中有一个人物：一只驯化了的熊，我记不得给熊起的名字，叫短暂性脑缺血……”

“短暂性脑缺血，是。”郝塞医生鼓励道。

“……这只能预知未来的熊，但没有能点破它的语言。他只能在炉边凝视他的主人——悲哀于心，因为未来悲怆。所以未来伴着我母亲——她很少说，越发不说，到最后几乎根本不说，她愿意是一只动物。在布鲁克林，虽然接受过护士训练，她在一个辅助弱智群体的公共机构工作，是一名卑微的服务人员。我们和一位穷堂姐一块住。

① 契卡（cheka）：苏联“肃反委员会”的俄语缩略语。

我母亲说过的几句话都用俄语。”

“翻译明天过来。”

“后来,他们站起身,整好衣服。之前,相框从他口袋里掉了下来,相着他妻子肖像的相框,他拾起相框。抬起我母亲的手,放到他唇边。两人分开了,他回皇宫去了。从此,她再也没见到他。

“她应该听许多人说过他是一位独裁者,软弱,奢侈,对他的臣民漠不关心,适用绰号‘血腥’。她没有反驳。

“这些都是去世当晚,她滔滔不绝地唠叨给我听的。”

利里维克医生说:“你不必想到死。”

她闭上眼,屏蔽掉他,也屏蔽掉他的两位助手。她回忆着,然后,选择不去回忆她在J大道上的公寓,那套公寓承载着她所度过的少女时期的痛苦,不去回忆两个抚养她成人的阴郁女人,也不去回忆她冗长、平淡无奇的婚姻生活;还有,她对拓扑学不足以道的贡献;她的独生子,三十五岁的癌症患者。又一个死去的罗曼诺夫。还有,她自己,在三双眼睛的注视下,支撑在病床上……这么晚了,她会被人注入那只老熊的能量,预测未来吗?瘟疫,文明中断,畸形儿——任何轻微动静,就能预测到这些灾祸。没有。她拥有的禀赋是不去见证将要发生什么,而是见证已发生什么。她想到自己的小父亲,尼古拉斯,死后被人遗弃,之后还被人漠视,现在只是被一位中风的数学家记住,这位数学家并不了解他,但怎么都能看见卡其布服饰。长着胡须。眼神友善。嘴对着雀斑护士笑着敞开;在一个温暖的下午,女护士一度安抚他不安的情绪。一个孤立事件,一阵独自排遣的片刻,所提及的不过是某人不足为奇的一生:她的人生。于是,经她讲述,此事的记忆就不会消逝——这份记忆一度与尼古拉斯,与维拉一起消殆——但，对母亲临终讲述的记忆没有消殆。悲惨沙皇的名誉……没有再添污点……

她睁开眼睛。医生都还在那儿，在夹页板上写着，交换着眼神，和契卡一样的缜密。“我母亲疯了，”她仓促地用英语说，“她的经历不过是编的，”她公开承认，“为了安慰我不体面的出生。现在是冬天，郝塞医生。总统是……蠢货一个。”

怀特医生摸摸她的手。可敬的小母亲，她用老妇人的语言说。倘若是谎言，也是一个坦荡的谎言。倘若是真事，愿你与我都安好。休息吧。

几分钟后，在大厅，“纳塔丽，”利里维克医生大声说，“你对俄语很精通嘛——真让人想不到的本事。这病人在瞎扯：说的是什么？”

“莫蒂默，”怀特医生甜甜地说，“民间传说，大概如此。”

背棕色包的蓝衣女生

他们许多方面相同，六十七岁男人和十七岁女生。他俩个头都矮小。眼睛颇相似的浅蓝色，虽然弗兰西斯视力相当好，只是读非常小字体时，得戴老花镜，娄安妮的视力不好——她透过眼镜注视这个世界，眼镜厚得似乎不透明。他们住在一座玻璃外墙公寓的二楼，公寓用双层褐色砂石砌成。（这类厚实的市民建筑是波士顿及其附近市郊的住房主体，弗兰西斯经常说，可能说过太多次了。）娄安妮和她舅舅还有舅妈同住一套公寓。弗兰西斯一人独居。两人都喜欢冰激凌胜过糕点。两人还都酷爱背包旅游。

现在，弗兰西斯的破背包几乎是空的。包里装着一到两本书；早上的《全球邮报》，不受待见的老花眼镜，阅读才用；无水甜菜碱粉，他得混着水喝下去，每隔四个小时喝一次。不过，这个背包，他喜欢这么认为，是他的穿着标志。他在马萨诸塞州综合大法院供职四十年间——先在众议院，而后参议院——他不屑用公文包。他的背包那时满当当的。

娄安妮的背包现在满当当的。包里鼓着些高中课本。她在学化学、微积分、英语、法语，还有宪法。宪法是开给尖子生的一门新实验课程。她学得有些难，因为这门课要求学生事先具备一定美国历史知识。她两年前才从俄国来到这个通有轨电车的波士顿市郊，作为一名高二学生；美国历史课高一就上了。

"美国历史结课了。"去年九月，令人难忘的一个下午，她轻声对他说。他们在楼道上遇见。她正放学回家，他正准备出门遛弯。

"你说什么，泽鲁宾女士？"

"我是说我从没学过这门课，所以，我现在没法上这门课。"接着，她又进一步解释，"叫我娄安妮好了，莫里森先生。"她最后说。

她名叫娄安妮，和他叫爱德华·维亚尔一样。她借用一位乡村女歌手的名字，从莫斯科过来当天早上，她在电视上看到这位歌手。"好吧，娄安妮。请叫我……"他迟疑了。参议员吗？

"我叫你弗兰西斯先生，莫里森先生。弗兰西斯先生，你个人不就是一种美国史吗。你就是一个实例。"她在他身后两步之遥。她仰起脸，红扑扑的。枯燥头发分边的地方，他瞅见了头皮屑，头发是黄鼠狼褐色。"我是说，那些年，你一直是一名立法委员——你刚刚才退休，我舅舅告诉我。还有你先辈是清教徒。他们真是坐着其中一艘船来的？"

"品塔号。"

"我之前以为是另外一个名字。弗兰西斯先生，我能向你请教吗？我想会对我偌大的帮助。"她语调添了一种迫切。

他站稳在台阶上。“噢,亲爱的,你知道我的爱好,看看画。看画占了我现在很多空闲时间。我还是博物馆董事;我在为艺术收藏委员会工作——”

“每周一次,我可以每周拜访你一次。”

她筹划这次突然袭击多久了?

“我们周三下午没课,”她说,“老师们这个下午去开会。”她登上一个台阶,背包扔在脚边。他要跳过这个背包才能下楼。“你可以布置我要读的东西。”她继续说,“我会读的。我这人有始有终。”

他知道她有始有终。她是个很利索的持家能手。星期六早上,她舅妈打开公寓门,和弗兰西斯一样,享受这天的轻松。他见过娄安妮跪在地上用真空吸尘器吸尘,把棍棒伸到沙发底深处。她整个人素面朝天——不修边幅,不加修饰,她的衣柜只有牛仔裤和牛仔外套——就好像她就是要让自己纯天然到家。

“你可以给我测验。”她表示。

他从没见她和什么校友在一起过。她完全没有朋友……只是,他的退休生活就真的充实吗?他就那么多朋友吗?

“指教?”他说,“周三下午?我当它一种荣幸。”

于是,他们不饰张扬的个别指导就这么开始了。开头六个月,大部分时间在弗兰西斯家的客厅进行——今天,三月里一个多云的星期三,他们坐在那儿——有时呢,在博物馆,有时,在附近池塘边。他们没有严格遵循原有的教程大纲——宪法单元,殖民时期单元——而是随性学习艺术、自然常识,甚至教学法等方面。

“我反对对错判断题型。你的论述回答非常好。”有天,他说,并递还她给他看的一份测验卷。她得了 B^+。

“对错题有什么问题？你要么背东西，要么不背；就是你不背，你还是有 50% 对的机会……”

“测验是一种教学手段。学习应该鼓励学生思考尚未明确，仍存歧义的命题。”

对他的观点，她略微嘟囔了一声。“我从不给我的客户考试。要是我考他们，他们一定会把考卷扔还给我。”她的客户，回应她刊的报纸广告的那三位律师，在提高他们的俄语会话；其实他们的俄语已经说得很棒了。

有时，弗兰西斯和娄安妮转而聊个人生活的话题。“你从没结过婚，”一天下午，她问，有点冷不丁的朋友式滑头，“也许你喜欢男人吧。”

“我喜欢女人，我也喜欢男人，都保持一臂距离。”他甚至喜欢朴实坦率的在校女生，这些女生对废墟中的所谓祖国持有奇怪的依恋感。

还有一次，她在池塘边上停住脚步，告诉他，她打算上完高中回俄国。“你就不想回你出生的那个国家吗？”她问得他扬起了眉头。

“出生。”他说；她请他纠正她的错误。“我在这出生。”他说，没能藏住声音里的骄傲。

“你不知道流浪是何物。”

“未知领域。”他承认，不过，她一点都不懂拉丁语，他应该解释一下。

今天，突然冒出来的太阳照得弗兰西斯房间的浅绿色越发浅了，与此同时，他们正投入地聊着代议政府的话题。

“你就一次选举都没输过？”她问，“过去整整四十年？”她摘下眼镜来擦，露出冰蓝的眼睛，睫毛苍白无色。她又架上眼镜。

“没有，从没输过。不过，有时我的对手明显不行。”他说，“共和党喜欢提名某个人，即使这人没一点经验，没信念，没有任何政府管理的原则意识。”

“不过，就是你的对手不是混蛋，人民仍照样投你的票。人民需要你。为什么？”

“我认同美联邦。”他大胆坦言。接着，他意识到她热衷了解，她板着的脸掠过几乎无法察觉到的脉动，吐露出她的这份热衷，她眼镜视角的转动也透露出她的这份热衷，他接着说：“我视美联邦为我自身的延伸——它的公共花园是我的芳草地，它的公共图书馆是我的书架，它的警察是我的保镖，它的球队是我的……”他眼睛看着沙发上方的马萨诸塞州十七世纪的地图：他同事们送给他的退休礼物。

“请接着说。”

“……它的球队是我的沙地，它的州立医院是我的疯阿姨。”他在拿自己做例证，对晚年的诅咒；不过，她不了解这点，“我认为家庭，有各种不同定义，有时定义为独处的独身主义者，是这个国家的范式，也是这个国家的病态。我认为……”这时，他不再说下去，“娄安妮……我想今天就到这。”

“别，请你啦！跟我说说你第一次的参议过程。”

“种族议题。我们改天再聊好了。”

“好吧。改天呢，我们再去博物馆。”

“好的。”

“哪天呢？”

弗兰西斯看看他的表。“就今天。”

他们先是凝视着维亚尔的绘画,和平常一样。一张桌子旁,这位艺术家的母亲侧面坐着,在裁剪布料——布料是格纹呢,这位母亲穿着格纹图案连衣裙,房间墙纸点缀着珍珠的图案。有个橱柜,用乡村原木做的。灯都没点亮,也没有窗户,不过,从隐蔽地方发出的光线捕捉到维亚尔女士的颈背、圆发髻、一侧耳朵、一侧下巴颏、戴着的眼镜;这光线还捕捉到一只铜碗,半掩着的菜碟。光线来自画家身后,或是来自画家,或是,来自这会儿站在画作前的男人和女孩。"它整个看起来真是自然啊。"他说;之前他也说过。"不过,绘画是人为创作,"这是个新话题,"'它需要和犯罪一样的狡黠。'"

她没作声。

"这不是我说的。"他坦言。

"维亚尔说的?"

"德加说的。"

"也是和母亲住一起的单身汉?"

"不是,他生活得比较……活跃。"

他们离开了。女孩既不怎么在意展厅里的中产阶级人物画,也不怎么在意反映工人形象的海报——他知道,因为他明白她到底关注什么:前面的圣家族作品,腼腆的天使报喜图。有一天,天使也有可能出现在她面前,报的不是爱,不是什么热切的东西,但也许,至少,是友谊。

他们逛着,看着;然后,他们在博物馆的咖啡馆里,他们喝茶。弗兰西斯点冰激凌,娄安妮呢,一份奶油多层夹心蛋糕。"我需要它的能量。"她说。她走了,去见她的客户,现在要求她教(俄国)俚语。

“他们不怀好意，”他断言，“牟取暴利的人。”

“我也这么认为，”她说，不以为然，“虽然他们挺富的。”她通常在他们的事务所教他们，不过，有时会在其中一位客户的家中，坐落在西郊的一栋意式别墅。她得坐两趟公交车才到那里，不过，她总是坐出租车从家出发。

“他们想更富些。”弗兰西斯跟她说。

“哪个公民不这么想？”

一棵榆树下，他们相互说再见。大概他们凸起的背包使得他俩矮小的个头走了样，弗兰西斯想：人们可能误以为他们是花园雕塑。娄安妮直赴市中心去她那三个暧昧客户的事务所。弗兰西斯穿过一座城市公园，花园在晨曦中呈幽灵般的紫色。“我的后院啊。”他心中狂喜。

还是有很多事情他们没有共性，退休的立法者和旅居者。语言机能方面，比如——娄安妮说俄语、德语、英语和初级法语；弗兰西斯，虽然学过拉丁语和希腊语，但只懂一门语言。健康方面，也是一例——他个头矮小只因遗传，还有他的心脏状况，实验室检验发现，让他略有不适；而她呢，个头矮是因为营养不良，她余下的一生里，眼睛都需要佩戴矫视镜片，她舅妈又对营养方面一窍不通。还有政治——老泽鲁宾斯不相信任何形式的社会主义，甚至民主党温和的再分配倾向。从提出自然化起，民主党就投了共和党的票。对于娄安妮而言，她讥讽所谓平等的假定。“那么，某个神祇赋予所有人受高等教育的权利，”她讥笑道，“贫民窟学校的老师给说唱歌词 A 的评分，还有，两年制院校教授学生如何做电视促销广告。民主！”她应该欢迎罗曼诺夫家族的复辟。

尽管如此，他变得相当习惯每到星期天就去他们家一起吃晚饭。啤酒和大麦汤，油腥点缀在表层。沙拉——酸酱拌土豆，切碎的葱，饭菜是清一色绿色蔬菜。用勺子吃的无花果甜点。这位舅妈，染了头发，亮片毛衣，尺码小了一号。这位舅舅，光着头，双下巴。还有这位侄女。水晶吊灯过头，投射着讨厌的光线。有只狗，患有哮喘和关节炎。墙上几幅画：体现三原色描绘的神奇事件，全都出自一位毫无天分的单身流亡者之手。一幅宗教启示画：乔托·麦当纳和孩子，镀金的框架与光圈匹配。弗兰西斯想起他钟爱的维拉尔；他领着值得尊敬的这家人离开他们的卡其色公寓，进入一间有各种图案的房间，在这间房间，阳光透过百叶窗晒进来；这家人的卡其色公寓挂着假的夏加尔画作和一幅恐怖的名画复制品。每样东西让人能触觉到：男人的胡须，女人的嘴唇口红过重，女孩的牛仔袖口有肉汁痕迹；女孩在自学用左手做事。“为了什么缘故？”她说，回应弗兰克斯的问题。“我想要含糊[①]。”

他没有纠正她，部分因为其他人在场，部分因为她也许准确说出她想表达的意思。她左手上的叉晃着，摆着，有时还倒转过来。

接着，舅舅和侄女下棋，泽鲁宾太太做针线活，弗兰西斯和狗望着火。傍晚结束，你可以关上这家的门，穿过大厅，而后关上另外一扇门，你自己的；家庭生活如此令人心满意足。

又到星期二：现在四月份。他们讨论金钱崇拜。“几乎两个世纪

① 女孩这里说错了，她其实想说左右手都灵巧（ambidextrious），却说出含糊（ambiguous）。

之前，德·托克维尔[1]就注意到这点。”

“你不崇拜钱，弗兰西斯先生。”

“唔，你知道，我从没觉得穷过。而且，我不在意……噢，穿好的啦，去旅游啦，吃高级东西什么的。在这座亲和的小城市里，有谁需要私家车呢？

“那你在意什么？你崇高价值观是什么？”

她特骄傲说这个词；她的傻笑告诉他她的这份得意。是的，要是他非得说出来什么：诚实，相对重要；忠诚，最为根本…… “真理。”他听见自己在说谎。

她叹了口气。“真理之外呢？”

“美。”他无助地坦诚道。

“个人仪态的美？”

他点头：这是个对错判断题。

她下巴颏硬了起来。

“还有美国梧桐树的美，”他说，“市区街道的美，艺术作品的美，当然，你知道的。”还有独居的美，他无声地加上这一项。

“还有钻石的美？我可以给你要一颗钻石。”她说，“我舅妈的堂兄科利亚，他认识的那些混账……”

“珠宝引不起我兴趣。”他怎么就让她这么探问他呢？“修养，也是我的崇高价值观，还有——”

“美，”她重复道，“我能给你。”

---

① 亚历西斯·德·托克维尔（Alexis de Tocqueville）：法国政治思想家和历史学家，著有《论美国的民主》和《旧制度与大革命》等书。在这两本书中，他对西方社会中民主、平等与自由之间的关系进行了探讨，对平等观念的崛起在个人与社会之间产生的摩擦进行观察与思考。

“你指什么，娄安妮？你已经把美带进了我的生活。”他抗拒她瞪着他的眼睛，“你不同寻常的年轻头脑，我们交流……的美。”

“呀。”她叫了一声。

后来，有天，星期三，她进来，背着一个棕色包，包的背带很结实。她的表情不同寻常，仿佛在模仿报喜天使。她漫不经心放低棕色包，抽出框着窄框的东西。她把它放在地板上，这样，相框斜靠在苎麻墙壁上。

它大约十二英寸宽，十八英寸高。又是维亚尔的母亲肖像作品，整张脸都看到——一张苍老的脸，带着阴影：大概俯身在看孙辈摇篮的一张脸，据说是；或是俯身面向一张病床的脸。眉毛宽阔，眼睛友善，上嘴唇类似温和的遮蓬。她在俯身把弄一只玻璃花瓶，花瓶插着花，绝大部分是雏菊，也有银莲花和鸢尾花。背景只是略有墙纸的意味。

这幅画签了名。

“我几个星期前看见这幅画，”娄安妮说，她穿着海军蓝双排扣大衣，耸耸肩，“在靠浴室边的那间客人卧室里。我去解手，我打开那扇门——那门总是关着——我打开灯，就看见它。”

“娄安妮。”悄声说。

“我倒不吃惊——房子满是这类东西。他们喝醉了，那群恶棍，他们买东西洗钱，你知道，弗兰西斯先生。在俄国，他们喝得更醉，像你说过的。”

“……你说过的那样。”[1]

“那样。所以，我拿了这画。昨天的事。因为那家伙的老婆已经

① 这里，女孩的英语语法表达有误，老先生纠正她。——译者注

离开他，他明天动身去莫斯科，好几个星期了，没人会知道这画不见了，接下来，他会认为她——”

“娄安妮。”他说，仍喘不过气。

“它可不是就挂在那，随意让任何人取的，别那么想，”她说，“我得解决上面的报警扣。买这个包——也不是一件轻松活。我在布鲁明戴尔店买了一条丝巾，向那个婊子售货员要了这个包。第二天，我退还丝巾，但要了这个包。”

“娄安妮。”好像他能说的就是叫声她的名字。他胸口疼。

她站在他面前，像一名卫士那样强健，但没卫士那么高。“什么？”

私人财产，它是一种权利，他认为。偷窃，是一种犯罪，他认为。存在一种社会契约，他认为。

不过，她对此全明白。她背过道德规范的原则，用的是她记糕点制作步骤的方式——她能背，但从没实践的东西。他不会指责她。忠诚最重要，他告诉过她，或是指出过。

“你不准备说什么吗？”她说，手放在屁股上。

“谢谢你。”他终于说出口。

他挂上这幅画，接下来星期二那天——花了这么长的时间，他才决定要挂在哪。他先想要挂在卧室里——除了清洁女工外，没有其他人进那里。他想到他的小书房：地毯上的玫瑰花，墙纸上的百合花，书籍，一把Z字刺绣扶手椅。他考虑过厨房、浴室，还有他公寓和她公寓之间的公共大厅；他考虑过后面的楼梯道，后面楼梯道的阶梯套着橡胶踏板。他考虑过他的立柜。

最后，他把它挂在起居室，壁炉上面。他祖父（联邦大法官，

1875—1880）的肖像收到卧室里，取代镜子的地方，原来的镜子放到立柜背面，看似他寒碜的衣橱空间扩宽了两倍。

他祖父，长着胡子，一只手搁在联邦的律法上，一度将他高贵目光跃过房间投向马萨诸塞州的早期地图。肖像和地图曾架构起房间荣耀的中轴。这幅维拉尔画作腐败了这房间。

“迷人。”有位来造访，向他寻求建议的老同事说，“新的？”

“重新布置了一番。”弗兰西斯说，屏住呼吸。于是，交谈转向现任州长，这么个傻瓜蛋。

“哦，莫里森先生。”女清洁工说。

“不错。”来修浴缸漏水的修理工说。不过，他似乎指的是这公寓的整体状况。

送画之后，头几次来，娄安妮的眼神总往画上闪烁；后来，就不这样做了。她正在撰写一篇有关总统选举团[①]的论文。他们会面，主要探讨选举团制度中陈旧但关键的操作过程。在泽鲁宾家，他们谈论狗和棒球。

他到处都没有找到有关这画被盗的新闻。这画一开始就很可能就被盗了。他无法鉴定它应归入哪一类；就是放在“私藏”的名录下也拿不准。他找不到《维拉尔夫人与花》或其他类似的画名。尽管如此，时至如今，这幅画的最后持有人一定已注意到画不见了。也许俄国黑手党正在策划绝密计划要杀他。

娄安妮仍在教那几位卑鄙的律师。

“住大房子的那个人，他会不会提到他遭劫了呢？”弗兰西斯问。

① 总统选举团：美国各州选出的538名选举人组成的选举团，履行选举总统和副总统的职责。

“他会不会什么？”

“用什么语言？”

“噢……英语。”

“我会说：‘说俄语。’”

“用俄语，好啊。”

“我会看起来令人同情。”她演示给他，头一偏，嘴角一噘，一名刽子手查看着绳索上打的结。

他很喜欢她送他的这件礼物。随着时光流逝，他依然不减对它的喜欢，也仍没有适应它：画中女人的头近得几乎能听见她的声音；线条精简，用色节制；头的角度稍有变形；欠缺宏大立意。雏菊谦逊低调。一位卑微的艺术家：就是在他的黄金期也属二流画家。

“我们的宪法比你们的更加具体，因为我们不依仗司法部，”有个星期三，她说，“法官被认为是小父亲[①]权力的外延和——”

“是，”弗兰西斯说，虽然他不确定她所言正确无误，“娄安妮，亲爱的，我们必须把这幅画交出去。”

她眼睛盯着他。

“我珍惜这幅画。”他继续，“不过，这画对我来说负担太重。我会死在它上面。”

“你会心脏病突发死掉。这不是你吃那些粉末的原因吗？”

“脱水甜菜碱阻止我死去。”

“只是延缓罢了。总之，从没有人会死在美上面。”

“那我就是第一个。”

沉默，同时她审视着他。对于他，不是头一回，她的眼镜大概减

① 小父亲：指当时俄国统治者沙皇尼古拉斯。

轻了他们之间的紧张气氛。“我还用着那个棕色包，”她说，“不过，我最近一直在那三个坏蛋的事务所教他们。我不知道我什么时候会再去那栋房子。”

“我们不能把它交还给他们，娄安妮。它需要一个公共场所。一个共享的舞台，一个任何人，有钱人或者穷光蛋，文化人或者草根，热衷的人或者漠然的人，都能从中受益的地方——”

“弗兰西斯先生？”

他犹豫片刻，力求简洁。他说：“这画属于博物馆。”

“噢。所以把它捐出去。”

“嗯，不行，它来历都不明呢。”他不希望她被驱逐出境。

“我们必须悄悄把它塞进去。”

“像放炸弹？”

“像放炸弹。”

“我的太曾伯父投过一枚炸弹。因为这，他们枪决了他。可恶。”

她在说她的亲戚，他希望。

“早上好，尼克。”

“莫里森先生，早上好，”门卫说，“很高兴见到你。啊……这位女青年，得检查一下她的包。”

他早就预料到要过这一关：那个大棕色包正好分散守卫的注意力。他自己熟悉的背包，很少被查过，这会儿也不会被要求检查，虽然它其实不是熟悉的那个包。这包是新的，相对大些，虽然仍然相当平整。

“这位女青年，我很熟；她这次带着她的绘画用品。”弗兰西斯说，“打开给他看，娄安妮。”于是，娄安妮呢，假装扭捏，一件一件东西拽出来，素描本一本，素描画板一个，铅笔一扎，中间扎着一根橡皮筋，两头扇状，就像维拉尔画的雏菊，雏菊花插在花瓶口，向上扇状散开，雏菊枝向下浸入水，巧妙呈现出扇形。然后，娄安妮把包翻转向下倒。一个纸片夹掉到地上。

“她要临摹一幅伦伯朗的画。”弗兰西斯吐露道，“画一幅画，练练手。”守卫只得将他的注意力转移到他们后面那位游客身上。娄安妮把她的绘画器具归拢，统统装进包里。

他们快步上楼，去伦伯朗作品区。娄安妮在纸上画了些线条。然后，他们又快步下楼，去会员酒吧间。他们从那里进入托管间，然后，溜下一段偏僻的楼梯，往地下室去，接着，再往里走，到了地下室里的地下室。那里立着十二个立柜，有些关着的，挂着挂锁，有的微开着。

她帮他取下背包，就好像背包是件大衣似的。她是女仆，穿着蓝色牛仔衬衫的女仆。他之前从没看见过她穿套装。弗兰西斯拉开背包拉链。娄安妮把画取出来，没有去掉泡沫包装纸。弗兰西斯轻轻把画顺进一个立柜里，然后，关上柜门。

娄安妮从她口袋里拿出一把挂锁，将锁滑过配好的金属环，迅速锁上。她给他手心放着的挂锁钥匙。他摇头。她手掌合拢，握住钥匙。

稍后，他琢磨她会把钥匙吞下肚。她大概一直在练习这把式。不管了：画逃脱了囚困命运，今后十年，或许十五年——除非警卫委员会决定丢弃立柜。挂锁会被强行打开，立柜里的秘密会呈报给经理。一阵不温不火的兴奋会让艺术界泛起涟漪。有人会来鉴定画的真伪；也有人会宣称画是一件匿名捐赠品；捐赠画的方式让人好奇，会被人时不时提及。画会被标号挂在一间展室的墙壁上。不过，它首先会在最新收购物品展上展出。到时，他会给她寄去一份邀请函和一张往返程机票。

他跟着女孩上了一段楼梯，再上了一段，每次都短促地停下来喘气；他承认，到那时，娄安妮可能早就消失在莫斯科某个黑暗角落里了，他自己也消失在某家养老院闪烁的荧光里。“艺术永恒。”他低声说道。

她转过头。“就剩几步了。”她让他放心地说道。

元月见习期

二月五日

亲爱的詹金斯太太，

约瑟芬·赛尔特通知我，只有等你接受我提出的请求，卡尔迪科特学院才会准许她延期交她的元月见习期论文。请考虑我的请求。当然，约瑟芬的确无法按时完成；因为她继母离开两个月后，元月三十一日又突然回来了，她的家发生了剧变。你大概也知道，和镇上大多数人了解的一样，她父亲往墙上扔陶瓷，往家里的破旧电脑上倒苏格兰威士忌，如此大动干戈应对他妻子回家。乔西和小奥利弗，家里人叫他托里，比较受人喜欢。

让我说，不管价值多少，乔西是“勿忘我”店元月份的一笔财富——顾客们想念她毕恭毕敬的模样，我想念她的个头。只站在一本电话簿上，她就可以从我最高的货架上拿到饰品。她好像还学了一些古董知识。不过，我仍认为，元月见习是卡尔迪科特学院采取的教学迂回方式，这么一来，就给学校教师额外一个月的带薪假期，而且，这个过程中，也让学生家长紧张、焦虑。让十五岁的女孩在出租屋、兽医所、异国风味餐馆，以及中美洲村落当志愿者见习，她们其实处在各种潜在危险中，诸如结核病、饶舌、沙门氏菌、诱惑、绑架和极其无聊。乔西，在我店铺做事，至少避免了前面五种危险。

你好吗，艾莉诺？我有一个爱德华七世纪时期的墨水瓶，你或许想看看吧。

雷尼

二月十五日

亲爱的詹金斯太太，

谢谢你准许我延期完成我的元月见习期论文。我所花的时间并没有我事先想的那么多。经你建议，我每日在3×5英寸卡片上做读书摘要，而且，按照你的指导，拟出一个大纲，把卡片读上几遍，整理并反复整理这些内容，就好像玩空当接龙游戏*，同时，进行深刻思考，这之后，写论文并不难。（先前的句子示范了为什么不应该分隔不定式句子结构，所以我把它保留下来，而不是修订它，万一你讲解十年级语法单元时需要一个现实的实例。）我的大纲遵循你提供的架构，这个架构很有帮助：我为什么选择，我做了什么，我学到了什么。构建好大纲后，撰写文章就相当容易了。我连着三天写了你要求的三次草稿，从我父亲给我一台打字机（我家电脑坏了）的那天早上开始。我发现脚注很有用，我根据《芝加哥文体手册》对这些脚注进行了标注，并按顺序编号。

这里是我的论文，我把这篇论文献给我的后妈。你可能知道，她在你之前，也上卡尔迪科特私立学校。她经常和我分享她学生时代的回忆，虽然她称这些回忆叫闪回。超有趣。

乔西

★ 类似单人纸牌

勿忘我

元月见习论文

约瑟芬·多萝西·赛尔特

我原先的元月见习项目计划是给盲人朗读。人们说我声音悦耳。我妈妈患肿瘤[①]去世之前，先是失明了，所以，每天下午我读书给她听，就和她在我小时候读书给我听一样，主要是《格林童话》，我们都喜欢的书。不过，给盲人的免费阅读器发了下去，覆盖了整个波士顿地区，各个地方，而我需要一个工作的地方，这个地方要离我同父异母的弟弟托里所上的日托中心近，因为他亲生妈妈不在家，因此，我要负责照看他，还有负责照看我们全家；全家算下来三个人。我向“勿忘我”店，附近的一家古董店，申请工作，想着自己能从以往的旧器物身上学到很多历史。雷纳塔·麦克林托科女士，店主加业主，提醒我，我主要要学的是打扫卫生，还有倒各种饮料时手一定要稳。而且，她希望我所上的那所不断进步、不同反响的[②]学校已经教过我怎么计算马萨诸塞州百分之五的销售税，还希望我记得它的算法。[③]

这篇论文，我称麦克林托科女士为“雷尼”，因为她让我叫她雷尼。她不知道她妈妈从哪儿挖出了雷纳塔这个名字。[④]就我主要做什么工作，雷尼是对的。我用真空吸尘器清洁地面和家具（我元月在家也做这些），我还在后面刷洗小浴室；然后我把提桶里的东西倒进窗台上的花盆箱，这些花盆箱归我负责[⑤]，我爬上梯子，擦亮能追溯到一七七五年或当年上下的铜制水晶灯。这盏水晶灯上了电线，还安上了电灯泡。

这些是我算账和打扫的工作职责。有些工作一天一次，有些一周一次。我还协助雷尼招待客人。“勿忘我”古董店就像殖民时期的一口村井，殖民时期是我们去年学的历史内容。在村井附近，人们交换着见闻、绯闻和想法。女人们离开村井，带着水，也带着气力和自信，虽然有人确实从作弄别人犯错或犯傻的过程中寻开心。不过，这类令人不快的事，在“勿忘我”古董店只是有那么一些。我后面会提到具体的人。还有，我们有许多顾客只是进店里闲聊，并不买东西。有的想寻求些许的安慰，就像有这么一个人，他的女儿刚被普林斯顿大学录取，[⑥]还有人想要很多慰藉，就像有这么一位妇女，她儿子刚死不久。[⑦]我学会了怎么区分这两类人，我会为第一类人准备茶，为第二类人倒上雪利酒，点滴不溢。

这引发我构思我论文的主要部分：在“勿忘我”古董店，除了擦拭金属和怎么倒腾信用卡机操作之外，我所获得的。我学到各种珠宝的显著风格特征：维多利亚时期、新艺术派、装饰艺术，以及第二次世界大战后直到大概一九五〇年（雷尼不经营任何一九五〇年以后的古董）。维多利亚风格精细精致。新艺术派风格从自然和神话主题中获得灵感，像蜻蜓或被施魔法的女人，流行委婉的设计。装饰艺术是几何图形，采用类似古代亚述及巴比伦金字塔和菱形题材。二战时期引进合成材料，雷尼有一些人造塑胶的手镯，看起来像奶油糖果丝绸。

周六夜女郎产生于十九世纪七十年代英格兰美术工艺运动，建立在约翰·拉斯金和威廉·莫里斯改良派理想的基础之上。这两位重要人物提倡工艺制作回归到手工工艺，不仅是出于审美质感，而且为了推进社会和教育目标。[8] 在十九世纪之交，在波士顿拥挤的北端，就在勿忘我古董店几英里远的地方，一群年轻的意大利和犹太移民妇女星期六晚上聚在一起制作陶瓷，由一位利他主义的社会名流引导。[9] 她想让女孩子挣钱，而且在健康和令人振奋的环境下工作。不过，人们不买这些陶器，因为陶器的价格比大规模生产的器皿贵。现在，餐具都标了价，收藏家付很多钱购买这些餐具，经常是付给雷尼。陶器很简洁，上了色，有时还采用谷场旁的空地作为题材；如果你不知道陶器是都市风格的，你可以称它是乡野的。两种风格必居其一，都很漂亮——雷尼和我两人都这么认为。

有一件维多利亚时期的丧礼珠宝，是一匹马，是一家不同凡响的粘胶制造厂生产的[10]。雷尼和我不怎么太照管它，但是它当下很流行，有几个我认识的歌特派女孩（不是卡尔迪科特在校生）就戴着骷髅头装饰的杜仲胶头发饰品。丧礼珠宝就是用来怀念爱人的纪念品，也是对人人逃不开的死亡的一种提示。自一八六九年十二月阿尔伯特王子死后，丧礼戒指达到了流行高峰。[11] 在英格兰，戒指经常篆刻上姓名、年龄和逝去者的死亡日期。早期的戒指用黑珐琅制作。之后的戒指用的是黑玉。

因为这是一篇研究和观察论文，我主要就这方面收集奇闻逸事，进行思索，穿插小话题，并编加注释，读者可以跳过。总之，我下学期会选修新闻写作课程。我确实对一家小零售店的营业细节进行了观察，所以我将就此进行汇报。雷尼让我看了她的分类总账，满是不同笔墨的痕迹。她的会计师敦促她买台电脑，但最后说："哦，天啊。"[12] 雷尼的笔迹里，每个字母和数字都带划线，六十度倾斜。比许多字体要容易认。[13] 雷尼还几次带着我去了不同人家收货。我观察到，在估算单个物件价值和满屋东西的价值时，你得足够精明。在一栋庞大的宅邸里，主人才去世[14]，里面的银器很棒，你能想到有多棒就有多棒。不过，在两三处脏乱的公寓里，雷尼发现过一些很不寻常的艺术品。物件值多少，她就花多少购买，虽然价钱一定不会超过她准备标的售价价位。

在给明显不愉快的顾客端茶或上雪利酒之外，我还仔细观察，尽量模仿雷尼各种待客之道。她对那些犹豫不决的顾客很耐心，对那些需要思量再三的顾客也是，这些顾客其实在表示，买不买，得问他们的老公。她对想要大折扣的商人很强硬。她总是不拒绝退货。她忍耐了很多事，但并不是每件事都能将就。比如，那位不可爱的妇女喜欢早来，进了店，时常只是扯闲话。这位妇女不怎么在意我，但有一天，雷尼正和别的顾客结账，这位妇女要我拿给她看一个丧礼用的黑玉戒指。我拿给她看，告诉她最好的黑玉是在英格兰的惠特比开采的。惠特比采的黑玉慢慢采过了头，所以，今天在那采矿违法，因为只在惠特比一带悬崖峭壁的缝隙间还有剩下的黑玉。从崖壁上采黑玉会造成崖壁倒塌。这种情形中，过度开采导致暗中破化。我对她小小地讲解了一番，我对其他顾客练习过这套讲解，效果不错（比如，成功促销）。讲解当中，她对我说，真挚有余，声音美妙。然后，她问我，我是谁。

我告诉她我的名字，名，中间名，姓。她说萨尔特我知道你家你妈妈是位圣人你后妈是个荡妇你爸爸是位暴君。就像这样，不带标点。我很吃惊，她没说你弟弟患自闭症。雷尼在三十秒内催促她出去，也许更短的时间，借口说我们要上一户人家收货，然后她真的打开警报器，我们三个人到门外，她锁好店门，装得真有其事似的。我们看着那位女士走远去了。[15] 接着我们走进隔壁的熟食店，吃午饭，雷尼买单（通常我会带一个特百惠饭盒，装着前一晚的肉馅糕，或是隔夜带一点生菜的通心粉，要不就是更早做好，还没坏的奶油熏牛肉片）。午餐时，雷尼递给我一份菜谱，教我怎么做能喝上一个星期的蔬菜通心粉汤，一种蔬菜汤，从星期天喝到下星期六。我本想那个周末做这种汤，但是蒂娜回家了，我们又去买外卖，至少托里喜欢。就是那次吃午餐，我告诉雷尼，托里每天早餐吃一勺香草冰激凌，喝半杯咖啡。他不吃其他东西。很少有人听别人说完能克制得住，不予任何评论，但是雷尼只是点点头。很少有人这样审慎操持一口村井。我希望我能获得这样的品质，因为我正在考虑选择古董生意作为自己的事业。

我这里以探究旧眼镜的内容来结束我的论文。雷尼从一位先生那收集了这些旧眼镜,这位先生正在出手雷尼很想买到的一些时钟。她要我将眼镜作为我的课题,所以我清点眼镜,把它们放进一个大盒子里,用天鹅绒衬着盒子,然后,我做了一番研究,用讲究的字体将研究结果写在一块海报板上 (我们有了一台电脑),内容如下:

简明眼镜史

古代人用阅读石——单块玻璃,能放大它们面前的东西。方济会修士罗吉尔·培根 (1220—1292) 确定凸面 (聚光) 镜片能辅助弱视或远视眼 (老花眼) 的人们。在十九世纪的佛罗伦萨,玻璃工匠生产凹面 (散光) 镜片,提供给近视 (近视眼) 的人。但是所有这些辅助都只是单镜片。最早的眼镜图示记载出现在《书房中的圣·哲罗姆》一书里,吉兰达约创作的。这张图示说明眼镜不一定出现在圣·哲罗姆 (公元前 347—320) 时期,但可以确定出现在吉兰达约 (1449—1494) 时期。从那以后,眼镜普及起来,镜框有金制、铜制、皮制、骨头制、鲸骨制和龟壳制。本杰明·富兰克林发明了远近双光眼镜。

这里的展示中,你看到十九世纪的眼镜,它们体现维多利亚时代的流行风尚——精细黄金工艺,象牙点缀,有一副眼镜(#4),将珠宝嵌槽设计在太阳穴位置上。镶的珠宝已经不见了。这些眼镜中,有可屈光(根据验光单制作)的镜片相当少,这表明它们主要用于装饰,不过,有副眼镜(#2, 夹鼻眼镜)没有太阳穴装饰,确实能放大很多,还有钢架框的眼镜(#7),专为特别近视的人制作。

我卖出了三副眼镜，每副卖五十美元，获得净利润一百五十美元——雷尼告诉我，这些眼镜没花她一分钱，因为它们是那位先生清货时随时钟赠送[16]的。她给我看分类总账上的进货项，只记录了时钟进货项。她想让我拿走那一百五十美元，不过，我提醒她元月实习期要求义务志愿服务。那就拿一副眼镜吧，她说，有点辛辣的厉声厉气。于是，我挑了一副没有屈光的眼镜，因为我眼睛视力正常，像我爸爸的视力。我挑的这副眼镜带简单的银镜框，呈长方形。有一天晚上，我戴着眼镜在做晚饭，我爸爸和托里在玩他们饭前的国际象棋。我正在嫩煎豆腐，察觉我爸爸看着我，而后，他终于开口说话了，你让你妈又回我们家来了。这说明佩戴眼镜能怎样改变一个人的外表，甚至怎样影响一个旁观者的观感！接着，托里说："将死。"破天荒头一回，这说明就是老道的成年人也会输给小孩，如果他（这个成年人）不够全神贯注的话。我把这些事例包括进来，为的是展现元月实习期间我所获得的意外内容。我学到的最重要但无须加标注的方面是，不去探问他人隐私，就像雷纳塔·麦克林托科那样，即，只是人在场好了，与此同时，打消所有人的好意，包括亲朋好友，甚至把焙锅放在后院门廊上的那些人。

像"勿忘我"古董店这样的店面促进保存旧时物品，这增加了我们对历史的一般知识。古董因迎合人性低俗需求而受人诟病——人的占有欲和自恋心理。不过，对古董的收购，能给予那些收购古董的人审美愉悦，也给予那些即将在这些古董最终存放的地方，即博物馆，看到这些古董的人以审美愉悦。至于自恋本性，我的确认为自恋在古董上羁留。就是在夏娃发现自己裸着的时候起，人们就开始了个人装饰艺术的实践。同样，人们喜欢买美的东西给别人来表达他们的真情实感。我爸爸买了一件礼物给蒂娜，欢迎她回家，是一对翠榴石耳环，第一次世界大战之前那段好时代[17]后期时生产的耳环。他将一只耳环给了蒂娜，留了另一只在雷尼的保险箱中，待将来收回，作为一种品行奖励。这是他的方式，蒂娜说她现在可以忍受他这种方式了。

① 成胶质细胞瘤（Glioblastoma）。

② 原本如此。

③ 我想她在开玩笑，不过，可能不是开玩笑——有些人忘了十进制基础算术。蒂娜，我的后妈，甚至不会结算一本支票本，尽管她是很优秀的吉他手，知道所有六十四分音符方面的知识，还能跟着指南就像跟着节奏和速度一样；当需要讲解时，也可以不理会这些。我能在我脑子里算出任何货价的百分之五，我也能做初级微积分。托里也可以，他四岁。

④ 我妈妈从《小妇人》里得到约瑟芬的名字，多萝西则是取自《绿野仙踪》书中。

⑤ 我从蒂娜那学会了这种园艺活。蒂娜是一名保守党。渣滓水有利于盆栽植物和相似的室外植物，虽然布鲁斯坦夫人，你知道的，她是卡尔迪科特学校教科学科目的教师，说她来自密苏里，话里明显表示（她的）怀疑。

⑥ 第一批中尚无公开确认。

⑦ 艾滋病。

⑧ 我想加注的是这符合卡尔迪科特私立学校自身的崇高理想。

⑨ 北端仍然主要是意大利人。蒂娜是意大利后裔，在那有认识的人。不和我们在一起时，她总是和一位特殊的朋友在一起，体会着她自己的元月见习，她这么对我说。她每个工作日去托里在的日托中心看望他。我把这记下来，因为我知道有谣言说她是一个冷漠的母亲。她是一个非常好的妈妈。有些人将母爱和管家混淆在一起。

⑩ 雷尼的话。

⑪ 伤寒症。

⑫ 原本如此。

⑬ 雷尼的字型称为铜版印刷体。这种印刷体从十八世纪英格兰地区发展形成。早期美国印刷书记继续使用这种简单字体。卡尔迪科特学校正在考虑恢复对低年级教授草书，很棒的想法，但对我太迟了。

⑭ 心肌梗塞。

⑮ 也许这里是纠正这位妇女错误的地方。我妈妈不是一位圣人。在让战争结束，让地球清凉起来，或是救济无家可归的人等方面，她什么都没做过。当一块饼皮碎了，她对着饼皮骂它娘（原来如此）。她高度近视，不做针线活，就是戴着她的眼镜，她好眨眼睛，个头很高，整个样子就像一只神情困惑的长颈鹿，不像圣人。蒂娜不是荡妇，只是神经紊乱。她二十三岁。遇见我爸爸时，她十八岁，然后怀上了托里。她离家出走，和朋友住在北端时，她想着她在我们这儿的生活，总结出好处超过不足。我爸爸不是暴君。神情恍惚，只专注于生物统计学研究，有时变得相当暴躁，但他在重新开始。我弟弟患自闭症。我非常爱他，甚至在他默默凝视时，也许特别是在他处于那种状况的

时候。

⑯ 赠送意指免费,但为的是促销更多。

⑰ 指 1871—1914 年期间,即第一次世界大战前的好时代。

老套闹剧

格蕾丝和古斯塔夫结婚了，八月份，在古斯塔夫家里结的——一座蹲伏着的褐色木瓦房，屋前门廊很深，遮住了楼下房间的光线。屋旁的空间宽敞，开辟了屋边花园。不过，只种了杜鹃花和映山红，簇拥着整座建筑，还有一棵单单的苹果树长在草坪中央。每年五月，古斯塔夫就从自家车库拖出几把躺椅放到苹果树边，喜欢将躺椅一把靠一把地放置。格蕾丝第一次见到这么一种放法，那时还是七月份，当时就让她想到养老院，虽然她不会说任何伤感情的事给古斯塔夫听——一个极敏感，易受伤的男人，比如，要是他转错了弯，或者忘了人名，看看他脸红的样子，你就可以看出他这种特质。于是，她只是自己穿过草地，把其中一把转椅移一下位，让它有些角度地对着另一把，再调整一下角度。“现在，它们依偎在一起了。”第三把椅呢，她把它翻转过来。古斯塔夫见了后，又会把第三张椅扶正。

他们相遇在六月份，一对狐狸面前，据说，这对狐狸后来很不情愿地在博斯基野生动物保护园安了家，这家保护园地处科德角[①]。当时，古斯塔夫前去探望住那儿的妹妹，妹妹住在租的一间农舍里。格蕾丝和她朋友汉丽埃塔从西马萨诸塞州驾车比他早到这里。两位女士在州立公园宿营栖身。

“你们住帐篷？”缘分注定的那个下午，古斯塔夫开口问，“你清新如花一般！”

“什么花？”格蕾丝是一位园艺爱好者，对园艺极富热情，也是一位业余演员、厨师和女主持人，充满激情的那种。她专注地从事过一门具体专业吗？有过，很久以前；她曾经是一名教二年级的教师，后来她有了自己的孩子，孩子占据了她的主要精力。

“什么花？绣球花，”古斯塔夫答，心中那份喜悦甚是让他自己吃惊，“你的眼睛。”他解释道，更让他自己吃惊的是，这次他内心莫名涌起一股欲望。

她眼睛上翘，确实是一种紫罗兰色；肌肤只是有些许细纹；头发是灰颜色，一把铰链梳束起，留了一些在铰链梳外面；体形不算结实，不过，你在期望什么呢。

“我叫格蕾丝。”她说。

“我叫古斯塔夫。”他说，带着冲动吸了一口气，“我想认识你。”

她笑了。“我也想认识你。”

格蕾丝用的是她北安普敦人流行的一种修辞习惯——省略语：省略掉那些很容易补充的字词。古斯塔夫，顿了顿，静静把她省掉的话给填上。接着，他一鞠躬。（他后妈出生在巴黎；他为她高卢式礼

---

① 科德角（Cape Cod）：在美国的东北部。

节感到骄傲——除了在一所鲁昂[①]小学执教五年外——他整个一生都生活在波士顿一角，一处叫戈多尔芬的地方。）

格蕾丝希望这个弯得像名餐厅领班的小个男人这会儿用他的胡须梳理她的指头——但没有。不过，他告诉她他是一名教授，教科学史。她眼睛睁得大大的——一种训练有素的神态表演，虽然也够真诚。在北安普敦，她的朋友们（一大帮朋友）中有编织匠、护理医师、整体医学提倡者、歌手，当然也有教授。不过，科学史，事实是科学也有着它的历史——不可思议，她之前还没注意到。哥白尼？哦，牛顿，还有爱因斯坦，对，再就是沃森[②]，再有那个他，叫什么名字来着。"克里克[③]。"她颇得意地说了出来，昂着她的头，一副调情的模样……

"你脖子不舒服吗？"

……哈尔·卡瑟暗示过的不只如此。她伸直头，像淑女一样握他的手……

古斯塔夫写过迈克尔·法拉第的传记，法拉第是十九世纪著名的科学家，虽然格蕾丝对他一无所知。一谈论到法拉第这位没受过教育的装订商如何受自我自觉激发进行科学探索时，古斯塔夫的情感里略有些夸耀劲儿。要是谈及他亡妻，他表现出较淡的情感，不过，他显然鳏夫很长时间了。

在北安普敦，格蕾丝在一家收容所做志愿者，照顾那些只能偶

① 鲁昂（Rouen）：法国北部港口城市。

② 沃森（James Watson）：20世纪分子生物学的带头人之一。与莫里斯·威尔金斯和弗朗西斯·克里克一起获得诺贝尔生理或医学奖。

③ 克里克（Francis Crick）：英国生物学家、物理学家及神经科学家。最主要的成就是1953年在剑桥大学卡文迪实验室与詹姆斯·沃森共同发现了脱氧核糖核酸（DNA）的双螺旋结构。二人也因此与莫里斯·威尔金斯共同获得1962年的诺贝尔生理或医学奖。

尔上学的儿童。“被遗忘的孩子，只因为遭到他们母亲抛弃，”她说，“那些母亲自己被孩子的父亲抛弃。”古斯塔夫面部抽搐起来。当她继续描述必须和这些年轻人一起坐在地板上，指导员和学生都蜷着腿坐在脏兮兮的油毡上时，古斯塔夫那份轻松陷入一种同情氛围中。她设计过一个室内窗户盒，高高架在临时的地下室教室里；她教过水仙花的生长周期，“水仙花的传记，可以说是”，包括一些错误，古斯塔夫轻轻指了出来。格蕾丝感激地点点头。“我在大学从没有学过植物学。”她坦言。威奇托大学，她具体说道；后来，她想提怀俄明大学，不过，他大概不是这就是那总听错——他对西部一直认识模糊。

古斯塔夫的一位律师朋友在黑黑的起居室为他们主持结婚仪式。之后，格蕾丝和古斯塔夫的妹妹在苹果树下喝着香槟酒。“噢，格蕾丝，你看上去好平静。你能驾驭他的小暴躁。”

“什么？”格蕾丝说，想转向面对她这位新小姑，但没法把头转过肩膀。戈多尔芬一位美发师建议庄重的法式塔尖型发型，这发型紧掣着她的颈项；汉丽埃塔催促她戴白色薄纱草帽；格蕾丝自己选的婚纱，绣球花的蓝色，只剩的一件尺码过小。她的孙辈和他们的父母一起乘夜班航班从洛杉矶飞来，孙辈们对他们邋遢祖母的变身感到惊诧——可是，她头发去哪了？“什么？”僵直的格蕾丝又说了一声；不过，古斯塔夫的妹妹终于忍住，没往下细说，因为她没法去提古斯塔夫的第一任妻子，这位前妻去年一月在鲁昂去世了，但数十年前就跟古斯塔夫离了，因为一位法国药剂师的诱惑，这位前妻爱上了这位药剂师。

古斯塔夫和格蕾丝在巴黎度蜜月，尽情自我享受着——带庭院的酒店，星级餐厅，吉维尔[1]小镇一天，凡尔赛一天。他们还听了一场有关苯新用途的讲座——古斯塔夫感兴趣的课题；格蕾丝，法语基本不懂，科学知识更不懂，对聚集在巴斯德研究院的神情阴郁的人群感兴趣。他们都喜欢新的散步广场和新的博物馆，他们还坐在圣礼拜堂里两小时，聆听一场音乐会，演奏用的都是老式器具——两支八孔直笛、一支长笛和一把古大提琴。古斯塔夫不去想他们酒店房间的一团糟，还有时而令人疲惫的欢愉，带着这份欢愉，格蕾丝迎接每次新探险。格蕾丝放下自己对古斯塔夫的恼怒，古斯塔夫习惯性地每次都会焦虑菜单上的每道菜——真那么要紧啊，奶油多少，黄油多少，我们都得死在什么东西上。光线从明亮窗口洒了进来，将他修剪的胡须变成了金黄色，她凌乱的发髻也一样。

现在，九月份了，已经开始上课。古斯塔夫每周星期一、三和五九点钟开始教诗人班物理学。同一天十点教授应用化学。星期四傍晚，他给科学哲学专业的一个研讨班上课。不过，后来，格蕾丝建议……古斯塔夫反对……她坚持……他从了。于是，第三个星期起，研讨会的课改在褐色木瓦房里上。格蕾丝烘焙好两份苹果馅饼，用温热的果酱拌着吃。学生们重新回顾一番上星期六的足球比赛。古斯塔夫——和格蕾丝一样，坦言自己很不喜欢足球——安静地让交谈继续着，直到每个人都吃完馅饼，然后，他会将话题转到阿基米德。格蕾丝坐在起居室的一角，织着东西。第二天是他们婚后的第一次离别。古斯塔夫在芝加哥有个会议。他计划上完应用化学后就搭一辆计程车去机场。那天早上一早，他把要穿的衣服整理进他的手提包，占了手提包的一半。他读报纸时，她沿苹果馅饼边角用锡箔纸将

① 吉维尼（Giverny）：巴黎西边的小镇，印象派大师莫奈在此度过晚年。

馅饼包上。他们在门口吻别，他的目光注视着她昨晚坐的角落。椅子上仍然散落着针织书和线团，还有她正在织的毛衣，肯定是在给他织。她已经给他织了一件灰色的。这次羊毛是玫瑰色。他转而凝视了太大微笑着的脸一会儿。“星期天见。”他说。

“噢，我会想你。”

她真的想他了，马上。要不是她来了客人，古斯塔夫离开半个小时后，几个北安普敦的老朋友来看她，包括哈尔·卡瑟，她还会继续想他。哈尔从他现在栖身的巴塞罗那来看她。他星期天就要回西班牙。哈尔——精通破碎的十九行诗，开创了十三行短诗；还有，哦，诗意韵味的头发扫着他的眉毛，大部分头发仍呈褐色，他只比格蕾丝小八岁。长长的手指擅长笔头写作和钢琴，但不擅长敲键盘——文字处理器扼杀创作，他会这么告诉你，也会告诉你其中缘故，长篇大论一番，甚至在床上也是如此。

古斯塔夫的竖式钢琴本该要调一下音。格蕾丝原想打电话给什么人，但是她一直太忙，忙着种菊花和订购鳞茎植被，还试着回想起她高中学的法语。总之，这四个人一起玩音乐。李和李，这对夫妇带来了哈尔，还带来了他们的小提琴。格蕾丝在还没打包的杂物箱里翻找，找到了她的录音机。然后，她酿辣椒。他们搜索了一番古斯塔夫的**地窖洞**。他们终于躺上床——李和李住空出来的房间，哈尔睡古斯塔夫书房地板上，格蕾丝呢，和衣睡在婚床上。星期六，他们开车去瓦尔登湖，去北海岸；星期六晚上，剑桥的朋友过河赶了来。这次格蕾丝做的是蔬菜通心粉汤，盛在另外一个平锅里——盛着辣椒的罐子仍放在台面上。

哈尔想知道，这么一座禁止隔夜停车的城镇，这么一间阴暗房子，格蕾丝在做什么。这么一条夜间停车禁令有一种惩戒。还有，格蕾丝嫁的这位丈夫来得这么突然——不管怎样，他会是谁？“她在一动物园里捡到他，在一只山猫跟前。”李和李告诉他。他希望他们两口子有心性扭曲的艺术习性。哈尔很爱格蕾丝，就像一位受宠爱的弟弟对他姐姐的崇拜，或者说，一个贫寒同事的同事间友情——多年以前，他和她在同一家试验小学教书，这所学校要求教员尽心尽责，但不强调教员的学位。(哈尔的确拥有硕士学位，但格蕾丝不屑上大学。) 哈尔觉得格蕾丝看起来很美却心气不定。她的新伴侣分享她对违禁品的爱好吗？他了解她偶尔需要无征兆突然离开吗？还好的是，她总是会回来……哈尔说剑桥人带大麻时，格蕾丝的眼睛跳跃起来。不过，现在带大麻到这里没以往那么容易了。在巴塞罗那，你都能在烟店里捡到大麻，虽然，有时，那东西很脏……

这一批货还好。他们所有人一边谈一边吸；还背诵诗歌；过了一会儿，他们玩起字谜游戏。就像过去的好时光，他这么想。他希望汉丽埃塔也能来。“在她嫁的那个吹毛求疵的人眼里，我一无是处。”汉丽埃塔咬牙切齿说过。不过，那个吹毛求疵的人这会儿人在芝加哥。

就像过去的好时光，格蕾丝同样也这么想。还有，他们玩起游戏都特别聪明；这一轮就尤其玩得聪明，李和李裸着，背靠背，而她，全身穿着衣服，匍匐着穿越起居室。奇怪的是没有一个人猜中“罗斯福新政”[①]。更奇的是没人吭声，可之前还有好一阵子欢快的笑声；再

① 罗斯福新政（New Deal）：指1933年罗斯福任美国总统后的一系列经济政策，核心三R：救济（Relief），复兴（Recovery）和改革（Reform），也称三R新政。

就是哈尔，那个才华横溢的男人，把两根手指头伸进嘴里，吹口哨来着。对着这个李吹？还是对着那个李吹？于无声处，格蕾丝蜿蜒向大厅匍匐，眼睛往平视的地方望，一双擦得锃亮的鞋子。紧身裤挽起在鞋子上方。她抬起头，这是一条鳝鱼从来不会做的动作——也许，她这会儿类似一条蠕虫，破坏着整个场面。绕着裤子的皮带是古斯塔夫的——是，她给他的那条皮带；皮带有一个铜扣，中间闪亮着类似绿松石凸出的椭圆饰物。皮带被挂在他皮带架上；放在不同长度，不同扣眼的黑色皮带和棕色皮带中间，这条皮带简直像一个神明，即衣橱之王。可现在，在黑裤子之上，条纹衬衫之下，它就像裁缝出的错，配搭得不怎么协调……

她仓促站起身，感觉自己正盯着古斯塔夫的衬衫看。他的夹克去哪了？哦，晚上暖和，他一定是脱掉了，人不声不响地进了屋。他回来得比事先计划早了十五个小时。她目光横着扫过去。是，他放——不是扔——他的夹克在客厅椅子上了；他放下——不是掉下——他的手提箱在椅子边。她又回头看她丈夫。袒露的衬衫上有一块大大的污渍，粗略的三角形状——这形状，她判断，楔形馅饼的形状。她用颤抖的食指摸了摸它。

“你的那块柔软小礼物——漏了。”他说。

他环视他的起居室。那对裸着的夫妇参加过他的婚礼，喝过他的香槟。知根知底的两口子。

他们名字押韵。其他人，他之前从没见过。

一个骨感小子，额头刘海是灰白色，往前朝他走来。

“古斯塔夫，我想介绍你认识——”格蕾丝先开口。

“叫这些人离开。”他咆哮了，她之前从没见他这样。

这群人于是逐渐离开，就像溢出的布丁……李和李先动弹，彼此穿上衣服，合上自己过夜的箱子和乐器，路上吻了哈尔，还吻了他们的过夜停车费单，直扑向他们的轿车。他们没吻格蕾丝。剑桥那一群人没吻任何人，走了。不过，哈尔——他有他主张。他比古斯塔夫高一个头。他伸出一只手。“我是——”

“再见。”

“听着——”

“滚！”

哈尔人也出去了，他的小背包在他左手上，右手臂弯挽着格蕾丝。最后一刻，格蕾丝转过头，好像在看古斯塔夫，去恳求他，可能——但，不是，她只是要从大厅桌上抓起她的钱包。钱包旁，她看见一捧花束。甜青豆，满天星，一枝非洲菊。这花束，没有想象力；他一定是在机场货摊上径直挑现成买的。

古斯塔夫爬上楼。客人们显然大部分时间在一楼闹腾，除了空出来的房间里尚未清理的两张床，他们用过的唯一迹象是浴巾像水涡似的落在浴室池砖上。他进了他的书房。他的眼睛飞向书架，架上，厚厚绑定的书稿间，以原稿形式，立着他的法拉第的传记，他还在寻找一家出版商。没人偷它。地毯上躺着一本书——打开着，面朝下。他弯着腰，辨别出是一本西班牙语法书。他踢了一脚那书。

回到楼下，他热了些蔬菜通心粉汤——自他迅速决定放弃那个无聊的会，早些回家起，他还没吃什么东西。这汤很好喝。他找着一个结点——这房子仍闻得那么香甜——不过，这群人显然已经吸食完他们所藏匿的东西。他确实找到，在一个角落，一支八孔直笛，但是,他不会吹那个。他把所有餐盘和玻璃杯放进洗碟机里。他努力想把一个罐里剩下的辣椒刮出来,然后把罐子浸泡了。他用真空吸尘器吸尘。接着,他又上楼,脱下衣服,脱在地板上——很吉卜赛、很迷人——溜进格蕾丝通常睡的床边——带着一声叹息,很像上年纪人的叹息声,他笨拙地靠背躺下。他在想——想法一点没有宽恕余地——但并没有妨碍他入睡。

不过,几个小时后,他发现自己醒着。起身,他又走了一遍房子。他把西班牙语法书丢进垃圾袋,早些时候,他就有丢进一些东西,然后,他拖着垃圾袋出门去车库,这会儿早上三点钟,他穿着条纹睡衣,站在照明灯下干活,他知道要是谁这时看见他,谁都会当他疯了。那又怎样呢。他们邻居认为他们是一对可爱夫妇;在鱼市,他无意间听到这么一个绰号,挺有损他人格的。他宁愿疯掉而不是可爱。他重新锁好车库,回到房子里。他满脑子很肯定的是,他神经错乱了,只是因为一个女人的迷人眼睛就娶了她。他错把爱玩闹的习气当作持久的魅力。她只不过肤浅轻薄,没人看管……他脚步重重地踏进起居室。那件还在织的玫瑰色毛衣所放的椅子上还多了一个酒瓶子,这瓶酒,葡萄好,年份好啊……空了。他甚至想狠狠地把毛衣针给扯了。纱线仍然圈着;他想把纱线散掉,弄成一大团线圈。等她回来,她就发现已经成了一个法拉第感应圈的复制品,粉红色的。回来?她会回来收拾她的衣物和她的意大利炒饭锅,还有她一直想种的球茎植被。他拾起那件毛衣。这毛衣应该适合十岁的人。真侮辱人的颜色,真侮辱人的尺码……他回到床上,躺在那。

格蕾丝也一样,醒着。酒店客房漆黑一片,散着臭气。哈尔睡在她旁边，没有动弹，没有打鼾。他一直都是一个睡得很沉的人。他对凡让他开心的事都很投入。她无论如何都不会随他去巴塞罗那，像他昨晚随意说说的那样。（他甚至要她去楼下酒店酒吧买喝的；她想她还得付这房钱。）总之，她把她护照落在了古斯塔夫最上一层抽屉里，搁在他护照的旁边。她希望他会把护照帮她寄到北安普敦——她还好没有卖掉她在那的房子。谢天谢地，感谢上苍，感谢神明。她希望他会把她所有东西都寄给她，不带什么强迫性言词。她不再需要他。她也不再需要哈尔：昨天晚上用了他的牙刷就够了，接着，他的床，这会儿睡着呢——唉，睡不着——还穿着他一件没洗的衬衫。

只有昨天的内衣裤，太恐怖了。腋下没有剃毛就够恐怖：难耐的内裤，更是恐怖。星期天，商店几点开门营业？她很想溜出去，上商店买件新针织衫，也许吧——这样能提起她的精神。她记起给她孙女织了一半的背心，还落在椅子上；她希望古斯塔夫能把它也一并寄还给她。

“爱米丽……”哈尔喃喃道。

“格蕾丝。”她纠正道。

要是她已经回到北安普敦就好了，那儿每个人都有需要，人们需要她。她宁愿自己从没去过科德角那个野生动物保护园，宁愿从来没停下脚步去看那对狐狸。她宁愿自己没嫁给一个男人，只是因为他博学，彬彬有礼，尤其在他显露出迂腐、守旧，而且道貌岸然的时候。

那个星期天，古斯塔夫时不时想打电话给他们证婚的那位律师——她恰好专攻离婚案。但没有，他反而读起报纸，还观看了一场足球赛。好棒的一项体育竞技：智慧领引下的力量博弈。他在备明天要教的课上，在这堂课，他和学生要模拟法拉第在电气化方面所做的最早几次实验。他们全部人都得带着锡箔纸包裹满的充着水的胶片盒，盒上安有一枚凸钉。这些就是最初的莱顿瓶[①]，里面储存着电。窝在铝制饼锅里的塑料餐盘可能产生电——这些孩子也会带上这些产生摩擦的物件。他早早上了床，能看见一轮低低的秋月照着对街的双重斜屋顶——还好，只有上半部分看得见，不过他可以补全剩下的那部分。

格蕾丝买了一件黄色针织衫，和其他东西放一块。她不紧不慢地回到酒店，看到哈尔已洗了澡，脸上挂着微笑。他们去河边散步，走了很长一段，其间，她听他就魔幻现实主义和换喻[②]话题发表着自己的观点——她早忘了换称指什么，她坦然说。“用诨号而不是专有名称，”哈尔说，“‘吹毛求疵的人’，比如。”他跟她讲西班牙中世纪的闹剧，跟滑稽剧有关联。就在她觉得她头疼得要炸了的时候，也是时候把他放进出租车送去机场。他好像有足够的现金付出租车费。车发动，哈尔从开着的窗户探出头。“我的公寓在兰布拉斯大街附近，巴塞罗那最好的地方。”他嚷道。格蕾丝挥手送行。出租车消失了，她的头疼也随之消失了。

她回到他们的酒店客房，现在是她的啦，她读了读报纸，然后，在电视前享受了一个人的晚餐，观看着那天下午足球赛的重播。不错的抢断！屏幕上的男生好不勇猛。不过，古斯塔夫也够勇猛，可不是，

---

① 莱顿瓶 (Leyden jar)：荷兰莱顿大学的一位教授在1746年的发明，是世界上第一个电容器。

② 换喻（Antonomasia）：英语修辞的一种，常见于宗教历史文学中。一个专有名词，如果具有某些家喻户晓的特点，它就可以成为某种象征。

蔑视人，够能耐，赶走不受欢迎的狂欢者，让自家房子清净下来。他的脸好红，当哈尔很戏剧地朝他伸出手时……他觉得委屈了，是不，或者，觉得自身也有错；也许他认为是她召集了她的朋友，也许他认为他让她失望了。要是她再见到他，她想告诉他哈尔孤独漂泊的经历。她会告诉他可怜的李和李满满一谷仓的绘画作品滞销，要是她再见他的话……她穿上她新买的睡衣，上床睡觉。她能看见马萨诸塞州议会大厅圆屋顶的弧度，正好可以想象整个圆屋顶的面貌。

上课的教室呈三角形。教室前台上立着讲台和实验台，处于三角形顶端，也是教室最低的地方；略带弧度的课桌同心方向排成行，向上辐射到教室后面。每张桌坐三个学生。教授讲课时站在讲台上，要演示时，走到实验台。他和学生们使用一模一样的自制设备。他讲课和演示时——生成电荷，储存它——学生跟着仿效。课堂上，笑声不时按他控制的节奏响起，而且时不时有学生发出激动不已的话语，整个课堂气氛让人满意。这些诗人中只有一些很可能会选择改弦换章，成为物理学家，不过，他们中没有一个人会蔑视科学。“法拉第用同样简陋的设备做他的试验，”他提示他们，“而且，坚持信念，最终做成了。信念——现在谈，似乎很过时——当时就是他的支柱。”

最后一排的女士，一个人坐着一张桌，没有饼盘或胶片盒，希望她也一样进行试验，她会遵从慎重且亲切的声音给出的指示行事；不过，大部分时间，她又听到那个故事，仍让她惊讶不已，亲切的声音在讲述年轻卑微的法拉第如何开启他一生探求科学的旅程。“他认为上帝的存在体现在大自然的设计中。”小个男人愈发兴奋起来。他看起来容光焕发。

终于，他注意到穿黄色针织衫的那个人，禁不住回想起在巴黎的一个下午。那个下午，阳光从彩绘玻璃折射进来，产生出同样鲜艳的黄颜色，还有，他的伴侣在聆听风声和弦乐飘浮空中时，嘴唇微开。她非常兴奋，她人提升了，她大方地把他带在她身边……

这节课在赞叹中结束；这班青少年散去；教授整个人稳稳坐在来访者边上的椅子上。

他们看着彼此好一会儿。

“我叫格蕾丝。”她终于开口。

“我叫古斯塔夫，”——而且他心跳跃得厉害，“我想……开始了解你。”

又一段长长的停顿，此时的他终于意识到，这么雄心勃勃的事其实存在危险，因为他也应该被她了解，还有他不光彩的秘密也该向她坦白，以及他老套过时的信念也该这样。他们要容忍必要的失望，还要学会给予必要的宽容，用心留意哪些话题会让对方难堪。格蕾丝的脑子也运转着同样的话语。彼此选择承担风险。古斯塔夫抚摸格蕾丝可爱的脸颊来表达他愿意；格蕾丝没用省略语来表达她愿意。“我也是。”就是她说的全部。

瓦莱丽

德斯蒙得·查宾开门，一位大约四十岁的女士，瘦瘦的，穿着朴素，鼻子翘起，头发泛红，梳起的发髻紧紧的。“小姐……”

“瓦莱丽·戈登。”她说。

“新保姆。”

“是的……要是我们都彼此适应的话。”她略带加拿大口音。

“你让我想起什么人。”德斯蒙得说，引她进了客厅。瓦珥没回答。不过，他继续深入。“玛丽·波平斯[1]？”

她摇摇头。“我不像玛丽·波平斯。我有时爱幻想，但我不施魔法。我喜欢待人有礼，但不太在意礼节规矩。”

这是瓦珥进入保姆行列的第一次面试，她把它当作一次彩排。

① 玛丽·波平斯（Mary Poppins）：英国女作家特拉弗斯创作的玛丽·波平斯系列的童话主角。

她只有办公室文书从业背景给雇主作参考。她和黛波拉·查宾握过手，后朝四岁大的双胞胎男孩打招呼。两男孩咧开嘴，咯咯笑出声。

"我和双胞胎挺有缘的，"她说到两男孩，"小家伙，你们看，我是……"

不过，双胞胎两都已经跑出去，到围着栅栏的后院里去玩了。

德斯蒙得问她为什么办公室工作不做了。工作太过重复，已做了二十多年，她告诉他——太后悔了。是，她会打理简单的家务；是，偶尔做些简单晚餐；是，简单修理。"简单的修理活。"她明确道。

黛波拉记下瓦珥推荐人的姓名，都是她的办公室主任。

德斯蒙得说："我不明白礼貌和礼节的区别。"

"噢……一种是天生的，另一种是养成的。"

瓦珥离开了这次彩排。她猜黛波拉写字用的是隐形墨水。不过，第二天，他电话邀请来了——"我们甚至更想的是，"黛波拉说，"你愿意和我们一起住，薪水一样。你再考虑考虑？"

"我不愿住进去，对不起。"

叹气声。"总之，我们打算雇你。"

瓦珥的新工作开始了。

查宾夫妇给她配了一辆带有两辆儿童助推车的小车，告诉她就把它当作她自己的好了。她有时开它，虽然绝大多数时候她和两男孩一块出去坐公交、有轨电车、地铁，或者走路。此外，因为她的公寓没有停车位，她把这车一直停在查宾家的停车位上，自己走路上下班。如果查宾夫妇要她晚上看孩子，晚班结束，她就独自离开，不去理会德斯蒙得的危言耸听。"我知道老戈多尔芬这地方安全，这儿最危险的是橡树叶食叶虫，危险着呢，瓦珥……开车送你，也就只一分钟。”但是，每次，她都说不必，然后自己一人大步流星拾路而走，到门口扭过头，给他一个自己很久前超完美的顽皮一笑。他大概不怎么看见她这样一笑。她散着步走回家，一路平安无事。

她和查宾夫妇相处五年，直到他们破产。她原本可以再待久一点——一对胞胎都很喜欢她，她总能区别哪个是哪个，她自己有积蓄，大可以不带薪再维持一阵子——但是，不能这样，这会让他更觉耻辱。德斯蒙得说；再就是，总之，他们打算要搬出城去住。

查宾夫妇把瓦珥介绍给了格林夫妇和他们的三个小女孩。格林夫妇马上雇了她，尽管他们有些失望，就是她不想同住，占用他家偏僻的阁楼。不过，瓦珥仍不想搬离她的地下室公寓。冬天，附近有个锅炉，人能领略锅炉传递的温暖；夏天，因为房间半掩在地下，人可享用房间的凉爽。阳光微薄，像信封似的滑入她一扇又一扇高耸的窗户，它躺落在地板上，仿佛在等候人来拾起。独处、寂静……入住雇主家的话，会让她常听到声响和走动，即使在彬彬有礼的家庭里，也难免不受干扰。在格林家做保姆，一干就是好几年，她做得挺满足。不过，后来，两口子的工作需要他们前往华盛顿。格林和瓦珥坐在厨房餐桌旁，他说：“考虑一下，和我们一起去吧。首都那……”

“不了，不过，还是谢谢你们。”

宾尼叹气。“你可是个宝。我真希望你有个双胞胎呢。”

瓦珥看着她的腿。

“我有位朋友怀孕了，”宾尼说，“此外，拐角处有户人家，乱成一团，需要一个保姆才行，虽然他们还没意识到。你的电话会响个不停的。”

倒也没有。她去一家接一家人那面试的同时，她真就接到一些雇佣邀请。有户人家，住在戈多尔芬边上，跟西部市郊相连——她得坐两站路才能到那儿。还有户人家，给家中四个孩子安排了一大堆作业和活动项目——瓦珥宁愿成为他们的司机。第三户人家，有个患病的孩子，这孩子需要持续看护。重担在身的孩子妈妈默默地恳求她能来。但是，瓦珥坚决地说："对不起，但我知道我不适合你这里的工作。"

是，她找了一份临时性的保姆工作——有对夫妇，带一个三岁孩子，这个夏天待在戈多尔芬。她想，她可以等到秋天再开始找下一户人家，不过，她的保姆方式大概会让她事与愿违——就像德斯蒙得·查宾之前察觉到的，带女家庭教师范的保姆不时兴了。还有，时至今日，她的肤色和年龄使得她不太适合出现在操场。从乌干达和布基纳法索来的美丽女人被误以为是青少年，她们单薄，皮肤光滑，坐在长凳上，注视着她们自家的小家伙，同时，她们试图拉她和她们一起交谈，可是，说着说着，她们很快就又用起她们自己的方言说了，或者在说法语，她们的小家伙也不怎么接近瓦珥看护下的三岁宝宝，这个宝宝挺害羞的。英国来的保姆躲开她，仿佛她是什么女校长似的。北欧来的对她笑，仿佛她是只宠物似的。妈咪们——他们中有些，同样，待人粗鲁——完全不理她：她们太过忙于夸奖自家孩子，仿佛她们打算有朝一日要出售自家孩子似的。

她挺想念格林一家人。他们搬走前，他们家的三个女孩去公园或其他什么地方都不需要监护——父母外出时，她们只需要有晚餐吃，偶尔催促她们做家庭作业。不过，她们渴望她的陪伴，尤其在睡觉前。她们想听瓦珥编的故事，这些故事往往涉及她们小时候。伦理困境个案史，瓦珥这么称呼她的这些故事。女孩们称这些故事为瓦莱丽。故事发生在若隐若现的中世纪城市里。皇室住得很遥远，中间没有浪漫爱情故事，也没有藏宝寻宝的事；不过，有时穿插魔法幻术，偶尔提个问题埋伏笔。有一则瓦莱丽故事说，有个女孩妈妈患病了，特别喜欢吃毛毛虫三明治：这个女孩必须要做这种三明治吗？还有，之后，她与人一起分着吃吗？还有一则故事，一个六岁小男孩想看杀头是怎么回事——要捍卫道貌岸然的伪善，瓦莱丽世界里实施的刑罚。小男孩年纪小，不该看杀人流血的事呢，还是他看了会得到启发，有朝一日参加反死刑运动？再有，有位贪婪乡绅，变成了一头公牛，他应该被人牵去耕地呢，还是受惩罚变了形就够了？

是的，她想念格林一家。她想知道这个星期一早上他们在做什么……他们在华盛顿交朋友了吗？她仍想念查宾家的双胞胎，他们差不多在上高中了。她想念那个三岁小宝宝，小宝宝现在已回到加利福尼亚。不过，在意失去的过去而导致她精神恍惚，她为一个孩子不再出现在自己视线里而追悔不已……这类感触从没妨碍她行事。九点了，她最好赶紧点。十点有个面试。

面试时，全家人都在场——做父母的，还有他们两个女儿加一个儿子。分别为九岁、七岁、五岁。做父亲的在本地大学教书——某种数学专业，他勉强透露了一下。“拓扑学。”他左腮有个草莓痕迹，有损形象的程度也就和衬衫上有个斑点差不多。当妈的挺娇小，差不多近儿童身高，一头苍白的头发，挺凌乱，鼻子又长。“我不工作，”她说，“我不去工作。”她改口，虽然小男孩——最小的——太过单薄，还没看她的眼睛。“你的推荐人，”杜普雷教授语气很平地说，“无可挑剔。”他们破旧的联体别墅坐落在戈多尔芬临近波士顿的一端，离瓦珥公寓就一小段路走。

不过,与杜普雷一家同住,是她受雇的条件之一。

她的原则已变得相当灵活。这家人没有欢乐,于是她猜想他们也没多少闲聊时间。也许她仍可以享有寂静无声和独处一隅。而且,戈多尔芬夜间越来越不太安全,至少女性不宜单独走路。有位开发商新近买下了她公寓所在的房子,很可能会改为托管公寓。

她随杜普雷教授走下一段危险的楼梯。其他人也结队跟在其后。他们进了一组房间,都跟她自己住的相似,甚至有高耸的小窗户。光线也同样很客观地一泻而下。

“好。”瓦珥说,“但我租约在身呢。”她记起来了。

“违约会有罚金。我们来付。”教授说,“你周四和周日休,每天二十四小时。”

劳役的一种文明方式。不过,自离开家,她从没有过多沉浸于社交生活——偶尔,和她几个朋友中的一位一起去电影院看场下午场而已。

“我们不常出去,戈登小姐。”教授的妻子说。直呼名字可能不是这家的规矩。

“他们根本不出去。”文说,九岁那个。

“不过家务事得要再找个成年人。”教授说。

“要是上帝真想要人生三个孩子的话。”杜普雷太太开始说道。

“他会再造第三个爸或妈。”小利亚姆来收尾,这次他真的就看着瓦珥说。

要是瓦珥真想和满屋子的大人、小孩,还有臭虫 (杜普雷家好几扇屏风都需要修补了) 一起住,她大概永远不会离开她自己闹腾的家人,他们一直住在多伦多那间摇晃破旧的房子里,谁都没有自用的单人房间；她能看到一代又一代的轮转；她会编瓦莱丽故事给孩子听，无论孩子们在哪儿。二十岁时她离了婚，她要的是一个人的生活，和一户人家相伴，这户人家只在咫尺之遥。她领悟到这点有一阵子了，可不是，和查宾一家，格林一家，还有今年夏天的那个小女孩……她猛地拍死一只蚊子。此外，飞虫穿过屏风飞进来。她厨房里有甲壳虫，厨房顶上的那间也一样。这家人避开直呼人名，所以她用代词称呼她雇主一家。他、她、他们。他们这对。

他个头挺高，不甚整洁。她自己还是孩子。她做的饭菜不是烧糊就是夹生，扣子常缝错衣服。（"你这是要开启一种新穿衣风格。"瓦珥安慰费伊，这家老二，女儿，对着一件缝着拴扣的羊毛衫感到沮丧。）她起头做这做那，接着，就都半途而废，也不在乎虫咬肆掠整个屋子。只和孩子们在一起时，她才感到自在；慢慢地，她也和瓦珥自在起来。

这对夫妇之间没什么激情。没有愤怒，没有怨恨，没有欢喜。他们大概有自己的兄弟姐妹，为了照顾那些弟妹，不得不节衣缩食的生活。至于自己的三姐弟孩子，都懂事听话，他们很快就黏上了瓦珥，不过，每个孩子都小心翼翼地分享和瓦珥在一起的时光，好像他们之前达成过什么协议似的。

两女孩自己走路上学。瓦珥带着利亚姆，利亚姆早上得去不同的学校。他停下来盯着看东西，瓦珥就静静地站着他一旁。他盯着一堵不规则的石头墙看，这堵墙不是用灰浆泥而是用岩石纹路层次巧妙建成的。他喜欢看花蕾啦，似开未开的花瓣啦，盛开的花朵啦，还有芙蓉花掉落的椭圆形花瓣。他隔天会念叨每一朵花的变化。他蹲下去查看狗狗拉的臭臭。"这条狗的主人没收拾他家臭臭。"瓦珥说，“他应该带一把狗粪铲跟着他家的狗。”

“这样，我们就看不见这些狗狗的臭臭了，”小男孩说，“要去猜他肚里怎么回事。”他说话简洁到位。她认为他是某类天才。三个儿女都早熟——就是不能干的杜普雷太太也好像一个很聪颖的十二岁孩子。

附近操场矗立着古怪的雕塑。利亚姆经常笨拙地爬上一尊石头乌龟，专注地数着什么，空气微粒，大概是。瓦珥坐在一张长凳上，不过，通常聚集在那的大人都不太理她。那年夏天，他们去那个操场很多次。至于中午饭，利亚姆就吃一根萝卜和半个三明治。她不知道他怎么就会喜欢毛毛虫。

在家，瓦珥鼓励孩子早上自己叠床：她鼓励杜普雷太太整理他们的夫妻床，偶尔掸掸灰，打扫一下。瓦珥自己用真空吸尘器清扫地毯，地毯图案数十年前就没影了。最后呢，是瓦珥上商店买东西，做饭菜，打电话给职业灭虫人员，找人把后面的楼梯修好，记得把钱留在超大餐桌上，支付每星期上门打扫一次的清洁女工。（这家人现金随意放在一个厨房抽屉里，每个人都能拉开抽屉；瓦珥从抽屉里自己取薪水。）那张大桌子很可能是和房子一起买下来的。客厅里的藤制家具，没有搭配的饰垫——大概从商誉家具店买的。

十一月，一个星期六，她建议去一家大型折扣店买新校服。瓦珥开着杜普雷家的小车。她要求三个孩子都得穿戴得体。利亚姆喜欢马德拉斯格纹衬衫，瓦珥就买了三件这样的衬衫，每件都与其他两件有所不同。杜普雷太太逛了一番青少年服饰，找了好几条海军蓝连衣裙，应当给法国孤儿穿的连衣裙。瓦珥替她买了六条。

过了好一阵子，她才继续开讲她的瓦莱丽故事。这三个孩子，都是天才读书人，但仍然喜欢睡前有人大声读书给他们听——至少两个女孩子喜欢，客厅里，柳条长沙发上，一边一个蜷缩在瓦珥身边。脚凳上，利亚姆会盯着变黑的壁炉看。三个孩子喜欢没有删减的《格林兄弟》：他们喜欢罗宾·麦金利[①]的奇妙幻想，带着他们复杂的心理。

有个星期三晚上："讲个故事给我们听吧，好不？"文说，"你很会讲故事；你简历上这么说的。

"好……我的故事并非真就是故事。"

"什么，怎么说？"

"互动困境问答。我们一起编造需要思考解决办法的情景。然后我们进行解决。再就是，我们从中进行选择，或者不做选择。"

"请讲。"文说。

"从前，"瓦珥说，"有一座安宁的村庄，村里有一间安静的房子，是家客栈。有个投宿的，来到这家客栈。他人黑黑的，性情安静：是个木工。他会雕漂亮的匙勺，长柄勺和纺锤，卖的价钱也公道。过了一阵子，他攒足钱买了自己的小屋，还在屋子隔壁建一个作坊——类似谷仓一样空旷，很大的地方，只有三边墙。村子里的小孩聚集在本该是墙的地方，观看木工做东西。

"一天，有个官员，是这个地区的王子手下，停在村庄边上，准备向地方官说说财政方面的事，或者庄稼的事。出了城，路上，这位官员路过木匠的小屋，走得很慢，因为这小屋挺好看的，他骑的马也这么想。作坊里，木匠在做一个木偶。几个孩子观看着。官员在马上

① 罗宾·麦金利（Robin Mckinley）：美国作家。她于1984年创作的小说《英雄和小丑》，曾获得美国年度最佳儿童新书。

勒住缰绳。木匠抬头看。两人眼光相遇。官员转过他的马,又往地方官家悠闲地小跑而去。

“原来木匠在王子地牢里待过,犯了罪,受过惩罚。不是一般的罪,是侵害儿童的罪。”一个人影爬过来,靠近沙发:她呀。

“官员的困境是:他要不要告诉地方官,他们中间有这么一个有过害小孩癖好的人?”

“他想啊,想啊。他的马收住了蹄子。他们都在盘算。”

“他应该说,要是这人害小孩的癖好还……还在的话。”法伊说。

“这类癖好少有完全摆脱掉的。”杜普雷太太说。

“木匠已经领罚赎罪过了。”文说。

“要是官员告诉了地方官,会怎样?”法伊问。

“那么,难题就从他肩头飞到地方官背上去了。”瓦珥说。

“地方官要让这座村庄知道这木匠的过去吗?”

“人们会避开这位木匠。”文说,“他得离开。”

“三面墙——每个人都能看见他做的东西。”利亚姆说。

“让他去,除非他砌第四面墙,”文说,“直到。”杜普雷太太纠正道。那是。没有手工磨具——这伙人没有穷追猛打下去。三个孩子散开了。他们娇小的妈妈也走开了。

第二天,星期四,瓦珥休息。她和一位朋友去看电影。星期五,杜普雷家少见的来了客人——另一家人,带着他们的孩子。瓦珥在做两个肉卷,让孩子们拌沙拉。虽然他们邀请她一起上桌吃饭——之前,在查宾家和格林家,受到同样邀请时,她一概婉拒。她站在厨房窗户边,透过她安放的屏风,望着变化了的花园。此时,冬夜月光下，斑斓绚丽的灰色调：不过，她知道她种的郁金香会在哪出现，还有后来种的葱类。

星期六晚上："请说，再来个困境问答！"法伊嚷道。接着，星期天，也一样，这次，他和她也都加入进来。他坐在壁炉旁的一张椅子上，表情严肃得像什么地方官似的。而她呢，坐在长沙发边上的地板上，利亚姆在脚凳上，两女孩靠瓦珥一边一个坐着。法伊摸着自己的胳膊。

一个星期好几个晚上，他们都是这么坐着，瓦珥也重新再说起以往说过的瓦莱丽故事，其中有些编的，有些根据真实或半真实事件润色出来的。终于，她记起的全讲完了。于是呢，又编些新的，润色些……

"有一座很大的镇子，依着山边建起来的，"她开始讲，"镇子喧哗、拥挤、繁华，绝大多数镇上的人都挺快乐，当然啦，也有些挺悲惨。那时候，人们都是一大家子一起过日子……"

"他们想丢掉一些孩子。"杜普雷太太说。

"他们人员过剩。"教授说。

"有户人家，人口特别多——九个孩子，搭上叔伯姑嫂，外加爷爷。他们没多少钱，因为他们谁都不想工作，不过，就他们手边有的，他们挺大方。他们有三头母牛和一些母鸡。通常，总会有人记得喂他们的鸡和牛。当妈的负责给家人做饭，做爸的负责房子的修修补补。

"就在这欢闹的一家人当中，有一对双胞胎姐妹，两人并不完全一样。一个挺有朝气，长着略微卷的头发，随意散着。人们都会忍不住爱上这个头发蓬乱的女孩子。另一个呢，也挺漂亮，总在责任感和期望乐趣的取舍间彷徨。她很有条理;一家人都信任她,交由她打理他们拮据的钱财家当。她一头直黑发,宛如甘草。

“无忧无虑的那个女孩子大概也有些浮躁。无论怎样,十九岁时,她发现自己有了孩子。孩子的父亲跑了。这类事也发生在她一两个姐妹身上过。家人接受了这件事,甚至称赞这事。新添的孩子,像其他孩子一样,也会是家里每个人的孩子。每个人都会照看这孩子。这事只是平添了这家人轻松愉快的幸福感……”

“不过这孩子出生——”

“有缺陷。”杜普雷太太说。

瓦珥咽了一下口水。“是,这个婴儿,女孩,出生畸形,有缺陷,有这类缺陷的孩子总是哭叫,怎么照看都无济于事,没有用。她有一头红色鬈发,”瓦珥的手拍拍自己的头发,“好像是一个诅咒。镇上巫师们想要除掉她。牧师们提出把她带到山远处他们的救济院里,把她和她一样的其他孩子放一起抚养成人。一位魔术师想把她变成两栖人。但是,家人不想听这些建议。‘希望,’他们说——希望是这可怜婴儿令人可笑的名字——‘希望就放在我们中间,我们会带大她。’‘她会过着我们可以给她的最好的生活。’”年纪最大、最懒的姐姐说。

“只有一个人没有出声——这个人预感到自己家人会因这事而日渐暗淡的境况,这个人在内心谴责家里成员的不负责任和健忘。”

“双胞胎中的一个。”利亚姆猜。

“明白她要负责所有照看工作的那个人。”文说。

“她应该接受魔术师的建议。一只不错的青蛙。”法伊说。

“或者牧师的提议。”杜普雷太太说。

“或者，甚至巫师的提议，安乐死。”教授说。

“不过，她不愿意听从这些，”杜普雷太太回道，“即便她——”

“那么她应该做什么呢？”瓦珥快速打断道。

“逃走。”五人立刻异口同声说道。

几个星期之后，一个星期天，下着雨，瓦珥在影院附近喝着茶，等着看一部新的阿富汗电影。一位男士正在穿衣服，他有次也坐在那边，面对着她。他牙齿已经坏了，不过，笑容依旧迷人。当然了，她认出他来了。

他们最近回到了戈多尔芬。瓦珥询问双胞胎的消息，还有黛波拉的消息。德斯蒙得问起瓦珥自己的情况。

我现在在一位教授家里当保姆，”她说，“我还是这家人的用人和管家。我发觉我相当喜欢这工作。”

“你住进去了？”

“……是。”

“这些年，我时不时想起你。”德斯蒙得说，“我还记得第一天见你，你让我想起玛丽·波平斯。不过，不是玛丽·波平斯，真的——是扮演她的那位电影演员，那位演员出演了好多电影，记得吗？是朱莉·安德鲁斯[①]。她曾经是一位可爱的英国纯情少女，多年后，她依旧可爱，值得敬重。你不是女家庭教师型，她也不是。你是伪装起来的交际花。

瓦珥对这样无礼的揭露不置与否。

① 朱莉·安德鲁斯（Julie Andrews）：著名演员，曾获奥斯卡金像奖、英国电影学院奖、艾美奖、金球奖、格林美奖、美国演员工会奖、全美民选奖等。

“你还是剪了你的头发，让它随意散着。更年轻了……你只有五十岁，是吗？”

“四十九。”莎丽也四十九，要是她没有因自我牺牲而死的话。还有希望……希望该三十岁了。瓦珥记得那次分娩的痛苦，大大的头带着它的红色毛发终于从她双臂间拱出来，让她立刻明白了，除了对妈妈的依偎这点之外，这个畸形婴儿永远无法像其他孩子一样生活。

德斯蒙得说：“戴着那条轻佻的头巾，我敢说你想让自己想起你过去少女时的样子。”

“是我流掉的那个女孩。”瓦珥说，声音低沉、平和。

电话阿姨

我十岁时，第一次吃生肉。我被带去参加一个成人聚会。我爸爸在参加外地举办的投资人大会，我哥哥在一位朋友家过夜；我的保姆最后时刻病了，或者说她确实病了。我妈做什么呢——就待在家？于是她带上了我。是一次鸡尾酒聚会，自助餐形式，主打粗裸麦面包上放鞑靼牛肉，还有一碗冰酸橘汁腌鱼——这可是三十年前，在人们宣布这些佳肴致命之前。聚会是普拉凯特夫妇发起的，他们是家庭理疗师：两个胖人，穿着相似的宽松衣裤，好像要证明魅力对于情难以控的性而言非先决条件。

九月下午，明媚天，我妈，我，还有麦洛，走路去参加聚会。我家，麦洛家，还有普拉凯特家，在波士顿沿边的叶状地带戈多尔芬，彼此相距都在一英里内，其他客人的家绝大多数也是这个样子——儿科医生，临床心理学家，还有社会工作者，组成这群人。他们都是朋友，他们相互介绍病患，他们相互分配组成不同的同行监督组别——健谈的社团小组，他们的忌妒心被狠狠压制着。他们的孩子也彼此是朋友——有的亲如表兄妹。我早就不喜欢这群那组的，不过我还是这群体里的一分子，不管愿不愿意。

在这群成年人中间，麦洛在同行中是翘楚。他撰写了一篇又一篇广受赞誉的论文：各类症状儿童的病案分析，诸如选择性不语症、汽车恐惧症，故意便秘持续十天等。我渴望成为他这些令人着迷的病人中的一个，但是我伤心的是，我知道罕有理疗师给他们朋友的孩子看病，无论病得有多严重，而且我也知道，我怎样都没病，只是坏脾气，还有自我为中心。他发表的文章中，麦洛给小病患用的是化名和姓的首字母。"你会叫我什么呢？"我有次问他，仍然期望能永恒吧。

"嗯，苏珊，你想让人叫你什么呢？"

"卡塔玛丽娜·M.。"

他褐色的目光温暖着我。（"这双眼睛，"勒诺医生有次对我妈说道，"完全弥补没下巴这点缺陷。"）

麦洛说："卡塔玛丽娜永远都是你，永远都叫卡塔玛丽娜。"

于是，就是没有什么症状，我也有了一个称呼。我要做的就是不再说话或是调动起我的勇气。哎，天性在我身上太过强大。

麦洛的同事尊重他平和的单身状态：他们承认无性是一种非病理人性偏好，而且也是对社会的福利。他出生在大都市布达佩斯，这给了他进一步的威望。他自由的双亲，从事室内小装饰生意，就在二战即将爆发之际离开了布达佩斯。所以，麦洛在纽约由一对匈牙利夫妇带大，开始时身无分文，很快就又富有起来，他继承了一笔引人注目的中国古代人物俑收藏。

聚会那天，麦洛穿着他标准的服饰：法兰绒宽松裤，高翻领毛衣，花呢夹克衫。他那时快满五十了，比我爸妈以及他们的朋友稍大。他的头发，过早花白了，从窄前额发线以上立得高高的，而且浓密。头发长到他颈项，像把软扫帚。他人很高，很单薄。

威尔·普拉凯特医生给了我夹着鞑靼牛肉的汉堡包，但是，普拉凯特家的男孩不让我参加他们的城堡地龙游戏。于是，我用力嚼着生猛三明治，在他们家的花园里游荡着，花园一片秋景，在光亮的阳光照射下，仍明媚多彩。在石板阳台上的贵妃沙发上坐着一个我不认识的女人。她看起来阴沉乏味。犹大医生和我曾在一起一阵子，很是疑惑是不是仙女们藏身在这些菊花下。我皱着眉头看着他，不过，当他走进去，我跪下，偷看菊花下面。什么都没有。过了一会儿，麦洛找到我。他用他温柔的声音，谈论着石头墙附近的绿色植物——罗勒传闻说可以治忧郁，马郁兰治头疼，常青藤治结膜炎。他弯下身，拾了一手的常青藤，站起身，然后，压碎一些叶子，放到我手掌心。“不能内服。”接着，同样地，他走了进去。

我朝阳台闲逛过去。“你真幸运。”贵妃沙发上的女人慢吞吞地说，然后，喝了些她的鸡尾酒。

“对。为什么呢？”

“有这么一位细心的姨。”她说，又喝了些。

“我姨住在密歇根州呢。”

“她在这造访来着？”

“她这个月在欧洲。”

“我是说你刚刚说话的那位姨。”

"麦洛？"

"她叫麦洛吗？"

我急忙地进了屋子，看见我妈和玛格丽特医生，还有犹大医生站在一起。"你无法相信，阳台那位病人，她以为麦洛是我的姨！"我妈恶狠狠地瞪了我一眼。"我姨。"我径直重复给玛格丽特医生听，然后，转向犹太医生，"我的——"还没等我说完，我妈就拉我出了房间。

"打住，苏珊，马上闭嘴，不要再说了。会太伤麦洛的感情。"她松开了我，双手抱胸，"你膝盖上有泥，"她说，虽然这个圈子通常不鄙视泥土，"污垢。"

"花园土壤。"我纠正道。

我妈叹了口气。"阳台上的女人是威尔医生的姐妹。"

"我希望麦洛是我的姨"。

"就好了。"

"就好了？为什么？"

"与事实相反的情况。"一边我们的谈话滑入语法这么一个安全话题，一边我们返回到聚会中。麦洛正在听威尔医生说话。在我看来，麦洛稍长的头发不比威尔医生的黑色罩衫来得更女性化。不过，这次我最好听从我妈——我不会再提阳台女人的误会。我希望麦洛没有听见我之前的惊叹。我绝不要伤他感情；至少我绝不想这样。

麦洛在这家过感恩节，在那家过逾越节[①]，同一天过两次圣诞

① 逾越节（Passover）：每年开始于犹太教按惯例持续八天的节日，用来纪念犹太人从埃及的奴役下解放出来。

节，一次在柯林斯家，一次在夏皮罗家。

每家人那晚饭后，他在人家后院抽雪茄。他来我们家一年一度的元旦家庭招待日，每次我得在场十五分钟。我在一盏灯后面打发这四分之一个小时。我爸妈，肩并肩，招呼着客人。有时，我妈把她一只手溜进我爸的口袋，像一匹马嗅着鼻子找糖一样。

麦洛去钢琴独奏会，犹太十三岁男孩受戒礼和毕业典礼。八月份，他造访了四家人，每个星期一家人。他是一位姨，我的姨，我们治疗组护理下出生的许多孩子的姨，如果姨是这么一个人，这个人一直乐于通过电话与焦虑的父母交谈——尤其是与做妈的，妈担心得最多。我们的那些妈，完全了解他们的病人，但自家小孩惹她们麻烦时，则很无助。于是，她们变成了抓狂的孩子姐姐，求救于电话。糟糕的成绩单、草场上的粗蛮行为、说话无礼、扯谎、整夜不归、逃学——对于这类所有难题，麦洛乐于给予建议和安慰。他还知道，何时一个孩子需要外援——去勒死猫就是很确定的迹象。通常，尽管如此，总是家长要寻求原因，也总是家长需要一个如何缓解和改善的建议。“不是，今天的缝合并不是明天破例的管口。”他明确向勒诺医生表示。勒诺医生的女儿，当然啦，在分机上听着。我们都是家庭电话窃听高手——一根食指溜进话筒和话筒架的按键之间，提起话筒到我们耳边，带着外科医生那份小心谨慎，放开按键，直到无声无息接通了电话。

这年七月，我十二岁，我从露营地逃跑了。一天后，我回到家，煞有介事，还得意洋洋，我偷听到麦洛和我妈的对话。麦洛在建议我妈，要表扬我在高速公路上知道搭乘公交车而不是搭顺风车。

“她从她辅导老师那偷了车票钱。”我妈说。

"是借，我以为。鼓励她寄信还钱。"

"要不要鼓励她自己返回露营的地方呢？"

麦洛说："回她恨的地方？"一阵顺溜的停顿，他吸了一口雪茄，"回到那个她机智逃出来的地方？"

"让她待在家，挺难啊。"我妈说，有点哽咽。

"理解，安，我想得到，"麦洛说，然后，"那也是她的家。"

一阵沉默——麦洛的，说出这真理的人的沉默，我妈的呢，听到这真理的人的沉默。还有第三层沉默，沉默中的沉默：我的。"也是她的家。"我听到。柔和的起居室。厨房，透过窗户，可以瞅见鸟和松鼠，有时还有一只野鸡，从比戈多尔芬更为郊区一带走失的野鸡。附属的办公室是我妈白天问诊病人的地方。卧室是傍晚，她接听那些病人惊慌失措打来的电话的地方，也是她自己打电话给麦洛的地方。我弟的房间，放着他各种建筑模型，各处于不同的完工阶段——虽然只小我一岁，他已经是一个熟练的机械师了。我自己的房间：海报、书籍、玩具，年龄段过了但还没丢，衣物聚集在地板上和罩在灯上。一扇长窗户从我房间引到一个小阳台。我妈有次在阳台上用盒子种植凤仙花，但我让花死掉了。没有责备，她无视我——甚至亵渎——房子里偌大一个宽敞空间。这房子，也是她的。

七月余下的日子，我给隔壁家小孩做保姆，假模假样有爱心地对待他们，到最后我真感受到自己的爱心。（"伪善是迈向真诚的第一步。"麦洛写过。）我小小努力了一把，收拾我的房间。（"一个标记是一枚便宜的钱币，但它不是冒牌货。"——同一出处。）八月，我们去了科德角。

我们极其普通的小屋面朝大海；没有海沙沙滩，不过我们逐渐习惯躺在我们条状鹅卵石地板上。房子有四间小卧室。墙壁很薄，隔壁动静都能听得很清楚。有格栅和户外淋浴。有时，我爸烤鱼；有时，他和我妈，在不太方便的厨房里，一起做吃的；厨房里，他们无意间碰撞到，彼此放声大笑。

和往常一样，麦洛第三周过来。我听见他同样在床上翻身，或是在浴室里喷洒淋浴，就像我听见我爸妈轻声说话一样，我弟随意放屁。小家庭——对我而言，仍然太多的一群人。“我想在一个私密办公室里工作。”有天早上，我说。

“你可以去做儿科医生。”我无趣的弟弟说。

“私密！就我自己！谁都免进。”

“啊。你得是银行行长，”麦洛说，“他们少被打搅。”

“或是酒店客房服务生，”我妈说，“只有你和一堆堆的床上用品。”

“或是天文学家，只和她的望远镜在一起。”我爸说。这是最好的提议了。“这项工作要求一点数学知识。”他补充道，很温和。

那天稍晚，麦洛带我弟和我去博斯基野生动物保护区。我们每个夏天去博斯基保护区参观一或两次。那最野生的动物是一对狐狸。在狐狸幼崽需要照顾时，狐狸父母很奉献。然后，他们分开，并在下一季时寻找到新的伴侣。但是，博斯基这两只低落的狐狸标本年复一年都形影不离。雄孔雀似乎也没多大生趣。他偶尔开屏，很敷衍，显露他羽毛间的口子。一只南美犰狳，一条雌性岩蟒，一些胡扯闲聊的猴子——这些是我们的野生动物。不过，越过可怜兮兮的这些笼子是一大片作业着的农场，有禽鸡、火鸡、苹果园和一片玉米地。一匹矮种马，戴着一顶草帽，拖着一架车，绕玉米地周边走着。另外两匹戴帽的矮种马，你可以用来骑，跑一圈环形马道，虽然不是单独行为:你得忍受,在你身边走着,当地其中一个青少年,这些青少年在博斯基保护区工作。这些笨拙的人不掩饰他们对老马和骑马人的蔑视。

岩蟒每两周喂食活的白老鼠。这种公共餐食没对外打广告,但口头上都传开了。我们和麦洛去博斯基保护区的那天,有十二个小孩子已经聚集在岩蟒笼子前。他们的巴马,带着疑惑的表情,在远处乱转。我弟动身去矮种马那边。麦洛和我个头都高到可以越过孩子们的头望过去,所以我们两人和这些孩子观看了整个表演——博斯基先生把老鼠放低,送进笼子,啮齿动物惊吓得瘫住了,被岩蟒老练地收紧,然后,白老鼠慢慢包裹进岩蟒的口里去了。她自个儿吃起来老鼠,老鼠骨头全碎了但仍很可能还有呼吸。它进去了,往里进去,仍在往里去,直到我们能看到的是它的微小残余,接着,只有它细细的白尾巴。

小孩子们,坚持看到尾巴不见了,遛向他们表情痛苦的爸妈。一位瘦骨嶙峋的妈妈朝一个沙滩包里呕吐起来。麦洛同情地看着她。尽管如此,我则没有。

"一种厌食症,正在康复中。"我们离开时,我对他说。

"在给她自己一种震颤?"他不知道,"可能吧。"他说,大方接纳我进入讲解员行列。*我爱你,麦洛*,我会这么说的,如果我们说到这类事的话。

秋天,我开始有规律地去学校,逼自己至少上课时间里忍受小组群体的状态。我得选一种体育活动,所以我出去到练跑道上跑,活动人际交往最少的。我做绝大多数科目的家庭作业。我在补我去年没过的数学。

我妈不太经常需要打电话给麦洛了。

我甚至取得了某种亲密关系。我最好的朋友——几乎我唯一的朋友,真的,除非你算上犹大医生的女儿,勒诺医生的女儿,还有普拉凯特的小儿子,他们都和我一个年级——是一个超高的女孩,她脖子超长。她爸妈出生在印度。他们都从事放射学。他们女儿也计划要从事医学职业,偶尔想法罢了,就像其他父母的孩子可能期望将来接手家庭商店一样。安嘉丽——名字如此美丽——平凡,而且黝黑,眼睑下垂,鼻孔宽大。她姓奴诸科玛塔都[①]"我爸爸来自的地方,和史密斯相当。"

她住的地方离我们隔几个街区。她和我每天沿同一条街走路回家,几乎不愿意说话。我们的路径让我们途经一群排屋,包括麦洛家,经过他家小小的、易于打理的花园:一棵山茱萸,树下一把铸铁白色爱情椅,周围是富贵草。麦洛家前门有两个铃铛,一个连着生活区域,一个连着办公室和游戏室。他总是下午近傍晚时工作,所以呢,我没有告诉安嘉丽他认识那间特别窄房子的主人。

不过,五月某一天,五点钟时,他在花边板凳上,他和他的雪茄。一位病人取消了预约,我立刻明白了。于是相互说你好,相互介绍;而后——在麦洛把雪茄戳进那张爱情座位边的沙罐里之后——我们在屋子里;接着,麦洛告诉安嘉丽他一些小雕像的来源出处,还展示给她看他的针尖用具。他怎么猜到这头默不作声的骆驼喜欢小东西和精致手工的呢?如果我跟莎拉一起走着——另一个女孩,我有时结为伙伴的女孩,她跑步跑得非常不错——他大概会知道把"毛发"放在立体音响上,并且探讨伸展运动吧。啊,这是他的事。我小口喝

① 奴诸科玛塔都(Nezhukumatathil):印度姓。

着一听可乐。你或许猜想可乐味道像苦艾草,猜想我满是忌妒——但不是:我对麦洛满怀敬佩,为这位女生展现他家庭主人的角色,很舒畅,但受限于下一个病人立马要到;在十分钟内他就把我们送到门口。确实他这么做了,先是带着悔恨的表情看看手表。“再见,安嘉丽。”他在门口说,“不久再见,苏珊。谢谢你带你朋友来。”好像我故意这么做来炫耀自己来之不易的社交能力。

一个街区或之后,安嘉丽少有地开口了——她喜欢像麦洛那样生活。

“哪样?”我问,想到她会提小雕塑,针头用品,甚至是山茱萸树。

“就一个人。”

我,也是! 我想吐露秘密。不过这秘密或是错的。我已经说过将来某天我会结婚,生让人烦的娃。我没有麦洛那么勇敢,还有安嘉丽。天性再一次证明对我而言太强大。

八月:就在高三开始前。我每天早上跑步;已不再是一种任务,而是一种快乐。第三周,安嘉丽来科德角看我,还有我弟的一个朋友来看我弟,麦洛来看我全家。他游泳,烤蓝莓饼,给我们讲他关于这个和那个方面所发表的即兴讲座——飓风的性质;各种星星,虽然我已经去掉天文学作为职业选择。他喜欢回忆一位年老的德国侍者,这位侍者曾经每天下午给他买柠檬水,跟他讲述他还是马戏团杂技演员的那些年。“谎言,美丽的谎言,之于自尊必不可少。”

“之于这位侍者的自尊吗?”我问。

“也有我的自尊。认真接受谎言,是一种必要的能力。”

麦洛穿着沐浴三角裤,肌肉发达,晒得黑黑的,他不会被误认为是女人的。不过,我弟的朋友,这位朋友的爸妈都是在校教师,不是我们显赫圈子中的人，这位朋友对我弟说，麦洛真他妈的对人帮助很大，他很有可能是遭人抛弃的王后。我弟毫不犹豫地对我重复了这位朋友的评价。“王后！”

“你的膝盖脏了。”我厉声说，但是，当然啦，我弟没明白我的意思。我对他们三人都有气：这位不识抬举的客人、无情无义的我弟，还有麦洛，他用他的馅饼和他的往事重提让自己得来这么个说头。他鼓励过沉默寡言的安嘉丽，让她也谈谈古文物。显而易见，古文物是她当下最感兴趣的。显而易见，安嘉丽和麦洛这年春天在博物馆邂逅过——什么沉闷的展览啦，前哥伦比亚时代的电话展，也许吧。参观之后，他请她喝茶。

那周星期四，麦洛和我开车载着安嘉丽穿过蒙蒙细雨到汽车站——她得返回城里参加一个家庭聚会。她从后座椅上跳起身，将她的旅行袋，袋上镶有小镜子，甩上她骨感的肩头。“谢谢。”她用她不带音调的声音说。（她已经回过平房，恰如其分地向我妈致过谢了。）她砰地关上车门，大步流星走向公交车。

麦洛开了他的车窗，把头伸出在细雨中。“十月份有个吊坠展。”他喊道。

她停下来，转过身，对他一笑，这一笑持续了数秒钟，太长了。接着，她上了公交车。

我们目送她的车离开。

“我们去趟博斯基保护区？”麦洛说。

“那地方正挤满蚂蚁呢，”我说，“博斯基保护区涌动了。”我卖弄道，麦洛没吭声。“去。”我柔和下来。也是他的假期。

那个潮湿天，麦洛一如往常认真关注着野生动物：被迫一夫一妻的狐狸、无能的孔雀、混乱的猴群。他看了一下倦怠的岩蟒，仍在消化上个星期的餐饭。在装着新进保护动物的一个笼子边，他很兴奋地站了好长一阵子，笼子里是一只刺豚鼠，来自伯利兹，(一块画得难看的标牌上提到) 属于一种啮齿动物。“伯利兹人认为刺豚鼠是美味佳肴。”麦洛告诉我；他比标牌画手知道的多。“刺豚鼠自己是草食类。群居友善的小家伙。他和其他同类分享共同的穴道系统。”

“是吧。像你一样。”

他饶有兴趣地瞪了我一眼。“我吃肉——”

“我不该那么说。”我含糊道。

“——虽然，是的，我对鞑靼牛肉失去了胃口。不是什么说不得的恐怖事，卡塔玛丽娜·M.。我们都要生活，你爸妈、我和我们的朋友，在一个相互需要的洞穴里，电话呢，让我们更加亲密，尤其是当你孩子暗中潜伏在电话线上时——它就像打嗝，我在听它发出来。你怎么无礼我来着？”

“我说你是只鼠。”我说，承认着这份轻微的小罪过。我之前说过的，也是我害怕他知道的，他是个好打听、依赖型的动物，为友谊交换意见；一个就他所有知觉和临床智慧，他无法第一手了解到个体之间闪动的暴怒情绪，那种挫败耗尽彼此的强烈欲望。强烈情感不是他指令系统的组成部分。不过，这些情感已成为我的一部分，在安嘉丽看我的这段时间，我看见她在他辐射的友谊下展开——忌妒、憎恨、狂怒……*有一次我让你免受人嘲笑，你这个荒谬可笑的人。*

“一只鼠。”他应道，“总之，你是我钟爱的……侄女。”

“我应该认真接受这个谎言吗？就像吃你烩的牛肉那样，麦洛。”

“苏珊——”

“回家。”我走开，离开他和他朋友刺豚鼠几步远。然后，我转过身，开始跑。我跑过南美犰狳、猴子，跑进农场区域，冲得母鸡、小鸡，还有小孩到处散开。“嗨！”博斯基先生嚷道。我撑杆跳过矮种马环形跑道边的栏杆，绕着跑道跑，接着又撑杆跳回去。“她疯了。”其中一个当地男孩说，口气既吃惊又敬佩。也许，我可以偷偷溜出去一个晚上，在一个干草堆里遇见他。我径直跑进玉米地，置身在秃秃的玉米秆之间。

过了玉米地，又是一块地，长着贴地的莴苣菜。绕过莴苣菜地——我没想要破坏博斯基保护区。我跑呀，继续越跑越快，享受着一种冲刺的兴奋劲，我们田径教练教我们要利用冲刺的冲击力——这位教练，不关系学生情感或个体差异，引导我们朝专业运动员发展。到了树林一带，我慢了下来，然后慢慢走过林子，就像没有伴侣挂牵的一只狐狸；我连走带跑地溜着，就像得自己抓住老鼠的一条岩蟒。林子另一端是高速公路。我小心穿过公路——我没想让我爸妈伤心。又是一条窄窄的路，通向礁岩海滩，离我们家的房子只几英里。余下的路，我走着。我弟和他朋友坐在门廊上，亲密地说着话，还有麦洛——麦洛阿姨，麦洛王后，麦洛博士，总是很平均地派发他待人处世的好意。他和我招了招手，接着，我绕过他们，走到室外淋浴处，打开淋浴龙头，站在龙头下，合着我衣服，一件没脱。

我早先就注意到，我妈不再频繁打电话给麦洛。到我高中最后一年，大概吧，她不再打电话给他，除了要通知他参加新年聚会以外。

接着后来，我和其他理疗医师的孩子大学放假回家，或是我们在纽约或旧金山碰见，和他们聊天时，我得知我们的妈妈都最终不再电话咨询麦洛了。部分原因，我认为，她们不再那么需要他的建议了。

我们这些孩子终于越长越大了。我们的爸妈也吸收了,也就不再需要去听,麦洛的子女基本原则——“他们尚不懂对你们和社会讲礼貌。其他所有事是他们自己的事”——就像他们吸收了他早些时候对体罚的观察分析:“体罚会上瘾。打孩子,不如点根雪茄。”

还有,可能,同样的,他们得逃离开他们兄长,见过他们伤痛的兄长。

他们中有几个甚至可能相信有关麦洛的传闻:他那么关注安嘉丽·N.,一个高中女生,使得女生的爸妈不得不告诫他离远些。这种无稽之谈极其让人吃惊地轻易传开了。我只是跟玛格丽特医生的女儿说过这事——比我小两岁,很受用,得我关照。当时,我让她发誓要保密。

不管怎样,我们这些大了的子女们彼此发现,麦洛他自己开始主动打起电话,热衷了解病人的病情进展,了解最近旅行的趣闻逸事,了解孩子们的消息——特别是孩子们的消息。

“管闲事。”勒诺医生女儿说。

“贪婪。”本杰明·普拉凯特说,之前,他爸妈离婚期间,他实际上就住在麦洛家里,“我上大学时,他想学我学的所有东西——他甚至自己买了一本我上的分子生物学课本,都是他那个时代以后出现的新东西。”

“他尾随过阿普费尔家去拉斯维加斯旅游呢。”勒诺医生女儿说。

“人都活过头,没用了还活着。”犹大医生女儿总结道。

“真是悲哀。”我们都赞同,带着一份刹那间涌现的怨恨。

我妈仍然接听麦洛打来的电话(电话机让别的老朋友选择屏蔽他),我妈忍受着他越来越散乱得不得要领的自顾自说。她仍然请他去我们科德角家做客，他还加入我们一起坐船旅游到斯德哥尔摩，我妈和我爸坚持要他去的。其他人则没那么大方。阿普费尔一家，在拉斯维加斯输掉了大笔钱，后来就完全中断和他的来往了。

我们现在都成年了。我们喜欢用电子邮件而不是电话。我们中许多人仍住在戈多尔芬。我们谁都没有进入心理健康专业。就是安嘉丽也没能随她爸妈进入医学界。她在芝加哥教艺术史，有了三个女儿。在她身上，天性也证明太强大。

我们的孩子中有些存在问题。不过，虽然年迈的麦洛仍在工作——是市内一家儿童辅导中心德高望重的顾问，对少年犯进行开创性工作——我们没有联系他。他让我们想起太多，太多，我们在那个无所不知的洞穴里共同度过的童年；还有太多有关我们焦虑的妈妈；太多有关换位思考的力量，时时让人惴惴不安。我们是不一样的一代人：历经艰难的一群人。还总得服用利他林[①]。

我一直和麦洛保持着联系。这种联系不是负担：我丈夫和我都是语言学家，麦洛也对语言感兴趣。“甚至怎样让精神病患开口表达，都迫切需要进行构思设计。”他这么写过。

我继承了爸妈在科德角的房子，麦洛每年夏天来做客。他和我，还有我两个儿子，经常去参观博斯基保护区。保护区里的野生动物，只剩一只绝望的驼鹿，一只浣熊，还有那对可怜的狐狸，也许是另外一对。那条岩蟒退休了，刺豚鼠也不在了。不过，后面的农场仍然茂盛，矮种马也每个季节换上新草帽。我的孩子已经大了，不是来这地方的年纪了，不过，他们理解要惯着老麦洛。

① 利他林（Ritalin）：对小儿多动症者可有效地增强其注意力集中，缓解活动过多的症状，从而达到改善行为的目的。

麦洛上嘴唇上罩着一撇白胡子。头发呢,也白了,仍然很长。发线向后退了好多,他暴露的额头一带患上了鳞状细胞癌,他还得忍受这份癌症折磨。皮肤医生建议他遮盖住头。冬天,他戴一顶贝雷帽;夏天,一顶柔边布帽。

今天,他正在骑其中一匹矮种马,头上戴着夏天的帽子,身上穿着一条超大的裤子,裤子看起来像条分衩的裙子。马鞍想必在惩罚他一把老骨头。也许,他想要逗我儿子开心。确实,他们被他逗乐了。他骑到环形跑道远处那边时,我的两儿子终于发出不甚体面的窃笑声。

"西大荒婆婆。"一个儿子轻蔑地哼了一句。"牛仔夫人。"另一个儿子回道。与此同时,麦洛正向给他牵马的那个孩子弯下腰去——在讲述一个悲惨的故事,很显然;给出一个建议,一个或多或少大概会改变这个男孩生活轨迹的建议,让他的这个下午稍微感觉好些。

我真想掴两儿子耳光,也想抽一支雪茄。我没有,相反,我告诉他们,麦洛代表人生活的一种进化,他们将来某天很可能效仿,甚至采纳这种方式。我这话让他们沉静下来。于是,我没去提他一度怎么被人看重,又怎么受人榨取,然后,怎么遭人背叛,最后,怎么让人抛弃;我也没去提他怎么和他流离失所的爸妈一样用温文尔雅的方式调整自己,适应新环境。

我们站在那儿,胳膊肘架在栏杆上,这时,麦洛正好骑在矮种马上,朝我们沉重而缓慢地走来。我们朝他微笑。软帽沿边下,他的那张脸泛着皱纹;带肥皂沫的胡须下,双唇张开,露出褐色牙齿。他也朝我们咧嘴一笑,仿佛在分享我们对他表演的善意嘲弄:好像这嘲弄也是他开的玩笑。

靠自己

科尼莉娅·费奇退休了,离开肠胃病学工作岗位,她购买下——一时冲动,她女儿说——一栋独立屋,位于新罕布什尔州一处泉水汇成的池塘边。尽管如此,她没有处理掉她守寡以来住的小公寓——三间房,布局合理,灰色墙壁,挂着带画框的画。这套公寓,在波士顿郊区的戈多尔芬,离科尼莉娅工作过的医院仅二十分钟步行路程;她女儿住在附近,两位朋友也住在附近;此外,在戈多尔芬的商业角,她可以逛一家二手书书店,外加一位很棒的女裁缝的店铺。科尼莉娅有条腿稍微比另一条长些,一点身理缺陷吧,得穿巧妙的定制女装加以掩饰。"你觉得世上有完美的人吗?"她的姨妈雪莉曾咯咯笑着这么说过,那时,科尼莉娅十五岁,脚的缺陷变得明显起来。雪莉过去和科尼莉娅一家人住在一起;她还能住哪?"你是个傻瓜蛋。"这位和蔼的寄居者又说了一句。

池塘边那地方——科尼莉娅一直关注它好多年了。这栋独立屋让她想起侏儒住的小屋。“族儒。”以前，雪莉姨妈甚至这么错误地纠正来着。池塘边，零散分布着其他房屋，都是木屋，多半风化变黑了，不过，科尼莉娅的那栋是用当地浅灰色的花岗岩建的，墙面这儿或那儿闪着金黄色微粒。屋子带绿色百叶窗。楼下一间房，楼上一间，还有一间室外洗手间，一台小型发动机。水生藤蔓攀爬在石墙上。花园潮湿，青蛙和水蜥栖息其间。

她住那儿的次数越来越多。池塘水底，乌龟缓慢爬行；米诺鱼[①]成群游走，一会儿游到这儿，一会儿又游到那儿；有面旗帜在水下，随着水风翻动着。一排桉树林，轻披着叶子，朝池塘一边俯就下去。

池塘没有明显的堤岸。绝大多数人家有划艇、独木舟，或是太阳鱼[②]。他们都是和科尼莉娅一样的退休人员，打发时日的方式也和她差不多——读读书，打量打量这些温顺的野生动物，时不时相互走动走动。他们这带的泥路延伸大约一英里开外，与主干道交汇，在那，有韩国人经营着一家百货商店。汤普森，那个老鬼——科尼莉娅认为他像个老鬼，虽然他呢，跟她一样，七十出头——成天坐在他家门廊上，给池塘写生。两位中年姐妹晚上玩拼字游戏，科尼莉娅偶尔参与进去。

“我担心你住得前不着店，后不搭村，太偏。”她女儿朱莉说。不过，这独立屋的石头外墙明亮，内部刷得雪白，窗户幽深，透过窗户便可欣赏夏季吐绿，冬季泛蓝的景致，床榻之上，尖顶空间有种神秘棕色弥漫，无穷无尽……还有池塘、树木、潜鸟、花栗鼠……哪里偏了？

① 米诺鱼（Mubbow）：学名鲦鱼，一种小淡水鱼。
② 太阳鱼（Sunfish）：一类鱼的俗称，北美产的一种美味的淡水鱼，有点像鲈鱼。

好一处地方，此地。

“科尼莉娅，明智的话，我们得对这方面进行治疗，”肿瘤专家说，“化疗，有些辐射——”他停顿了一下，“我们可以击退它。”

她伸直腿——一条腿长，另一条更长。她喜欢她家庭医生的老式办公室，室内有一个镶玻璃门的箱子，收藏着有关各种虫类的书籍。箱上的玻璃此刻照出她的俊俏身影：染的黑色短发，亚麻布裤裙是灰褐色，衬衫是奶油色。大大的蓝宝石戒指是她身上的一种奢华。只是一种面上奢华，因为这宝石，虽然像模像样，不过是玻璃罢了。戒指原来是雪莉姨妈的，大概在一家当铺挑到的。不过，现在戴这个假戒指的女人是一位让人信任的女人。人们信任她。他们信任她，由她处理他们绞结的腹腔，肿胀的小肠，出血的盲肠，弯绕的低位肠。他们温顺地展开自己的肛门，好让她插进透镜，伸入体内，穿过直肠，乙状结肠，下行肠……

“科尼莉娅？”他也值得信任——比她小十岁，个头瘦小，有点花花公子样，但聪明人一个。是，他们一起可以击退这次复发，并等待下次（癌变）来袭。

“哦，我们还能做什么？”她说，语气颇通情达理，“你会让护士替我安排下次检查吧？”

他沉静地看她一眼。“会。下星期，这样吧。”

她点点头。“开给我新的止痛药，拜托。还有睡眠方面的药。”

往北去的路上，她在朱莉家停了停。孩子们从日间夏令营回来了——两个可爱的小外孙女。朱莉拥抱她。“这个夏天不赖，我不用教书，可以陪你去输液。”

“来拿一本书。”她不喜欢絮叨。

“当然。该吃午饭了，你说什么？”

“不了，谢谢。”她摸摸头发。

“还是上次的假发，挺美的。”朱莉说，有些不好意思。

她们挥手再见：年轻的女人和孩子站在门口，年迈的女人坐在车上。秀丽的假发。一个手艺人对自己的手艺很是自吹自擂，还真重新制作出科尼莉娅想要的格调和颜色，同时不忘推荐给她白金鬈发——嗨，医生，试试新的吧！不过，她想要这旧的，她已有了的。基本上，她想要的，她都得到了：提升专业能力，做贤妻，当良母，不断发表论文；甚至多年前的一件事，那时，她是住院总医师——她几乎记不起他那时的样貌了。哦，要是亨利不那么专注的话……她没学会法语，也丢了她过去吹得不错的长笛技法。就是能回到从前，她也未必能弥补这些缺憾。她曾经戳穿了一段结肠，当时，她才刚干这行——还好，马上修复了，没引起并发症，那位女病人也宽容，仍继续接受她的治疗。生完朱莉之后，她还流产了几次，最终才放弃。人们常向她征求建议与意见。她赞助过雪莉姨妈住进那套公寓，很乱；不过，这位年迈的姨妈，喜欢瓶瓶罐罐，花花草草，不愿意住进养老院。退休时，科尼莉娅收到一块匾和一幅十八世纪的版画。她读小说还将就，不过，更喜欢读传记。要是当初不学医，她很可能会成为一名室内设计师，尽管有些客户品位糟糕，很难让人适应。

她在百货商店停了车，买了些纯天然西红柿、白葡萄汁、一瓶水。“玉米不错。”店主推荐道，一笑就露出他的金牙。

“我绝对相信。明天，我再来。”

这会儿，西红柿盛在她厨房橱台上的一只条纹碗里。突然，她遗憾她不得不放下这些西红柿，忘掉它们粗糙斑痕，还有鼓出来的地方。接着，博学的科尼莉娅眼睛睁得大大的，忍受这么一番景象：消瘦，意识不清，一动不动的听话的孩子。她斜眼看床榻边来探望的人，沮丧地坐在马桶上；她推着步行器到角落的邮箱，要求一枚成就勋章；她瞪着倒置的书。责任性依靠蔽护……不适合。一只眼仍睁着，她眯缝起另一只眼瞅着那些西红柿。

她换上游泳衣，游了一小会儿，朝猜字谜的姐妹和老鬼挥挥手。进了屋，她穿上牛仔裤和一件T恤衫，把湿的游泳衣晾在一棵野樱树的枝杈上。她打算晚饭前去划船，应该拿上些什么？双筒望远镜、遮有害斜阳的太阳帽、浴巾，还有灌好了精调鸡尾酒的保温壶。她对药理学一直感兴趣。"我每天吞三颗药丸好了，不想再多吞一片药片。"雪莉姨妈声称，"你来选它们，捣蛋鬼。"

科尼莉娅用力一推，接着用桨猛划一下，独木舟划了出去，她望着她独立屋的蓝板岩屋顶和花岗岩石墙。就一个花岗岩建的小地方，她意识到；毕竟不是幻想。她几乎一直精打细算地买卖东西。她想起那些西红柿，又转过船头，划起来，右一下，左一下，右一下……然后，仿佛她是自己的乘客似的，她打开一个座位靠背，自己靠着坐进去，滑动座位下的桨。她慢慢喝她的混合饮料，预防晕船恶心。

她啜饮着，没想什么。海蓝宝石的苍穹之下她漂浮在钴蓝色的磁盘之上。桦树向她弯腰致敬，高高的松树守护着桦树。她低头看她全身。没有穿橡胶划船鞋，只穿着凉鞋，十个脚指甲闪着火烈鸟橙色。

泉眼在这个类似圆形的池塘中央。通常，一艘船随意漂着，就会朝池塘中央的泉眼方向漂过去。尽管如此，今天，独木舟听命于一个人的指令。它朝东去；身后落日照得她脚指甲更加明亮。她划着桨，驶向林木幽密的塘岸，这边塘岸没有房舍。船愈发快了。科尼莉娅觉得自己在抖落身上的昏沉阴郁，举起桨，恢复控制；不过，她反而发觉，船头自个儿颇有信心地朝树林和湿地挺进。不过，船可能永远无法靠岸，因为池塘和陆地之间好像有一道沟。之前没人说过这儿有道沟。也许最近才有的，近一两周形成的断层；也许堤岸后退让位给了池塘水，也许池塘水萎缩，堤岸前移；至少，是这样：缝隙、裂开……坠落。

坠落！她也在径直冲向坠落。突然，有声响进入耳际……是沙沙沙声，不是咆哮，是在邀约，不是恫吓，持续着。当独木舟驶到新瀑布边缘，她站起身，在行进的一艘独木舟上站立，这谈何容易。而且，此刻，加上血管里扩散的药物在起作用，更是难上加难。她抓住头顶突出的大树枝，很是沮丧地望着她的船倾覆，坠落，离她而去，载着所有的东西：浴巾、桨、双筒望远镜、太阳帽，还有差不多空了的保温壶。

现在，什么呢？她悬吊在那，手、胳膊、躯干、长短不齐的腿、可爱的小脚指甲。她朝下看。其实，浸入水中的租地并非在水与堤岸之间：水与水之间。是一条既深且黑的裂缝，像邮箱狭槽。她坠落进去。

她坠落进去，人在狭槽里。她顺溜地坠落下去，挺轻松，头发在头顶漂移流动。她正好落在水流之下的青苔地上。脚指甲还在那吗？在那，还有牛仔裤裤袋里装的手绢。事先备有一小堆呢，有的在她的晚礼服里，有的在她其他的衣服里。

"科内莉娅。"她医学院实验室的同伴轻声叫她，这位同仁出生在都柏林。他还没老，真帅呀。"费奇医生。"她的清洁女工叫她，女工在亮片服饰衬托下神采奕奕的。"姥姥？"一个孩子的声音。"科尼莉娅。"一只小鹿在叫，或者，也许是羚羊，或是长颈鹿。她向后靠；她把脚抬起来。现在她水平横着。身体前倾着，被什么动物背着她走过一条走廊，走向一转弯处；这条走廊环绕着的墙壁黏黏的，粉红色。“歇歇，歇歇。”看不到脸的动物说，他的背在她的背之下——一头公牛，也许，丈夫一类的。他们艰难地要转过一个拐角——她人太长，公牛个太大——不过，他们成功转过去了；现在，他们进入一间明亮的接待室或是遣返室，支架台上堆着纸。她站着。“朋友们。”她开口。“嘘。”有个声音说。有些人顺从地连接挂在松树枝上的交互式视讯器。他们吃西红柿、甜玉米、玩字谜游戏。有的四处走动。我是这里的总医师，她试图想说。她躺在一位有羽毛的生物旁边。“你不认识我了吗，科妮？”他展示他右边脸，然后左边脸。那炙热的眼……哦，记得，不过，她这会儿记不起他的名字。她又转身仰卧，膝盖抬起，分开；啊，交货最后一道交割。朱莉……她起身，和一把耙子舞起来，用稍微弯曲的拳头让耙子立着。耙齿在地上笑对着她。她看见她保温壶一路滚开了；她拾起壶，喝了最后的满满一口。她亲吻一个坚定的人，这人的呼吸热呼呼的，不太让人喜欢。“我是任性的细胞。”她说。有位绝望病人的手抓挠她的胸部。接着，被可以喝的温水包裹着，她感到惬意松弛。

一股冷水流突然涌入，屋子里也没了人员、仪器、活体、动物什么的。所有人都走了，只剩费奇医生了。她惊恐得说不出话。接着，雪莉姨妈走过来，穿着那件旧家居服，长筒袜卷到蓬松膝盖之下，一根烟叼在猪肝色嘴唇上。科尼莉娅和她姐妹小时候特别喜欢爬上雪莉姨妈的胖大腿，极其开心地把鼻子埋进她的赘肉里。“顽皮鬼，”姨妈咯咯地笑着，“饭桶。”雪莉姨妈羞辱人的话最是亲昵温馨，姨妈用唇偶尔扫拂人时最是宜人舒心；在姨妈膝盖垫衬上时，人也最是欣喜满足。

一阵混乱，这会子，一阵狂喜的紧抱。科尼莉娅的一只凉鞋掉落了。她前额钻进一个人的下巴与脖子间，钻进那份熟悉的温柔之中。

“和我待一块。”姨妈轻声说，有什么在抚摸她……遗憾？责骂？哦，没了主意。这是份福气，这宽松、宽慰的拥抱。福分，再一次，整整六十年后。“待一块。”

没有持续下去。现在，没有人，没有亲戚，没有朋友，没有人影，没有动物，没有花草树木，没有水，没有空气。尽管如此，科尼莉娅并非形单影只；她有坚硬的半透明蓝宝石物质作伴，她注视时，蓝宝石闪动，接着破碎了，又破碎了，再进一步破碎，突然获得它复合多面体的形状，准确地说，七个面——查看手掌心上的一片碎片，她得出结果，这片碎片落在她生命线上。越来越小，越来越小，同时越来越多，越来越多的组件生成。碎片数量扩充着，它们变成一堆石子，一堆卵石，一山沙子，一宇宙尘埃，一直是蓝色，由宝蓝、碧蓝和乳牙白组成的蓝色。这东西仍是极好的，清洗过，让她提神，让她不安，给她安抚，入她七窍，折腾和搅动着她，用它的颗粒打磨着她。它上升化为喷雾，掷她入空中；它渐密集化为漩涡，在她下沉时抓住她。她在漩涡盘旋中静静躺着。没有安宁，没有；她没有受限于诗意的平静中。她的生命殆尽。人已别处。

没多久，老鬼划船到池塘中央。他一直看着这艘漂浮着的独木舟，看了一个小时了。人各行其事。他发现他的邻居死了。他将独木舟的船头系在他的小船船尾，然后，拖她上岸。

文学新读馆

追踪世界文学前沿，沉淀时代作家经典

已出版：

望远镜里的视野：伊迪丝·珀尔曼短篇故事集
欧·亨利短篇小说奖三度得主
美国的艾丽丝·门罗

城市寻人电台
诡计与谎言的城，怎样找到你的爱人？

沉默女王
法兰西学院最佳小说奖，
美第奇文学奖

世界上第二强壮的人
七个漂泊异乡的成长故事
英联邦作家奖

面包匠的狂欢节
人类欲望的终极演绎
吉姆·汉密尔顿奖

在迦南的那一边
布克奖入围
沃尔特·司各特奖

法兰西兵法
龚古尔奖，
波澜壮阔的法兰西《现代启示录》

十个离奇而真实的故事
苏格兰当代最伟大的作家，
多艺术形式表现的文学工艺品

蓝狐
冰岛现当代文学首次译介
北欧文学奖获奖作品

女性时代
俄语布克奖

修补匠
普利策小说奖

看不见的山
意大利瑞吉昂·朱利新人小说奖，
乌拉圭心灵地图

男孩杰的动物园
继《少年Pi的奇幻漂流》后，
文学界最精彩诡谲的海上传奇

老虎的妻子
奥兰治奖

圣徒与罪人
弗兰克·奥康纳国际短篇小说奖

最佳欧洲小说系列
精选欧洲各国年度最优小说
一本书，一幅欧洲当代文学地图

航空信
诺贝尔文学奖得主特朗斯特罗默
通信集

图书在版编目(CIP)数据

望远镜里的视野：伊迪丝·珀尔曼短篇故事集 / （美）珀尔曼（Pearlman, E.）著；蒋文惠译. —南京：译林出版社，2016.5
（文学新读馆）
书名原文：Binocular Vision: New & Selected Stories
ISBN 978-7-5447-6192-5

Ⅰ. ①望… Ⅱ. ①珀… ②蒋… Ⅲ. ①短篇小说-小说集-美国-现代 Ⅳ. ①I712.45

中国版本图书馆CIP数据核字（2016）第035695号

书　　名	望远镜里的视野：伊迪丝·珀尔曼短篇故事集
作　　者	［美国］伊迪丝·珀尔曼
译　　者	蒋文惠
责任编辑	田　智
特约编辑	张　睿
原文出版	Lookout Books, 2011
出版发行	凤凰出版传媒股份有限公司 译林出版社
出版社地址	南京市湖南路1号A楼，邮编：210009
电子邮箱	yilin@yilin.com
出版社网址	http://www.yilin.com
经　　销	凤凰出版传媒股份有限公司
印　　刷	江苏凤凰通达印刷有限公司
开　　本	880毫米×1230毫米　1/32
印　　张	15.375
插　　页	4
字　　数	312千
版　　次	2016年5月第1版　2016年5月第1次印刷
书　　号	ISBN 978-7-5447-6192-5
定　　价	68.00元

译林版图书若有印装错误可向出版社调换
（电话：025-83658316）